KATHERINE CENTER | Eine Schwester zum Glück

W0354334

Das Buch

Die erfolgreiche junge New Yorkerin Sarah Harper steckt in einer tiefen Krise. Mitten in der Arbeit an einer großen, frechen Reklame-Kampagne für den neuesten BH kommen ihr Zweifel an ihrem Tun, sie hinterfragt die Welt der Werbung und deren schädlichen Einfluss – und verliert schließlich kurzerhand ihren Job. Noch dazu trifft sie im Flieger auf dem Heimweg nach Houston ihre Highschool-Liebe Everett Thompson wieder, dem sie damals das Herz gebrochen hatte. Mittlerweile hat sich Everett zu einem Traummann gemausert: Anwalt, selbstbewusst, unglaublich attraktiv. Sarah verbringt einige Tage bei ihrer Schwester Mackie, die glücklich mit dem Briten Clive verheiratet ist, aber sehr darunter leidet, dass sie noch keine Kinder bekommen hat. Die beiden Schwestern haben ein sehr enges Verhältnis, und Sarah beschließt, ihrer Schwester auf ganz ungewöhnliche Art zu helfen. Dafür wird sie vorerst in Houston bleiben. Noch ahnt keiner der Beteiligten, auf was sie sich da einlassen. Den Schwestern steht eine turbulente Zeit miteinander bevor, und auch Everett geht Sarah nicht mehr aus dem Sinn.

Die Autorin

Katherine Center wuchs in Houston, Texas, als mittlere von drei Schwestern auf. Sie begann bereits als Schülerin zu schreiben, studierte Englisch am Vassar College und Creative Writing an der Universität von Houston. Später arbeitete sie als Lehrerin und Buchhändlerin, bevor sie sich ganz dem Schreiben zuwandte. Nach »Das Mütterkomplott« ist »Eine Schwester zum Glück« ihr zweiter Roman im Diana Verlag. Katherine Center lebt mit ihrer Familie in Houston.

KATHERINE CENTER

Eine Schwester zum Glück

Roman

Aus dem Amerikanischen von
Ute Brammertz

Diana Verlag

Die Originalausgabe erschien 2010 unter dem Titel *Get Lucky*
bei Ballantine, einem Imprint der Random House Publishing Group,
Random House, Inc., New York

MIX
Papier aus verantwortungsvollen Quellen
FSC® C014496
www.fsc.org

Verlagsgruppe Random House FSC® N001967
Das für dieses Buch verwendete
FSC®-zertifizierte Papier *Holmen Book Cream*
liefert Holmen Paper, Hallstavik, Schweden.

Deutsche Erstausgabe 06/2013
Copyright © 2010 der Originalausgabe
by Katherine Pannill Center
Copyright © 2013 der deutschsprachigen Ausgabe
by Diana Verlag, München,
in der Verlagsgruppe Random House GmbH
Redaktion | Mercedes Rehm
Umschlaggestaltung | t.mutzenbach design, München,
unter Verwendung eines Motivs von © shutterstock
Satz | Leingärtner, Nabburg
Druck und Bindung | GGP Media GmbH, Pößneck
Alle Rechte vorbehalten
Printed in Germany
978-3-453-35745-7

www.diana-verlag.de

Für meine wunderbaren Schwestern:
Elizabeth Ann Pannill
und Shelley Pannill Stein.
Ich weiß nicht, wer ich ohne euch wäre.

1

Man hat mich gefeuert. Weil ich jedem einzelnen Mitarbeiter in unserer Firma eine Website mit Hunderten Bildern von weiblichen Brüsten gemailt habe. Sogar dem CEO und Aufsichtsratsvorsitzenden. Und den Praktikanten.

Vielleicht wollte ich meinen Job insgeheim gar nicht mehr. Manchmal sind die durchgeknallten Dinge, die ich tue, nämlich im Grunde ganz vernünftig. Und manchmal sind sie natürlich einfach nur durchgeknallt.

Ich wusste, dass die Firma gerade einen Prozess wegen sexueller Belästigung verloren hatte, der in den Medien bis ins Kleinste ausgeschlachtet worden war und bei dem es um eine Menge Geld ging. Es war klar, dass sie einem fortan absolut nichts mehr durchgehen lassen würden. Ich wusste, dass irgendwer in der Befehlskette darauf aus war, ein Exempel zu statuieren. Doch nichts von alldem kam mir in dem Moment in den Sinn. Und noch etwas vergaß ich in dem Augenblick: Ich hatte eben eine absolut einmalige Werbekampagne abgeliefert und stand nun endlich kurz vor einer Beförderung.

Zu meiner Verteidigung sei angeführt, dass es nicht so war, als hätten diese Leute noch nie eine weibliche Brust gesehen. Tatsächlich hatte es in unserer Agentur seit Monaten nur so davon gewimmelt. Wir hatten gerade eine landesweite Kampagne für einen großen BH-Hersteller abgeschlossen, und ich war dabei die Kreativdirektorin. Das gesamte Konzept war von mir – Anzeigen, die Frauen dazu aufforderten, alle möglichen verrückten Dinge mit ihrer Brust zu tun, während sie einen dieser BHs trugen.

Zum Eintauchen stand in einer Anzeige, während sich unser Push-up-tragendes Model über ein Schwimmbecken beugte und ihre Brüste ins Wasser hängte. *Zum Abschlecken* stand in einer anderen, während das Model sich ihren Busen mithilfe von zwei riesigen Eistüten zum Kinn hochschob. *Zum Durchstarten* verlangte eine dritte, während sie den Oberkörper gen Himmel krümmte. Und so ging es weiter: *Zum Vernaschen, Zum Verputzen, Zum Abwaschen, Zum Abtanzen, Zum Aufreißen, Zum Anknabbern, Zum Anbeten, Zum Abheben.* Ich hatte unzählige Stunden mit diesen Titten verbracht – Wochenenden, Abende – und mir den Hintern aufgerissen, um sie zum berühmtesten Dekolleté von ganz Amerika zu machen. Was sie bis Januar auch geworden waren. Keine schlechte Leistung.

Das Model für die Kampagne war neunzehn Jahre alt, zutiefst magersüchtig und hatte die gewaltigste Brustvergrößerung, die man sich nur vorstellen kann. Ich wusste noch nicht einmal, wie die junge Frau hieß. Wir nannten sie nur »die Tittenmaus«. Sie war ein mürrischer Teenager und verbrachte die Zeit zwischen den Aufnahmen damit, Ohrhörer zu tragen und Lattes zu trinken und dann Leute um Kaugummi zu bitten. Sie war ein hübsches Mädchen, obwohl man die Sommersprossen, die krumme Nase und den schielenden Blick hätte wegretuschieren müssen. Wenn wir ihr Gesicht überhaupt abgebildet hätten. Letzten Endes zoomten wir so dicht heran, dass es auf den Aufnahmen gar nicht mit drauf war. Wenn es sich um BHs drehte, wer brauchte da schon ein Gesicht?

So dachte ich früher wirklich. Ich übertreibe kein bisschen.

Wenn ich jetzt krass klinge, liegt das daran, dass ich es gewesen bin. Wenn ich unsympathisch klinge, dann trifft das wahrscheinlich auch zu. Zu dem Zeitpunkt in meinem Leben, nach sechs Jahren in der Werbebranche, war ich ein Mensch, dem das Dasein eine gehörige Tracht Prügel schuldete.

Und keine Sorge. Ich stand kurz davor, sie zu kriegen.

Ich war stolz auf die Anzeigen. Sie waren knallbunt, auffällig, frech und charmant. Alle waren ganz verzückt, und ich stolzierte wie eine Diva durchs Büro. Die Titten-Diva. Das war ich.

Doch irgendetwas stimmte nicht. Die Titten-Diva zu sein, war nicht so toll, wie ich es mir vorgestellt hatte. Man hatte mich in der Arbeit so lange nicht zu schätzen gewusst, dass es sich falsch anfühlte, als mir die Wertschätzung endlich zuteilwurde. Vielleicht hatte ich zu viel erwartet. Jahrelang hatte ich mir nun eingeredet, meine Kollegen seien Idioten. Vielleicht hatten meine ganzen Motivations-Selbstgespräche schließlich doch gefruchtet. Oder Bestätigung von außen ist immer ein wenig enttäuschend.

Die Bücher, die ich las, waren auch keine Hilfe. Ich hatte einen ganzen Stapel neben meinem Bett, der erläuterte, wie die Werbung uns alle unglücklich machte. Warum kaufte ich sie dann ständig? Das ist wie die Frage mit der Henne und dem Ei. Konnte ich meine Arbeit nicht leiden, weil ich die Bücher las? Oder las ich die Bücher, weil ich meine Arbeit nicht leiden konnte? So oder so konnte ich nicht verdrängen, was in ihnen geschrieben stand: Wir lebten in einem Wirtschaftssystem, das darauf beruhte, dass man Zeug kaufte. Also musste es dafür sorgen, dass wir unzufrieden und unglücklich waren. Wir sollten uns darauf konzentrieren, was wir nicht hatten, und nicht darauf, was wir hatten. Und es musste uns davon überzeugen, dass sich Dinge wie Glück, Friede und Schönheit kaufen ließen.

Nicht gerade der beste Bürotratsch.

Später stellte ich mir die Frage, ob die Werbebranche im Allgemeinen die ganze Welt über den Tisch zog oder ob bloß meine Firma mich über den Tisch zog. Ich bekam gewiss nicht genug Geld. Oder Anerkennung. Oder Wertschätzung. Doch solche Fragen bilden sich über einen langen Zeitraum heraus. Zuerst einmal brauchte ich eine Kleinigkeit, die wir einen Nervenzusammenbruch nennen könnten. Oder eine Erleuchtung. An beidem hatte ich keinerlei Interesse.

Soweit ich mich erinnere, passierte Folgendes: Am Abend vor unserer großen Abschlusspräsentation schickte meine Schwester mir einen E-Mail-Link mit der Betreffzeile »Titten, Titten, Titten!«. Ich war wegen des nächsten Tages zu aufgekratzt, um ins Bett zu gehen, und klickte darauf. Und da stieß ich auf eine riesengroße Bilddatei mit Brüsten von stinknormalen Frauen. Keine Gesichter, keine Körper, bloß Brüste. Brüste *au naturel.* Brüste in der freien Wildbahn. Brüste, ganz im Sinne von Mutter Natur.

Meine Schwester fand es einfach witzig. Ich dagegen reagierte anders: Zwanghaft scrollte ich immer weiter. Ich hatte in meinem Leben schon viele Brüste gesehen: im Fernsehen, in Filmen und auf den Titelseiten von Zeitschriften. Wer hätte das nicht? Aber ich hatte noch nie etwas wie diese echten Brüste hier zu Gesicht bekommen. Die Vielfalt war fesselnd. Hohe, tiefe, flache, volle. Dicht beieinander, mit Riesenabstand. Ungleich. Hängebusen. Schiefe Brustwarzen. Kleine. Sandsäcke. Quallen. Kakteen. Bananen, Dörrpflaumen und Gewürzgurken. Und hierbei handelte es sich um die Kategorie der Achtzehn- bis Zweiunddreißigjährigen. Dies waren Titten in der Blüte ihrer Jahre.

Unter jedem Foto stand eine Bildunterschrift der Brustbesitzerin. Und jede Unterschrift las sich ungefähr so: »Das sind meine Brüste. Sie hängen schrecklich (oder sind ungleich oder klein oder voller Dellen oder hässlich oder peinlich oder gurkenförmig). Ich wünschte, ich könnte was dagegen tun.« Die Kommentare reichten von heftigem Hass bis zu leichtem Abscheu, aber niemand, absolut niemand schrieb: »Hier sind meine Brüste. Sind sie nicht toll? Ich finde sie prima – halleluja!«

Ich war dazu auserkoren, am Morgen um neun ins Büro zu stöckeln und die BH-Kampagne vor allen wichtigen Mitarbeitern der Firma zu präsentieren. Doch anstatt früh ins Bett zu gehen, wie ich ursprünglich geplant hatte, blieb ich bis drei Uhr morgens wach und klickte mich durch die Fotos. Etwas an der Echtheit der Brüste auf der Website unterstrich die Falschheit der Titten in unseren Anzeigen. Etwas an der Würde der echten Brüste ließ unsere marktschreierisch gehypten Ballons lächerlich erscheinen. Auf einmal wirkte die ganze Kampagne aufdringlich, laut, dumm und einfach nur unverschämt auf eine Art, die ich nicht ignorieren konnte. Wie war es möglich, dass ich mir darüber bisher noch nie Gedanken gemacht hatte? Himmel noch mal, wir standen kurz davor, jeden Bus in ganz Amerika mit dem Dekolleté einer Frau zu bepflastern!

Ich dachte an all die normalen Frauen, die ihre BHs für die Kamera ausgezogen hatten. Ich dachte an ihren Mut, mit den eigenen Schönheitsfehlern vorzutreten, um anderen zu helfen, über ihre eigenen hinwegzukommen. Und auf einmal schämte ich mich, weil ich Teil des Problems war. Ich betrachtete die Website so lange, bis die Abbildungen und Worte in meinem Kopf zu einem Stimmengewirr unzufriedener und verzweifelter Frauen anschwollen, das ich nicht mehr zum Schweigen bringen konnte. Jedenfalls nicht bis vier Uhr morgens. Da klickte ich nämlich in der E-Mail meiner Schwester auf »Weiterleiten«, wählte den Firmenverteiler aus und ging auf »Senden«.

Ich lehnte mich zurück und nickte ein leichtes *Da-haben-wir-den-Salat*-Nicken.

In der darauffolgenden Stille wurde mir bewusst, was ich soeben getan hatte. Ich setzte mich kerzengerade auf, rang panisch nach Luft und suchte nach einer Möglichkeit, das Versenden der E-Mail ungeschehen zu machen. Obwohl ich die ganze Zeit genau wusste, dass das nicht ging. So ist das mit E-Mails: Sie lassen sich nicht zurücknehmen.

Im Grunde schmiss ich mich selbst raus. Auch wenn der Kerl, der mich tatsächlich feuerte – diskret und mehrere Stunden nach unserer todsicheren Erfolgs-Präsentation –, ein Vizepräsident namens J. J. war, den alle »Kid Dy-no-mite« nannten. Obwohl er gar nicht die Wucht von Dynamit hatte, sondern bloß einer von vielen Werbetypen bei *Marston & Minx* war. Ein Typ, mit dem ich vor sechs Jahren in der Agentur angefangen hatte und der im Gegensatz zu mir befördert worden war aufgrund von Arbeit, die wir zusammen geleistet hatten. Ein Kerl, mit dem ich anfangs Sex hatte, bis er mich als Workaholic bezeichnete und Schluss machte. Jetzt war er mit einer Frau verheiratet, die pinkfarbene Bermudashorts trug, wenn sie ihm das Mittagessen in einem Picknickkorb ins Büro brachte. Aber ich war wohl noch weniger »dy-no-mite« als er, denn ich war mit niemandem verheiratet, keiner brachte mir je das Mittagessen vorbei, und jetzt war ich auch noch arbeitslos.

J. J. sagte: »Du bist dir doch bestimmt darüber im Klaren, dass diese E-Mail unpassend gewesen ist.«

»Tatsächlich?«

Er seufzte kurz. »Man hat ziemlich Anstoß daran genommen. Ja.«

Wir standen in dem mittlerweile leeren Sitzungszimmer, in dem unsere »Titten!«-Kampagne später sieben Leuten aus unserem Team Beförderungen einbringen sollte. Auf allen Seiten waren wir von gewaltigen Vergrößerungen BH-bekleideter Brüste umgeben. Brüste, die größer als unsere Körper waren, in Vollfarbe. Ausschnittstäler so riesig wie ganze Sofagarnituren. Die »Zum Anstacheln«-Anzeige präsentierte mit Stacheldraht umwickelte Brüste. Bei »Zum Anbeißen« ruhten sie auf einem riesigen belegten Baguette. Und »Zum Aufpeitschen« zeigte eine Peitsche kurz vor dem Aufprall.

»J. J.«, sagte ich. »Sieh dich mal um.«

Er sah sich um.

»Was macht so was mit echten Frauen?«, frage ich.

»Echte Frauen?« Er neigte den Kopf. »Echte Frauen sind überbewertet.«

Dann schenkte er mir ein Lächeln, tätschelte mir die Schulter und sagte, der Fall sei erledigt. Es war Mittagszeit. Er hatte ein Meeting. »Trag's mit Fassung«, riet er mir auf dem Weg nach draußen. »Und wenn du dein eigenes Foto auf die Website hochladen solltest« – er öffnete die Tür mit einer Hand und legte mir die andere an den Rücken – »schick mir 'ne Mail.« Dann fügte er hinzu: »Den Wettbewerb würdest du auf jeden Fall gewinnen.«

»Es ist kein Wettbewerb«, sagte ich.

»Alles ist ein Wettbewerb«, erklärte er mir und ließ mich stehen.

Trotzdem ging ich mit meinem Team etwas trinken, um unseren Erfolg zu feiern. Ich war keine große Trinkerin, aber es schien einfach dazuzugehören. An dem Abend erzählte ich niemandem, dass man mich gefeuert hatte, und tat stattdessen die ganze Zeit so, selbst mir gegenüber, als ob ich immer noch ihre Chefin wäre. Sie zogen mich mit der Website auf und meinten, der Sturm würde sich schon wieder legen, und ein kleines bisschen glaubte ich ihnen sogar.

Weil ich nicht allein sein wollte. Ich wollte nicht still und einsam und ohne Job zu meiner Wohnung zurücklaufen. Schon die Fahrt mit dem Aufzug nach unten war schlimm genug gewesen, als ich mit ansah, wie sich die Türen zu den letzten sechs Jahren meines Lebens schlossen. Ich wusste, wo ich gewesen war, aber ich hatte keine Ahnung, wo es jetzt hingehen sollte. Als der Aufzug sich abwärts in Bewegung setzte, hatte ich das mulmige Gefühl, als würde ich abstürzen. Und es ging ja auch im wahrsten Sinne des Wortes abwärts mit mir.

Ich habe einen Trick für die Momente, wenn sich das eigene Leben zu jäh verändert, als dass man damit umgehen könnte: einfach ignorieren. So lange ignorieren, wie es geht. Dafür entschied ich mich. Ich würde über Thanksgiving nach Hause nach Texas fahren und keine einzige Sekunde daran denken, dass ich gefeuert war, bis ich am Montagmorgen wieder in der Stadt wäre und die Stellenanzeigen durchforstete. Es hilft zwar nichts, Dinge zu ignorieren, aber man kann ein bisschen Zeit schinden.

Irgendwann im Laufe des Abends in der Stadt zogen wir alle die letzten Gratis-BHs heraus, die der Kunde uns geschickt hatte, und legten sie über der Kleidung an. Sogar die Männer. Nach drei Gläsern Wein und einem Cocktail namens 75E, den der Barkeeper für uns erfunden hatte, fühlte ich mich entspannt wie niemals zuvor – und optimistisch, was meine neu gewonnene »Freiheit« betraf, als stünde ich kurz vor einem großen Abenteuer. Während ich vor versammelter Mannschaft bezüglich meiner Bettgeschichte mit Kid Dy-no-mite aus dem Nähkästchen plauderte – die Rollschuhderby-Fantasie, die *Cagney-&-Lacey*-Fixierung, Elton John auf Endlosschleife –, schoss mir auf einmal durch den Kopf: *Ich sollte öfter was trinken gehen.*

Allerdings gab es um sechs Uhr am nächsten Morgen, als ich mit dem Taxi nach Newark fuhr, die Stirn an die Fensterscheibe gepresst, nichts an dem Abend, was ich nicht bereut hätte.

Für den Heimflug hatte ich mithilfe von Frequent-Flyer-Bonusmeilen ein Upgrade zur ersten Klasse gebucht, und als wir durch den Holland-Tunnel schlingerten, klammerte ich mich an die Vorstellung, wie ich in einem dieser breiten Sitze eindösen würde, ein Glas Perrier auf dem Serviertischchen. Der vergangene Tag wirkte beinahe wie ein schlechter Traum, und ich war bereit, ihn so weit wie möglich hinter mir zu lassen. Mein Zuhause – eigentlich schon immer ein heikler Ort für mich – wirkte wie eine Zufluchtsstätte. Und da ich keine andere hatte, ließ ich mich darauf ein.

Doch am Flughafen hatten sie keinen Nachweis meines Upgrades. Und der Sitz, den man mir zugewiesen hatte, befand sich in der allerletzten Reihe.

Ich sagte: »Aber ich habe einen Buchungscode!«

Die Dame von der Fluglinie klickte auf ihrer Tastatur herum und schüttelte den Kopf. »Nein«, sagte sie. »Da ist nichts.« Und dann, als wäre damit alles gesagt: »Dieser Buchungscode ist ungültig.«

Mir ging es nicht gut. Ich hatte Kopfschmerzen, mir war übel, ich war arbeitslos. Doch ich beschwerte mich nicht. Meine Mitbewohnerin Bekka war Flugbegleiterin. »Weißt du, was wir mit den unverschämten Passagieren machen?«, hatte sie mich einmal gefragt. »Wir leiten ihr Gepäck nach Frankreich um.«

Letzten Endes bedankte ich mich bei der Dame sogar noch für ihre Hilfe und machte mich auf den Weg zum offensichtlich schlechtesten Sitzplatz in dem ganzen Flieger – ein Trennwandsitz, dessen Rückenlehne sich nicht nach hinten verstellen ließ. Außerdem ging ich als allerletzter Passagier an Bord, und als ich mich endlich meinem Sitz näherte, stand ich kurz vor einem Zusammenbruch. Ich wollte mich bloß noch in meine kleine Ecke zwängen und schlafen, doch zuerst musste ich an den Passagieren in meiner Sitzreihe vorbei. Ich stopfte mein Handgepäck gewaltsam oben in die Gepäckablage, während die anderen ihre Sitzgurte öffneten, aufstanden, auf den Gang traten und warteten. Dann, als ich mich an ihnen vorbeischob und beinahe mein Ziel erreicht hatte, sprach mich einer meiner Sitznachbarn an. Wir waren Bauch an Bauch, während ich mich an ihm vorbeizwängte, und er sagte Folgendes: meinen Namen.

»Sarah«, sagte er – und zwar nicht wie eine Frage. Nicht wie: *Bist du es?* Sondern eher wie: *Sarah. Natürlich.* Als ich hochblickte, stand da, wenige Zentimeter vor mir, mein Freund aus der Highschool, Everett Thompson.

Ich hatte ihm das Herz gebrochen. Ich hatte ihm für einen dumpfbackigen Fußballkapitän mit schönen Waden den Laufpass gegeben. Bei meinem letzten Gespräch mit

Everett war er siebzehn gewesen und vom Weinen ganz heiser. Ich konnte es beinahe noch hören. Er hatte sich herübergeschlichen und die Nacht vor meinem Fenster verbracht. Aus heutiger Sicht wirkt das niedlich, aber damals hat es mich dazu veranlasst, ihn am nächsten Tag in der Mädchentoilette als einen »totalen Freak« zu bezeichnen.

Doch er hatte sich wieder gefangen. Er ging nach Stanford und an die New York University School of Law. Er wurde Spitzenanwalt in L.A. Eine Zeit lang machte das Gerücht die Runde, er sei mit Mary-Louise Parker zusammen. Meine Schwester rief mich deswegen an: »Ich wette, du kommst dir ziemlich blöd vor, weil du ihm den Laufpass gegeben hast, was?«

»Yep«, sagte ich.

»Du könntest jetzt Mary-Louise Parker sein«, stichelte sie.

»Funktioniert das denn so?«

Hier im Flugzeug wurde mir klar, wie das Mary-Louise-Parker-Gerücht in Umlauf gekommen war. Auf einmal hatte Everett Starqualitäten. Er sah so anders aus als der Junge, den ich auf der Highschool gekannt hatte, als er ein Meter fünfundachtzig groß gewesen war und vielleicht vierzig Kilo gewogen hatte. Es hätte mich nicht überraschen sollen, dass er erwachsen geworden war. Das waren wir alle. Aber ich war überrascht. Er war nicht mehr so spindeldürr – und offensichtlich regelmäßiges Mitglied in einem Fitness-Studio. Er sah aus wie ein Mann. Alles an ihm war breiter und stärker. Obwohl er immer noch die leicht schiefe Nase hatte, und ein Ohr, das ein klein wenig abstand, und die weiße Narbe an seinem Kinn, die er dem Spachtel seines Cousins zu verdanken hatte. Kurz spürte ich das Verlangen, sie zu berühren.

Dann merkte ich, dass ich den Atem anhielt. Er hatte allen Grund, mich zu hassen, und ich fragte mich, ob er es immer noch tat. Bestimmt nicht, oder? Nicht nach all den Jahren.

»Wow«, sagte er und ließ dann den Blick über mein Gesicht schweifen. »Du bist alt geworden.«

Eine Stichelei. Mit einer Stichelei hatte ich nicht gerechnet. In meiner Erinnerung war er immer nur lieb und total verknallt gewesen. Und überhaupt, sollten Menschen, die sich jahrelang nicht gesehen haben, nicht nett zueinander sein? Aus Respekt vor der verstrichenen Zeit, wenn schon vor sonst nichts?

Doch jetzt hatte er damit angefangen. Und ich war zu gelähmt, um zurückzusticheln. Ich hätte alles für eine schlagfertige Erwiderung gegeben, brachte aber nur ein mickriges Seufzen zustande. Außerdem konnte ich an nichts anderes denken als an seinen Mund direkt vor mir, nur Zentimeter von meinem entfernt. Ein Mund, den ich schon geküsst hatte, auch wenn ich ihn im Grunde nicht wiedererkannte. Bei einer polizeilichen Gegenüberstellung hätte ich keine Chance gehabt.

Eine Sekunde lang fragte ich mich, ob er es ernst meinte, oder ob er bloß fies sein wollte. Dann wurde mir klar, dass es keinen Unterschied machte. Anscheinend war das der Stand der Dinge. Er hatte mir nicht verziehen. Wir waren Feinde fürs Leben.

Ich beschloss, den Anstand zu wahren. »Schön, dich wiederzusehen, Everett. Freut mich, dass deine Akne verheilt ist.«

Dann schob ich mich weiter und ließ mich nieder, während Everett neben mir seinen Kopfhörer aufsetzte und einen Laptop herauszog. Ich hatte endlich meinen Sitzplatz erreicht, doch entspannen konnte ich mich trotzdem nicht. Everetts Ellbogen berührte meine Hüfte, und jedes Mal, wenn das Flugzeug schwankte, rieb er gegen mich.

So viel zum Thema Schlafen.

Eigentlich rechnete ich ständig damit, dass wir uns einander zuwenden und darüber lachen würden, wie dumm Highschool-Kids sind, darüber, dass die Jugend im Grunde an die jungen Menschen vergeudet wird. Schließlich war es mehr als zwölf Jahre her, dass wir miteinander gegangen waren. Mittlerweile waren wir dreißig. Bestimmt hatte doch die Zeit die Beleidigungen und Verletzungen gelindert. Von New York nach Texas war es ein langer Flug, und ich hielt es für durchaus möglich, das Kriegsbeil zu begraben. Ich bereitete meine Entschuldigung vor – oder versuchte es wenigstens. So recht wusste ich nicht, wie ich mein damaliges Verhalten erklären sollte. Ich war einfach nur dumm gewesen. Erst siebzehn. Ich fühlte mich geschmeichelt von dem Fußballspieler. Ich wusste nicht, wer ich war, und dachte, die Liebe wäre leicht. Ich war der Meinung, das Leben wäre ganz anders und überhaupt nicht so, wie es sich herausgestellt hatte.

Meine Schwester Mackie holte mich vom Flughafen in Houston ab, und als sie in ihrem Wagen anhielt, nicht einmal einen Meter von mir entfernt, war ich derart beschäftigt, Everett Thompson zu ignorieren, dass ich sie gar nicht sah.

Schließlich hupte sie.

Ich umarmte sie beim Einsteigen. Sie trug die Ohrringe, die ich ihr zu Weihnachten geschenkt hatte, und hatte sich den Pony mit einer winzigen Haarspange zur Seite gesteckt. »Du siehst wieder mal umwerfend aus«, sagte ich.

Sie küsste mich auf die Wange. »Nicht so umwerfend wie du, Babe.«

Wir fuhren los, und ich lehnte mich in meinen Sitz zurück. Ich wollte die letzten vierundzwanzig Stunden in allen Einzelheiten mit ihr durchgehen und sie möglicherweise dazu zwingen, mir meinen Job wiederzubeschaffen, doch sie hatte ein eigenes Thema parat. Sobald mein Gurt eingerastet war, sagte sie: »Ich möchte bloß, dass du es weißt: Ich gebe es auf.«

Mir war immer noch von den »leichten Turbulenzen« schlecht, die wir auf dem Landeanflug erlebt hatten. »Was gibst du auf?« Ich kurbelte das Fenster runter.

»Du weißt schon.« Das Stricken? Das Kaufen von Antiquitäten? Knabbereien am späten Abend? Ich konnte immer noch Everett Thompsons Ellbogen spüren, wenn ich daran dachte. Also dachte ich nicht mehr daran.

»Ich gebe es auf, es zu versuchen.«

Jetzt kapierte ich es. Ich drehte mich ihr zu. »Du willst deinen Kinderwunsch aufgeben?«, fragte ich.

Mackie nickte. Sie war tags zuvor beim Arzt gewesen, und dieser hatte genau das Gleiche gesagt wie all die anderen Spezialisten – über ihre Endometriose und ihre Versuche, ein Kind zu bekommen –, wenn auch in poetischeren Worten: Ihre Gebärmutter war zugeschnürt von seilartigen Knoten aus Narbengewebe. Sie konnte sich nicht dehnen, ein Baby hatte keinen Platz darin, und man konnte nichts machen.

Im Grunde war das natürlich nichts Neues. Wir alle hatten es gewusst, seitdem sie angefangen hatte, es zu versuchen. Doch wir hatten geglaubt, Mackie könnte es mithilfe von Optimismus und Eifer doch schaffen. Die ganzen anderen Wunder, die nötig waren, um ein Baby zu bekommen, funktionierten – Mackie wurde ohne Weiteres schwanger. Es schien ihr nur nicht zu gelingen, schwanger zu bleiben. Wir waren wohl davon ausgegangen, wenn sie nur lange genug dabeibliebe, würde uns schon etwas einfallen. Doch von heute Abend an würde sie nicht mehr dabeibleiben. Sie versuchte nun schon seit sechs Jahren, ein Baby zu bekommen, und heute, im Wagen auf der mautpflichtigen Autobahn, gab sie es auf, als wäre irgendetwas jemals im Leben so einfach.

»Was wirst du tun?«

»Du meinst stattdessen? Anstatt Mutter zu werden?«

»Genau.«

»Darüber habe ich schon nachgedacht«, sagte sie. »Ich werde mich wieder an der Uni einschreiben. Ich brauche einen interessanteren Beruf.«

Ich konnte nachvollziehen, weshalb es sie im Moment reizte, die Sache ganz sein zu lassen. Vielleicht würde sie eines Tages, mit einem gewissen Abstand, eine Adoption in Erwägung ziehen. Aber manchmal will man eben einfach genau das, was man will.

Sie fuhr fort: »Ich werde anfangen, dekorative Porzellanteller zu sammeln. Ich habe mich entschlossen, Quilten und Schachspielen zu lernen. Ich lege mir eine bessere Frisur zu und suche mir einen Personal Trainer. Außerdem melde ich mich als Freiwillige im Frauenhaus und klebe den Salzstreuer in Karottenform wieder zusammen. Und ich lese endlich dieses Buch über den Hahn, das alle gelesen haben.«

»Nymphensittich.«

»Wie auch immer.«

»Das klingt alles prima!« Ich hörte selbst, dass mein Enthusiasmus aufgesetzt klang.

»Ich könnte auch Modern Dance belegen«, fügte sie hinzu. »Vielleicht. Wenn ich keinen Turnanzug tragen muss.«

»Du bist erwachsen«, sagte ich. »Keiner kann dich zwingen, einen Turnanzug zu tragen.«

Mittlerweile befanden wir uns auf dem Highway, mit hochgekurbelten Fenstern, und düsten auf das Herz von Houston zu, zurück in die Gegend, in der wir zusammen aufgewachsen waren. Bloß ein paar Blocks weiter wohnten jetzt Mackie und ihr Ehemann Clive in einem Haus, das sie selbst gebaut hatten.

Mackie hieß eigentlich Mary Katherine, ein Name, der überhaupt nicht zu ihr passte, und ich hieß Sarah Jane. Im Alter von zwei Jahren hatte ich mir »Mackie« ausgedacht, wofür sie sich immer noch manchmal bei mir bedankte.

Sie war nur ein Jahr älter. Wir sahen einander sehr ähnlich – à la Olsen-Zwillinge, auf eine Man-weiß-dass-sie-nicht-eineiig-sind-aber-man-kann-sie-nicht-auseinanderhalten-Art. Wir waren gleich groß, wogen gleich viel, hatten die gleichen Sommersprossen und roten Haare. Die gleiche BH-Größe. Wir hatten sogar die gleichen Locken – bloß dass Mackie jeden Morgen aufstand und ihre mit einem Glätteisen bändigte.

Hätten wir auch noch die gleichen Haare, würden die Leute uns für Zwillinge halten. Ehrlich gesagt war Mackies Nase ein bisschen gerader und ihre Eckzähne länger; ich dagegen hatte einen längeren Hals und ein spitzeres Kinn. Meine Augen waren haselnussbraun, ihre waren stahlblau. Außerdem hatte sie diese Zehen, bei denen der zweite länger war als der große Zeh – viel länger, im Grunde irre viel länger. Eigentlich waren alle ihre Zehen lang, und in unserer Kindheit ließ ich es mir nicht nehmen, sie ihre »Würmer« zu nennen.

Mackie glättete sich, seit ich denken kann, ihre Haare – mal mit mehr, mal mit weniger Erfolg –, und ich glaube, einzig und allein aus dem Grund verwechselten uns die Leute nie. Ich war die Harper-Schwester mit den Wuschelhaaren – auch wenn man genau genommen sie als die Harper-Schwester mit den *braven* Haaren bezeichnen müsste, denn sämtliche Frauen in unserer Familie hatten Korkenzieherlocken, außer meiner Mutter, deren seidige Glätte immer Mackies Goldstandard gewesen war. Mackie bewahrte sogar eine lange Strähne von ihrem Haar in einer Andenkenschachtel auf.

Meine Schwester und ich standen uns nahe, auch wenn

wir nicht unbedingt beste Freundinnen waren – denn eine beste Freundin sucht man sich aus. Eine beste Freundin ist normalerweise etwas Vorläufiges, bis sie wegzieht, befördert wird und zu viel arbeitet oder man sich einfach auseinanderlebt. Bei Freundinnen muss man die Nummer griffbereit haben, man arbeitet im selben Büro oder lebt in derselben Stadt. Bei Schwestern ist das alles egal. Und letztlich war das mein Glück.

Damit möchte ich nicht sagen, dass meine Schwester mich nicht in den Wahnsinn trieb. Absolut! Obwohl wir sämtliche Texte von jedem einzelnen Lied aus *The Music Man* auswendig kannten, eine seltsame Vorliebe für Heißluftballons hatten und für dieselben Schauspieler schwärmten, waren wir einander weniger ähnlich, als der äußere Schein vermuten ließ. Ich kam immer zu spät, sie war stets pünktlich. Sie war eine Ordentlichkeitsfanatikerin, ich total schlampig. Sie mochte Koriander, ich fand ihn schrecklich. Und selbstverständlich geschah es bei jeder unserer Auseinandersetzungen, dass wir binnen zehn Sekunden vom Streiten zum Schreien übergingen – die Schnellkasse nach einem Leben voller Streitereien und Aussöhnungen.

Doch ich spürte eine Verbindung mit ihr wie mit sonst niemandem auf der Welt. Vielleicht ist das bei allen Schwestern so, das weiß ich nicht. Wenn ihr etwas Gutes widerfuhr, fühlte es sich ein bisschen so an, als würde es auch mir widerfahren – und ebenso bei schlechten Dingen. Und genau deshalb wollte ich nicht, dass sie so tat, als ginge es ihr gut damit, ihren Kinderwunsch aufzugeben. Ich wusste, dass es ihr nicht gut damit ging, weil es mir ganz bestimmt nicht gut damit ging, und ich wollte wenigstens, dass es uns gemeinsam nicht gut damit ging.

Tja, im Wagen fing ich also versehentlich an, mit Mackie zu streiten. Das hätte ich niemals zulassen dürfen. Wäre ich nicht verkatert gewesen, arbeitslos, reisekrank und kürzlich um Jahre gealtert, hätte ich es nicht getan. Doch das war so ein Augenblick, in dem ich mich über sie ärgerte, als hätte sie eine Riesenentscheidung getroffen, die auch Auswirkungen auf mein Leben hatte, ohne mit mir darüber zu reden. Was sie irgendwie auch getan hatte. Ein ganz kleines bisschen.

In diesem Augenblick, den ich am liebsten zurücknehmen würde, sagte ich nach einer Pause: »Ich glaub einfach nicht, dass du aufgibst.«

Sie seufzte. »Tja«, sagte sie, »kannst es ruhig glauben.«

»Du hast schon in der sechsten Klasse die Namen deiner Kinder ausgesucht«, sagte ich.

»Das machen alle Mädchen.«

»Ich hab es nie gemacht.«

»Nein«, sagte sie, »bei dir waren es die Namen für deine Haustiere.«

Richtig. Das hatte ich ganz vergessen. Schon komisch, dass ich jetzt gar kein Haustier besaß.

»Sieh mal«, sagte sie. »Es wird nicht passieren. Es ist an der Zeit, das zu akzeptieren.«

Ich weiß nicht, was ich zu erreichen glaubte. Es konnte nicht gut ausgehen. Doch ich wollte einfach, dass sie bekam, was sie sich wünschte. Ich hatte das Gefühl, als könnte ich nicht glücklich sein, wenn sie nicht glücklich war. Und ich wollte verdammt noch mal glücklich sein!

»Es muss eine Möglichkeit geben«, sagte ich.

»Tja«, sagte sie, »wenn du sie finden solltest, dann gib mir verflucht noch mal Bescheid.«

Ihre Stimme zitterte, als würde sie gleich anfangen zu weinen. Und meine Schwester weinte nie. Sie weinte nicht bei *Zeit der Zärtlichkeit*. Sie weinte nicht, als ihr Tanzpartner beim Abschlussball ihr Kleid und Ansteckbukett beim Abendessen über und über mit Ketchup bekleckerte. Und sie weinte nicht an dem Sommerabend vor langer Zeit, an dem unsere Mutter starb. Jedenfalls nicht gleich. Ich dagegen hatte schrecklich nah am Wasser gebaut. Einmal weinte ich bei einer Tamponwerbung. Doch Mackie war die Art Mädchen, die wieder aufstand, sich den Dreck von den Kleidern klopfte und sich zusammenriss; als ich hörte, wie ihr die Stimme versagte, machte ich rasch einen Rückzieher.

»Ich hab's nicht so gemeint!«, rief ich. Es gab reichlich schreckliche Dinge, die einem widerfuhren, wenn man Kinder großzog. Vielleicht mussten wir uns darauf konzentrieren. »Weißt du, was Kinder machen?«, fragte ich. »Sie ruinieren einem das Leben. Meine Freunde mit Kindern sind bloß leere Hülsen der Menschen, die sie früher einmal gewesen sind.«

»Stimmt.« Sie nickte.

»Vielleicht haben wir die Sache mit dem Kinderkriegen ein bisschen romantisch verklärt«, sagte ich. »Vielleicht haben wir uns getäuscht, und du bist gerade noch einmal mit einem blauen Auge davongekommen.«

»Ja, vielleicht«, sagte sie, und wir schwiegen, während wir uns mit dem Gedanken auseinandersetzten.

Nach einer Weile wechselte ich das Thema. »Heute im Flugzeug habe ich neben Everett Thompson gesessen.«

Ich rechnete mit einem »Everett Wer?« oder damit, dass sie sich kaum an ihn erinnern würde – dass ich ihr ins Gedächtnis rufen müsste, wer er war, und die ganze lange Geschichte zwischen uns, obwohl ich am liebsten verdrängt hätte, wie ich ihn damals behandelt hatte. Später würden wir es besprechen. Das mussten wir. Das ist eine der Sachen, die Frauen einfach machen – die Vergangenheit wieder und wieder umkreisen: analysieren, verarbeiten, einen Sinn suchen. Auch wenn ich mir nicht sicher war, dass es allzu viel Sinn darin zu suchen gab, was ich Everett angetan hatte: Wie ich zugesagt hatte, mit ihm zum Valentinstanz der Unterstufe zu gehen, aber wie ich dann später, als der Stürmer der Fußballmannschaft mich ebenfalls gefragt hatte, auch ihm zugesagt hatte. Und dann hatte ich Everett irgendwie nie Bescheid gegeben. Ich ließ ihn einfach in einem geliehenen Smoking mit einer Handvoll Rosen bei mir zu Hause aufkreuzen, wo er dann herausfand, dass ich bereits weg war.

An dem Abend hatte ich schließlich mit dem Fußballer darüber gestritten, ob er mir die Hand in den Ausschnitt stecken durfte oder nicht (er gewann) – und Everett bekam von meinem Vater eine Lektion über den Krieg von 1812 erteilt, während sie eine auf stumm geschaltete Tierdokumentation ansahen und Gebäck aßen. Als mein Dad zum Schlafen nach oben ging, wünschte Everett ihm eine gute Nacht und wartete dann auf der kleinen Veranda vor dem Haus auf meine Rückkehr. Ich kam um halb eins nach Hause – eine halbe Stunde nach Zapfenstreich –, traf auf den wartenden Everett und machte auf der Stelle Schluss mit ihm. Ich bin mir ziemlich sicher, dass ich etwas lächerlich Highschoolmäßiges sagte wie: »Bleib cool.« Ich weiß, dass ich danach nicht mehr in der Schule mit ihm redete, seine Anrufe entgegennahm, seine Briefe las oder ans Fenster kam, wenn er Kiefernzapfen dagegenwarf.

Im Wagen mit Mackie rechnete ich damit, die ganze Geschichte noch einmal durchgehen zu müssen. Doch das war nicht die Reaktion, die ich bekam. Ich hörte stattdessen: »O Gott! Das hab ich ganz vergessen, dir zu erzählen!«

»Vergessen, mir was zu erzählen?«

»Clive hat ihn kürzlich eingestellt.«

Das ging mir zu schnell. »Clive hat kürzlich meinen Freund aus der Highschool eingestellt? Er wird für ihn arbeiten?«

Mackie nickte. »Ja! Auf Honorarvorschuss! Als juristischer Berater!«

»Und du hast vergessen, mir das zu erzählen?«

»Nun ja«, sagte sie. »Ich wollte es dir gleich am Flughafen sagen.« Bei dem Gedanken an die große Entscheidung, die sie soeben getroffen hatte, holte sie tief und entschlossen Luft. »Aber dann hab ich's vergessen.«

»Sicher.« Natürlich. Dann sagte ich: »Ich dachte, er wäre in L. A.«

»War er auch«, sagte Mackie. »Letztes Jahr ist er nach New York gezogen. Irgendeine große Beförderung.«

Das ergab keinen Sinn. »Wieso zieht er dann zurück nach Texas?«

»Das weiß keiner. Es ist ein großes Geheimnis. Aber wir haben ihn uns gekrallt.« Dann kniff Mackie die Augen zusammen und versuchte, sich an damals zu erinnern. »Was hast du ihm gleich noch mal angetan?«

»Ich will nicht darüber reden.«

»Hasst er dich immer noch?«

»Ja«, sagte ich. »Er hasst mich definitiv noch.«

»Wie blöd«, sagte sie. »Denn er kommt auf die Thanksgiving-Party.«

Deshalb war ich einen Tag früher nach Hause gekommen. Wegen der Thanksgiving-Party. Clives Firma veranstaltete jeden Monat ein Fest, und ich hatte noch nie an einem teilgenommen. Es ging um den firmeninternen Gemeinschaftssinn – Teil der Management-Strategie, die Clive zum Senkrechtstarter in der Welt des Vertriebs von Online-, Öko- und Bio-Holzspielzeug gemacht hatte. Die Management-Strategie, die *Clacker Toys* auf die Titelseite von *Business Week* gebracht hatte.

»Es wird keine langweilige Bürofeier«, beteuerte Mackie, als sie anrief. »Es wird eine richtige *Party.*«

»Man feiert keine Thanksgiving-Partys«, hatte ich gesagt. »Das ist nicht die Art von Feiertag.«

»Tja, aber das sollte es sein«, hatte Mackie gesagt, um dann hinzuzufügen: »Clive verkleidet sich als Truthahn.«

»Du machst Witze, oder?«

Doch sie erwiderte nur: »Bei Clive weiß man nie.«

Die Firmenfeiern fanden immer bei Clive und Mackie zu Hause statt, weil sich die Leute dort gut verteilten.

Und es war ein wunderschönes Haus. Ich hatte vieles zu dem fertigen Produkt beigetragen, unter anderem den Vorschlag eines Fliesenspiegels aus Beton in der Küche und der Frühstücksecke, und ich könnte noch stundenlang von dem Design schwärmen – elegant und modern, aber gleichzeitig warm. Es gab viele Fenster und reichlich Licht, roh bearbeitete Holzböden, einen Kamin aus Lehmziegeln. Bei den Firmenfesten, erzählte mir Mackie, ließ sie Teelichter in Glasschalen im Swimmingpool treiben, die aneinanderklirrten und alles zum Leuchten brachten.

»Everett Thompson kommt auf eure Thanksgiving-Party?«, fragte ich.

»Ich habe ihn nicht eingeladen«, sagte Mackie. »Das war Clive. Und bis heute Morgen wusste ich nicht einmal, wen Clive da überhaupt eingestellt hat. Und Clive wusste bis dahin nicht, wer Everett war. Ich glaube nicht, dass Everett weiß, dass Clive dein Schwager ist.«

Deshalb hatte also Everett in meinem Flugzeug auf einem schlechten Sitzplatz gesessen. Wir flogen beide frühzeitig zu Thanksgiving nach Hause, um auf dieselbe Party zu gehen. Eine Party, die ich mir nun schenken würde.

»Du musst kommen!«, sagte Mackie. »Du hast es versprochen.«

»Das war, bevor Everett mich im Flugzeug als alt bezeichnet hat.«

»Er hat dich als alt bezeichnet?«

»Hat er.«

»Hat er dich auf charmante Weise als alt bezeichnet?«

»Wie soll denn das gehen?«

»Er hätte es auf eine Du-bist-nicht-wirklich-alt-ich-flirte-bloß-mit-dir-du-sexy-Weib-Art sagen können.«

»Tja«, sagte ich, »er hat es mir auf die Mit-dir-geht's-bergab-und-ich-sehe-unglaublich-gut-aus-und-so-sollte-es-auch-sein-denn-das-Leben-bestraft-dich-Art gesagt.«

»Sieht er wirklich unglaublich gut aus?«

»Fehlt nicht viel.«

»Wie ist denn das passiert?«

»Keine Ahnung«, sagte ich. »Als ich ihn das letzte Mal gesehen hatte, war er ein Haufen Knochen mit Akne.«

»Aber er hatte damals schon was.«

»Ja«, stimmte ich ihr zu. »Hatte er.«

»Was wohl aus dem Fußballer geworden ist, mit dem du durchgebrannt bist?«, meinte Mackie.

Sie wusste es natürlich. Das taten alle.

»Ich glaube, er wurde von Außerirdischen entführt«, behauptete ich.

»Ist er am College nicht kokainabhängig geworden und hat seinen BMW zu Schrott gefahren?«

So ein Idiot! Mittlerweile ging es ihm gut, und er arbeitete im Finanzwesen. Ich sah Mackie kopfschüttelnd an. »Ich bleibe bei der Geschichte mit den Außerirdischen.«

Wir hatten Mackies und Clives Auffahrt erreicht. Mackie bog ein und bremste. Wenigstens dachte sie nicht mehr an Babys. »Ich komme nicht auf die Party«, sagte ich. »Ich gehe stattdessen ins Kino.«

»Natürlich kommst du auf die Party.«

»Auf keinen Fall.«

Da Clive über Nacht verreist war, hatten wir das Haus ganz für uns. Mackie machte sich an die Zubereitung des

Abendessens, während ich meinen Koffer ins Gästezimmer brachte. Und da stieß ich auf etwas, worauf ich wirklich nicht gefasst war. Das Gästezimmer, in dem ich immer schlief, war seit meinem letzten Besuch gelb gestrichen worden. Und am Fenster standen ein Kinderbettchen, ein Wickeltisch, und vom Ventilator hing ein Mobile aus Zootieren. Ein Buggy wartete noch verpackt in der Ecke. An der Wand hing ein Aquarell von einem Nilpferd, das während unserer Kindheit in unserem Schlafzimmer gehangen hatte.

Mackie musste das alles im Laufe ihrer letzten Schwangerschaft gemacht haben – die drei Wochen länger als all die anderen gedauert hatte, aber vor Kurzem zu Ende gegangen war, im zweiten Drittel ihrer Schwangerschaft. Sie hatte mir nicht erzählt, dass sie das Kinderzimmer eingerichtet hatte. Ich konnte nachvollziehen, weshalb Mackie dieses Thema nicht ansprechen wollte. Ich verstand, dass es etwas sehr Intimes war, ein Zimmer für ein Baby zu renovieren, bei dem es passieren konnte, dass man es verlor. Es war ein Akt der Hoffnung zwischen Mutter und Kind.

Ich stellte meinen Koffer ab. Dies war das Zimmer, in dem sie gehofft hatte, das Baby zu wiegen. In dem sie sich ausgemalt hatte, Strampler zu falten und Guck-guck zu spielen. Hier hatte sie sich ihr Muttersein vorgestellt. Das war die Fürsorge, mit der sie ihr Baby überschütten wollte. Es war eine Sache, theoretisch zu wissen, dass Mackie sich ein Baby wünschte, und etwas ganz anderes, mitten in dieser Sehnsucht zu stehen. Ich stand neben dem Bettchen, hob eine kleine Rassel auf und fragte mich, wie es sein musste, sich etwas so verzweifelt zu wünschen und es nicht annähernd erreichen zu können.

In dem Augenblick tauchte Mackie im Türrahmen auf. »Ich hab vergessen, dir von dem Zimmer zu erzählen.« Sie sah sich mit einem Achselzucken um. »Ich hab mich ein bisschen mitreißen lassen.«

»Es ist wunderschön.«

»Danke«, sagte sie. »Ich werde alles auf eBay verkaufen.«

»Im Ernst?«

»Ja.« Sie drehte sich um und ging wieder in die Küche.

Dies sind die Dinge, die meine Schwester hatte und die ich wollte: einen Mann, der sie abgöttisch liebte, ein Haus mit Gartenmöbeln aus Teak, einen begehbaren Wandschrank, der größer war als mein ganzes Apartment, und die Sammlung Beatles-Alben unserer Mutter. Und dies sind die Dinge, die ich hatte und die sie wollte: ein glamouröses Leben in New York, einen schicken (ehemaligen) Job, reichlich Gründe zu verreisen, und das Gefühl von unbegrenzten Möglichkeiten. Sie hatte Stabilität und einen Sub-Zero Kühlschrank. Ich hatte eine U-Bahn-Karte und H&H-Bagels. Sie hatte nie außerhalb von Texas gelebt. Ich war zur Uni gegangen und nie mehr zurückgekehrt.

Doch ich vermisste Mackie. Ich rief mindestens einmal am Tag bei ihr an. Weil sie der erste Mensch war, mit dem ich reden wollte, wann immer ich eine freie Minute hatte. Das Wichtigste an dem ganzen verrückten Jahr, das uns erwartete, ist, wie sehr ich meine Schwester liebte. Denn dort in Mackies leerem Kinderzimmer, als ich ein Plüschtier in den Armen hielt und mich in den Schaukelstuhl gleiten ließ, kam mir eine Idee. Eine Idee, die all unsere

Leben auf eine Art und Weise verändern würde, die ich mir damals nicht hätte träumen lassen. Eine Idee, die wir vielleicht nie hätten ausprobieren sollen. Aber was soll ich sagen? In dem Augenblick kam sie mir genial vor. Es schien die beste Idee zu sein, die ich je hatte. Es schien, als hätte ich vielleicht zum allerersten Mal einen Weg gefunden, mich um Mackie zu kümmern, statt umgekehrt.

2

Als ich Mackie meinen Vorschlag unterbreitete, sagte sie: *Nein.*

Sie hatte einen Mais-Avocado-Salat mit Limette und Paprika zum Abendessen gemacht. Wir saßen an dem großen Bauerntisch in ihrer Küche mit Weingläsern voll San Pellegrino. Der Raum fühlte sich luftig und elegant an. Jedes Mal, wenn ich über die Feiertage nach Hause fuhr, konnte ich einfach nicht fassen, wie viel Platz es bei ihnen gab. Ich dachte an meine duschkabinengroße Kochnische in New York und dass in Texas wirklich alles größer *war.*

»Du lässt mich gar nicht ausreden«, sagte ich.

»Richtig«, sagte sie. »Weil du nicht ausreden wirst. Ich sage nämlich: Nein.«

»Tja.« Ich zuckte mit den Schultern. »Und ich sage Ja.«

»Die Entscheidung liegt nicht bei dir.«

Ich streckte die Hand aus und legte sie auf Mackies. »Es ist eine gute Idee.«

»Es ist eine verrückte, gefährliche und sehr schlechte Idee.«

»Mackie. Ich kann dir helfen.«

Ich musste ihr ziemlich gut zureden, aber schließlich ließ sie sich dazu breitschlagen, dass ich ihr Nein akzeptieren würde, wenn sie mich bloß aussprechen ließe. »Du musst mir bloß richtig zuhören«, sagte ich.

»Und dann kann ich Nein sagen?«

»Dann kannst du Nein sagen.«

»Und dann lassen wir das Thema sein?«

»Dann lassen wir es sein.«

Ich setzte mich auf meinem Stuhl zurück. Vielleicht hatte ich es das erste Mal falsch formuliert. Vielleicht hatte »Warum kriege ich das Baby nicht für dich?« in Mackies Ohren ein wenig schroff geklungen.

Ich fing noch einmal von vorne an. Diesmal versuchte ich es folgendermaßen: Ihre Gebärmutter funktionierte nicht? Und wenn schon! Sie hatte doch immer noch ihre Eier! Wenn sie nichts weiter als eine Gebärmutter brauchte, konnte sie sich meine ausleihen. Ich hatte da eine, die in New York vergammelte. »Dies ist mein Angebot«, sagte ich. »Dein Ei, sein Sperma. Ich steuere die Gebärmutter bei.«

Mackie sah mich nur an.

Und dann sagte ich, hauptsächlich um ihr auf den Wecker zu gehen: »Ihr mischt den Teig, ich backe das Brötchen.«

Doch mittlerweile hatte ich sie zum Nachdenken gebracht. »Bei dir klingt das so einfach.«

»Weil es einfach ist«, sagte ich.

Das war noch am Anfang. Bevor mir jemals Ausdrücke wie *interfamiliäre Schwangerschaftsausträgerin* und *intrazytoplasmische Spermieninjektion* zu Ohren gekommen waren. Selbst das Wort *Schwangerschaft* sagte mir damals nicht allzu viel. Neun Monate schienen keine sonderlich lange Zeit zu sein.

Mackie war im Prinzip weiterhin gegen die Idee, allerdings weniger, nachdem ich klargestellt hatte, dass es ihr Ei sein würde und nicht meines. Trotzdem, meinte sie, könne so etwas nur in einer Katastrophe enden. Tage später googelten wir dann *Leihmutterschaft* und lasen von einem Gerichtsverfahren nach dem anderen, friedliche Anfänge, die bitter aus dem Ruder gelaufen waren. Doch selbst davon ließen wir uns nicht bremsen. Zu dem Zeitpunkt waren wir der Idee bereits verfallen. Sie hatte zu viel Potenzial, als dass man sie nicht wenigstens ausprobieren sollte.

»Ich begreife nicht, was für dich dabei herausspringt«, sagte Mackie an jenem ersten Abend.

»Dich mit einem Baby zu sehen«, sagte ich und fügte hinzu: »Was denn sonst?«

»Aber hast du denn keine Angst, dass es sich wie dein Baby anfühlen würde?«

»Nein«, sagte ich. »So sehe ich es überhaupt nicht.« Ich sah es ganz klar als Mackies Baby, das eine Zeit lang seiner Tante einen Besuch abstattete, bis es so weit war, dass es nach Hause gehen und bei seinen Eltern leben konnte.

»Ich halte es bloß für keine gute Idee, wenn das erste Baby, das du je hast, für jemand anderen ist.«

Doch das war in meinen Augen kein Problem. Mackie brauchte jetzt ein Baby. Ich konnte später noch mehr produzieren, wenn der richtige Zeitpunkt für mich gekommen war. Es schien mir einfach keine große Sache zu sein –

auf die Art und Weise, wie Dinge eben simpel wirken, wenn man nicht die leiseste Ahnung davon hat. Wie ein Fernsehgerät: *Man drückt bloß auf einen Knopf und sieht sich die Bilder an! Einfach!*

»Wieso denn nicht?«, wollte ich wissen.

»Weil du nicht weißt, worauf du dich da einlässt.«

Ich warf die Arme in die Höhe. »Keine Frau, die schwanger wird, weiß je, worauf sie sich einlässt!« Dann stemmte ich die Hände in die Hüften und hoffte, eine kluge und wissende Pose hinbekommen zu haben. »Das ganze Leben ist ein einziges Glücksspiel.«

Mackie musterte mein Gesicht. »Es ist keine gute Idee«, sagte sie erneut, doch mittlerweile fehlte ihr die Überzeugung. Ob sie es nun meinte oder nicht – und ob es nun in der Tat eine gute Idee war oder nicht –, am Ende des Abends war sie bereit, es auszuprobieren.

Ich war auch bereit. Es war so einfach. Ich musste mich ständig selbst dazu beglückwünschen, dass mir das Ganze eingefallen war. Es gab so wenige Probleme im Leben, zu denen es tatsächlich Lösungen gab.

Ich schlug folgende Vorgehensweise vor: Ich würde eine Zeit lang nach Hause ziehen. Würde dieses Baby kriegen. Würde ohne Miete zu zahlen bei Mackie und Clive wohnen. Mir über mein Leben klar werden. Ein besserer Mensch werden.

»Und was ist mit deiner Arbeit?«, fragte Mackie.

»Och!« Ich winkte ab. »Man hat mich gefeuert.« Mittlerweile wirkte das so unwichtig. Rückblickend muss ich mich doch fragen, ob meine Begeisterung fürs Kinderkriegen damit zu tun hatte, dass ich meinen Job verloren hatte. Ob ich versuchte, den Verlust einer Sache mit dem Gewinn einer anderen wettzumachen. Damals hätte ich das allerdings niemals zugegeben. Damals ging es nur um Mackie.

»Man hat dich was?«

»Ähm, gefeuert.«

»Bitte sag mir, dass das ein Scherz ist«, meinte Mackie.

Ich schüttelte den Kopf. Superlässig.

»Die Arbeit ist dein ganzes Leben!«

»Hallo?« Ich wies auf sie und mich und dann das ganze Zimmer. »Nicht mein ganzes Leben.«

Vielleicht wäre ich gewillt gewesen einzuräumen, dass meine Arbeit der *Großteil* meines Lebens gewesen war. Vielleicht sogar die überwiegende Mehrheit meines Lebens. Aber nicht alles. Ja, mit Abstand betrachtet, war es vielleicht ein großes Glück gewesen, dass ich mich hatte feuern lassen. Das Universum sorgte dafür, dass ich für etwas Besseres frei war. Das war eine Möglichkeit, das Ganze zu betrachten, nicht wahr?

Ich erzählte Mackie die Geschichte von dem Tittenskandal und deutete sogar an, dass das ganze Debakel ein bisschen ihre Schuld war.

»Nicht wirklich«, widersprach Mackie.

»Du hast mir den Link geschickt.«

»Aber ich habe ihn nicht an deinen CEO weitergeleitet. Das bist ganz allein du gewesen, Einstein.«

Mir gefiel die Vorstellung, nach Houston zurückzukehren. Ich wollte mich sammeln, eine Zeit lang weg von New York verbringen und hatte ohnehin große Lust, bei meiner Schwester zu wohnen. Der französische Freund meiner

Mitbewohnerin suchte eine Bleibe. Er könnte eine Zeit lang zur Untermiete wohnen.

»Du würdest aus New York wegziehen?«, fragte Mackie. »Du würdest zurück nach Hause ziehen?«

»Ich würde nicht nach Hause ziehen«, verbesserte ich. »Es wäre nur zu Besuch.« Um jegliche Missverständnisse aus dem Weg zu räumen, sagte ich mit einer kleinen Grimasse: »Ich würde hier ja nicht *bleiben*.«

»Schon klar«, meinte Mackie.

Es fügte sich alles so wunderbar zusammen. Alles wirkte so absolut ideal. Natürlich war es auch eine gefährliche Idee, bei Mackie und Clive zu wohnen, während ich ihr Kind austrug. Aber kurzfristig löste es mein Problem mit dem Mietezahlen. Und sie hatten so ein tolles Haus. Ich konnte es kaum erwarten, mich in dem ganzen Platz und Sonnenschein einzunisten. Und vielleicht war es – auch wenn ich das Mackie gegenüber nicht erwähnte – einfach an der Zeit, dass ich zur Abwechslung einmal etwas wirklich Gutes mit meinem Leben anfing.

Mackie war normalerweise diejenige, die auf die Bremse trat. Sie hatte mich davon abgehalten, mir ein Yin-und-Yang-Tattoo machen zu lassen, mir für ein Kunstprojekt sämtliche Haare abzurasieren, die Uni abzubrechen, als ein Professor zugab, dass er jedem einzelnen Studenten, den er hatte, ein B minus gab. Doch hier am Küchentisch, nur unter uns beiden und mit einer wachsenden Ahnung, was möglich war, standen Mackie keine Bremsen zur Verfügung. Wie auch? Wenn einem jemand das anbietet, was man sich am meisten auf der Welt wünscht, greift man zu.

Als Nächstes mussten wir nur noch Clive überreden.

Mackie und ich machten den Abwasch und sperrten ab. Dann kletterten wir auf ihr Kingsize-Doppelbett, um fernzusehen. »Meinst du, er wird mitmachen?«, fragte ich.

»Das muss er«, sagte sie.

»Er scheint ziemlich nett zu sein«, sagte ich.

Im Grunde kannte ich Clive nicht besonders gut. Als er nach Texas kam, war ich schon lange weggezogen, und er und Mackie hatten es ganz allein hingekriegt, sich kennenzulernen, einander zu umwerben und sich zu verloben. Ich sah ihn nur zu den Festtagen, auch wenn ich viel über ihn wusste. Seine Urgroßeltern stammten aus Indien, aber er war in London aufgewachsen, und nach zwei Generationen in England war er superbritisch. Seine Haare waren so schwarz, dass sie beinahe blau waren. Er hatte in Oxford studiert und war dann auf die Wharton Business School in den Staaten gegangen. Jeden Nachmittag trank er Darjeeling mit Sahne – nicht Milch – und Zucker, und wenn zufälligerweise die Sahne alle war, fuhr er jedes Mal los und kaufte welche. Er war ein gütiger Mensch und ein guter Zuhörer. Er hatte eine Allergie auf grüne Paprika, aber nicht auf gelbe oder rote. Früher hatte er Apnoetauchen betrieben und konnte unter Wasser mehr als zwei Minuten lang den Atem anhalten. Er benutzte Eau de Cologne. Als kleiner Junge war er von einem Yorkshireterrier gebissen worden und hatte bis zum heutigen Tage noch Angst vor ihnen. Er war höflich und gelegentlich eine Spur übereifrig im Bett – auf einmal wünschte ich mir allerdings, Letzteres nie erfahren zu haben.

Doch fast alles, was ich über ihn wusste, wusste ich von Mackie. Es war mir nie wirklich in den Sinn gekommen, ihn besser kennenzulernen. Sollte ich natürlich, na ja, *ein Baby von ihm kriegen*, würde ich ihn letzten Endes viel besser kennen, als ich je vorgehabt hatte. Doch das wirkte damals wie eine Nebensächlichkeit.

Mackie war sich sicher, bevor Clive seine Zustimmung zu irgendetwas gäbe, würde er uns dazu bringen, jede Schattenseite zu durchdenken. Er war ein Planer. Auf Katastrophen war er gern vorbereitet. Das war einer der Gründe für den Erfolg seiner Firma. Er dachte die Dinge zu Ende, ließ sich Zeit und vermied jegliches Fiasko.

Folglich erstellten wir in einem Notizheft eine Liste sämtlicher Nachteile, die uns einfielen. Zusätzlich zu den unzähligen Gefahren und dem möglichen Kummer, die mit einer gewöhnlichen Schwangerschaft einhergingen, ließen wir uns so einiges zum Thema Leihmutterschaft einfallen – insgesamt zwei Seiten, unter anderem: Die Einnistung könnte fehlschlagen, sodass wir schrecklich enttäuscht wären, oder ich könnte eine schlechte Erfahrung damit machen und mich gegen eigene Kinder entscheiden. Oder – die furchterregendste und, unserer Meinung nach, wahrscheinlichste aller Möglichkeiten: Ich könnte es letztlich nicht über mich bringen, mich von dem Baby zu trennen.

Im Grunde ist es komisch, dass die tatsächlichen Nachteile jenes Jahres, in dem wir alle zusammen ein Baby bekamen, nirgends auf der Liste auftauchten. Jetzt wirken sie so offensichtlich – so unvermeidlich. Doch damals kamen sie uns überhaupt nicht in den Sinn.

Am nächsten Morgen weckte Mackie mich um sechs, weil ihr der Kopf schwirrte. Wir waren erst vor etwa vier Stunden in ihrem Bett eingeschlafen, aber jetzt war sie hellwach.

Sie stupste mich an und flüsterte: »Hältst du es immer noch für eine gute Idee?«

Mein Gesicht war in Clives Kopfkissen gedrückt, das, wenn ich mich nicht irrte, genau wie *Drakkar Noir* roch. Ich öffnete ein Auge einen Spaltbreit. Es war immer noch so dunkel, dass ich Mackie nicht einmal erkennen konnte. »Was?«

»Das Baby«, sagte sie. »Jetzt, wo du Gelegenheit hattest, darüber zu schlafen.«

»Ich halte es immer noch für eine gute Idee.« Ich ließ das Auge wieder zufallen.

»Gut«, flüsterte sie. »Ich auch.«

Eine Minute später stupste sie mich wieder an.

»Schläfst du?«, fragte sie.

»Irgendwie.«

»Okay«, sagte sie. Doch dann wurde sie zappelig. Sie kratzte sich am Knie und hustete. Sie rollte hin und her und richtete die Decken. Zu dem Zeitpunkt hätte ich eine erste Ahnung davon bekommen können, dass ich gerade eine Entscheidung getroffen hatte, die mich die Kontrolle über mein eigenes Leben kosten würde. Aber damals versuchte ich im Grunde nur weiterzuschlafen.

Nach einer Weile sagte ich: »Wir sind wohl wach, schätze ich.«

Sie setzte sich kerzengerade auf. »Prima!« Dann war sie aus dem Bett, riss die Vorhänge auf, ließ das Wasser laufen, betätigte die Klospülung. »Was hältst du von folgendem Babynamen?«, rief sie aus dem Badezimmer. »Indiana.«

Ich hatte mich noch immer nicht von der Stelle gerührt. »Für einen Jungen oder ein Mädchen?«

Sie war bereits beim Zähneputzen. »Für ein Mädchen. Natürlich. So mit einem *a* am Ende.«

»Stimmt«, sagte ich.

Sie hielt unter dem Putzen inne. »Allerdings ist Indiana Jones wohl doch eher ein Kerl gewesen.«

Ich blieb reglos liegen, stellte mich tot.

Einen Moment herrschte Ruhe, während Mackie sich die Zähne mit Zahnseide reinigte. Dann kam sie ins Zimmer und klatschte auf meinem Hintern einen Trommelwirbel. »Auf geht's!«, sagte sie. »Machen wir einen Spaziergang.«

Als ich erst einmal wach war, war ich auch vergnügt. Ich dachte ständig, wie befriedigend es doch war, mit einem Projekt aufzuwachen, auf das man sich freuen konnte. Wir durchstreiften die Gegend in unseren Sportklamotten und kamen am Haus unseres Dads vorbei, dem Haus, in dem wir aufgewachsen waren und das jetzt aufgrund fehlender Lamellen an den Jalousien und der wild wuchernden Azaleen ziemlich heruntergekommen aussah. Auch wenn es im Grunde immer noch dasselbe war – ein hübscher zweistöckiger Backsteinbau. Nichts Ausgefallenes. Da es noch so früh war, machten wir nicht halt, doch wir verlangsamten im Vorbeigehen unsere Schritte, ließen die elektrische Spannung auf uns wirken, die unzählige Erinnerungsschichten gewöhnlichen Dingen verleihen können. Der Magnolienbaum, auf den wir früher immer geklettert waren. Die Stelle, an der Mackie einst eine Strumpfbandnatter gefunden hatte. Und nebenan das Haus, zu dem ich einmal gegangen war, um für die Pfadfinderinnen Kekse zu verkaufen. Tags zuvor hatten wir in der Schule Tollwut besprochen – und ich war schreiend davongelaufen, als unser Nachbar mit Zahnpastaschaum am Mund an die Tür gekommen war.

In dem Sommer, in dem unsere Mutter starb, hatte Mackie darauf bestanden, mit mir ins Einkaufszentrum zu fahren. Ich war in der sechsten Klasse. Ich hatte eine Zahnspange, in der ständig etwas hängen blieb, und Gummis, die meine oberen und unteren Zahnreihen miteinander verbanden. Meine Haare trug ich in einem sich kräuselnden Puschel oben auf dem Kopf, und ich hatte eine Sonnenblende in Tarnfarben auf, die ich in einem Militärladen in Galveston gefunden hatte. Ich war – wie Mackie unserer Mutter erklärt hatte – eine Blamage für die ganze Familie.

Mackie hingegen war ziemlich beliebt. Sie war einfach genetisch dazu veranlagt, in der Middleschool klarzukommen. Mir fehlte dieses Gen. Zu Hause verbrachten wir Zeit miteinander, aber in der Schule sollte ich nicht mit ihr reden. »Ich könnte dir dabei helfen, beliebt zu werden«, erklärte sie mir eines Abends, während wir den Tisch abräumten, »aber dazu müsste ich mich mit dir blicken lassen.« Ehrlich gesagt hatte sie versucht zu helfen. Sie gab mir alle möglichen Ratschläge in Sachen Make-up und Mode. Sie wollte, dass ich von ihrer Fachkenntnis profitierte. Doch aus irgendeinem Grund konnte ich die Informationen im Alter von zwölf Jahren einfach nicht verarbeiten. »Nimm eine Zahnbürste mit in die Schule«, sagte sie beispielsweise. »Putz dir nach dem Mittagessen den Spinat aus den Zähnen.«

»Alles klar«, sagte ich dann, vergaß es aber.

»Spiel in der kleinen Pause keine Gespenstergeschichten mit deinen Freunden nach«, riet sie. »Das lässt dich wie eine Wahnsinnige aussehen.«

Ich stimmte ihr zu. Doch dann, in der kleinen Pause, baten meine dämlichen Freunde mich um Gespenstergeschichten – und es machte zu viel Spaß, als dass ich hätte widerstehen können.

Laut Mackie brauchte ich unbedingt Jeans mit Schlag und Clogs, aber wenn uns unsere Mom im Einkaufszentrum absetzte, vergaß ich, mir welche zu kaufen, und verbrachte stattdessen die ganze Zeit damit, Eis zu essen und den Schlittschuhläufern zuzusehen.

Mackie war damals schon dreizehn und hatte keine Zahnspange mehr. Sie wickelte sich die Haare jeden Morgen auf Heizwickler und band sie mit einem rosafarbenen Band nach hinten. Sie war nicht die Königin der Siebtklässler oder etwas in der Richtung, aber es ging ihr gut. Eines Abends nahm sie meine Mom nach dem Abendessen beiseite und sagte: »Du musst sie mit ins Einkaufszentrum nehmen und sie zwingen, ein paar hübsche Klamotten zu kaufen.« Das war gleich zu Beginn der Sommerferien. Mackie hatte es sich in den Kopf gesetzt, diese Zeit zu nutzen und mich in weniger als drei Monaten von der hässlichen Raupe in einen Schmetterling zu verwandeln.

Meine Mom war mit von der Partie. Es ging ihr nicht gut, und die Woche darauf sollte sie die Gallenblase entfernt bekommen. Doch sie fuhr uns beide am Samstag ins Einkaufszentrum und lenkte mich zu den Läden, die Mackie aufgeschrieben hatte, während diese sich mit ihren Freundinnen bei McDonald's traf. Wir kauften drei Paar Jeans und zwei Sweatshirts von GAP. Wir kauften neue Sandalen und meinen ersten BH. Später, an einem Stand neben der italienischen Eisdiele, ließ ich mir sogar Ohrlöcher stechen.

Am Abend stolzierte ich in meinen neuen Klamotten herum und veranstaltete Modeschauen für meine Mom und meinen Dad, die netterweise ihre Bücher beiseitelegten und jedes Mal klatschten, wenn ich das Zimmer betrat. In zweieinhalb Monaten würde ich auf eine Party zum Schuljahresanfang gehen, und mir wurde schwindlig bei der Vorstellung, wie ich dort völlig verwandelt aufkreuzen würde. Ich malte mir aus, wie sich bei meinem Eintreten alle nach mir umdrehen und Kinder flüstern würden: *»Wer ist das?« »Sarah Harper!« »Was ist denn mit der passiert?« »Sie ist wunderhübsch geworden!«* Die Jungs würden sich um mich scharen, und ich würde meinen alten Freunden kurz zuwinken – die weit weg in der Ecke Gespenstergeschichten aufführten, als gäbe es nichts anderes im Leben.

Die Gallenblasenoperation meiner Mom verlief völlig anders als erwartet. Als die Chirurgen sie am Mittwoch aufschnitten, stießen sie auf Eierstockkrebs, der ihren ganzen Unterleib befallen hatte. Ich erinnere mich, wie mein Dad es jemandem am Telefon beschrieb. Er zitierte den Arzt und sagte, ihr Inneres habe vor Krebs »genässt«. Sie drainierten einen Teil der Flüssigkeit, entfernten, was sie konnten, und nähten sie wieder zu. Doch im Laufe der Operation perforierten sie etwas in ihrem Körper – auf diese Weise lernte ich das Wort *perforieren* –, und dann kam es zu einer Infektion, die niemand mehr heilen konnte.

Zwei Tage später wurde sie auf die Intensivstation verlegt und kehrte nicht mehr aus dem Krankenhaus zurück. Wir besuchten sie jeden Nachmittag. Ich bastelte ihr ein Armband im Kunst-Feriencamp. Ich brachte ihr eine Kassette mit Liedern von den Supremes und einen Zeitungsbericht über die heilende Wirkung von Musik. An einem Tag lag ich bei ihr im Bett, und sie strich mir über die Haare. In vielerlei Hinsicht wirkte sie auf mich, als ginge es ihr gut, und ich erinnere mich noch, wie ich ständig von der Pyjama-Party redete, die ich an meinem nächsten Geburtstag veranstalten wollte. Sie fand all meine Pläne gut – selbst die Idee, draußen im Garten hinter dem Haus auf dem Trampolin zu schlafen. Doch sie starb, noch bevor der Sommer zu Ende war.

Viele Wochen später, als es Zeit für die Party zum Schuljahresbeginn war, steckten jene Klamotten immer noch in ihren Einkaufstüten unter meinem Bett. Ich holte sie hervor, entfernte die Preisschilder, zog mich an, und mein Dad fuhr mich in unserem Volvo zu der Party. Jetzt finde ich die Erinnerung an das, was ich mir damals dachte, komisch. Der Tod ergibt für ein Kind im Grunde keinen Sinn. Noch lange nachdem unsere Mutter gestorben war – ein bisschen sogar noch heute –, glaubte ein Teil von mir, dass sie nur in den Urlaub gefahren war. In meiner Vorstellung machte sie eine Kreuzfahrt nach Alaska, stand abends im frischen Wind an Deck und vermisste uns, hatte aber zu viel Spaß, um nach Hause zurückzukommen.

Ich wusste, dass sie tot war. Ich war auf der Beerdigung und sah die dreckigen Geschirrstapel in unserer Spüle. Ich lag in unserer Einfahrt und versuchte, ihren Geist zu sehen, wie er durch den Nachthimmel flüsterte. Doch gleichzeitig weigerte ich mich, es zu wissen. Es kommt mir so merkwürdig vor, es jetzt einzugestehen, doch als ich auf die Party ging, hoffte ich, ihr Tod würde mir bei meinem sozialen Status weiterhelfen. Dass ich vielleicht nicht nur dank meiner neuen Klamotten verwandelt war, sondern außerdem zu einer derart selbstsicheren und tragischen Gestalt geworden war, dass die Jungs sich alle in mich verlieben würden. Als hätte ein dreizehnjähriger Junge das überhaupt gekonnt. Als hätte ein Junge mit Zahnspange und einem Stapel Comics unter dem Bett und einer Dauerlatte meine Mom auch nur ansatzweise ersetzen können.

Doch an dem Abend auf der Party war ich irgendwie voller Hoffnungen. Ich hoffte immer noch, eine Art Heldin zu sein, der tapferste Mensch in unserer ganzen Klasse. Was ich in dem Jahr tatsächlich auch war – selbst wenn es keiner ahnte. Auch ich nicht.

Mittlerweile ging es mir natürlich gut. Es ging uns allen gut. Wir waren erwachsen mit Erwachsenenproblemen und -freuden. Das Leben ging weiter, und ich dachte nicht mehr allzu oft an jenen düsteren Sommer. Jedenfalls nicht, wenn ich in New York war. Vielleicht erklärte das den Umstand, weshalb ich überhaupt dorthin gezogen war.

Als Mackie und ich von unserem Spaziergang zurückkehrten, pressten wir frischen Orangensaft aus, fügten einen Spritzer Limette hinzu und machten ein paar Yoga-Stretchübungen. Den restlichen Vormittag über gingen wir noch einmal unsere Ideen vom gestrigen Abend durch. Die Vorstellung zusammenzuarbeiten hatte etwas Köstliches. Es war so lange her, dass unsere Leben eine solche Einheit gebildet hatten. Meist unterhielten wir uns nur am Telefon über die Dinge, die in unseren getrennten Welten vor sich gingen. Jetzt waren diese Welten auf einmal miteinander verschmolzen, und wir bekamen einfach nicht genug davon, unsere Pläne zu besprechen.

Bis zu Clives Rückkehr, gegen Mittag, hatten wir Ausdrucke, Kalkulationstabellen und Statistiken für ihn. Wir hatten im Internet Fakten gesammelt wie Eichhörnchen, die Nüsse horteten. Er war ein die-Dinge-bis-zu-Ende-denkender Typ, und wir waren bereit für ihn. Wir rechneten mit einem gewissen Widerstand und dachten, es würde hart werden, ihn zu überreden.

Wir wollten mit dem Gespräch warten, bis er ein Sandwich gegessen und die Beine hochgelegt hatte. Doch er hatte noch nicht einmal seinen Koffer abgestellt, da sah er Mackie mit zusammengekniffenen Augen an und fragte: »Was ist los mit dir?«

»Nichts.« Mackie verzog keine Miene.

Clive sah zu mir herüber, dann wieder zu Mackie. »Irgendetwas ist hier los.«

Da sagte sie es ihm – trotz unserer ganzen Planung, wie wir es ihm am besten beibringen würden, trotz unseres schrittweisen Entwurfes, wie wir die Baby-Thematik an ihn herantragen würden, und trotz der unzähligen Male, als Mackie uns beschwor: »Wir müssen unbedingt cool bleiben!« Ein Grinsen breitete sich auf ihrem Gesicht aus, und sie sagte: »Sarah will unser Baby für uns kriegen!« Dann fing sie an herumzuhüpfen.

Und da erlebte ich die unglaubliche Art und Weise, wie sehr Clive meine Schwester liebte:

Wir mussten unsere Mappe voller Tabellen noch nicht einmal aufmachen. Wir vermittelten ihm in Grundzügen, wie es funktionieren sollte, und versicherten ihm, dass das Baby seines und Mackies und nicht seines und meines sein würde. Er ließ seinen Koffer auf dem Küchenboden stehen und öffnete eine Kräuterlimonade, während wir drauflosplapperten, dass ich eine Erleuchtung gehabt hätte und die Welt verbessern wollte und dass ich ohnehin an einem Punkt angelangt sei, an dem ich für eine Weile nach Hause kommen und in mich gehen wollte.

Als wir verstummten und seine Antwort abwarteten, fragte er: »Seid ihr sicher, dass das eine gute Idee ist?«

Und wir nickten beide und sagten einstimmig und völlig überzeugt: »Ja.«

Dann musterte er Mackie eingehend, als wäre ich gar nicht im Zimmer.

»Ist es das, was du willst?«, fragte er sie.

Und sie nickte kaum merklich, fast heimlich.

Da trat er näher an sie heran, legte die Arme um sie und sah zu mir herüber. »Wir können dich über die Firma versichern lassen.«

»Du willst mich einstellen?«, fragte ich.

»Nun ja.« Er überlegte. Und dann erklärte er: »Du wärst für ein Sonderprojekt zuständig.«

Mackie umarmte ihn. Ich umarmte ihn. Dann umarmten Mackie und ich uns. Es war ganz einfach. Clive war mit von der Partie. Natürlich wusste keiner von uns so recht, worauf wir uns da einließen, aber Clive hatte Mackie herumhüpfen sehen – ihr Körper war buchstäblich nicht in der Lage gewesen, ihre freudige Erregung zu unterdrücken –, und das hatte für Clive den Ausschlag gegeben. Vom Zeitpunkt des Hüpfens an hatte sie ihn auf ihrer Seite.

3

Irgendwie überredete Mackie mich doch dazu, auf die Thanksgiving-Party zu gehen. Sie argumentierte, ich würde mein seelisches Gleichgewicht nach Everett Thompsons Beleidigung im Flugzeug nur wiedererlangen, wenn ich ihn auf der Party überrumpelte und superheiß aussah. Sie verbot Clive, Everett zu erzählen, dass ich da sein würde, und begann mit der Arbeit an der *Operation Tarnkappenmieze.* »Wie ein Tarnkappenbomber«, sagte sie, »bloß mit mehr Sex-Appeal.«

»Ich kann keine Tarnkappenmieze sein«, sagte ich in ihrem begehbaren Wandschrank. »Schon vergessen? Ich bin alt.«

Mackie kramte in einer Schublade herum.

Ich fuhr fort: »Du kannst mich nicht jünger machen.«

»Aber ich kann dich unwiderstehlich machen!« Sie zog einen BH aus unserer Werbekampagne hervor.

»Den hab ich dir geschickt!«, rief ich. »Das war ein Gratismuster!«

»Ich weiß.«

»Er ist böse«, sagte ich. »Und außerdem tut er weh.«

»Mag sein«, sagte Mackie, »aber er funktioniert.«

Sie hielt ihn mir hin.

»Ich werde diesen BH nicht anziehen.«

»Warum denn nicht?«, fragte sie. »Er ist frisch gewaschen.«

Als ich ihn nicht nahm, warf sie ihn mir zu, und er landete quer über meiner Schulter. Dann sagte sie: »Bloß weil Titten weich und fraulich sind, heißt das nicht, dass sie keine prima Waffen abgeben.«

Mir war klar, dass Mackie mich letzten Endes überreden würde, und ich wusste genauso sicher, dass ich mir dabei lächerlich vorkommen würde. So lief das zwischen uns beiden. Sie war die Anstifterin, und ich war die widerwillige Mitläuferin bei unzähligen Projekten, die zwar meinen Horizont erweiterten, mich aber fast genauso oft in Schwierigkeiten brachten. Doch auch wenn Mackie oft schlecht für mich war, so war sie noch viel öfter gut für mich.

»Der springende Punkt ist doch«, sagte ich, »dass ich trotzdem alt sein werde, ob mit Titten-BH oder ohne.«

Jetzt drehte Mackie sich zu mir. »Du hast ihm geglaubt!«

Ich dachte darüber nach. »Ich schätze mal.«

»Du bist verrückt«, sagte sie. »Du bist nicht alt. Er wollte bloß fies sein. Und jetzt sind wir genauso fies zu ihm.« Sie nahm ein gazeartiges weißes Kleid aus dem Schrank und hielt es vor mich hin. »Und hier ist das fieseste Kleid, das ich besitze.«

Drei Stunden später trug ich mehr Make-up als jede Zirkusartistin und drückte mich hinter der Sashimi-Bar herum, während sich der Garten hinter Mackies Haus mit Gästen füllte. Mackie hatte versprochen, sich nicht von meiner Seite zu rühren und mich mit jedem süßen Mann auf der Party bekannt zu machen, aber dann war der Kühlschrank explodiert oder so was, und sie war verschwunden. Ich beobachtete, wie Clive mit allen lachte und plauderte. Aus den Lautsprechern drang Jazz, in der Nähe des Eibischbäumchens stand eine Mojito-Bar, und von Mackies Teelichtern im Pool stieg ein sanfter Glanz auf. Es war eine tolle Party. Und ich fühlte mich elend.

Ich schlich mich gerade in Richtung hinteres Gartentor, um hinauszuschlüpfen und spazieren zu gehen, als Mackie mich fand und am Ellbogen packte. »Er ist hier«, sagte sie.

»Wer ist hier?«

»E.T.« Sie zwinkerte mir zu. »Er ist eben zur Eingangstür reingekommen. Mit einer Frau. Und weißt du, was?«

»Was?«

»Er ist eigentlich ganz niedlich.«

»Eigentlich ganz niedlich? Er sieht fabelhaft aus!«

»Manchmal«, sagte sie, »sind dein fabelhaft und mein fabelhaft nicht das Gleiche.«

»Du findest nicht, dass er fabelhaft aussieht?«

»Nicht wirklich.«

»Wir können nicht von demselben Menschen sprechen«, sagte ich.

»Wenn du meinst, dass er fabelhaft aussieht, dann sieht er eben fabelhaft aus«, sagte sie. »Bleiben wir dabei.« Sie lenkte mich über die Terrasse. »Dann finde ich aber, dass ihr beide heiraten solltet.«

»Nein«, sagte ich.

»Ihr würdet die süßesten lockigen Babys kriegen!«

»Nein«, sagte ich noch einmal.

Mackie sah mir direkt in die Augen. »Du darfst nicht immer so negativ denken.«

»Mackie, er hasst mich. Auf eine psychomäßige, noch aus der Highschool übrig gebliebene, therapiebedürftige Art und Weise.«

Sie hob die Augenbrauen. »Hass ist im Grunde das Gleiche wie Liebe.«

»Nicht wirklich.«

»Es sind Kehrseiten derselben Medaille.«

»Sicher«, sagte ich. »Bloß dass eine Seite Liebe ist und die andere Hass.«

Doch Mackie seufzte nachdrücklich. »Wenn er dich nicht bemerken würde – das wäre schlecht. Wenn er sich nicht an dich erinnern oder sich mit dir wie mit einer Fremden unterhalten würde – das wäre auch schlecht. Aber dich auf hasserfüllte Art und Weise zu beleidigen? Das ist gut! Hass ist ein starkes Gefühl.«

»Hör dir mal selbst beim Reden zu«, sagte ich. »Hass ist nicht gut. Er ist das Gegenteil von Liebe.«

»Nein«, sagte Mackie. »Das Gegenteil von Liebe ist Gleichgültigkeit.«

Später, als die Party längst vorbei war und wir uns auf dem Sofa herumlümmelten, rief ich ihr die ganze Geschichte zwischen Everett und mir noch mal ins Gedächtnis. Ich sagte ihr, dass ich auf keinen Fall von ihr verkuppelt werden wollte. Sie willigte im Prinzip ein, es auf sich beruhen zu lassen, und sagte dann etwas wie: »Aber wenn

Everett ab und zu gewisse Dinge hier bei uns zu Hause abgeben muss und du zufälligerweise da bist, ist das nicht meine Schuld.« Mackie war in der Hinsicht stur. Sie wollte, dass alle auf der Welt so glücklich waren wie sie. Besonders ich.

Jetzt machten wir erst einmal mit unserem ursprünglichen Plan weiter. Mackie führte mich zu Mark, einem Comicautor, der bei *Clacker Toys* arbeitete und für Produktbeschreibungen zuständig war. Fast jeder Mann in der Firma sei vertrottelt, langweilig oder emotional verklemmt, erklärte mir Mackie. Folglich war Mark, obwohl er »möglicherweise alles drei« war, wahrscheinlich gar kein so schlechter Anfang. Mackie riet mir, immer mal wieder laut zu lachen, um den Anschein zu erwecken, dass wir uns gut verstanden.

Clive fing uns auf halbem Weg ab.

»Was führt ihr beiden denn im Schilde?«, fragte er und musterte mein Outfit von Kopf bis Fuß.

»Wir bestrafen Everett Thompson mit Sarahs Unwiderstehlichkeit«, sagte Mackie.

»Warum das?«, fragte er.

»Weil er auf ihr herumgetrampelt hat, als sie eh schon am Boden lag«, sagte sie.

»Erinnere mich daran, dich niemals wütend zu machen«, sagte Clive und küsste Mackie mitten auf ihren Lippenstiftmund.

»Musst du daran erinnert werden?« Mackie berührte ihn an der Nase.

Ich war mir nicht so sicher, ob ich Everett Thompson bestrafen wollte. Im Grunde war es egal, was er im Flugzeug gesagt hatte. Es gab keine Beleidigung, die an das herankam, wie ich ihn in der Highschool behandelt hatte.

Doch es war schwer, einem Projekt mit Mackie zu widerstehen. Mit ihr machte immer alles Spaß. Everett Thompson war auch ein kleines bisschen selbst schuld. Außerdem schien es unmöglich, dass ich ihm derzeit unter die Haut gehen könnte. Er war über mich hinweg – Mary-Louise Parker konnte das bezeugen. Everett schien nicht viel zu verlieren zu haben. Ich fand, wenn ich sowieso auf die Party gehen musste – und Mackie hatte klargestellt, dass das nicht verhandelbar war –, konnte ich genauso gut meinen Mut zusammennehmen und ein bisschen dreist sein.

Mackie schickte in der nächsten Viertelstunde jeden einzelnen Mann zu mir herüber, und als Everett und seine groß gewachsene Begleiterin zum Pool kamen, war ich längst von Kerlen umringt.

Bald schon kam Mackie herüber und zog mich fort. Everett hatte mich noch nicht bemerkt. Mackie wurde allmählich ungeduldig und wollte, dass ich »vorbeischlenderte«. Danach, versprach sie, könnten wir uns ein wenig entspannen. Ich hätte niemals den Mut gehabt, so etwas wie diese Racheaktion einzufädeln, aber ich musste zugeben, dass die Sache gut lief. Allerdings waren inzwischen ziemlich viele Leute auf der Party. Und im November in Houston ist das Wetter so mild, dass fast alle Gäste am Pool standen. Mackie hatte es mit dem Vorbeischlendern ein wenig eilig, weil uns nicht mehr viel Platz blieb. Ich sollte vorüberflanieren, unwiderstehlich aussehen, Everett mit meiner Anwesenheit überraschen und mich dann wieder zu meiner Fundgrube an Männern gesellen, ohne das Geheimnis zu lüften, warum ich überhaupt hier war.

Mackie war ein großer Fan von geheimnisvollen Frauen.

Das Vorbeischlendern fing gut an. Doch auf halbem Wege zu unserer Zielperson mussten wir durch eine schmale Lücke zwischen einer unpassierbaren Gruppe von Web-Programmierern und dem Beckenrand steuern. Ich habe die Szene tausendmal vor meinem geistigen Auge abgespielt, und ich bin mir noch immer nicht sicher, worüber ich stolperte, doch bevor ich mich's versah, landete ich im Wasser.

Es gibt bestimmte Frauen – Mackie wäre eine davon –, die es fertiggebracht hätten, mit selbstironischer Anmut in den Pool zu fallen. Doch ich kam nur prustend wieder an die Oberfläche und paddelte wie ein Hund auf die Stufen zu, während ein Garten voller Fremder schweigend ihre Drinks in Händen hielt. Am liebsten würde ich sagen, dass selbst der Jazz aus den Lautsprechern eine Minute lang verstummte, aber das stimmt vielleicht doch nicht. Mackie war fast augenblicklich mit einem Handtuch zur Stelle, als ich die Treppe wie ein auftauchendes U-Boot emporstieg.

»Was ist passiert?«, fragte Mackie.

»Ich bin in den Pool gefallen«, sagte ich.

Sie wickelte das Handtuch um mich. »Was du nicht sagst.«

»Meinst du, es ist jemandem aufgefallen?«

Alle starrten immer noch her, Everett Thompson eingeschlossen. »Neee.« Mackie blickte in die Runde. »Du hast noch mal Glück gehabt.«

Sie steuerte mich wieder durch die Menge, doch diesmal stolzierte ich nicht einher. Ich hatte einen Schuh im Wasser verloren. Mein wallendes weißes Kleid klebte jetzt wie Kleenex zusammen – und war vielleicht sogar im Begriff sich aufzulösen. Ich zog den Kopf ein und verbarg mich hinter meinen nassen Haarsträhnen.

Mackie brachte mich bis zur Hintertür und wies mich an zu duschen, »mich zusammenzureißen« und dann auf die Party zurückzukehren.

»Das mach ich nicht«, sagte ich.

Es ärgerte sie, dass wir so unterschiedlich waren. »Ich wusste doch, dass du deinen Mut verlieren würdest.«

»Ich habe nicht meinen Mut verloren«, sagte ich, obwohl das natürlich stimmte. »Ich bin nur wieder bei Verstand.« Auch das traf zu. »Mit Everett Thompson zu flirten ist wirklich das Letzte, was ich brauche.«

»Das war kein Flirten. Das war Foltern.«

»Das ist das Gleiche.«

»Wo liegt dein Problem?«, sagte sie. »Er ist süß.«

»Das Problem besteht darin, dass ich ihn nicht mag.« Und an dieser Stelle klang ich viel überzeugter, als ich eigentlich war. Denn irgendwie hatte ich ihn schon immer gemocht – selbst nachdem er mit dem Mädchen aus der Theatergruppe zusammengekommen war, das purpurfarbene Pumps zur Schuluniform trug. Manchmal beobachtete ich ihn verstohlen in der Cafeteria, doch wenn er mich dabei erwischte, verschwand sein Lächeln augenblicklich, und er brachte sein Tablett zum Förderband.

Solche Gefühle versuchte ich derzeit zu vermeiden: mich wie ein Biest zu fühlen oder wie ein schlechter Mensch. Auf keinen Fall würde ich ihn wieder mögen, und sei es auch nur aus Rücksicht auf die entfernte, aber durchaus existierende Möglichkeit hin, dass ich ihn vielleicht gar nicht wollen würde, falls es mir tatsächlich gelingen sollte, ihn herumzukriegen. Schließlich war das schon einmal vorgekommen.

»Aber du magst ihn sehr wohl«, sagte Mackie. »So was merke ich dir an.«

Für Mackie gab es in der Liebe nur schwarz oder weiß. Gefühle waren in ihren Augen ziemlich einfach. Man liebte jemanden, oder eben nicht. Man war glücklich oder unglücklich. Das Leben war gut oder schlecht. Sie steckte Dinge gern in weit gefasste Kategorien, wobei sie stets versuchte, in Richtung glücklich aufzurunden. Traurigkeit wurde nur anerkannt, wenn wirklich alle Stricke rissen.

Auf einmal bekam ich das Gefühl, dass Mackie nie aufhören würde, mich anzutreiben, wenn ich das Ganze nicht endgültig beendete. Ich wollte nicht, dass sie meine Gefühle analysierte, mein Zögern beurteilte oder es künstlich so einfädelte, dass Everett und ich uns zufällig begegneten. Normalerweise war ich Mackie gegenüber völlig aufrichtig. Bis hin zu *Du-hast-Popel-in-der-Nase*-ehrlich.

Dementsprechend schockierte ich mich selbst mit dem, was ich als Nächstes über Everett Thompson sagte. Vielleicht gab ich ihr die Schuld an dem Tarnkappenmiezen-Debakel. Mir war kalt, ich war nass und wollte in Ruhe gelassen werden. Denn dort auf der Terrasse, zum ersten Mal in meinem ganzen Leben, belog ich Mackie bei etwas Wichtigem.

»Ich mag ihn überhaupt nicht«, sagte ich. »Wirklich nicht.«

Sie versuchte, aus mir schlau zu werden. »Obwohl du findest, dass er fabelhaft aussieht?«

»Er sieht zu fabelhaft aus«, sagte ich. »Wie in *Die Frauen von Stepford* – fabelhaft.«

»Wie eine Ken-Puppe«, fügte Mackie hilfreich hinzu.

»Stimmt! Er ist eine Ken-Puppe!« Ich stellte weitere Ähnlichkeiten fest. »Die blauen Augen. Die blonden Haare.«

»Der Plastikschritt.«

»Reden wir nicht über seinen Schritt.«

»Bist du sicher? Das könnte lustig werden.«

»Der springende Punkt ist, dass ich mich nicht zu ihm hingezogen fühle.« Ich sah ihr direkt in die Augen und wartete ab, bis sie mir glaubte.

Und dann, nach einer Weile, tat sie es. Warum auch nicht? »Okay«, meinte sie. »Everett Thompson ist out.«

Mit einem Seufzen sagte ich: »Danke.« Ich ließ sie an der Tür stehen und war schon beinahe im ersten Stock, als sie mir hinterherrief: »Sarah?«

»Was denn?«

»Darf ich ihn dann mit anderen verkuppeln?«

Mackie testete mich, wie ein Detective, der auf dem Weg nach draußen noch eine letzte Frage vom Türrahmen aus abfeuert.

Sie wollte sehen, ob ich zögerte, also tat ich es nicht. »Absolut.« Dann fügte ich mit einem Blick in Richtung Garten hinzu: »Obwohl er schon eine Freundin zu haben scheint.«

Mackie warf einen Blick nach hinten und bedachte mich dann mit einem Lächeln. Sie hatte nur eine Stunde

Zeit gehabt, aber sie wusste schon über das Wichtigste Bescheid. »Die? Das ist eine reine Bettgeschichte.«

»Alles klar«, sagte ich und ging weg.

Ich habe seitdem viel über diese kleine Lüge nachgedacht. Es war so eine Winzigkeit. Leute tischen einander ständig kleine Lügen auf – zum Selbstschutz, um sich herauszureden oder um sich etwas Raum zu verschaffen. Es war nichts Unverzeihliches oder Schreckliches. Doch damit hatte sich etwas zwischen uns verändert, und ich rufe es mir immer wieder ins Gedächtnis, wenn ich mal wieder kurzzeitig davon ausgehe, dass unsere ganzen Schwierigkeiten erst später anfingen.

Zehn Minuten nachdem ich geduscht hatte, stahl ich mich nach unten in die Küche zurück, um mir etwas Eis zu holen. Ich hatte vor, einen halben Liter *cookies & cream* zu verdrücken, während ich auf dem Bett von Mackie und Clive hockte und mir auf ihrem Flachbildschirm den *Biography*-Kanal ansah. Das war ohnehin alles, was ich ursprünglich hatte tun wollen.

Ich war mir nicht völlig sicher, ob mir Mackie mein Desinteresse an Everett abgenommen hatte. Schließlich war es ganz schön schwer, jemandem so etwas weiszumachen. Man kann nicht verkünden, ein Mann sehe fabelhaft aus, und dann Gleichgültigkeit vortäuschen. Doch ich hatte einen guten Anfang gemacht, und ich hatte mich ganz cool gegeben. Aus meinem ehemaligen Beruf wusste ich, dass ich es jetzt nur noch ständig wiederholen musste, bis es wie die unbestreitbare Wahrheit klang.

In Sachen Liebe war Mackie wie eine aufdringliche

Nachbarin aus einer Sechzigerjahre-Sitcom mit Lockenwicklern in den Haaren und Plüschpantoffeln. Sie tauchte immer zum falschen Zeitpunkt auf, hörte alles über den hinteren Gartenzaun mit, machte sich stets ein falsches Bild und versuchte zu helfen, während sie die Lage in Wirklichkeit unglaublich verschlimmerte und alles mit ihrem Übereifer ruinierte.

Mackie wollte wirklich, dass ich einen Mann fand. Tief in ihrem Innern glaubte sie, selbst wenn sie das aufgrund ihres Abschlusses in Frauenforschung im Nebenfach nicht eingestehen durfte, dass ich alleine niemals glücklich sein könnte. Sie war so besessen davon, dass ich jemanden fand, dass sie in der Angelegenheit einfach nicht cool bleiben konnte. Wenn ich auch nur das kleinste Interesse an jemandem zeigte, probierte sie gleich am ersten Tag aus, wie sein Nachname zu mir passte. Schlug die Hochzeitstrommel. Rauchte die Monogamie-Pfeife. Betete zum Liebesstern. All das machte sie in diesem Bereich zu einer schlechten Gesprächspartnerin.

Deshalb nahm ich lieber den Weg zum Kühlschrank und schaute dann im *Biography*-Kanal nacheinander Beiträge über Lauren Bacall, Betty Grable und Marilyn Monroe an. Ich trug meinen Schlafanzug, hatte die Haare in ein Handtuch gewickelt und sämtliches Make-up abgeschrubbt. Ich war so weit, *Operation Tarnkappenmieze* ad acta zu legen. Rache, kam mir auf einmal in den Sinn, war sowieso ein Fehler.

Die Packung *cookies & cream* stand auf der Arbeitsfläche, der Deckel war geöffnet, und ich hatte mir eben einen Riesenlöffel davon in den Mund geschaufelt, als die

Küchentür aufschwang und Everett eintrat. Bei meinem Anblick blieb er wie angewurzelt stehen. Ich hob die Hand und winkte.

»Was machst du hier?«, fragte er.

»Eis holen«, sagte ich mit vollem Mund.

»Aber was machst du *hier*?« Er wies auf das Haus im Allgemeinen.

Ich schluckte. »Du kennst doch Clive?«

»Ja«, sagte er. »Ich kenne Clive.«

Ich zuckte mit den Schultern. »Er ist mein Schwager.«

Everetts Schultern sackten ein Stück ab, wie wenn jemand schlechte Neuigkeiten hört. »Oh.«

»Ja.«

Dann streckte er die Hand aus und hielt mir den Schuh entgegen, den ich im Pool verloren hatte.

»Den habe ich gefunden.« Er stellte ihn auf die Arbeitsfläche.

»Großartig«, sagte ich mit wenig Begeisterung.

Es folgte ein kurzes betretenes Schweigen, dann musterte Everett mein Nach-der-Dusche-Outfit und sagte: »Du gehst nicht zurück auf die Party?«

»Nein.« Ich schüttelte den Kopf. »Ich bin einfach« – und an dieser Stelle sah ich ihm nicht in die Augen – »zu alt.« Ich rammte meinen Löffel in die Eispackung, ergriff sie und wandte mich zum Gehen – obwohl ich in dem Augenblick den starken Drang verspürte zu bleiben. Er wirkte beinahe freundlich. Wie jemand, mit dem ich wahnsinnig gern in einer Küche gestanden und über Gott und die Welt geredet hätte. Doch seine Gemeinheit vom Flugzeug nagte immer noch an mir, das Pool-Debakel noch heftiger, und ich wollte unbedingt das letzte Wort haben. Nach diesem Bridget-Jones-Moment, den ich eben erlebt hatte, schien es mir absolut unerlässlich, das letzte Wort zu haben.

Ich nahm meinen Schuh von der Arbeitsfläche und ging auf die Treppe zu und redete gähnend vor mich hin, als wäre er gar nicht da. »Ich muss nach oben, meine Inkontinenzwindel wechseln. Und mein künstliches Gebiss einweichen. Und mir Menthol-Salbe auf meine entzündeten Fußballen schmieren.«

»Alles klar«, sagte Everett, dem wieder einfiel, dass wir verfeindet waren.

Auf dem Weg nach oben nahm ich je zwei Stufen auf einmal. Ich hatte das seltsame Gefühl, er würde mir vielleicht einfach folgen. Doch das tat er nicht.

Ich möchte nicht sagen, dass ich noch nie verliebt gewesen bin. Das hört sich an, als hätte ich überhaupt keine Gefühle, als wäre ich eine Art Roboter. Ich hatte Menschen geliebt, sie bewundert, sie ins Visier genommen, mit ihnen geflirtet. Ich hatte mich an sie gekuschelt, ihre Gesellschaft genossen und sie vermisst, als sie wieder fort waren. Ich hatte ein ziemlich normales Beziehungsleben voller Treffer und Nieten – okay, mit deutlich mehr Nieten als Treffern. Von außen betrachtet wirkte ich ziemlich normal. Wenn man nicht allzu genau hinsah. Doch ich kannte die Wahrheit über mich selbst, auch wenn ich versuchte, sie zu verdrängen. Ich hatte mich nie vor Liebe verzehrt. Sie hatte mich nie überwältigt, in die Knie gezwungen oder in Flammen aufgehen lassen. In meinen

Augen gab es immer einen Haken. Es gab stets einen Teil meines Herzens, der nicht nachgab.

Lassen Sie mich eines klarstellen, bevor Sie mir misstrauen: Liebe bedeutete mir etwas. Und ich wünschte sie mir und grübelte darüber nach und sehnte mich auf sämtliche Arten danach, wie Mädchen es eben tun. Ich wusste bloß nicht, wie ich es anstellen sollte. Und ich hatte eine moralische Hemmung, mich der Verzweiflung hinzugeben.

Hätte ich eine Therapeutin, würde sie bestimmt sagen, dass es einzig und allein mit dem Verlust meiner Mutter zu tun hat. Die Beine übereinandergeschlagen, würde sie auf ihrem Notizblock vermerken, dass ein derart verheerender Verlust – noch dazu mit zwölf Jahren, gerade beim Eintritt in die Pubertät, just in dem Moment, in dem der Körper und das Herz miteinander in Kollision geraten – bei einem Mädchen einen großen Eindruck hinterlässt. Ich hatte auf jeden Fall genügend Gespräche mit Mackie über *Was-mit-mir-nicht-stimmt*, um eine schlüssige Theorie vorweisen zu können. Wir kamen überein, dass ich an klassischen Intimitätsschwierigkeiten litt. Doch es war eine Sache zu wissen, was mit einem nicht stimmte. Es war ungleich schwieriger, es zu beheben.

Ich glaubte durchaus an die Liebe – auf eine Art und Weise, wie kleine Kinder an den Weihnachtsmann glauben. Sie war real und irgendwo da draußen. Sie fertigte just in diesem Moment Spielzeug für mich an. Und in einer ganz besonderen Nacht in nicht allzu ferner Zukunft würde sie ihren Schlitten beladen und sich trotz ihrer Leibesfülle meinen Schornstein hinunterquetschen, um mir am nächsten Morgen unvorstellbare Freuden zu bescheren. Das war die Liebe für mich. Rot, mit Pelzbesatz und drei Steaks von einem vierfachen Bypass entfernt. Und außerdem etwas, was ich noch nie zu Gesicht bekommen hatte.

Vor ein paar Jahren am Telefon, nachdem ich einen Norweger namens Oskar verlassen hatte, weil er halb im Ernst über das Heiraten gescherzt hatte, hatte Mackie eine Erkenntnis über unser jeweiliges Liebesleben, die so wahr war, dass ich auflegte. Und als sie zurückrief, ging ich nicht an den Apparat. Und ich nahm eine Woche lang nicht den Hörer ab, wenn sie anrief. Sie hatte Folgendes gesagt: Wir gingen beide wie unser Dad an die Liebe heran. Bloß dass sie wie Dad vor dem Tod unserer Mutter war, und ich wie er danach.

Seitdem hatte sie sich hundert Mal für ihre Worte entschuldigt. Doch das machte sie nicht weniger wahr. Es war etwas, das wir beide im Laufe der Zeit akzeptiert hatten. Mackie hatte Glück in der Liebe, und ich war wie unser Vater, der samstagabends allein zu Hause war und sich in der gelben Rüschenschürze unserer Mutter Ramen-Nudeln kochte.

Eine Schürze, die demnächst in der Kleiderspende enden würde. Denn am nächsten Tag brachte unser Dad eine Frau mit zur Thanksgiving-Feier und verkündete, dass es sich um seine Verlobte handelte.

Er hatte uns erzählt, dass es Neuigkeiten gäbe. Doch er hatte nicht erwähnt, dass es sich bei seinen Neuigkeiten um eine Verlobte handelte. Und er hatte uns auch nicht vorgewarnt, dass seine Neuigkeiten in einem mit Strasssteinen übersäten Sweatshirt aufkreuzen oder ein Paar baumelnde Truthahnohrringe tragen würden, die kollerten, wenn man hinten auf einen Knopf drückte. Oder dass seine Verlobte eine, wie Mackie es später formulierte, »texanische Hinterwäldlerin« sei.

»Das sind deine Neuigkeiten?«, fragte Mackie, als die beiden hereinkamen.

»Das sind meine Neuigkeiten«, sagte mein Dad.

»Glitzernder, als ich erwartet hatte«, murmelte Mackie in ihre Serviette.

»Das ist Dixie«, erklärte uns Dad, bevor wir uns setzten. »Und wir werden heiraten.«

Wir sahen uns ungläubig an, und ich fand, unser Vater wirkte genauso überrascht wie alle anderen. Dann sagten Clive und ich einstimmig: »Hi, Dixie.«

Und Mackie sagte: »Das soll wohl ein Scherz sein.«

Wir hatten natürlich auch Neuigkeiten für ihn. Doch unsere würden erst einmal warten müssen.

Es war Familientradition, das Thanksgiving-Essen in einem chinesischen Restaurant namens *Fu's Garden* zu veranstalten. Das hatten wir im ersten Jahr nach dem Tod meiner Mutter gemacht, und jetzt weigerten wir uns zuzugeben, dass es vielleicht schöner wäre, die Dinge anders zu handhaben. Es war prima. Uns allen ging es prima. Wir vermissten den Truthahn oder die Füllung überhaupt nicht.

Nach dem Tod unserer Mutter hatte unser Dad sein Bestes für uns getan. Er wechselte sich mit andern Eltern in einer Fahrgemeinschaft ab, die Kinder in die Schule zu bringen, und legte seinen Arbeitstag so, dass er zu Hause war, wenn wir es waren. Die Universität, an der er Geschichte dozierte, befand sich ganz in der Nähe von unserem Haus, und er fuhr mit dem Fahrrad in die Arbeit – aber an den Fahrgemeinschaftstagen kam er nach Hause, um das Auto unserer Mutter zu holen.

Natürlich wusste er nicht, was er mit uns anfangen sollte. Zuvor hatte er von uns hauptsächlich etwas durch unsere Mom mitbekommen, besonders, seitdem wir zu alt für den Zoo waren. Er hatte es im Grunde nicht so mit anderen Leuten, und ohne unsere Mom war er völlig verloren. Ohne sie stapelten sich die Bücher in seinem Büro und im Elternschlafzimmer hüfthoch. Er hielt keinen Kontakt zu ihren gemeinsamen Freunden und verbrachte immer mehr Zeit damit, zu lesen und auf Notizblöcken herumzukritzeln. Er arbeitete fortan ständig »an einem Buch«, auch wenn er nie wirklich eines schrieb. Es war ein Riesenglück, dass er schon vor ihrem Tod eine Professur auf Lebenszeit bekommen hatte. Danach hätte er das nie geschafft.

Doch auf seine Art kümmerte er sich um uns. Er war jeden Nachmittag zu Hause, arbeitete am Esstisch und lauschte den gedämpften Klängen der Stereoanlagen in unseren Zimmern. Er bereitete kleine Teller mit Karotten und Dips als Ergänzung zu den Fischstäbchen vor, die wir fast jeden Abend aßen. Er klopfte ab und zu an unsere Türen, und wir machten dann verärgert auf: »Dad! Was ist denn? Ich telefoniere gerade!«

Jahrelang hatte unser Dad überhaupt keine Verabredungen. Anfangs trauerte er einfach um unsere Mom und um alles, was er sich von seinem Leben erwartet hatte.

Und später musste er dann wohl entschieden haben, diesen Aspekt seines Lebens zu verdrängen. Unterrichten und zwei Mädchen großziehen war genug. Wir rechneten es ihm wirklich nicht hoch genug an. Wir gingen davon aus, dass er einfach vergessen hatte, wie man Frauen kennenlernte – oder möglicherweise gar, wie man mit ihnen redete. Wir gingen davon aus, dass er allein war, weil ihm keine andere Wahl blieb.

Die Eltern von so vielen meiner Freunde hatten Affären oder hintergingen einander auf andere Weise in Ehen, die mit der Zeit völlig in die Brüche gingen. Alle wussten, dass meine Eltern eine gute Ehe führten. Sie passten gut zueinander und brachten jeweils das Beste im anderen zum Vorschein. Sie hatten es hingekriegt. In den ersten Jahren scharwenzelten geschiedene Damen mit protzigem Schmuck um unseren Vater herum und hinterließen Nachrichten auf dem Anrufbeantworter. Wenn wir – egal, welche von uns beiden – diese Nachrichten abhörten, löschten wir sie einfach. Uns war unbegreiflich, für wen sich diese Frauen hielten. Oder was in aller Welt sie in unserem Dad sahen.

Als wir erst einmal an der Uni waren, hatte mein Dad die eine oder andere Freundin. Ich wusste, dass da Frauen waren, mit denen er »ins Kino ging«. Doch wir lernten sie nie kennen. Er sprach nie von ihnen. Und wir verschwendeten nicht allzu viele Gedanken daran. Er war unser Dad, er war ein guter Mann, er hatte schlechte Karten gehabt – und viel mehr ließ sich zu dem Thema nicht sagen. Ich ging wohl davon aus, dass er es uns erzählen würde, wenn es da jemanden Erzählenswertes gäbe.

Deshalb fand ich es nicht merkwürdig, als er Thanksgiving mit der Strasskönigin aufkreuzte. Ich mochte ihn und wünschte ihm das Beste, doch wir hatten es nie geschafft, die Kluft zwischen uns zu schließen. Für mich war er mehr wie ein exzentrischer alter Onkel als ein Vater, auch wenn Mackie da anderer Meinung war.

»Er ist alles, was wir haben«, sagte sie immer wieder, wenn sie ihm eine Suppe vorbeibrachte oder ihn zum Scrabble einlud.

Was mich an der Verlobung schockierte, war nicht, dass er an diesen Punkt gelangt war, ohne es uns zu erzählen, sondern dass er überhaupt an diesen Punkt gelangt war. Ich dachte, er hätte nicht nur die Liebe aufgegeben, sondern die Menschen im Allgemeinen. Das war die eigentliche Überraschung: Unter all den Büchern war ein Herz vergraben. Und es schlug noch.

Im Restaurant zog mein Dad Dixies Stuhl zurück, und sie setzte sich, während wir Übrigen überlegten, ob das gelbe Zuckerwerk auf ihrem Kopf eine Perücke war oder eine Mischung aus verrückter Färberei und einer Dose Haarspray.

Mackie fuhr fort: »Du hast diese Person nie zuvor auch nur erwähnt.«

Mein Dad war ziemlich sanftmütig. »Wir sind schon eine Zeit lang zusammen«, sagte er, als wäre das eine gute Erklärung. Dann machte er alle miteinander bekannt.

Clive und ich waren bereit mitzuspielen, und sei es nur, damit wir endlich unser Essen bestellen konnten. Doch Mackie wollte sich nicht einfach so geschlagen geben. Das spürte ich. Mein Dad spürte es auch. Er griff nach der Speisekarte und sagte dann, wie um das Thema zu beenden: »Wer möchte Moo shu?«

»Ich wusste noch nicht einmal, dass du überhaupt mit jemandem zusammen bist«, meinte Mackie unbeirrt. Sie sah mich an. »Hast du gewusst, dass er mit jemandem zusammen ist?«

Ich schüttelte den Kopf, aber kaum merklich, als würde ich so weniger Öl in ihr Feuer gießen.

Mein Dad war ganz versessen auf ein angenehmes Essen. Als die Kellnerin kam, bestellte er für den ganzen Tisch, sogar die einzelnen Getränke. Dann kam er auf das aktuelle Thema zurück – wobei er die Hand auf Dixies legte, als er erneut ansetzte. »Wir haben quasi erst einmal eine Beziehung auf Probe gehabt«, sagte er, »und sie hat die Probe bestanden.«

Kurzzeitig herrschte Schweigen. Da fiel mir ein: »Kommst du also aus Houston?«

»Nein.« Dixie schüttelte den Kopf. »Ich komme aus dem Norden.« Dann wurde sie genauer: »Aus Cleveland.«

Das brachte uns ein wenig aus dem Konzept. Cleveland ergab keinen Sinn. Vom Akzent bis hin zu den künstlichen Fingernägeln war sie definitiv Texanerin.

Ich hakte nach: »Aus Cleveland, Ohio?«

Sie brach in Gelächter aus. »O nein, Süße!« Sie legte ihre Hand auf meine und sah mich stirnrunzelnd an, als wüsste sie noch nicht einmal, dass es ein Cleveland in Ohio gab. »Aus Cleveland, Texas.«

»Alles klar«, sagte ich, und wir waren alle erleichtert, als die Kellnerin mit den Getränken kam.

Als Nächstes versuchte Clive sein Glück. »Wie habt ihr beide euch kennengelernt?«, wandte er sich an Dixie.

Sie lächelte. »Nach JoBeths Herzinfarkt habe ich ihre Stelle in der Geschichtsfakultät übernommen.«

»Sie kann sechsundneunzig Wörter in der Minute tippen«, fügte mein Dad hinzu.

Clive stieß ein beeindrucktes Pfeifen aus.

Mein Dad fuhr fort: »Und sie gibt Selbstverteidigungskurse in der YMCA.«

Wir ließen das auf uns wirken.

Mein Dad beugte sich weiter vor. »Lasst euch nicht von diesem süßen Lächeln in die Irre führen«, sagte er. »Sie könnte jeden einzelnen Anwesenden hier außer Gefecht setzen.«

Dixie senkte lächelnd den Blick. Doch sie widersprach nicht.

Kurzzeitig sah es so aus, als könnte das Gespräch friedlich in eine Diskussion über Selbstverteidigungstaktiken übergehen. Doch dann zeigte mir ein Blick in Mackies Richtung den Anflug eine Schmollmunds, den nur jemand bemerkte, der sie schon von Kindesbeinen an kannte.

In dem Moment wusste ich: Mackie würde protestieren, es würde unschön werden, und niemand konnte das Geringste dagegen tun. Ich wartete darauf, wie man auf den Schmerz wartet, nachdem man sich den Zeh angehauen hat. Mackie würde etwas derart Gemeines über Dixies Fingernägel, ihren Ausschnitt oder ihr leichtes Doppelkinn sagen, dass Dixie keine andere Wahl blieb, als aufzustehen und den Tisch zu verlassen.

Dixie war eindeutig die Schutzbedürftige hier, mit ihren hochhackigen Stiefeln und ihrem Strassarmband. Offensichtlich war die einzig nette Art, auf ihr Erscheinen zu reagieren, sie so überzeugend willkommen zu heißen, dass wir selbst daran glaubten. Doch ich wusste, was Mackie dachte: Sie ließ sich keine Ungerechtigkeit gefallen. Und ihr als derjenigen, die sich immer bemüht hatte, uns so eng zusammenzuhalten, dass wir uns noch als Familie bezeichnen konnten, musste es unzumutbar falsch vorkommen, dass mein Dad sich schließlich für eine Frau entschied, die nicht das Geringste mit irgendeinem von uns zu tun hatte.

Vielleicht dachte sie, unser Dad sei uns schon genug verloren gegangen und Dixie würde ihn nur noch weiter von uns fortziehen. Doch ich versichere Ihnen, dass Mackie selbst in ihren gemeinsten Momenten einen Teil ihres Herzens am rechten Fleck hat. Sie hatte einfach das Bedürfnis, unsere kleine Familieneinheit vor etwas zu beschützen, was mit Veränderung zu tun hatte und damit, dass Wandel, auf seine Weise, immer zu Verlust führt.

Doch Clive beschloss, die Situation zu retten und kam Mackie zuvor. Ich dachte, ich sei die Einzige, die wusste, was uns bevorstand, doch er spürte es offensichtlich ebenfalls, denn er drehte sich zu Mackie, bevor sie einen Ton sagen konnte, und küsste sie – ein langer, verweilender Kuss, nicht nur unter Einsatz der Lippen und wahrscheinlich sogar der Zunge, sondern auch von seinen beiden Armen und einem Teil seines Oberkörpers. Dixie und mein Dad und ich senkten die Blicke. Mackie schlug protestierend auf

Clive ein, aber sie erwiderte seinen Kuss trotzdem. Als die beiden endlich Luft holten, lachte sie, und er drehte sich uns zu, hob sein Glas und sagte: »Ist die Liebe nicht großartig?«

Als Nächstes griffen wir alle nach unseren Gläsern und stießen auf die Liebe an.

Dixie stupste mich hinterher an und flüsterte mir zu: »Der ist Gold wert.«

Und just, als sie es sagte, traf mich eine Erkenntnis: Clive war definitiv Gold wert. Und sah obendrein nach einem guten Küsser aus.

Es war verblüffend, wie wenig es bedurfte, um Mackie völlig umzukrempeln – obwohl ein unerwarteter Kuss in einem chinesischen Restaurant diese Wirkung vielleicht bei jedem erzielen würde. Sie zog ihren Lippenstift nach, während wir alle in vorsichtigem Schweigen abwarteten, ob wir nun in Sicherheit waren. Es sah ganz so aus.

Die Speisen trafen ein: Rindfleisch mit Brokkoli, Moo-shu-Hühnchen, gebratene Nudeln. Die ganzen Leibspeisen meines Dads. Da sagte Mackie: »Dad, wir haben auch Neuigkeiten.«

Während mein Dad ein höfliches »Oh?« ausstieß, sah Mackie mich an, um grünes Licht zu bekommen.

Doch ich schüttelte stirnrunzelnd den Kopf, als wollte ich sagen: *Nein, nein, nein.*

Daraufhin hob sie die Brauen und nickte, als wollte sie sagen: *Ja, ja, ja.*

Ich legte den Kopf schräg, um zu sagen: *Mackie, bist du verrückt?*

Und sie verdrehte die Augen, um zu sagen: *Nun hab dich doch nicht so.*

Da sagte mein Dad, der stets viel aufmerksamer war, als wir ihm zugestanden: »Was soll das werden, Mädels? Scharade?«

Mackie wandte sich ihm zu. »Weißt du was? Wir kriegen ein Baby!«

»Wer?«, fragte mein Dad.

»Ich und Sarah«, sagte Mackie.

»Und ich!« Clive winkte Mackie zu. »Hallo?«

»Moment mal!« Mein Dad schüttelte den Kopf. »Wer kriegt denn nun ein Baby?« Mit einem Timing, um das uns jede Sitcom beneidet hätte, deuteten Clive und Mackie auf mich und sagten »sie«, während ich genau in dem Augenblick auf die beiden wies und »sie« sagte.

Dann erzählte Mackie die ganze Geschichte. Und das muss ich ihr lassen: Sie war gründlich. Das ganze Drum und Dran. Ihre Beschreibung, wie die Ärzte ihre Eizellen einsammeln würden, indem sie sie aus ihren Eierstöcken schabten, und wie sie Clives Sperma »ratzfatz in die Mitte« einpflanzen würden, bevor sie das ganze Zeug auf mich übertrugen, hätte den *Scientific American* stolz gemacht.

Mein Dad ließ das Ganze auf sich wirken.

»Die Eizellen sehen genau wie Kaviar aus«, fuhr Mackie fort. »Bloß sind sie nicht schwarz und kleben aneinander.«

»Ich stelle sie mir immer wie diese orangefarbenen Sushi Eierchen vor«, sagte Clive.

»Das ist ja so niedlich!« Mackie hielt inne, um ihn eine Sekunde anzuschmachten. Dann wandte sie sich wieder uns zu und kam zum Abschluss: »Und Simsalabim! Ein Babyenkelchen!«

»Nicht wirklich Simsalabim«, meldete ich mich zu Wort.

Ich warf Dixie einen Blick zu. Sie war die Einzige, die aß, und sie hatte mit den Stäbchen aufgegeben und zu Messer und Gabel gegriffen.

Mein Dad musterte ein Gesicht nach dem anderen.

Oft machte er den Fehler zu glauben, persönliche Themen wären das Gleiche wie akademische. Immer wieder hatte er angesichts von Problemen in unserem Leben reagiert, als würde er mit Kollegen Dinge aus ferner Vergangenheit diskutieren. Beispielsweise den Siebenjährigen Krieg in Nordamerika. Oder die Unterzeichnung der Verfassung der Vereinigten Staaten. Und er sah immer so verwirrt aus, wenn eine von uns bei seinen Worten in Tränen ausbrach. Wie damals, als Mackie – kurz davor, auf dem Weg zu einer Party das Haus zu verlassen – ihn gefragt hatte, wie sie aussähe, und er den Blick von seinem Buch gehoben und gesagt hatte: »Tja, Schatz, du hast definitiv ein paar Pfund zugelegt. Aber das ist ein schönes Kleid.«

Beim Thema Baby hätte Mackie es eigentlich besser wissen sollen und damit rechnen müssen, dass er sämtliche moralische, ethische, historische, erziehungstechnische und sonstige Ecken und Winkel, die das Thema bot, genauestens ausleuchten würde. Es war unmöglich, meinen Dad zu bitten, sich über etwas Gedanken zu machen, ohne dass er genau das tat – und zwar ausgiebig. Schließlich war er Universitätsprofessor. Folglich untersuchte und verglich er hier im Restaurant die historische Rolle von Adoptiveltern, bot unterschiedliche kulturelle Sichtweisen von Mutterschaft dar und fasste einen Artikel zusammen, den er neulich über die emotionale und intellektuelle Befindlichkeit der ersten Retortenbabys gelesen hatte. An dem Punkt reichte es Mackie.

»Aber Dad«, sagte sie. »Ist es denn nicht aufregend?«

Er blickte verwirrt auf. Anschließend fasste er sich mit Daumen und Fingern an seinen Bart und senkte nachdenklich den Blick. Wir warteten alle auf seine Reaktion, als wäre er ein Richter, der über einen Urteilsspruch nachsann.

Nach langem Schweigen schüttelte er den Kopf. »Nein«, sagte er. »Es ist eine schlechte Idee.«

Nach einer Weile fragte Mackie: »Was?«

Mein Dad zuckte mit den Schultern. »Ich halte es für keine gute Idee.« Dann deutete er mit den Stäbchen zwischen uns beiden hin und her. »Ich finde nicht, dass ihr zwei die wichtigste Beziehung in eurem Leben aufs Spiel setzen solltet.« Er warf Clive einen Blick zu. »Nichts für ungut.«

Clive hob die Hände. »Kein Thema.«

Mackie wirkte schockiert, und zugegebenermaßen war ich es auch. Wir hatten uns solche Sorgen wegen Clive gemacht, aber bei ihm war es leicht gewesen. Es schien ungerecht, dass nun unser Dad Probleme machte.

Doch unserem Vater war nicht bewusst, was er auslöste – jedenfalls so lange nicht, bis Mackie es ihm klarmachte.

Sie erhob sich. »Du kannst deine Country-und-Western-Tussi zu Thanksgiving anschleppen und verkünden, dass ihr heiraten werdet, und wir sollen alle bloß unseren gebratenen Reis mampfen, aber wenn ich dir die fantastischen Neuigkeiten eröffne, dass wir endlich einen Weg gefunden haben, ein Baby zu bekommen, faselst du etwas von Gesetzen zur Kinderarbeit in Malaysia und sagst dann Nein?«

Mein Dad blickte sie verwirrt an. »Schatz, ich sage doch nicht –«

»Weißt du was?«, fuhr Mackie fort. »Du hast keinerlei Mitspracherecht mehr bezüglich meiner schlechten Entscheidungen, und ich« – hier huschte ihr Blick zu Dixie – »nicht bezüglich deiner.« Sie sah wieder meinen Dad an, drehte sich dann um und marschierte aus dem Restaurant. Clive eilte ihr hinterher. Obwohl sie mich eigentlich mit nach Hause nehmen sollten, blieb ich am Tisch sitzen.

In der darauffolgenden Stille legte ich meine Stäbchen beiseite und griff nach meiner Gabel.

In der Nacht lag ich in meinem Einzelbett im Kinderzimmer lange wach.

Ich konnte Mackie und Clive durch die Wand hören. Oder möglicherweise durch den Lüftungsschlitz der Klimaanlage. Ich kam nie dahinter, auch nach nächtelangem Rätseln nicht, was genau den Schall von ihrem Zimmer in meines leitete. Doch ihre Stimmen hätten ebenso gut durch Lautsprecher verstärkt worden sein können.

Ich hätte nach nebenan laufen sollen, sobald ich das Problem erkannte, doch stattdessen lauschte ich gespannt ihrer Unterhaltung. Sie sprachen über meinen Vater und meine Mutter und die Strasskönigin. Sie entwickelten komplizierte Theorien, was wir alle einander bedeuteten. Eigentlich war es vor allem Mackie, die das tat. Doch Clive schien ein ziemlich guter Zuhörer zu sein. Ich nickte sogar – anfangs wenigstens – angesichts ihrer Einsichten, was mich betraf. Es ging um meine Weigerung, mich einem anderen Menschen gegenüber zu öffnen, und es folgte eine Flut an Überlegungen, wie ich endlich mein Glück finden könnte. Als ich Mackie sagen hörte, »Sie will allein sein. Sie lässt nicht zu, dass jemand sie liebt« – und Clive erwiderte: »Keiner will allein sein« –, war es wirklich zu spät, an ihre Tür zu klopfen. Ich kramte hektisch in meinem Koffer nach meinem iPod und nahm mir vor, das Ding regelmäßig aufzuladen. Lange Zeit schlief ich jeden Abend damit ein.

Als ich so im Bett lag, dachte ich wieder an das Mädchen, das ich in dem Sommer war, als meine Mutter starb, und wie unglaublich naiv ich damals war. Ich war ein Kind, das sich selbst beigebracht hatte, Garfield zu zeichnen, und hatte all meinen Lehrkräften zum Schuljahresende Bilder geschenkt. Ich übte immer Zauberkunststücke vor einem hohen Spiegel in meinem Zimmer und hoffte, dass sich mir eines Tages vielleicht spontan die Gelegenheit bieten würde, eine Gruppe von Zuschauern zu verblüffen. Ich grub ein Loch hinter unserer Garage, weil ich ein unterirdisches Klubhaus bauen wollte. Selbst mit zwölf war ich immer noch ein richtiges Kind – und jederzeit in der Lage, auf das Imaginäre und Skurrile zurückzugreifen.

Ich wusste damals nicht, dass meine Mutter es mir ermöglichte, derart selbstvergessen durch die Welt zu gehen. Als sie starb, verlor ich zusätzlich zu dem Universum an Dingen, das ein Mädchen verliert, wenn es seine Mutter verliert, den einen Menschen, der mich mit all meinen

Eigenheiten genau kannte und mich trotzdem vergötterte.

Als sie nicht mehr da war, verschwand auch meine Naivität. Ich sammelte mich und riss mich zusammen. Ich war immer noch ich – bloß irgendwie weniger ich selbst als vorher. Eine straffere, einfachere, präsentablere Version meiner selbst. Ich beobachtete, was die anderen Mädchen machten, und machte das Gleiche. Ich zog an, was sie anzogen, sagte, was sie sagten, und blieb stets so normal wie möglich. Ich machte es mir zur Aufgabe, cool zu werden. Ich stieg sozial auf und tauschte meine alten Freunde gegen neue ein. Ich kaufte mir einen Lockenstab. Ich wurde anonym, annehmbar, ruhig und pflegeleicht. Teils lag das an der Middleschool – die Middleschool ist für jeden eine Herausforderung –, doch das Risiko erhöhte sich für mich in dem Moment, als meine Mutter starb. Denn ohne sie wusste ich: Wenn die Leute meine Haare oder mein Outfit – oder sonst etwas an mir – blöd fanden, gab es auf der Welt niemanden mehr, der mir sagte, dass sie unrecht hatten.

Vielleicht nahm ich es meinem Dad immer noch übel – selbst jetzt noch, auch wenn ich wusste, wie irrational ich mich verhielt –, dass er nicht meine Mutter war.

Doch ich wusste sehr wohl, dass er es versucht hatte. Er verließ uns nicht, und selbst jetzt, wenn er wieder heiratete, war er immer noch da. Er gab noch nicht einmal unser altes Haus auf. Dixie würde – wie sie mir über Glückskeksen erzählten – bei ihm einziehen.

Ich wand mich vor ihr. »Hast du das Haus gesehen, Dixie?«

Mein Dad lebte zwar in dem Haus, aber er vergaß, seine Zeitungen ins Altpapier zu tun, und ließ stattdessen auf dem Teppich einen dünnen Pfad durch die Wohnung frei. Auf dem Esstisch stapelten sich Aufsätze seiner Studenten,wissenschaftliche Zeitschriften und Postwurfsendungen. Das Sofa hing in der Mitte durch. Ich konnte mir nicht vorstellen, dass irgendein normaler Mensch dort leben wollen würde. Selbst ich hatte mich in den letzen Jahren geweigert, dort zu wohnen, wenn ich über die Feiertage nach Hause kam. Mein Kinderzimmer wartete immer noch auf mich, mit seinen R.E.M.-Postern, obwohl ich kein einziges Mal mehr darin geschlafen hatte, seit Clive und Mackie sich ihr eigenes Haus gebaut hatten.

Allerdings stellte sich heraus, dass Dixie nicht vorhatte, in dem Haus zu leben, so wie es war. Sie war *lukrativ geschieden,* renovierte für ihr Leben gern und hatte vor, jedes Zimmer außer unseren alten Kinderzimmern und dem Arbeitszimmer meines Vaters von Grund auf zu verändern. Sie zeichnete ihre Pläne für mich auf eine Serviette und sprach von Wandfarben wie *Limette, Hibiskus* und *Daiquiri.*

Bei Tisch machte mich die Vorstellung, dass sie das Innere meines Elternhauses verändern würde, nervös. Aber im Bett mit meiner heiteren Musik im Ohr versuchte ich, mir selbst gut zuzureden. Es war schließlich nicht mehr das Zuhause, in dem ich aufgewachsen war. Mein Dad hatte es bereits selbst verändert, und zwar durch Vernachlässigung. Dass eine Frau in dem Haus wohnen würde, tat ihm bestimmt gut. Vielleicht waren ein Pavillon und ein Whirlpool im Garten sowie eine *napoleoneske* Küche genau das Richtige. Gegen einen frischen Anstrich konnte ich kaum etwas einzuwenden haben – selbst *Sorbet* oder *Purpurner Zauber* waren besser als die Düsterkeit, die jetzt dort herrschte. Wenn die Strasskönigin das Geld ihres ersten Ehemannes dazu verwenden wollte, das Haus meines Dads zu *verjüngen*, konnte ich mich nicht beschweren. Oder wenigstens würde ich es nicht tun.

Aber ich würde wach liegen und darüber nachdenken. All die Jahre hatten wir mit der Abwesenheit meiner Mutter gelebt. Jene Zeitungsstapel wären mit einer Schnur gebündelt und raus an den Bordstein gebracht worden, wenn sie noch am Leben wäre. Die Wäsche wäre gefaltet und die Vorhänge aufgezogen. Seit meine Mutter gestorben war, rasierte mein Dad sich nicht mehr. Mit meiner Mutter war er glatt rasiert gewesen. Ohne sie war ein grauhaariger alter Mann aus ihm geworden, der vergaß, sich die Haare schneiden oder die Brauen stutzen zu lassen. Ich hatte das Gesicht meines Dads nicht mehr bartlos gesehen, seitdem ich dreizehn war. Es war, als wäre ein anderer Mensch aus ihm geworden und als hoffte er, wenn er sich lange genug weigerte, sich um sich zu kümmern, müsste meine Mom zu neuem Leben erwachen und es an seiner Stelle tun.

Als ich so dalag, erkannte ich: Mein Vater hatte es verdient, wieder zu heiraten. Er verdiente jemanden, mit dem er gemeinsam essen, abendliche Spaziergänge machen und ins Kino gehen konnte. Er verdiente einen Menschen, der sich um ihn kümmerte, wenn er krank war, und ihm Brathähnchen kochte. Ich wünschte ihm all das und dass es einen Menschen in seinem Leben gab, der von jeder Kleinigkeit wusste, die er im Laufe des Tages tat. Ich wollte nicht, dass er allein war.

Und wenn es keine zwei unterschiedlicher aussehenden Menschen auf der Welt gab – Dixie in ihren Pailletten und meinen Dad in seinen altmodischen braunen Hosen? Wenn sie nichts hätten, worüber sie sich unterhalten könnten? Und wenn Dixie Stickereien von Wildpferden auf ihrer Handtasche hatte? Wenn meine Vorstellung von Liebe der Weihnachtsmann war, warum konnte es bei meinem Dad dann nicht Dolly Parton sein? Wer war ich denn, Kritik zu üben? Ich hatte doch selbst nicht die leiseste Ahnung.

4

Und dann war ich plötzlich schwanger. So wie zwei Monate eben plötzlich sein können. Das Schwangerwerden war verblüffend einfach, auch wenn sich das Schwangersein als um einiges schwieriger herausstellen sollte.

In der Woche nach Thanksgiving war ich nach New York zurückgefahren, um meine Sachen nach Hause zu schicken, und ich hatte mir ein paar Tage Zeit genommen, um mich von der Stadt zu verabschieden. Wo auch immer ich war – am Flughafen, in der U-Bahn, zum letzten Mal auf dem Flohmarkt Ecke Columbus Avenue und 79th Street –, schritt ich mit einem großen Gefühl von Wichtigkeit umher. Ich tat etwas richtig Selbstloses und half einem anderen. Ich war ein guter Mensch – und das Beste daran: Demnächst wäre ich Tante!

Während meines Aufenthalts ging ich zurück ins Büro und holte ein paar Sachen von mir. Hinter dem Sicherheitsschalter in der Eingangshalle wartete ein kleiner Karton auf mich, doch selbst ein Besuch in diesem Gebäude konnte mich nicht deprimieren. In der Eingangshalle gleich bei der Drehtür traf ich zufällig Kid Dy-no-mite, und ich strahlte ganz genauso, als wäre bei mir schon längst ein Kind unterwegs.

Wir plauderten eine Minute, er gab sich übertrieben mitfühlend bezüglich meiner neuen Arbeitslosigkeit und fragte: »Was hast du jetzt vor?«

»Ich ziehe heim nach Texas, um ein Baby zu bekommen«, sagte ich und ging auf die Drehtür zu. Als ich sah, wie ihm der Mund vor Überraschung offen stand, fiel es mir schwer, nicht freudig aufzuquieken. Das sagte ausgerechnet die Exfreundin, die doch Workaholic war! Die Frau, die er verlassen und dann hinausgeschmissen hatte! Das waren einfach wunderbare Neuigkeiten! Was für ein glorreiches Abenteuer!

»Du bist schwanger?«, fragte er.

»So gut wie.« Ich zwinkerte ihm vielsagend zu, als die Tür zuging. Warum auch nicht? Ich schäumte über vor Glück.

Mein Abstecher nach New York hätte eine prima Zeit sein können, um innezuhalten und wirklich darüber nachzudenken, was ich demnächst tun würde. Es gab gewiss Momente, beispielsweise beim Packen oder als ich mich von Bekka verabschiedete, in denen mir die gewaltige Veränderung hätte klar werden können. Doch das passierte nicht. Ich sah die ganzen bevorstehenden Veränderungen hauptsächlich als etwas Vorübergehendes an: eine vorübergehende Schwangerschaft, ein vorübergehender – wenn auch langer – Aufenthalt in Texas, eine vorübergehende Pause in meiner Karriere in der Werbebranche. Hätte ich eine dieser Veränderungen für dauerhaft gehalten, hätte ich mich niemals darauf eingelassen. Doch ich legte mir alles als eine Art Zwischenspiel zurecht. Ich würde mir eine kleine Auszeit von meinem Leben gönnen und es in etwa einem Jahr erfrischt wieder aufnehmen. Sogar noch besser als erfrischt – was auch immer das sein mochte.

Zurück in Houston zog ich bei Mackie und Clive ein – da sie darauf bestanden.

Eigentlich hätte ich in ihrem palastartigen Haus die freie Zimmerwahl haben sollen, doch das war nicht so. Mackie und Clive hatten sich ein Haus mit vier Schlafzimmern gebaut, in der Annahme, dass sie mindestens drei Kinder haben würden. Doch während der Fruchtbarkeitskampf tobte, hatten die Zimmer andere Verwendungsmöglichkeiten gefunden. Clive hatte einen Raum als sein Arbeitszimmer eingerichtet, Mackie hatte sich ein anderes Zimmer ausgesucht. Übrig geblieben war nur das Kinderzimmer.

Über der Garage gab es eine Einliegerwohnung, bei deren Planung die beiden eigentlich an mich gedacht hatten, aber dort konnte ich auch nicht wohnen, weil sie vermietet war. Die Mieterin war die Schwester von Mackies Mitbewohnerin aus Collegezeiten. Sie war eine Medizinstudentin-plus-Marathonläuferin-plus-Profi-Sonnenanbeterin namens Barni – »mit einem *i*« –, hatte sie Mackie bei ihrer ersten Begegnung erklärt. Ich hatte von ihr gehört, sie allerdings noch nie zu Gesicht bekommen: Obwohl ich an den meisten Feiertagen nach Hause kam, war sie jedes Mal weg und besuchte ihre eigene Familie in Dallas. Wir trafen einander zum allerersten Mal an einem warmen Dezembertag kurz nach meiner Rückkehr aus New York.

Sie sonnte sich neben dem Pool, Hintern nach oben, in einem String-Bikini. In dem Augenblick war mir klar, dass sie zu den Frauen gehörte, die von den Männern geliebt und von Frauen gehasst werden.

»Du musst die Schwester sein!«, sagte sie.

»Du musst die Mieterin sein!«, entgegnete ich.

Sie rieb sich mit Babyöl ein, während sie in der Sonne eine Zeitschrift durchblätterte. Sonnenbaden im Dezember! In New York hatte es minus vierzehn Grad. In Houston waren es achtundzwanzig.

»Sie bekommt noch Krebs!«, sagte ich später zu Mackie. »Wer verwendet denn überhaupt noch Babyöl? Nehmen sie beim Medizinstudium nicht auch Hautkrebs durch?«

»Sie ist jung«, erwiderte Mackie mit einem Achselzucken. »Sie hat zwei Klassen oder so übersprungen.«

»Ich mag sie nicht. Das weiß ich jetzt schon.«

Mackie hasste nie jemanden. »Vielleicht wächst deine Zuneigung mit der Zeit.«

»Wie ein Melanom«, fügte ich hinzu, aber Mackie fand das nicht lustig.

Je länger ich Barni kannte, desto mehr ärgerte ich mich darüber, dass sie meine Wohnung hatte. Sie stellte sich als eine dieser Frauen mit extrem ausgeprägtem Konkurrenzdenken heraus, die wollen, dass jeder Mann auf der ganzen Welt besessen von ihnen ist. Und die zu allen möglichen Anstrengungen bereit sind, um jede andere Frau auf der Welt in den Schatten zu stellen. Sie joggte jeden Tag sechs Meilen, aß reichlich grünes Blattgemüse, benutzte morgens und abends Zahnseide, war eine Einserschülerin in der Schule – kaufte aber auch die frechste Reizwäsche von Victoria's Secret, zog jedes Wochenende durch die Bars, fluchte laut vor dem Fernseher, wenn Sport lief, und rauchte ab und zu sogar eine Zigarre. Schlank, sexy, leistungsstark, ordinär und häufig halb nackt, war sie eine Mischung aus all den Dingen, von denen Frauen glauben – oder fürchten –, dass Männer sie wollen, und schon beim Gedanken an sie verfiel ich in einen Zustand totaler Erschöpfung.

Außerdem war sie ein Biest. Dieses Wort würde ich niemals leichtfertig benutzen. Man nehme beispielsweise das eine Mal, als ihre Waschmaschine kaputt war und sie unsere Waschküche mitbenutzte. Sie stieß auf eine völlig normale weiße Baumwollunterhose von mir, hob sie mit einem Drahtbügel auf, kam damit in die Küche, wo wir alle beim Frühstück saßen, und sagte: »Wessen Großmutter hat denn die im Trockner liegen lassen?«

Doch sie hatte Hausbesetzerrechte bezüglich der Garagenwohnung, weil Mackie schließlich die Hoffnung aufgegeben hatte, dass ich je zurückkommen würde. Also nahm ich das Kinderzimmer und das angrenzende Bad und packte vorsichtig die mit Enten bedruckten Handtücher, die Seife und den Zahnbürstenhalter weg, die Mackie bereits am Waschbecken platziert hatte. Ich ersetzte das geschlechtsneutrale grüne Gingham Bettzeug mit einem weißen Set und zog das Kinder-Nachtlicht aus der Steckdose. Mackie versiegelte die Babysachen in Schachteln und packte sie in ihren riesigen Einbauschrank – alphabetisch geordnet. Mithilfe eines Etikettiergeräts. Und farblich gekennzeichneten Etiketten.

»Diese Schwangerschaft wird lustig«, sagte ich zu Mackie.

»Da kannst du Gift drauf nehmen«, sagte Mackie.

Houston war ganz anders, als ich es in Erinnerung hatte. Seine Heimatstadt in den Ferien zu besuchen ist etwas ganz anderes, als richtig zurückzuziehen. Alles hatte sich verändert. Lebensmittelgeschäfte, Einkaufszentren und Kinos, die ich in meiner Jugend besucht hatte, waren verschwunden oder nicht mehr wiederzuerkennen. Häuser, in denen ich in meiner Kindheit ständig gespielt hatte, gab es nicht mehr. Ganze Straßenzüge hatten ihre ursprünglichen Häuser eines nach dem anderen eingebüßt und waren zu ganz neuen Orten geworden. Diese Veränderungen waren mir im Laufe der Jahre auch ab und zu aufgefallen. Doch als ich nun wieder richtig hier war, wurde mir das ganze Ausmaß bewusst. Es war genau die gleiche Stadt, bloß völlig anders, sodass ich ständig nach Dingen suchte, die es längst nicht mehr gab.

»So ist das eben in Houston«, sagten Mackie und Clive eines Abends zu diesem Thema. »So läuft hier eben der Hase.«

Sie wollten nicht, dass ich mich an Houston störte. Meine Schwangerschaft malten sie sich als langen Aufenthalt in einem familienbetriebenen Wellnesshotel aus. Sie würden jeden Tag für mich kochen, mich verwöhnen und mich mit Dankbarkeit überschütten. Mackie hatte jedes Buch zu dem Thema gelesen, wie man das Beste aus diesen neun Monaten machte, und sie glaubte fest daran, dass eine glückliche Mutter die Voraussetzung für einen glücklichen Fötus war. Ich hatte nichts dagegen. Sie würden

Brahms über ihre im ganzen Haus installierte Lautsprecheranlage spielen, um die Intelligenz des Babys zu fördern – außerdem Billie Holiday für die Klugheit, Al Green für die Leidenschaft und James Brown für die Supercoolness. Mackie würde jeden Abend ein Festmahl kochen und immer ballaststoffreiche Bio-Nahrungsmittel im Haus haben, die transfettfrei waren, ohne künstliche Farbstoffe, Hormone und Weichmacher. Sie würden mich im Fitnessstudio anmelden (ganz ohne Druck!), mir einen Feng-Shui-Kieselbrunnen und einen Geburtsball kaufen, der sich zu einem ergonomischen Schreibtischstuhl umfunktionieren ließ.

Sie sagten, ich müsste mir vor der Geburt des Babys keine neue Stelle suchen. Auf diese Weise stünden mir später sämtliche Optionen offen. Ich könnte meinen Plan durchziehen, nach New York zurückkehren und mein fabelhaftes Ex-Leben wieder aufnehmen, oder ich könnte auf sie hören und »bitte, bitte, bitte in Texas bleiben«. Es sprang für jeden etwas dabei heraus. Sie bekamen ein Baby, und ich bekam einen vierzig Wochen langen, alle Spesen inklusive, Gesundheit-und-Wellness-orientierten, baby-tastischen Urlaub. Ein Kinderspiel.

Mackies alter Fruchtbarkeitsspezialist überwies uns an eine neue In-vitro-Spezialistin, deren Praxis sich im obersten Stockwerk des höchsten Gebäudes im Ärztezentrum befand, und wir gingen dazu über, sie Dr. Penthouse zu nennen. Sie hatte hochgezogene Schultern und eine Frisur wie Dorothy Hamill.

»Ich liebe sie«, sagte ich nach unserem Vorstellungstermin bei ihr. »Sie ist ja so *retro.*«

»Du weißt schon, dass da ein Eiskunstlaufröckchen unter dem Arztkittel steckt«, sagte Mackie.

Dann gingen wir aus, um ein letztes Mal Chili con Queso zu essen und Margaritas zu trinken. Der Abend läutete auch den Abschied von Kaffee ein, von Aufschnitt, von Sushi und von Shampoo mit Natriumlaurylethersulfat oder Natriumlaurylsulfat, da wir beide nicht mehr wussten, was schlimmer war. Von ein paar Dingen musste ich mich verabschieden: Schokolade, Haarspray, zuckerfreiem Kaugummi, Zahnpasta mit Fluorid und Deo (auch wenn ich eines in Reisegröße in meiner Schublade mit Unterwäsche versteckte). Mackie erbot sich, aus Solidarität ebenfalls auf diese Dinge zu verzichten, was ich ausgesprochen rührend fand. Dabei vermisste ich noch gar nichts davon.

Bei unserem ersten offiziellen Termin hielt Dr. Penthouse uns eine strenge Predigt darüber, worauf wir uns da einließen. Sie ließ uns wissen, dass es in ihrer Verantwortung lag, nicht nur unser körperliches Wohlbefinden zu sichern, sondern auch unser emotionales. Sie gab uns langwierige Fragebogen mit Punkten wie »Denken Sie jemals an den Tod und das Sterben?« und »Ist es Ihnen je schwergefallen, glücklich zu bleiben?« und »Finden Sie es schwierig loszulassen?« Sie gab uns auch Karten für unsere Handtaschen mit den Anzeichen einer Depression. »Wut«, »Groll«, »sich überessen oder Appetitlosigkeit«, »zu viel oder zu wenig schlafen«, »Ängste oder ein Gefühl von Wertlosigkeit«, »Lethargie«, »übermäßige Sorgen«, »Wutausbrüche« und »den Sinn des Ganzen hinterfragen« standen auf der Liste. Mackie überflog sie und steckte die Karte mit den Worten »Klingt nach einem ganz normalen Tag« in ihre Tasche.

Dr. Penthouse hatte uns gewarnt, dass der Befruchtungsprozess viele Monate dauern könnte, ein Versuch nach dem anderen könnte notwendig sein, und hatte zudem erklärt, ihr sei »nicht wohl dabei«, dass meine erste Schwangerschaft eine Leihmutterschaft sei. »Normalerweise erklären Frauen sich dazu bereit, nachdem sie ihre eigenen Kinder bekommen haben«, erklärte sie.

»Normalerweise lassen Frauen sich dafür anheuern«, stellte ich fest. »Aber wir sind in einer ganz anderen Situation.«

»Sarah macht es aus Liebe«, fügte Mackie hinzu und umarmte mich kurz.

»Aus Liebe und Bewunderung«, verbesserte ich sie.

»Na schön.« Dr. P. zuckte mit den Schultern.

Dank der ganzen neuen Technik war die Erfolgsquote ziemlich hoch, doch wir durften nicht zu viel erwarten und mussten uns auf eine emotional schwierige Zeit gefasst machen. Dr. P. führte Wörter wie »Spannungen« und »Groll« und »Angst« im Mund. Sie war definitiv eine Sorgentante, und wir beschlossen, ihr die Leitung der Worst-Case-Szenario-Abteilung zu übertragen.

Wir hingegen empfanden nichts als Dankbarkeit. Wir nahmen Hormone ein, um für den Embryotransfer in Einklang zu sein, und schluckten pränatale Vitamine, als wären es M&M's. Wir hatten etwas zu tun, was um einiges besser war als das Nichts von vorher. Wir gingen voll und ganz in dem Projekt auf. Es wurde genauso eine schwesterliche Aktivität wie das Planen einer Hochzeit oder das Veranstalten einer Babyparty. Aus uns wurde ein Schwangerenverein für zwei, und rückblickend muss man sagen, dass wir Clive völlig außen vor ließen – auch wenn er vielleicht bei ein paar Dingen gern involviert gewesen wäre. Sein Beitrag war, mal ganz offen gesagt, in etwa so groß wie eine Petrischale.

Das Projekt nahm uns derart in Anspruch, dass wir uns wünschten, nichts sonst auf der Welt zu tun zu haben. Doch die Welt hielt das eine oder andere für uns bereit. Denn am selben Tag, an dem Dr. Penthouse mehrere manuell befruchtete Zygoten in meine rundliche und erwartungsvolle Gebärmutter implantierte, stieß Dixie, die anscheinend bis über beide Ohren in ihrem Renovierungsprojekt im Haus unseres Vaters steckte, auf die Kommode unserer Mutter. Sie entdeckte, dass diese noch randvoll mit deren Zeug war.

Und mit »Zeug« meine ich T-Shirts, Jeans, Slips, Strümpfe, BHs, Haarbürsten, Schmuck, Briefe, Zeitschriften, Kassenzettel, Kugelschreiber, Handcreme. Alles. Siebzehn Jahre nach ihrem Tod war immer noch alles am selben Ort. Alles war noch genau so, wie meine Mutter es eigenhändig gefaltet hatte – jene letzte Wäscheladung, bevor sie ins Krankenhaus kam. Alles war in Schubladen gestapelt und völlig unberührt. Jedes Fach sah genau so aus, wie sie es zurückgelassen hatte. Nur in der obersten Schublade herrschte totale Unordnung – und die öffnete Dixie als Erstes.

Irgendwann im Laufe jenes langen Jahres, nachdem unsere Mutter gestorben war, gab es einen Abend, an dem unser sanftmütiger Dad – der sonst seinen Kummer in sich hineinfraß, als wäre es eine Delikatesse – komplett ausrastete.

Mackie und ich machten gerade in der Küche Müsli und Hotdogs zum Abendessen und hörten ein Krachen in seinem Schlafzimmer, seine polternden Schritte die Treppe hinunter, das Rasseln von Schlüsseln, und dann das Zuknallen einer Tür. Nach einer angemessenen Wartezeit schlichen wir auf Zehenspitzen die Treppe hinauf und sahen, dass er jeden einzelnen Gegenstand von der Frisierkommode unserer Mutter gefegt hatte. Auf dem Boden verstreut lagen Schminkutensilien, Schmuck, Parfumflakons und Scherben der Art-déco-Vase, die unserer Großmutter gehört hatte. Selbst die Dinge, die nicht zerbrochen waren, sahen auf dem Teppich zerbrochen aus: Handcreme, Puder, eine Schmuckschatulle, ein Diadem aus Pappmaschee, das ich in der zweiten Klasse gebastelt hatte.

Mackie bestritt felsenfest, dass sie weinte, während wir jede noch so kleine Scherbe vom Boden aufhoben. Selbst die Glasscherben kamen in verschließbare Plastikbeutel. Alles, was größer als ein Kieselstein war, wurde aufgehoben. Es war töricht, das wussten wir. Aber diese Glasscherben gehörten unserer Mom. Sie waren von ihren Händen gehalten worden. Sie waren voll von ihren Fingerabdrücken.

Mackie und ich beeilten uns, denn wir waren beide noch nicht bereit, mit den Dingen unserer Mutter umzugehen. Ich erinnere mich noch an den verrückten Gedanken, der mir durch den Kopf schoss: Wenn meine Mutter zurückkäme, würden wir wahrscheinlich alle mehrere Abende am Küchentisch verbringen, die Scherben wieder zusammenkleben und sie geduldig sortieren, als wäre es ein Puzzle. Die zerbrochene Vase würde sie ärgern, aber sie würde es verstehen.

Im Anschluss wurde die oberste Schublade ihrer Frisierkommode zum Aufbewahrungsort für alles von meiner Mutter, was wir irgendwo im Haus fanden. Der Schal auf dem Kleiderständer, die Puderdose im Badezimmer. »Leg es in die Schublade«, sagte mein Dad jedes Mal, ohne auch nur hinzusehen.

Als wir älter wurden, plünderten wir die Schublade ab und zu und nahmen uns schicke Haarspangen und Ohrringe – von denen wir letztlich die meisten trotz all unserer guten Vorsätze verloren. Mackie beharrte darauf, dass mein Dad irgendwann auch den Ehering unserer Mom dort hineingeschmissen hatte, doch ich war in dem Zimmer im Krankenhaus gewesen, als er ihren Finger anhob, um den Ring abzuziehen. Ich hatte gesehen, wie er bei der Hälfte am Knöchel innegehalten und das Gesicht an ihren Handrücken gedrückt hatte, und ich war sicher, dass er einen besseren Ort dafür gefunden hatte.

Mackie bat vor ihrer Hochzeit unseren Dad um den Ehering unserer Mom, aber unser Vater sagte ihr, er könne ihn nicht finden. »Keine Sorge, mein Schatz«, hatte er gemeint. »Er ist irgendwo im Haus.« Und dann, als wäre das etwas Gutes: »Ich schmeiße nie etwas weg.«

Ich kann mir nicht vorstellen, wie es für Dixie gewesen sein muss, auf diese Schublade voll von den Sachen meiner Mutter zu stoßen. Sie hatte das Haus natürlich schon vorher gesehen und wusste, dass es unbewohnbar war. »Wir gehen meistens in ihre Wohnung«, hatte mein Dad mir erzählt. Obwohl sie im Grunde zu klein für die beiden war.

»Warum sucht ihr euch nicht einfach zusammen ein neues Haus?«, hatte ich ihn gefragt.

Er zuckte mit den Schultern. »Ich weiß nicht.« Und dann: »Sie kümmert sich gern um kaputte Dinge.«

Dixie hatte gleich nach Thanksgiving mit ihren Renovierungsarbeiten im Haus meines Dads angefangen, ohne dass einer von beiden es uns gegenüber erwähnt hätte. Sie wollte fertig werden, bevor sie einzog, und hatte vor, gleich nach der Hochzeitsreise einzuziehen. Vielleicht war sie bloß effizient und handelte schnell, oder es kam ihr einfach nicht in den Sinn, uns Bescheid zu geben. Oder – und das war wahrscheinlicher – Mackie war nicht an den Apparat gegangen, als Dixie anrief, um mit uns darüber zu reden. Wie auch immer, wir wussten nicht das Geringste von den ganzen Handwerkern, die scharenweise in dem Haus arbeiteten – bis zu dem Tag, an dem Dr. Penthouse das allererste befruchtete Ei in meinem Körper einpflanzte.

Als wir von dem Termin zurückkamen, klingelte das Telefon.

Mackie warf einen Blick auf die Anruferkennung und ging nicht ran. Sie erklärte: »Es ist Tammy Wynette.« Doch dann klingelte das Telefon erneut. Und noch einmal. Bis Mackie dafür gesorgt hatte, dass ich in Jogginghosen mit einer Tasse Kräutertee und einer Ausgabe von *People* auf dem Sofa saß, hatte Dixie viermal angerufen.

»Gib mir das Telefon«, sagte ich, als es wieder läutete.

»Nein«, sagte Mackie. »Sie ist schlecht für unser Qi.«

Doch als ich mich erhob, um es mir selbst zu holen, lenkte Mackie ein. Sie zeigte auf mich und sagte: »Runter!« Mackie wollte nicht, dass ich aufrecht stand, weil sie

Angst hatte, die Zygote könnte sich lösen. Sie griff nach dem schnurlosen Telefon und warf es mir zu.

Dixie war wegen der Schublade ziemlich durch den Wind.

»Er hat sie irgendwie vergessen«, hörte ich mich sagen – obwohl ich mir nicht sicher war, ob das so ganz der Wahrheit entsprach. Ich selbst hatte seit Jahren nicht mehr in diese oberste Schublade gesehen, aber ich wusste trotzdem, dass es sie gab. Es war nichts, was ich auf Cocktailpartys oder dergleichen erwähnte, und ich versuchte wohl, nicht allzu oft daran zu denken. Doch insgeheim wusste ich von der Schublade. Und mehr noch: Ich fand es schön, dass es sie gab. Und unserem Dad ging es wahrscheinlich genauso.

Ich lernte im Laufe dieses Fünfminutengesprächs mit Dixie viel über unseren Vater. Und über Dixies Fähigkeit herumzuschreien. Anschließend stand ich auf und sagte zu Mackie, die an der Arbeitsfläche Sandwiches machte, wir müssten los.

»Sie hat Moms Sachen gefunden«, erklärte ich.

»Und?«

»Und es klingt, als habe Dad Moms Kleiderschrank nie leer geräumt.«

»Doch, hat er. Als wir im Ferienlager waren. In dem Jahr, als ich mir die Nase gebrochen habe.«

»Es scheint, als habe er es doch nicht gemacht.«

»Nein?«

Ich schüttelte den Kopf. Dann fügte ich hinzu: »Es ist auch möglich, dass er nie ihre Medikamente aus dem Arzneischränkchen weggeworfen hat.«

»Okay. Das ist eigenartig.«

»Dixie war ziemlich aus der Fassung.«

»Und?«

»Wir müssen rüber und mit ihr reden.«

»Nein«, sagte Mackie.

»Mackie«, sagte ich. »Es geht nicht anders.«

»Du solltest nicht aufrecht stehen. Du solltest dich in der Horizontalen befinden.«

»Das ist nur eine Theorie von dir. In Wirklichkeit stimmt das gar nicht.«

Mackie kümmerte sich wieder um das Mittagsessen. Sie hatte einen Plan, und an den hielten wir uns gefälligst. »Willst du damit sagen, Theorien können nicht auch zutreffen?«

»Macks«, sagte ich. »Ich will damit sagen, dass wir hinmüssen. Und zwar jetzt.«

Mackie blickte nicht auf. Ich wurde deutlicher.

»Genau in diesem Augenblick gießt sie sich einen starken Drink ein. Und sobald sie ihn getrunken hat, fängt sie an, jede einzelne Kleinigkeit, die je unserer Mutter gehört hat, in Müllsäcke zu stopfen und diese an den Bordstein zu hieven.«

Sechs Minuten später läuteten wir an der Tür unseres Elternhauses, und Mackie sagte: »Ich wette hundert Dollar, dass es drinnen leuchtet und blinkt wie in Vegas.«

Als Dixie die Tür aufmachte, deutete Mackie auf mich und sagte: »Sie könnte schwanger sein, okay? Also keine plötzlichen Bewegungen.«

Dixie gab sich Mühe, angemessen zu reagieren. Sie musterte mich von oben bis unten und sammelte sich.

»Tja, Süße, das ist wunderbar.« Ich betrachtete sie ebenfalls von Kopf bis Fuß, wie sie da in ihrem Hosenanzug stand – auf eine Art, wie ich es im *Fu's Garden* nicht getan hatte. Sie hatte einen tollen Körper für eine Frau Ende fünfzig, mit den Beinen einer Tänzerin, einem kaum nennenswerten Bäuchlein und einem beeindruckenden Dekolleté.

Da läutete Dixies Handy – mit einem Elvis-Klingelton: »Hound Dog«. Sie bedeutete uns, ihr ins Haus zu folgen, während sie in ihren hochhackigen Sandalen auf der Suche nach ihrem Handy den Flur entlangklapperte.

Wir traten ein. Ich war auf gewisse Veränderungen gefasst. Doch ich hatte nicht erwartet, was ich nun vom Eingang aus sehen konnte: Abgesehen von zwei Luxus-Hundekörbchen für Dixies Shih Tzus aus dem Tierheim, ZaZa und Snippers, war das gesamte Erdgeschoss leer.

Noch vor Kurzem hätte man beim Betreten der Diele unseres Dads überall Zeitungsstapel erblickt, alte umgestürzte Postberge, einen überladenen Kleiderständer, Bücher und Manuskripte, die sich auf der Treppe türmten, schief hängende Bilder, Berge von Recycling-Müll, ein altes Fahrrad ohne Kette. Es gab einen Ausdruck für die Lebensweise meines Vaters: *Messie-Syndrom.* Mackie hielt das für eine Übertreibung, aber es traf zu. Mein Dad war einer dieser Menschen, bei denen es sehr wohl möglich war, dass sie eines Tages von Lawinen ihres eigenen Zeugs erdrückt werden.

»Es ist, als würde er versuchen, in seinem Haus Dinge zu verlieren«, meinte ich einmal zu Mackie.

Sie stimmte mir zu. »Sich selbst.«

Allerdings machte er den Abwasch. Es krochen keine Ratten in einer Spüle voll schmutzigem Geschirr herum. Es herrschte keine Verwahrlosung. Doch in diesem Augenblick, während ich im ausgeräumten Eingangsbereich stand, überkam mich auf einmal eine Erinnerung, wie das Haus früher ausgesehen hatte – und mir wurde klar, wie weit unser Dad sich von jenem Ort entfernt hatte.

Ich dachte an sein Arzneischränkchen, das immer noch voll von den Dingen meiner Mom war, stellte mir vor, wie er die Spiegeltür öffnete und schloss, um seine Zahnbürste oder ein Aspirin oder Zahnseide herauszuholen. Wie viele Male am Tag öffnete und schloss man sein Arzneischränkchen? Und was ergab das im Laufe von achtzehn Jahren? Die ganze Zeit über standen die alten Penizillinfläschchen seiner Frau da auf dem Regal, ihr Name in Druckbuchstaben auf dem Etikett einer Apotheke, die seit Langem abgerissen war. Fielen sie ihm nicht auf? Brachte er es nicht über sich, sich von ihnen zu trennen? War es trostreich für ihn, ihren Namen zu sehen, in Druckbuchstaben, als offizieller Beweis, dass sie dieses Badezimmer früher mit ihm geteilt, sich sein Rasiermesser geliehen und mit ihm darüber gestritten hatte, wer immer das ganze Warmwasser aufbrauchte?

Auf einmal fand ich Dixie richtig gut. Ihre Energie. Dieses tiefe Dekolleté. Diese mit Glitzernagellack pedikürten Zehen, als sie zu uns zurückgeklappert kam. Dann hatte sie eben enorm hochtoupierte Haare, die zu einer steifen Haube gesprayt waren – na und? Sie lebte. Sie bewegte sich. Und an diesem Ort hier war das verdammt viel wert.

Außerdem wusste sie, wie man Dinge erledigte. Ich musste zugeben, dass es hier unten jetzt viel besser aussah. Besonders nachdem wir im ersten Stock waren und den Teil des Hauses sahen, den Dixie noch nicht in Angriff genommen hatte – der Unterschied zwischen »vorher« und »nachher« wirkte wie ein Wunder. Die Böden glänzten, der Staub war gewischt, die Vorhänge waren entfernt, und Sonnenschein drang in Teile der Zimmer, in die schon jahrelang kein Licht mehr gelangt war. Alles wirkte heller und luftiger.

Dixie beobachtete uns, während wir uns umsahen. »Mädels«, sagte sie. »Es war an der Zeit, das Haus wieder zum Leben zu erwecken.«

»Wo sind die ganzen Sachen?«, fragte Mackie, und es plagte sie die gleiche Sorge wie mich: Hatte Dixie etwa alles weggeschmissen, ohne zu berücksichtigen, was es uns vielleicht bedeutete?

Doch Dixie konnte uns genau sagen, wo sämtliche Sachen aus dem Erdgeschoss waren. Sie zählte die Kategorien an den Fingern ab, während sie uns nach hinten in das Schlafzimmer unserer Eltern führte. »Der Müll ist im Müll. Der Beinahe-Müll ist für wohltätige Zwecke gespendet. Die Andenken sind weggepackt. Und die guten Sachen warten in der Garage auf euch.« Es war nicht so wichtig, dass Dixie weder das Recht noch die Erfahrung besaß zu entscheiden, welche dieser Dinge in welche Kategorie gehörten. Ihre Entschlossenheit gefiel mir. Auch wenn es sich gleichzeitig so anfühlte, als hätte man uns ausgeraubt.

Dixie gestattete uns – eigentlich nur Mackie, weil ich nichts heben sollte –, die meisten, wenn nicht alle Sachen unserer Mutter in unsere alten Zimmern zu bringen und dort zu lagern, bis wir Zeit hatten, sie richtig durchzusehen. Dixie schwor immer wieder, dass sie unsere Zimmer nicht anrühren würde. »Ich werde noch nicht einmal die Türen aufmachen«, sagte sie.

Also landeten die Schachteln voller Plunder – Flaschen mit Handlotion, Lippenstifte, Liebesbriefe, Bücher – in meinem alten Zimmer und die Klamotten auf Mackies altem Bett, zusammen mit den Fotoalben und Jahrbüchern. Das Einzige, was wir an dem Tag mit zu Mackie nahmen, waren sechs Kostüme unserer Mutter, mit denen wir uns früher immer verkleidet hatten. Sie hingen in Plastikhüllen im Kleiderschrank unserer Eltern, und Mackie nahm sie vorsichtig heraus. Dixie bot uns an, die Kleider in ihrem Escalade vorbeizubringen, doch Mackie lehnte höflich ab.

Als Kinder hatten wir diese Kleider so oft anprobiert. Wir stopften die Mieder mit Taschentüchern aus und gingen auf Zehenspitzen, damit der Saum nicht auf dem Boden schleifte. Wir beschmierten uns mit knallrotem Lippenstift und viel zu viel Rouge. Wir stachen uns mit Mascara halb die Augen aus und malten uns Schönheitsflecke auf – manchmal so viele, dass unsere Mom uns mit einem feuchten Küchentuch hinterherlief.

»Einer ist ein Schönheitsfleck«, erinnerte ich mich an ihre Worte. »Zwanzig sind Windpocken.«

Auf dem Rückweg machte Mackie sich Sorgen, weil ich so viel herumgestanden hatte, wegen all dem Staub und dem emotionalen Tribut, den es gefordert hatte mit anzusehen, wie die Sachen unserer Mutter aus ihrem rechtmäßigen Zuhause vertrieben wurden von dieser *Redneck-Lady*.

»Das ist das Letzte, was du brauchst«, sagte sie und marschierte weiter. »Die Sachen deiner toten Mutter durchzugehen.«

»Mackie«, sagte ich. »Mir geht's gut.«

»Das weißt du nicht.« Sie warf einen Blick auf meinen Bauch. »Du hast keine Ahnung, was da drin vor sich geht.« Und ihre Stimme klang so traurig, dass ich ihr nicht weiter widersprach.

Als wir nach Hause kamen, war Mackie derart entmutigt, dass sie mir nicht einmal befahl, mich hinzulegen. Stattdessen versuchte ich sie zu trösten, während ich Wasser für eine Kanne von Clives Darjeeling aufkochte.

»Dann passiert es mit dem Baby eben nicht diesen Monat«, sagte ich. »Na und?«

»Du hast leicht reden.«

Ich wollte, dass sie sich besser fühlte. Ich küsste sie auf den Kopf und sah ihr dann in die Augen. »Weißt du denn nicht?«, meinte ich so überzeugend wie möglich. »Beim ersten Versuch klappt es nie.«

5

Es klappte aber doch. Beim ersten Versuch. Trotz unseres ganzen Pessimismus hatte ich binnen Wochen sieben positive Schwangerschaftstests durchgeführt, zur Bestätigung die Ärztin aufgesucht und übergab mich wie verrückt. Die Übelkeit verlor recht schnell ihren Glanz – auch wenn das erste Mal irgendwie aufregend war. Mackie und ich klatschten sogar ab, bevor sie davoneilte, um ihren Vorrat an Druckpunkt-Armbändern gegen Reisekrankheit und Dosen mit Gingerale zu suchen.

Und dann, an dem Morgen, der offiziell acht Wochen markierte, an einem Freitag Mitte März, erwachte ich mit einem Tumor.

»Ich habe einen Tumor«, verkündete ich Mackie beim Frühstück.

»Wieder mal?«, fragte sie.

»Fühl doch«, forderte ich sie auf, während sie mir Orangensaft auspresste.

»Nein.«

»Ich brauche eine zweite Meinung«, sagte ich.

»Und genau deshalb werde ich ihn nicht abtasten.« Sie

würde nicht den ganzen Vormittag die Ausmaße eines Knotens irgendwo an meinem Körper diskutieren. »Ich habe keinen Bedarf an Tumorgesprächen. In der Hinsicht reicht es mir wirklich.«

»Komm schon«, sagte ich.

»Wir reden nicht darüber. Du weißt sowieso, was ich denke.«

»Was denkst du denn?«

»Ich denke, dass alles in Ordnung ist.«

»Warum?

»Weil bei dir immer alles in Ordnung ist.«

Da hatte sie nicht ganz unrecht. »Aber«, setzte ich an, »eines Tages wird es nicht so sein. Ich werde einen Tumor haben, der tatsächlich einer ist. Und wenn der Tag kommt, wollen wir den Krebs dann nicht rechtzeitig erwischen?«

»Ja«, erwiderte Mackie. »Wenn der Tag kommt, sollten wir ihn definitiv rechtzeitig erwischen.«

Ich bemühte mich, wenigstens zweimal pro Jahr eine *Große Sorge* einzuschieben. Beispielsweise kann ich mich noch an eine Zeit an der Uni erinnern, als ich mir Sorgen machte, an Hautkrebs zu leiden.

»Wo denn?«, hatte Mackie immer wieder gefragt.

»Hier«, sagte ich dann und zeigte auf eine kleine Stelle an meinem Handrücken.

»Das ist eine Sommersprosse.«

»Nein. Neben der Sommersprosse.«

»Ich sehe bloß die Sommersprosse.«

»Du gibst dir einfach keine Mühe«, sagte ich immer wieder. »Hier. Genau hier.«

Mackie hasste diese Gespräche. Sie war niemand, der in

irrationalen Ängsten versank, sondern tat ihr Bestes, nüchtern und ruhig zu bleiben, und zog es vor, ihre Ängste an vernünftige Dinge wie Pestizide und Erderwärmung zu knüpfen. Das Leben hatte nicht die gleichen Spuren bei ihr hinterlassen wie bei mir, und auf meine Momente der Panik reagierte sie nur mit Spott. Und nach ein paar Tagen mit Wut. »Verdammt noch mal, Sarah«, hieß es dann. »Reiß dich gefälligst zusammen.«

In Anbetracht dessen, dass wir unsere Mutter derart schnell verloren hatten und dass es mir nie so ganz gelungen war, mein Leben wieder richtig zusammenzusetzen, schien die Angst vor einer schlimmen Krankheit gar nicht so unvernünftig. Zum Beispiel vor einer Krebserkrankung, die aus dem Nichts kam, aus jedem Winkel meines Körpers nässte und alles vollständig zerfraß.

Nach all den Jahren dachte ich im Grunde nicht mehr andauernd an den Tod meiner Mutter. Ich konnte mich liebevoll an sie erinnern und ihre Fotoalben ansehen. Aber in meinem Innern war immer noch ein Schmerz, den ich bei den merkwürdigsten Anlässen spüren konnte: Es gab Werbespots für Kreuzfahrten, die mich zu Tränen rührten; Nachrichten über ausgesetzte Säuglinge; verhungernde Pferde in einer Sendung wie *Animal Cops;* und natürlich von jeher Phantomkrankheiten, die mich am helllichten Tag wie Albträume heimsuchten.

Denn Krebs überraschte die Menschen tatsächlich und trat beispielsweise am Abend einer großen Beförderung in Erscheinung oder während einer Hochzeitsreise in Paris. Es gab unzählige Geschichten von Leuten, die sich selbst das Leben gerettet hatten, weil sie die Erkrankung *frühzeitig erwischt* hatten. Wachsamkeit, Aufmerksamkeit und sogar Besessenheit konnten sich bezahlt machen. Indem man sich über jede Kleinigkeit Sorgen machte und hinter jeder Ecke mit dem Tod rechnete. Oder indem man seine Schwester dazu brachte, einem die Tumore abzutasten.

Diesen hatte ich beim Duschen entdeckt. Ein Knoten in der Achselhöhle. Genau die Sorte, von der Debra Winger in *Zeit der Zärtlichkeit* dahingerafft wird – ein Film, den ich niemals hätte anschauen dürfen und bei dem mein Dad einräumte, dass er ihn sich vorab hätte ansehen sollen. Er hatte geglaubt, es ginge um Astronauten, und er war schon immer ein großer Fan von Jack Nicholson gewesen.

An dem Morgen dachte ich: *Natürlich.* Alles lief derzeit so gut. Zu gut. Abgesehen von der häufigen Kotzerei und der Übelkeit, die den halben Tag andauerte, fühlte ich mich großartig. Ich war verblüfft und dankbar, dass diese Schwangerschaft funktioniert hatte – und alles so einfach gewesen war. Alles hatte wunderbar geklappt und war genau richtig verlaufen. Die Sache musste also einen Haken haben.

Nach der Dusche, auf dem Weg die Treppe hinunter, versuchte ich mir vorzustellen, was mit dem Baby werden sollte. In Gedanken weigerte ich mich, eine Chemotherapie zu machen, um das Kind zu schützen, und sagte Mackie und Clive, dass es jetzt *nur um die nächste Generation* ginge. In meiner Fantasie war ich nobel, selbstlos und tapfer – und Mackie versuchte verzweifelt, mich zur Vernunft zu bringen. »Du musst dagegen ankämpfen«, flehte sie imaginär.

Aber unten in der Küche sagte die reale Mackie lediglich: »Ich stecke die Finger nicht in deine Achselhöhle.« Sie schnitt Bananen in Scheiben. »Was soll das überhaupt heißen?«, fuhr sie fort. »Du hast Achselhöhlenkrebs?«

»Nein«, sagte ich. »Es ist ein Lymphknoten.«

»Es ist kein Lymphknoten«, sagte sie. »Es ist eine Schweißdrüse.« Sie stellte energisch ein Glas vor mich auf die Arbeitsfläche, und ich wusste, dass wir heute nicht mehr davon sprechen würden. »Trink deinen Saft.«

Ich war über zu viele Krankheiten in Panik geraten, als dass sie mich noch hätte ernst nehmen können. Zu oft hatte ich blinden Alarm geschlagen. Das begriff ich. Ich nahm mich ja nicht mal mehr selbst ernst. Aber ich wollte trotzdem sichergehen.

»Ich werde bloß mal eben meine Symptome googeln«, sagte ich.

»Nein!« Sie packte mich am Arm. »Kein Gegoogel. Frühstück.«

Ich konnte verstehen, dass Mackie die Augen verdrehte. Ich hätte das Gleiche getan. Ich wusste, dass ich mir das alles immer nur einbildete. *Das ist verrückt,* sagte ich mir ständig. *Es ist alles in Ordnung.* Doch so bestimmt ich es auch sagte, eine leise, rebellische Stimme irgendwo in meinem Kopf flüsterte immer wieder: *Und wenn doch nicht?*

Mein Frühstück bestand an dem Morgen aus Vollkorntoast, Bio-Streichkäse und Bio-Lachs. Dazu gab es einen Obstsalat aus Bio-Früchten, und mein Schwangerschafts-Vitaminpräparat in einem kleinen japanischen Wasabi-Schälchen.

»Was für ein Rundum-Service«, sagte ich und schluckte die Vitamine.

»Alles außer den Achselhöhlen«, sagte Mackie.

Am Nachmittag gingen wir zu unserem ersten Ultraschall, und als wir die Praxis verließen, war der Tumor völlig in Vergessenheit geraten, auf Nimmerwiedersehen – vollständig ersetzt von etwas Neuem.

Die Arzthelferin bat mich, mich zurückzulegen, und spritzte das Gel auf meinen Bauch. Dann fuhr sie mit dem Sensor überall entlang, während Mackie und ich den Bildschirm nach irgendetwas absuchten, was sich als etwas Menschliches identifizieren ließ. Hauptsächlich war da ein unscharfes Geflimmer – und ein paar unförmige Kleckse. Ich hatte wohl erwartet, ein winziges Menschlein zu erblicken, das uns zuwinkte. Es war seltsam enttäuschend.

Bis die Arzthelferin kaum hörbar aufkeuchte und sagte: »Oh.«

»War das ein gutes ›Oh‹ oder ein schlechtes ›Oh‹?«, fragte ich.

»Einen Moment«, sagte sie.

»Was ist los?«, wollte Mackie wissen.

Die Arzthelferin hatte natürlich nicht die geringste Ahnung, wie leicht ich in Panik geriet. Sonst hätte sie nicht gesagt: »Einen Moment«, und uns warten lassen, während sie eingehend den Bildschirm studierte. Ich beobachtete ihr Gesicht und dachte mir eine Milliarde Probleme aus, die sie erkannt hatte. Meine erste Sorge war, dass sie überhaupt nichts sah – dass keiner der Kleckse ein Baby war. Mein zweiter Gedanke galt natürlich dem Krebs, der Mutter aller gesundheitlichen Ängste. Eierstock,

Gebärmutter, Darm, Bauchspeicheldrüse. Etwas Schlimmes. Etwas Furchtbares.

Wir warteten. Mackie und ich betrachteten nicht mehr den Bildschirm, sondern das Gesicht der Arzthelferin.

Schließlich erstellte sie ein Standbild auf dem Bildschirm und sagte: »Da.« Sie berührte das Bild mit dem Finger und zeigte auf etwas, das nach nichts aussah.

»Was ist das?«, fragte Mackie.

»Ein Tumor?«, schlug ich vor, doch Mackie versetzte mir einen Klaps auf den Arm.

»Raten Sie noch mal!«, sagte die Arzthelferin.

Doch Mackie meinte: »Das wollen Sie nicht hören.«

»Es ist noch ein Baby!«, verkündete die junge Frau mit einem Lächeln. »Sie bekommen Zwillinge!«

Gleich als sie es sagte, spürte ich ein freudiges Kribbeln. Und zwar nicht die Art von Freude, die man verspürt, wenn jemand anders etwas Gutes erlebt, sondern die Art, wenn einem selbst etwas Gutes widerfährt. Es war ein winzig kleiner Augenblick, aber er machte mir ganz schön Angst. Denn auf einmal begriff ich, dass unabhängig davon, was mein Gehirn bezüglich dieser Babys entschieden hatte, mein Körper ganz alleine etwas anderes entscheiden könnte. Und da gingen mir zum ersten Mal die Worte durch den Kopf, die im Laufe der nächsten Monate zu einer Art Mantra für mich werden sollten: *Das hier ist nicht deine Schwangerschaft. Es ist Mackies.*

Wir hatten natürlich auf Zwillinge gehofft – Babys, wie Mackie es ausdrückte, *im Doppelpack* zu bekommen, was bei künstlichen Befruchtungen ausgesprochen häufig vorkommt. Doch wir hatten beim Dopplerverfahren immer nur einen Herzschlag gehört, und die Zwillinge waren eine echte Überraschung. Mackie umarmte mich. Dann umarmte sie die Arzthelferin.

Dann betrachteten wir alle den Bildschirm. »Sind es Schwestern?«, wollte Mackie wissen. »Können Sie sagen, ob es Schwestern sind?«

»Nein, nein.« Die Arzthelferin winkte ab. »Dazu ist es noch viel zu früh.«

»Ein bisschen hoffe ich auf Schwestern«, gab Mackie zu. Sie drückte meine Schulter. »Ich kann mir mein Leben nicht ohne meine Schwester vorstellen.«

»Am besten hoffen Sie nicht zu sehr auf etwas Bestimmtes«, riet ihr die Arzthelferin.

»In der Schwangerschaft wie im Leben«, fügte ich hinzu, doch nur Mackie schenkte mir ein Lächeln.

Später entschieden Mackie und Clive sich dazu, dass sie das Geschlecht der Babys nicht wissen, sondern sich überraschen lassen wollten. Auch wenn es bei Zwillingen so viele Ultraschall- und andere Untersuchungen gibt, dass es wirklich schwer ist, es nicht herauszufinden. »Sagen Sie es mir nicht!«, wurde quasi Mackies Begrüßung bei jedem Arzttermin. Sie hielt sich dann die Augen zu und sagte: »Wir wollen uns überraschen lassen.« Gegen Ende nahm das ganze Theater ziemlich übertriebene Ausmaße an, und ich kann mich noch erinnern, wie sich eines Tages mein Blick und der der Arzthelferin trafen, als uns der gleiche Gedanke durch den Kopf ging: *Eieiei.*

Ich wusste es natürlich. Ich wusste es, sobald man es wissen konnte, und ich war froh darüber. Es half mir bei dem Gefühl, dass die Babys ein wunderbares Geschenk waren, das ich für Mackie und Clive produzierte – etwas, wofür ich verantwortlich war. Ab und zu hielt Mackie in ihrem Tun inne, drehte sich zu mir und sagte: »Okay, sag's mir.« Aber ich tat es nie.

Bei diesem ersten Termin lag das alles jedoch noch in weiter Ferne. Damals waren Mackie und ich noch im Einklang miteinander, tappten gleichermaßen im Dunkeln. Mackie starrte die weißen Formen auf dem Bildschirm an. »Es sind Schwestern«, sagte sie. »Das sehe ich. Sie sehen total nach Mädchen aus.«

»Mackie«, sagte ich. »Es sind Kleckse.«

»Schwesternkleckse«, sagte sie, und dann klatschten wir ab.

Auf halbem Weg zum Aufzug merkte Mackie, dass sie ihre Handtasche im Untersuchungszimmer liegen gelassen hatte. Ich wartete an der Rezeption, während sie zurücklief, um sie zu holen, und nach einer kleinen Pause nahmen die Sprechstundenhilfe und ich Blickkontakt auf. Dabei tätschelte ich meinen Bauch und lächelte.

»Guter Besuch?«, fragte sie.

Ich nickte. »Zwillinge.«

»Wunderbar!«, sagte sie in entzücktem Tonfall. Aber dann wurde ihre Stimme ungefähr eine Oktave tiefer. »Ihrer Figur können Sie allerdings auf Nimmerwiedersehen sagen. Ich habe bei meiner Schwangerschaft sechsunddreißig Kilo zugenommen. Und glauben Sie kein Wort von wegen, Vitamin E würde Schwangerschaftsstreifen vorbeugen. Ich hatte einhundertundsieben.«

»Sie haben sie gezählt?«

Sie nickte. »Einhundertundsieben.«

Ich lachte höflich und erlebte dann den letzten Augenblick eines Erkenntnisprozesses, der im Ultraschallzimmer eingesetzt hatte und seitdem stetig vorangeschritten war. Es war nicht der Gedanke, dass es kein Zurück mehr gab, sondern stattdessen der Moment, in dem mir klar wurde, dass es *schon seit geraumer Zeit* kein Zurück mehr gab. Mein Lächeln verblasste, bis ich merkte, dass die Sprechstundenhilfe auf eine Antwort wartete. Also tätschelte ich wieder meinen Bauch und sagte etwas wie: »Alles klar.«

Ich war erleichtert, als ich Mackie um die Ecke biegen sah. Die Sprechstundenhilfe winkte kurz, als Mackie mich am Arm nahm und wir uns zum Gehen wandten.

»Im Ernst!«, rief sie uns nach. »Sie werden diesen Körper echt vermissen, wenn er erst mal futsch ist.«

Die gute Nachricht war, dass Dr. Penthouse empfohlen hatte, einen Termin für einen Kaiserschnitt festzusetzen. Selbstverständlich war heutzutage bei Zwillingen ein Kaiserschnitt Routine, aber es war nett, ihn im Kalender stehen zu haben. Und er verkürzte meine Wartezeit um drei Wochen. Errechneter Geburtstermin: 15. Oktober. Datum für den Kaiserschnitt: 20. September.

»Wir warten gerne bis zum Geburtstermin«, hatte Mackie Dr. P. erklärt.

Doch Dr. P. schüttelte den Kopf. »So lange schafft sie es auf keinen Fall.« Und bevor ich mir überlegen konnte, was genau Dr. P. damit über mich sagen wollte, erläuterte sie: »Zwillinge kommen immer zu früh.«

Clive war an dem Tag verreist und würde erst am folgenden Nachmittag wieder zurück sein. Mackie rief ihn auf dem Nachhauseweg aus dem Auto an. Ich zählte, wie oft sie das Wort *Zwillinge* in das Telefon sagte. Dreiundzwanzig Mal. Es hätte genauso gut einhundertundsieben Mal sein können.

Als wir wieder zu Hause waren, schwammen wir eine Weile im Pool und beschlossen dann, uns Filme anzusehen. Stattdessen landeten wir in Mackies überdimensionalem Wandschrank und verkleideten uns mit den Kostümen unserer Mutter. Es war das erste Mal, seitdem wir sie zu Mackie gebracht hatten – in gewisser Weise war uns klar, dass es uns als Erwachsenen bei Weitem nicht so viel Spaß machen würde wie damals als Kinder. Doch wir waren fest entschlossen, es trotzdem zu tun.

Die Kleider passten immer noch, jedenfalls so gut wie, auch wenn wir nicht alle Reißverschlüsse zubekamen – vor allem nicht an meinem Bauch, der sich schon mit acht Wochen zu wölben begann. Auch mein Busen war größer geworden, und ich quoll auf besorgniserregende Weise aus den Klamotten. Als ich mich in die Kleider zwängte und anschließend wieder herauswand, ließ es sich nicht leugnen. Ich war definitiv schwanger.

Ich zeigte im Spiegel auf mein Dekolleté.

»Es sieht ein bisschen nuttig aus«, meinte ich.

Wir fanden ein anderes Kleid für mich, das etwas weiter war.

»Das ist besser«, sagte Mackie mit einem Blick auf mein Spiegelbild. »Super Titten.«

»Danke.« Ich schob das Mieder ein wenig höher, um meine Oberweite besser zur Geltung zu bringen.

Mackie hielt eine Minute inne und sagte dann: »Du

könntest die Babys stillen, falls du das möchtest.« Und dann: »Ich hätte nichts dagegen.«

»Ich werde die Babys nicht stillen.«

»Okay«, sagte sie. »Aber es ist besser für sie, wenn sie Muttermilch kriegen.«

»Ich werde keine Babys stillen«, sagte ich wieder. »Und du bringst besser Champagner ins Krankenhaus«, fuhr ich fort, »denn sobald es vorüber ist, bin ich fertig damit.«

»Du klingst, als würde es dir nicht gerade Spaß machen«, sagte sie mit verletztem Schmollmund. Da wurde mir klar, worauf ich mich eingelassen hatte: Es reichte nicht, ihre Babys auszutragen. Ich sollte auch noch jede einzelne Minute toll finden.

Als ich die Schwangerschaft anfangs als die Geschichte *Zwei Schwestern haben Spaß* entworfen hatte, war es mir gelungen, alles wie ein lustiges Spiel darzustellen. Doch jetzt waren es nicht mehr nur zwei Schwestern. Es waren zwei Schwestern und zwei kleine Geschöpfe, die in meinem Unterleib herumschwammen, und auf einmal spürte ich, wie sie da drinnen wie Kois in einem Teich umherglitten. Und wir machten das Ganze auch nicht mehr gemeinsam durch, denn eine von uns stand kurz davor, sechsunddreißig Kilo zuzunehmen, einhundertundsieben Schwangerschaftsstreifen zu bekommen und ihrer Figur auf Nimmerwiedersehen zu sagen. Warum hatte ich nicht gewusst, dass das passieren würde? Angelina Jolie ließ es so einfach aussehen.

Nach jenem ersten Ultraschall bekam das Projekt für mich einen anderen Charakter. Es war, als hätten wir im Wohnzimmer zu den Go-Go's getanzt, und dann hatte jemand den Stecker rausgezogen. Ewig kann man so nicht weitertanzen. Aber bei Mackie lief die Musik noch. Sie hüpfte und tanzte den Shimmy, ohne zu ahnen, dass ich längst auf dem Sofa zusammengesackt war. Und so verlief im Großen und Ganzen der Rest der Schwangerschaft: Sie versuchte, mich wieder hochzuziehen und zum Tanzen zu überreden, und ich sagte: »Mackie, lass es gut sein.«

»Es macht mir Spaß, deine Babys zu bekommen«, sagte ich zu Mackie, wobei mir ein bisschen übel wurde. »Und zwar genau vierzig Wochen lang.«

»Okay«, entgegnete Mackie und ließ das Thema fallen. Dann sagte sie mit einem Blick auf ihre Füße: »Schuhe.« Daraufhin landeten wir wieder in ihrem begehbaren Wandschrank und verhandelten, wer die Slingpumps mit den Schleifchen bekam.

Schließlich wechselten wir uns dabei ab, vor dem Spiegel herumzustolzieren, fasziniert von unseren schicken Retro-Silhouetten. Wir sahen in unseren weißen Handschuhen und Pillbox-Hüten so anders aus, so verwandelt, dass wir beschlossen, uns auch entsprechend zu schminken. Wir nahmen den dicken Katzenaugen-Eyeliner und den rubinroten Lippenstift. Wir legten Puder und Parfum auf. Wir rollten uns Spielzigaretten aus Papier und Tesafilm und nannten einander *Darling*.

Dann fragte Mackie mich plötzlich, ob sie mir die Haare glätten dürfte, und zunächst lehnte ich ab.

»Ich versuche mich so akzeptieren, wie ich bin«, sagte ich.

»Oh«, sagte Mackie. »Okay.« Und dann: »Aber wenn du glatte Haare hättest, würden wir wie Zwillinge aussehen.«

»Oder wenn du deine wieder lockig trägst«, entgegnete ich.

»Oder wenn ich einen Stromschlag bekäme«, fügte sie hinzu.

Schließlich schlug ich vor, unsere Frisuren zu tauschen – dass ich mir von ihr die Haare glätten ließe, wenn sie ihre wieder lockig tragen würde. Als ich einwilligte, als Erste an der Reihe zu sein, hätte ich ahnen sollen, dass wir vielleicht nicht mehr bis zu Mackie kommen würden.

Als sie meine Haare fertig hatte, standen wir bloß da und gafften, denn sie hatte tatsächlich recht. Mit dem gleichen Make-up, den gleichen Sechzigerjahre-Outfits und genau den gleichen glatten roten Haaren sahen wir einander tatsächlich frappierend ähnlich – und wir hatten viel von unserer Mutter, die genau in meinem Alter gewesen war, als sie mit Mackie schwanger war. In diesem Augenblick dachte ich unvermittelt an unseren Dad und daran, wie sehr er sie immer noch vermissen musste, und ich war um seinetwillen froh, dass er nicht hier war und uns sehen konnte.

Wir hatten gerade beschlossen, in die Stadt zu gehen und uns von unserer besten Seite zu zeigen, als mich so schnell eine Woge der Übelkeit überkam, dass ich mich in Mackies Unterwäscheschublade übergab. Allerdings blieb mir kaum Zeit, mich zu entschuldigen, da hatte sie den gesamten Inhalt bereits im Schonwaschgang. Und dann schaffte ich es kaum, das Kleid auszuziehen, bevor es wieder passierte, diesmal – und ich versuche hier, mich auf das Positive zu konzentrieren – in die Toilette.

Mackie half mir dabei, mir einen ihrer Schlafanzüge anzuziehen, und steckte mich in ihr Bett, während sie nach unten ging, um ein Glas Gingerale zu holen. Als es mir wieder besser ging, kletterte sie neben mich aufs Bett, immer noch in ihrem Ballkleid.

»Vielleicht sollten wir uns einfach nur einen Film ansehen«, sagte Mackie. Sie hatte einen, den sie mir schon länger zeigen wollte, einen Jane-Austen-Abklatsch. Ursprünglich hatte sie ihn spontan übers Online-Fernsehen geguckt und mochte ihn so gern, dass sie ihn sich kaufte, als sie ihn im Kaufhaus auf $9,99 reduziert entdeckte.

»Er ist schmalzig«, warnte sie mich, »aber du musst einfach darüber hinwegsehen.«

Ich trank einen Schluck von meinem Gingerale. »Das klingt nicht gut.«

»Es ist eine tolle Geschichte«, meinte sie mit Nachdruck, »die sich in einem schlechten Skript verliert.«

Ich willigte schließlich ein, ihn mit ihr zusammen anzusehen. Für Jane Austen war ich immer zu haben, selbst für einen Abklatsch.

Vielleicht ging es mir einfach nur schlecht, auch wenn sich die Übelkeit schnell wieder legte. Oder ich war müde. Aber vielleicht war der Film auch viel schlechter, als Mackie zugeben wollte. Ich fand ihn jedenfalls schrecklich.

»Diese Leute sind sehr seltsam«, sagte ich. »Die Frau sieht wie Homer Simpson aus.«

»Man gewöhnt sich daran«, sagte Mackie.

Das gelang mir aber nicht. Die Schauspieler hatten Gesichtsticks und schlechte Dialoge – es war eine richtige Billigproduktion. Einmal hätte ich schwören können, ein Mikrofon im Bild gesehen zu haben.

»Das ist der schlechteste Film, der je gedreht worden ist«, sagte ich. Ich konnte nicht glauben, dass meine clevere, kultivierte Schwester ihn tatsächlich gekauft hatte.

Doch Mackie stand vom Bett auf und ging hinüber zum Fernseher. »Schön.« Sie war sauer. Und zwar so sauer, wie man es nur wird, wenn einen jemand, der es eigentlich besser wissen müsste, so richtig enttäuscht. Sie steckte die DVD in die Hülle und starrte mich wütend an. »Ich werde uns etwas anderes ausleihen.«

»Es tut mir leid«, sagte ich, doch es war zu spät.

Ich erbot mich mitzukommen, aber sie wollte nicht, dass ich in ihr Auto kotzte. Sie hatte eine ganze Bibliothek an DVDs in ihrem Fernsehschränkchen, aber es war klar, dass sie eine Verschnaufpause gebrauchen konnte.

An der Tür hielt sie inne. »Bloß weil du deine morgendliche Übelkeit hast, hast du noch lange nicht das Recht, dich über jede Kleinigkeit zu beklagen.«

»Du willst meine Übelkeit?«, versetzte ich wütend. »Du kannst sie gern haben!«

Sie atmete tief ein und ließ die Luft dann wieder entweichen. »Tatsächlich«, stellte sie fest, »kann ich das nicht.«

Bevor ich reagieren konnte, machte sie die Tür hinter sich zu und stöckelte den Flur entlang. Mir blieb keine Zeit, etwas zu sagen. Aber selbst wenn sie eine Erwiderung gewollt hätte, war ich mir nicht sicher, was ich gesagt hätte.

Ich kletterte in ihr Bett, um ihre Rückkehr abzuwarten. Der Fernseher war ausgeschaltet, und ich konnte die Palme draußen hören, die gegen das Fenster strich. Es war ein törichter Streit. Aber manchmal haben auch törichte Streitereien ein Körnchen Wahrheit in sich.

Ich wartete so lange auf Mackies Rückkehr, dass ich in ihrem Bett einschlief – und da passierte etwas Verrücktes. Denn als Nächstes kam gar nicht Mackie nach Hause, sondern Clive. Vielleicht fiel ihm nicht auf, dass Mackies Wagen weg war. Oder er war mit seinen Gedanken woanders. Es gab ja auch nicht den geringsten Grund, warum er damit hätte rechnen sollen, dass ich in seinem Bett liegen würde. In seinem Bett, in einem dämmrigen Zimmer, auf Mackies Seite, schlafend, meine roten Haare geglättet wie ihre, und in ihrem Schlafanzug.

Natürlich ging er davon aus, dass ich Mackie war. Er zögerte noch nicht einmal. Er ließ nur seine Tasche fallen und kletterte im Anzug aufs Bett, drückte seinen Körper an den seiner Frau, vergrub das Gesicht in ihrem Nacken, atmete sie ein, flüsterte etwas wie »Ich habe dich vermisst« und küsste dann ihren Hals. Küsste sie auf eine Art und Weise, wie sich so ziemlich jeder wahnsinnig gern wach küssen lassen würde – Mund am Hals, Hand am Brustkorb –, nicht derb oder aufdringlich, sondern genau das richtige Maß an Festigkeit und Druck. Einfach genau richtig.

Allerdings doch nicht genau richtig, da ich nicht seine Frau war.

Man könnte sagen, dass ich nicht völlig wach war und nicht wusste, was ich tat. Es ließe sich auch argumentieren, dass ich von jemand anderem träumte. Oder man könnte auf die Wahrheit verweisen: dass Hormone und Dehydrierung dazu führten, dass mir die meiste Zeit schwindlig und orientierungslos zumute war. Ich kann Ihnen versichern, dass ich bis zu jenem Augenblick noch nie über Clives Qualitäten als Küsser nachgedacht hatte – jedenfalls nicht in Bezug auf meine Person. Selbst sein Geknutsche mit Mackie im *Fu's Garden* hatte mich nicht eine Sekunde lang überlegen lassen, wie es wohl wäre, ihn zu küssen. Er war lediglich eine Person. Kein Typ, kein Mann. Bis zu dem Zeitpunkt war er lediglich der Mann meiner Schwester.

Und nun habe ich etwas zu beichten. Es war der beste Kuss, den ich seit langer, langer Zeit erlebt hatte.

Ich stieß Clive selbstverständlich von mir – sobald mich die Erkenntnis traf. Ich setzte mich auf, drehte mich weg und schrie: »Ich bin nicht Mackie!« Clive kletterte hastig vom Bett und stürzte quer durch das Zimmer. Dabei verhedderte er sich in dem Kleid, das ich auf dem Boden liegen gelassen hatte, und fiel auf seinen Hintern. Sein Hintern war mir noch nie zuvor aufgefallen– aber in den kommenden Tagen und Wochen stellte ich fest, dass es sich dabei um einen erstklassigen Hintern handelte.

Vom Boden aus starrte Clive mich ungläubig an, während ich immer wieder sagte: »Ich bin nicht Mackie, ich bin Sarah!«

»Aber das sind Mackies Haare!«

»Sie hat sie mir geglättet!«

»Aber du bist in unserem Bett!«

»Ich habe mich ausgeruht!«

»Aber du trägst ihren Schlafanzug!«

»Den hab ich mir geliehen!«

»Tja, wo zum Teufel steckt Mackie?«

»Sie ist los, einen Film ausleihen.«

»Verflucht noch mal!«

Clive atmete tief ein und aus, während er das Ganze verdaute. Er blieb auf dem Boden, und ich blieb zusammengekauert an der Bettkante, ohne ihn anzusehen. Wir schwiegen eine Zeit lang.

»Du solltest eigentlich verreist sein«, sagte ich nach einer Weile, den Blick auf den Teppich geheftet.

»Ich bin früher nach Hause gekommen.«

»Was du nicht sagst.«

Es entstand wieder eine Pause. Wir rührten uns beide nicht, bis Mackie zurückkam und die Dinge wieder ins Lot bringen konnte. Wir saßen einfach da. Und warteten.

»Also«, sagte Clive, um die Zeit zu überbrücken. »Zwillinge, was?«

»Yep«, sagte ich.

»Das ist klasse«, sagte Clive.

Und dann deutete er mein Schweigen, meine Körpersprache oder las vielleicht sogar meine Gedanken – und er sagte etwas, das Mackie selbst noch nicht gesagt hatte. »Danke übrigens, dass du das hier machst.«

»Gern geschehen.« Es war beinahe ein Flüstern, und ich hoffte, dass es nicht sarkastisch klang.

Dann hörten wir Mackies Absätze im Flur klackern. Als sie ins Zimmer trat, immer noch in dem fabelhaften Sechzigerjahrekleid, sah sie wie ein Filmstar aus. Sie hatte Clives Auto und ein leeres Milchglas auf der Küchenarbeitsfläche gesehen.

»Hey!«, sagte sie zu Clive. »Was machst du auf dem Fußboden?«

Nach kurzem Zögern sagte er: »Sarah hat mich erschreckt. Ich habe sie für dich gehalten.« Er war kein guter Lügner – was ich süß fand. Da ging ihm auf, dass das nicht reichen würde. Er wies auf das Kleid neben sich. »Und dann bin ich darüber gestolpert.«

Wahr. Alles wahr.

Mackie hörte nicht allzu genau hin. »Hast du Sarahs Haare gesehen? Sieht sie nicht toll aus?«

»Sie sieht genau wie du aus«, sagte er.

»Es ist verrückt, nicht wahr?«

»Ich meine, genauso.«

Mackie ließ den Film aufs Bett fallen und ging zu Clive, um ihm aufzuhelfen. »Du bist früher zurück.«

»Yep«, sagte Clive.

»Hast du mich vermisst?«

»Yep.«

Sie beugte sich für einen raschen Kuss zu ihm, und ich ergriff die Flucht. »Gute Nacht!«, rief ich von der Tür aus.

»Warte!« Mackie griff nach dem Film, den sie ausgeliehen hatte. *Es geschah in einer Nacht.* Mein Lieblingsfilm. Ein Friedensangebot. »Es tut mir leid«, meinte sie.

»Nein, mir tut es leid«, sagte ich. Und dann: »Mir geht's heute einfach nicht sonderlich gut.«

»Steig wieder ins Bett«, sagte sie. »Wir können ihn uns alle gemeinsam anschauen.«

Ich sah Clive nicht an. »Ich brauche Schlaf«, erklärte ich ihr.

»Okay.« Sie gab schnell nach – wie jemand, der eine

bessere Alternative hat: jemanden, der früher als erwartet von einer Geschäftsreise zurückkam und gleich auf der anderen Seite des Zimmers stand.

Dann beugte sie sich vor, um mir einen Gutenachtkuss auf die Wange zu geben. In dem Augenblick war ich mir sicher, dass sie es herausfinden würde. Sie würde seinen Duft an mir riechen, oder sie würde ein Haar von ihm finden – irgendein forensischer Anhaltspunkt würde uns auffliegen lassen. Doch sie merkte nichts. Sie gab mir nur einen flüchtigen Kuss auf die Wange und sagte: »Gute Besserung.«

Natürlich gab es nichts herauszufinden. Deshalb fand ich auch, dass Clive recht hatte, es Mackie nicht zu erzählen. Ihr davon zu erzählen würde nur dazu führen, dass sie sich Sorgen machte, obwohl es doch in Wirklichkeit nichts gab, worüber sie sich Sorgen machen musste. Ihr davon zu erzählen würde nur unser Zusammenleben und unser Leihmutter-Arrangement verkomplizieren. Am besten vergaß man es so schnell wie möglich. Niemand hatte etwas Falsches getan. Außer vielleicht ich. Ich gab mir nicht die Schuld an dem Moment, da ich praktisch geschlafen hatte – aber ich fühlte mich schuldig, dass es mir gefallen hatte.

Clive würde es sehr schnell wieder vergessen. Am nächsten Morgen würde er wieder mit mir herumalbern, wie er es mit jedem tat. Keine vielsagenden Blicke, keine besondere Bedeutung bei irgendetwas, das er sagte oder tat. Der Kuss wäre aus seinen Gedanken verschwunden– zweifellos ersetzt von zahllosen späteren und legitimen Küssen von der Liebe seines Lebens.

Ich hingegen hatte keine anderen Küsse, die den Kuss hätten ersetzen können – und ich würde ihn nicht so schnell vergessen. Jener Moment mit Clive würde mir noch lange im Kopf herumschwirren. Vielleicht waren wir alle zu großspurig, als wir glaubten, das komplizierte Geflecht der Evolution aus Liebe und Kinderkriegen überlisten zu können. Schließlich trug ich das Kind dieses Mannes in meinem Körper. Selbst wenn das Baby da auf eine Art und Weise reingekommen war, die nicht die entfernteste Ähnlichkeit mit dem natürlichen Vorgang hatte, konnte man von meinem Körper nicht erwarten, dass er sich dessen bewusst war. Vielleicht spürte er eine gewisse Verbindung. Vielleicht nahm er Dinge an, was uns beide betraf. Vielleicht brachte dieses ganze Ein-Kind-vom-Ehemann-meiner-Schwester-Projekt Komplikationen und indirekte Folgen bis hin zur Zellebene mit sich, über die ich mir nie auch nur einen Gedanken gemacht hatte. Es war möglich, dass jener Moment mit Clive mich so traf, wie er es tat, weil ich über einen unsichtbaren Golfstrom der Leidenschaft und des Menschseins und des Lebens gestolpert war, von dem ich vorher nichts gewusst hatte – etwas, das unendlich viel größer und mächtiger war als ich selbst.

Vielleicht war es das. Oder – und das schien mir wahrscheinlicher – es lag einfach daran, dass ich den letzten Kuss davor bei einem Blind Date von einem Veganer namens Maurice bekommen hatte, der nach Baba Ghanoush und Zigaretten gerochen und versucht hatte, mit folgendem Spruch nach oben in mein Apartment zu kommen: »Rotschopf ist nett, weil feurig im Bett.« Eine andere

Erklärung wäre, dass ich die sanften Berührungen, die ich im letzten halben Jahr gespürt hatte, an einer Hand abzählen konnte. Und keine davon war außergewöhnlich gewesen. Vielleicht mit Ausnahme von Everett Thompsons Ellbogen.

Als ich an diesem Abend in mein Zimmer zurückkehrte, zog ich ein Blatt Papier heraus und schrieb darauf das Datum für den Kaiserschnitt in zweieinhalb Zentimeter großen Druckbuchstaben: 20. September. Dann legte ich den Zettel mitten auf mein Kopfkissen und starrte ihn an. Die Zeitspanne von März bis Oktober schien mir nicht unmöglich zu bewältigen. So einen Zeitraum hatte ich schon unzählige Male erlebt, ohne es auch nur zu merken. Durch den Belüftungsschacht hörte ich leises, glückliches Gemurmel von Mackie und Clive, also drehte ich an meinem Kopfhörer Chaka Khan auf. Dann zog ich meinen Terminkalender heraus und zählte die Wochen, und als ich damit fertig war, zählte ich die Tage. Wenn ich das nächste Mal unterwegs wäre, würde ich mir einen großen Kalender kaufen, um Kreuze zu machen, und einen dicken roten Stift. Eines war klar: Es war an der Zeit, ein bisschen Schwung in diese Schwangerschaft zu bringen.

Ich wusste natürlich, dass man die Zeit nicht dazu bewegen konnte, schneller zu vergehen. Sie schleppt sich in ihrem eigenen sturen und ärgerlichen Tempo weiter. Doch es schien mir wichtig, es wenigstens zu versuchen.

Selbst nachdem alle im Haus, einschließlich Chaka, verstummt waren, lag ich noch stundenlang wach. Jedes Mal, wenn ich versuchte, mich zusammenzurollen und einzudösen, spürte ich das Echo von Clives Handfläche auf meinem Brustkorb, und ich musste mich buchstäblich herumwälzen, um die Erinnerung abzuschütteln. Bis zum Morgen türmte sich mein Bettzeug wie ein kleiner Schrein zu Ehren der Schlaflosigkeit.

Als ich zum Frühstück nach unten kam, warf Mackie einen Blick auf mich und sagte: »Was zum Teufel ist dir denn zugestoßen?«

»Ich konnte nicht schlafen.«

Natürlich ging sie davon aus, dass es an der Schwangerschaft lag. Sie brachte mir einen Obstteller und eine Kanne koffeinfreien Kaffee. »Ist dir übel?«, erkundigte sie sich.

»Nein«, sagte ich. »Ich bin bloß unruhig.«

»Ich konnte auch nicht schlafen«, sagte sie. Und dann: »Clive und ich haben viel darüber geredet, was vorgefallen ist.«

Ich erstarrte. Er hatte es ihr erzählt. Wut auf ihn überkam mich. Es schien Mackie einfach nichts anzugehen. Dass sie wegen etwas derart Nebensächlichem sauer auf mich wurde, konnte ich nun wirklich nicht gebrauchen. Wegen etwas, womit ich niemals gerechnet hätte und worüber ich mich sowieso schon selbst ärgerte. Es war nicht nötig, dass wir beide sauer waren.

»Ich finde, dass du und ich uns auch ein bisschen unterhalten sollten«, sagte sie.

»Sicher.« Ich zwang mich zu schlucken.

Als ich noch ein Stück Obst aufspießte, fiel mir auf, dass Mackie mit den Stücken ein lächelndes Gesicht gelegt hatte. Kiwiaugen, Bananennase, Erdbeerlächeln, Brombeerhaare. Mir traten Tränen in die Augen.

Ich war mir noch nicht einmal sicher, was ich sagen

sollte. Wäre sie irgendjemand anderes, hätte ich den ganzen Morgen lang über mein Gekuschele mit Clive reden können – nicht so sehr über den Moment selbst, sondern über seine nachklingenden Auswirkungen auf meine Psyche. Etwas daran hatte eine Wärme in meinem Körper entfacht, einen Wirbel siedender Gefühle, die ich für mein Leben gern ausdiskutiert hätte. Aber dieses Gespräch konnte ich niemals mit Mackie führen. Oder mit Clive. Oder auch nur mit mir selbst. Ich würde all diese Worte so fest und so lange unterdrücken müssen, bis sie einfach in meinem Körper verschwanden.

Ich hielt die Luft an.

Da sagte Mackie: »Clive konnte nicht glauben, dass ich sauer auf dich geworden bin, weil du meinen blöden Film nicht mochtest.«

Das war's? Das war die Unterhaltung? Ich sah ihr in die Augen. »Konnte er nicht?«

»Nein. Er meinte: ›Du hast doch selbst gesagt, dass es ein schlechter Film ist.‹«

Allerdings.

Mackie fuhr fort: »Und ich habe gesagt: ›Mit einem Funken von etwas Gehaltvollem.‹«

»Mir ging's einfach nicht gut«, meinte ich.

»Genau das hat Clive auch gesagt! ›Vielleicht ging es ihr nicht gut!‹«

»Das hat er gesagt?«

»Aber ja! Und dann hat er gesagt, ich soll mich bei dir entschuldigen.«

Clive hatte Partei für mich ergriffen! In dem Augenblick verschoben sich die Kontinente in meinem Herzen ein letztes Mal, und das Ganze blieb bei einer ausgereiften Fixierung stehen. »Du brauchst dich nicht bei mir zu entschuldigen«, sagte ich. »Ich sollte mich bei dir entschuldigen.«

Nennen wir es nicht Verliebtsein. Nennen wir es ein »Bewusstsein«, eine »Sehnsucht« oder einen »Funken«. Ich bin mir völlig darüber im Klaren, dass »verliebt« und »Schwager« keine Begriffe sind, die man in einem Atemzug nennen sollte. Es ist unheilvoll. Und verkehrt. Und es verletzt alle möglichen Gesellschaftsverträge. Da lässt man einfach die Finger davon.

Doch dank dieser verrückten Schwangerschaft hatten wir unsere Finger bei allen möglichen Dingen im Spiel, an die andere Leute gar nicht erst rührten. Wir hatten Neuland betreten. Ich werde also nicht das Wort *verliebt* verwenden, aber glauben Sie mir, sosehr wir uns auch über die Semantik streiten mögen, es war genau das und nichts anderes.

Drei unglaubliche Monate lang nach jener verrückten Nacht durchlitt ich Qualen, deren Existenz ich nie auch nur geahnt hatte. Ich hatte wohl schon vorher einmal so empfunden, aber nicht lange. Und nie derart intensiv oder mit solch einem hohen Einsatz. Beispielsweise noch nie, während ich schwanger war. Und nicht in Hinblick auf den Menschen, dessen Baby ich gerade austrug. Zuvor hatte ich mich immer für Typen interessiert, bei denen wenigstens die entfernte Möglichkeit bestand, dass sie sich auch für mich interessieren könnten. Bei Clive war das nicht möglich. Und selbst wenn dieses Gekuschele ihn genauso aus der Bahn geworfen hätte wie mich – es hätte die Lage nur noch verschlimmert, wenn ich tatsächlich bekommen hätte, was ich wollte.

Wenn ich sage: »die Lage verschlimmert«, meine ich: *mein Leben ruiniert.* Und das aller Übrigen ebenfalls.

Fortan konnte ich mich nicht einmal im selben Zimmer wie Clive aufhalten. Die angenehme Frühstück-und-Abendessen-Routine, die wir drei uns zugelegt hatten, ging völlig den Bach runter. Ich aß mit Mackie, wenn Clive verreist war, ansonsten nahm ich mein Essen mit auf mein Zimmer. Ich sagte ihnen, mir wäre schlecht, ich wäre müde, meine Hormone spielten verrückt. Doch ich sagte ihnen nicht, dass ich jede Minute mit Mackie damit verbrachte, ihr Gesicht, ihre Stimme und Körpersprache unter die Lupe zu nehmen – um zu sehen, ob der absolut unwahrscheinliche Fall eingetreten war, dass sie das Interesse an ihrem Ehemann verloren hatte. Das war übrigens nicht der Fall.

Das war die einzige Fantasie, die ich mir gestattete: Mackie, die Clive verließ. Ich verbrachte viel Zeit damit, mir dieses Szenario in sämtlichen Varianten auszumalen. Mackie würde einen französischen oder schottischen oder hawaiianischen Reisenden in der Schlange bei Starbucks oder in der Reinigung kennenlernen. Sie würden ins Gespräch kommen, und Mackie würde ihren Kaffee verschütten oder ihren Stapel Blusen fallen lassen. Er würde sich bücken, um ihr zu helfen, und ihre Blicke würden sich treffen. Binnen weniger Tage würde sie ihre Sachen packen, um ein neues Leben in einem fernen Land anzufangen. Es würde ihr leidtun, Clive und mich zurückzulassen, aber sie wollte unter allen Umständen der Stimme ihres Herzens folgen. Clive würde ihr eine Zeit lang nachtrauern, dann aber merken, dass ich ohnehin die bessere Schwester war. Dann könnten wir sorglos an den Kühlschrank gelehnt rumknutschen. Dann hätten wir endlich alles. Bloß eben Mackie nicht.

Diese Fixierung hatte allerdings einen Vorteil. Ich nahm die Welt um mich her auf eine ganz andere, aufmerksamere Art wahr. Derartige Gefühle, ein Leben so reif, startklar und voll überschäumender Emotionen, haben etwas Köstliches. Das Ganze hatte etwas Hoffnungsvolles und Lebendiges an sich. Außerdem: Nach jenem versehentlichen Kuss von Clive fühlte ich mich zum ersten Mal seit sehr langer Zeit einsam. Nachts in meinem Einzelbett im Kinderzimmer, während ich beobachtete, wie sich mein gewölbter Bauch mit jedem Atemzug hob und senkte, befand ich mich viereinhalb Meter von dem entfernt, was ich am meisten wollte, ohne die Möglichkeit, es jemals zu bekommen. Und diese Art von Leiden musste einfach auch etwas Gutes haben.

In New York hatte ich wenigstens meine Arbeit. Und auch keinen Mangel an Verabredungen. Eine Frau mit Bindungsschwierigkeiten übt eine besondere Anziehungskraft auf Männer aus. Sie spürten, dass ich nicht zu haben war, also war es für sie leicht, mehr von mir zu wollen. Mehr Verabredungen, mehr Interesse, mehr Leidenschaft. Im Falle von Kid Dy-no-mite mehr Zeit in der Abstellkammer. Wenn es eine Masche gewesen wäre, hätte sie prima funktioniert. Doch es war keine Masche. Ich stellte mich nicht desinteressiert, um sie hereinzulegen; ich hatte tatsächlich kein Interesse. Dementsprechend war auch keiner dieser Männer gut für mich.

Mackie und ich redeten oft darüber, dass das Leben zwei große Kategorien umfasste – Arbeit und Familie – und dass die meisten Menschen nur die eine oder die andere im Griff zu haben schienen. Leute, die tolle Jobs hatten, sehnten sich nach einer besseren Beziehung, und welche mit einer guten Beziehung suchten gewöhnlich nach einem besseren Job. Clive, der beides hatte, war eine Ausnahme. Doch Mackie und ich waren, bis ich zurück nach Hause zog, perfekte Beispiele für die jeweiligen Extreme. Mackie liebte ihren Ehemann heiß und innig, und mir ging es genauso mit meinem Job.

Doch jetzt war ich zu Hause. Ich hatte weder einen Job noch eine Beziehung. Und auch keine Wohnung, kein Auto und keinen Freundeskreis. Oder auch nur die geringste Aussicht auf irgendetwas davon. Alles, was ich hatte, war ein wachsender Bauch, weit nach den ersten drei Monaten noch heftige Anfälle morgendlicher Übelkeit und die sich immer deutlicher abzeichnende Erkenntnis, dass neun Monate ein viel längerer Zeitraum waren, als ich je für möglich gehalten hätte.

Ich hasse es, das alles zuzugeben. Es ist mir wahnsinnig peinlich, was mir damals alles durch den Kopf ging. Allerdings konnte ich später erkennen, dass ich nicht wirklich Clive selbst wollte, sondern das, wofür Clive stand. Während ich dort wohnte, wurde ich ganz aus der Nähe Zeugin einer echten, funktionierenden Ehe. Und auch wenn Clive nie seinen Teller zur Spüle trug oder seine Zeitung ins Altpapier steckte, zog er dafür sonntagmorgens los und kaufte frische Croissants, und er streichelte seiner Frau über die Haare, wann immer sie fernsahen. Bei den beiden sah das Eheleben ziemlich gut aus. Zum ersten Mal im Leben wollte ich das auch. Und was das Zusammentreffen dieser Erkenntnis mit meinem schwangeren Zustand und Clives versehentlichem Kuss betrifft, möchte ich diejenige sehen, die in genau der gleichen Lage wie ich nicht die gleichen furchtbaren Gefühle gehegt hätte.

6

Drei elende Monate vergingen, und ich weiß nicht einmal, was ich in der Zeit getan habe.

An ein paar Dinge erinnere ich mich noch. Ich ernährte mich gesund, trieb Sport und versuchte, ein guter Brutkasten für die Babys zu sein. Ich führte ein Tagebuch, in dem ich über Wahrheit, Sehnsucht und den Sinn des Lebens philosophierte. Ich entwickelte ein Gelüst nach Mesquite-Hühnchen-Burgern in einem Tex-Mex-Restaurant ganz in der Nähe und aß fast jeden Tag einen. Ich sah mir Kochsendungen an. Ich kaufte im Internet Umstandsmode. Ich markierte das Datum meines Kaiserschnitts – 20. September! – auf dem Kalender und fügte pflichtbewusst für jeden Tag, den ich überlebt hatte, ein weiteres X hinzu. Ich lungerte in der Ratgeberabteilung unserer Buchhandlung herum und guckte verstohlen in Bücher mit Titeln wie *Liebe Sünde, Finger weg von dem Kerl, Süße!* oder *Anleitung zum Glücklichsein*.

Es war eine merkwürdige Zeit. Sechs Jahre lang hatte ich mich ununterbrochen abgerackert – und auf Dinge wie Wochenenden und Silvesterpartys verzichtet – für den nicht unbefriedigenden Lohn, immer das größte Engagement, die besten Ideen und die umwerfendsten Präsentationen in der ganzen Agentur zu haben. Man rechnete es mir nicht so hoch an, wie ich es verdient hätte, aber ich wusste, selbst wenn es den Typen am Ruder nicht klar war, dass es fünf, vielleicht sechs Leute in unserer Agentur gab, die den Laden wirklich schmissen. Und Kid Dy-nomite gehörte nicht dazu, trotz seines Eckbüros. Ich schon. Ich war ein Star. Ein vor sich hin funkelndes Sternchen in meinem kleinen Gemeinschaftsbüro gleich neben den Aufzügen.

Doch ich bereute es nicht, die E-Mail mit den echten Brüsten verschickt zu haben. Wenn überhaupt, hatte ich ein schlechtes Gewissen, weil ich zu unserem kollektiven Unglück beigetragen hatte. Wenn ich jetzt darüber nachdachte, war das Bild eines glühend heißen Brandeisens am Dekolleté einer Frau ohne Zweifel ein bisschen brutal.

Jetzt, arbeitslos in Texas, redete ich mir ein, dass ich mich in einen Kokon einspann. Ich hatte sechs Jahre lang nicht innegehalten und mir auch nur die geringsten Gedanken gemacht, und nun war es an der Zeit, etwas darüber zu erfahren, wie man ein besseres Leben führte. Wann würde ich je wieder mietfrei in einem so schönen Haus wohnen? Wann könnte ich noch einmal so in meinem Leben auf die Pausetaste drücken? Es war eine einmalige Gelegenheit, und ich wusste, dass ich das Beste daraus machen sollte. Also versuchte ich, mich in einen Kokon einzuspinnen – selbst wenn ich den Verdacht hegte, dass ich, wenn ich das Ganze erst einmal hinter mir hätte und endlich wieder zum Vorschein käme, immer noch dieselbe Raupe sein könnte, die ich schon immer gewesen war. Und selbst wenn Sich-in-einen-Kokon-Einspinnen in der Theorie besser klingt, als es sich in der Praxis anfühlt. Besonders, wenn vor dem Fenster ständig der eigene Schwager in Boxershorts schwimmen geht.

»Kann er sich keine Badehose leisten?«, fragte ich Mackie eines Tages.

»Es ist unser Garten«, sagte Mackie. »Wer schaut denn da schon hin?«

Ich vermisste meine Arbeit, die Leidenschaft, mit der ich sie angegangen war, und den Schwung, den ich jeden Morgen verspürt hatte. Mir fehlte mein Morgenspaziergang mit meinem Kaffee, meiner Banane und meinem Bagel. Ich wollte mich wieder für mein Leben verantwortlich fühlen, ein Ziel vor Augen haben und mir wie eine Erwachsene vorkommen. Ich vermisste es, richtig gut bei etwas zu sein. Ich konnte mir einreden, dass ich dabei war, mich selbst zu finden. Ich erzählte alten Bekannten im Lebensmittelgeschäft, *freigestellt* zu sein, und las jeden Ratgeber, den es nur gab. Aber was auch immer ich tat, es fühlte sich nach einer großen Leere an.

Ich hätte ein paar Dinge anders machen sollen. Rückblickend würde ich mir gern selbst zurufen: »Such dir eine Arbeit! Beleg einen Kurs! Nimm dir dein eigenes Apartment!«

Doch ich tat nichts dergleichen. Es ergab keinen Sinn, sich in Houston eine Arbeit oder ein Apartment zu suchen, wenn ich nach New York zurückziehen würde, sobald ich mit dem Babyprojekt fertig war. Was ich ganz gewiss tun würde. An einem besonders übellaunigen Tag erklärte ich Mackie, ich würde *unter keinen Umständen in diesem rückständigen kleinen Provinznest bleiben.* Woraufhin sie mir ins Gedächtnis rief, dass es sich um die viertgrößte Stadt im ganzen Land handelte. Sie verschränkte die Arme und sagte: »New York, L.A., Chicago, *Houston.*«

Es gab Dinge, die ich nicht tun konnte – aber es gab vieles, was ich hätte tun können. Ich tat es bloß nicht. Ich dachte an die kleinen Depressionskärtchen, die Dr. Penthouse uns vor Monaten gegeben hatte. Ich hatte meine natürlich längst verloren. Was hatte auf der Liste gestanden? Wonach sollte man Ausschau halten? Eifersucht? Gefühle von Sinnlosigkeit? Generelle Lethargie? Angst vor Gespenstern? Ich erinnerte mich nicht mehr.

Mackie verstand nicht, warum ich mich so distanziert benahm. »Clive geht dir irgendwie auf den Wecker, nicht wahr?«, fragte sie eines Abends.

»Überhaupt nicht.« Ich runzelte verwirrt die Stirn. »Ich finde Clive toll.«

»Du blickst immer ganz schrecklich grimmig drein, wenn er ins Zimmer kommt.«

»Tu ich nicht.«

»Wenn ich es dir doch sage.«

»Und ich sage dir, ich habe kein Problem mit Clive.«

Mackie überlegte, ob sie mir glauben sollte oder nicht.

»Ist es, weil er gesagt hat, Frauen wären schlecht am Steuer?«

»Nein.«

»Ist es das eine Mal, als er diese Furzgeräusche gemacht hat?«

»Nein!«

»Ist es, weil er Witze über Dads Bart macht? Das ist bloß britischer Humor.«

»Nein!«

»Was denn dann?«

»Nichts! Himmelherrgott noch mal!«

»Clive stimmt mir zu.«

»Tut er?«

»Er glaubt, dass du ihn nicht magst.«

Ich ließ diese Nachricht auf mich wirken. Machte es Clive etwas aus, dass ich ihn vielleicht nicht mochte? Dann rief ich mir ins Gedächtnis, dass es egal war.

»Ich mag Clive sehr wohl«, sagte ich. »Es ist nur –«

»Es ist nur, dass diese ganze Sache mit der Schwangerschaft nicht so viel Spaß macht, wie du erwartet hattest?«

Ich nickte.

»Geht mir genauso.«

In einer besseren Gemütsverfassung hätte ich mir vielleicht Gedanken darüber gemacht, wie sich diese Schwangerschaft für Mackie anfühlen musste. Hier war ich und machte genau das, was sie am meisten in ihrem Leben versucht hatte. Es war das Einzige, worin sie je versagt hatte. Und ich nahm alles als gegeben hin. Ich war verdrießlich und beschwerte mich, verdrehte die Augen angesichts meines Glücks. Es grenzt wirklich an ein Wunder, dass sie derart nett zu mir war.

Doch Mackie war keine Frau, die einfach aufgab. Was Clive und mich betraf, kam sie zu dem Schluss, dass wir alle mehr Zusammengehörigkeit brauchten. Sie war überzeugt, dass ich Clive mit der Zeit mögen würde, wenn ich ihn nur ein bisschen besser kennenlernte. Folglich ging sie es generalstabsmäßig an, uns einander näherzubringen. Im Restaurant sorgte sie dafür, dass wir in Sitzecken nebeneinandersaßen. Im Auto schnappte sie sich die Rückbank und ließ uns beide vorne sitzen. Sie ließ uns so oft wie möglich allein, damit wir uns unterhalten konnten.

Das funktionierte natürlich nicht.

Endlich, nachdem sie mir Woche um Woche dabei zugesehen hatte, wie ich Trübsal blasend mein Bio-Essen auf dem Teller herumschob, nachdem mein Bauch bereits aussah, als hätte jemand eine Wassermelone hineingestopft, und mein Tief nicht einmal davon abgemildert worden war, dass wir wie verrückt ultraschicke Umstandsklamotten eingekauft hatten – an dem Abend, als Mackie Cupcakes gebacken hatte, um zu feiern, dass ich nun fünf Monate schwanger war, schlug sie mit der Hand auf den Tisch.

»Aufhören!«, schrie sie.

Ich blinzelte sie an. »Womit soll ich aufhören?«

Sie umrahmte mein Gesicht mit den Händen. »Damit!«

Ich tat so, als gäbe es nichts, womit ich aufhören könnte, aber sie nahm es mir nicht ab. Sie hatte eine Theorie – und einen Plan: »Du bist ein Workaholic«, sagte sie. »Und ein Workaholic kann nicht einfach auf radikalen Entzug gehen und in Umstandshosen im Haus herumhocken! Du musst wieder Teil der arbeitenden Bevölkerung werden.«

Wie sich herausstellte, hatte Mackie, die ihr eigenes Organisationsgeschäft namens *Tohuwabohu* betrieb, einen Kunden, der nach einer Zeitarbeitskraft suchte. »Ich hab dich angepriesen«, sagte sie. »Du bist die aussichtsreichste

Kandidatin.« Dann rümpfte sie die Nase. »Er ist allerdings ein bisschen kratzbürstig«, fügte sie hinzu.

»Was meinst du mit ›kratzbürstig‹?«

»Ähm«, erwiderte Mackie. »Er ist nur nett, wenn er einen mag. Und er mag niemanden.«

»Wunderbar«, sagte ich.

Es war eine Recherchestelle beim Denkmalschutzverein. Mackie hatte bereits ein Vorstellungsgespräch vereinbart.

»Ich weiß nichts über Denkmalschutz«, sagte ich.

»Du magst doch alte Bauwerke«, sagte Mackie. »Du hast einen Blick für Design. Du wärst ideal.« Sie streckte die Hand aus und tätschelte mir den Kopf. »Außerdem muss ich dich aus dem Haus bekommen. Du treibst mich in den Wahnsinn.«

»Vergiss nicht: Von meinem letzten Arbeitsplatz bin ich gefeuert worden.«

»Bloß weil du einen Nervenzusammenbruch hattest und mit deinem Boss ins Bett gestiegen bist.«

»Es war kein Nervenzusammenbruch. Es war eine Erleuchtung«, sagte ich. »Und er ist nicht mein Boss gewesen, als ich mit ihm Sex hatte.«

»Tja«, fuhr sie fort und tätschelte meinen runden Fünfmonatsbauch, »jetzt bist du jedenfalls nicht in der Verfassung, mit wem auch immer Sex zu haben.«

Ich musste aus dem Haus kommen. Mackie hatte recht, auch wenn sie nicht wusste, weshalb. Clive verbrachte seine Zeit teils im Lager und teils in seinem Büro zu Hause (und samstags beim Rugbyspielen), doch obwohl er viel reiste, war er immer noch oft zu Hause, schlurfte in seinen

Freizeitschuhen durch die Gänge, machte sich Gurkensandwiches und holte sich Smoothies aus dem Kühlschrank. Wenn er eine Pause brauchte, schwamm er eine Runde im Pool, und da nun auf einmal der Winter vorbei war – wie war es Mai geworden? –, schwamm er jeden Tag, manchmal zweimal. Ich hörte dann in meinem Zimmer das Platschen, stellte mich ans Fenster und beobachtete, wie er am Boden entlangschnellte.

Mackie war den Großteil des Tages unterwegs und verbrachte ihre Vor- und Nachmittage damit, die Arbeitsplätze ihrer Kunden zu organisieren – eine Tätigkeit, die nach fünf Jahren jeglichen Reiz verloren hatte, auch wenn es sich ursprünglich nach einem tollen Konzept für ein *Sein-eigener-Chef-Sein* angehört hatte. Organsieren war Mackie nie schwergefallen. Es war eine reizvolle Idee, beinahe eine selbstlose: Sie half Menschen dabei, sich besser um sich selbst und ihren Arbeitsplatz zu kümmern. Sie verbesserte die Welt – und ein Ablagesystem nach dem anderen.

»Wie kommt es, dass du Dads Leben nicht organisiert hast?«, fragte ich eines Tages.

»Ich habe meine Grenzen«, sagte sie. »Außerdem hat er mich nicht gelassen.«

»Aber er hat es Dixie machen lassen«, stellte ich fest.

Mackie zuckte mit den Schultern. »Was tut man nicht alles aus Liebe.«

Im Laufe der Jahre hatte Mackie schon alles erlebt: die Banane, die man so lange im Papierkorb vergessen hatte, dass sie zu einem schwarzen Bumerang verkalkt war; den Schrank, der in sich zusammensackte, nachdem die Stange zu schwer geworden war, und der nie wieder geöffnet wurde; die bis an die Decke vollgestapelte Porno-Garage.

»Erzähl mir nichts von der Porno-Garage«, hatte ich einmal gesagt, als sie die Sprache darauf brachte. »Ich will es nicht wissen.«

»Babe«, hatte sie gesagt, »die Hälfte der Männer, die dir über den Weg laufen, hat eine Porno-Garage.«

Mackie machte ihre Arbeit gut. Sie schwebte herein wie Mary Poppins und brachte alles in beste Ordnung. Die Kunden schämten sich immer für ihre Unordnung, und ein Teil von Mackies Job bestand darin, ihnen zu versichern, dass dergleichen eben vorkam, dass sie normal waren, dass jeder einmal Zeiten durchmachte, in denen einem der ganze Kram des modernen Lebens entglitt. Offiziell hatte sie *einen Traumjob*. Doch im Laufe der Zeit war sie sich da nicht mehr so sicher. Sie war es leid, in den Häusern fremder Leute auf Hände und Knie zu gehen, ihren Schutt durchzusortieren und ihren Staub einzuatmen. Außerdem war die Rückfallquote grauenhaft.

Mackie fand es unglaublich, dass ich angesichts der Stelle, die sie für mich gefunden hatte, die Nase rümpfte.

»Ich sollte die Stelle nehmen«, sagte sie. »Ich hätte sie liebend gern.« Dann seufzte sie. Sie legte die Hände auf die Hüften und musterte mich von Kopf bis Fuß. »Aber du brauchst sie echt, echt dringend.«

Am Morgen des Vorstellungsgespräches lieh Mackie mir ihren Wagen unter einer wichtigen Bedingung. »Schließ die Tür nicht ab«, sagte sie. »Lass sie einfach immer unabgeschlossen.«

»Du sperrst deinen Mercedes nicht ab?«, fragte ich.

»Nein«, sagte Mackie.

Sie hatte ihn gebraucht gekauft, und es war ein Schnäppchen gewesen – in perfektem Zustand, kaum Meilen auf dem Tacho –, abgesehen von diesem einen kleinen Problem. Der Alarm ließ sich nicht reparieren. Jedes Mal, wenn man den Schlüssel ins Schloss steckte, ging der Alarm los, und Mackie hatte nie einen Weg gefunden, ihn abzustellen, ohne die Drähte rauszuziehen.

»Du weißt, wie man das macht?«, fragte ich.

»Mittlerweile schon.«

»Vielleicht solltest du es mir beibringen«, sagte ich. »Bloß für den Fall.«

»Solange du nicht absperrst, ist alles in Ordnung.« Sie hatte den Wagen zu drei Mechanikern gebracht, und sie alle stimmten überein: Irgendwo war ein Kurzschluss.

»Das müsste doch aber zu reparieren sein«, hatte ich gesagt.

»Sie könnten es reparieren«, sagte Mackie. »Aber für mehr, als mich der Wagen gekostet hat.«

Unterwegs fuhr ich vorsichtig. Ich trug ein schickes Umstands-Vorstellungsgesprächs-Kostüm, das Mackie in einem Versandhaus bestellt hatte. Ich war im fünften Monat schwanger und schlecht gelaunt, in spitzen Schuhen und Seidenstrümpfen, die Haare zu einem kleinen Knoten gebändigt, bei dem verzweifelten Versuch, mein Leben zu verändern. Wenn man sich selbst so ernst nimmt, fordert man das Schicksal manchmal geradezu heraus, einem eine Torte ins Gesicht zu werfen.

Auf halbem Weg merkte ich, dass ich den kleinen Stadtplan vergessen hatte, den ich abends zuvor so sorgfältig ausgedruckt hatte, zusammen mit der Handtasche, die ich – bei einem genialen Versuch, den Stadtplan nicht zu vergessen – daraufgelegt hatte, und dem Handy, das sich in der Handtasche befand. Natürlich hätte ich umkehren können, aber ich war sowieso spät dran. Ich hatte mir den Stadtplan am vergangenen Abend angesehen und glaubte, mich an den Weg zu erinnern. Also fuhr ich durch das kleine historische Viertel und hoffte bei jeder Ecke, um die ich bog, gleich das Gebäude von der Website zu erblicken. Ehe ich's merkte, befand ich mich stattdessen auf einer Auffahrt zum Freeway, und nach ein paar Minuten steckte ich in einem Abschnitt mit Bauarbeiten fest. Die Klimaanlage in Mackies Wagen war kaputt, und auch wenn es an dem Maimorgen eigentlich nicht heiß war, war es zweifellos schwül. Ich spürte, wie mein Mascara verlief. Meine Achselhöhlen wurden schwitzig. Meine Locken kräuselten sich und nahmen ihr zweifaches Volumen an. Und dank meines Umstandsjacketts und der ganzen körpereigenen Polster, die ich angelegt hatte, schien ich meine eigene Wärme nicht abgeben zu können. Ich spürte förmlich, wie sich mein Fünfmonatsbauch bei jedem Block weiter ausdehnte.

Als ich das Büro endlich gefunden und es nach drinnen geschafft hatte, war es fast eine Stunde nach meinem Termin. Die Dame an der Rezeption sagte mir, der Personalchef telefoniere gerade, aber ich könne gern warten.

Also wartete ich. Ich fand ein Plätzchen auf dem hellgrauen Sofa. Ich ließ mich von der Klimaanlage abkühlen und machte, wie ich hoffte, tiefe und entspannende

Atemzüge. Ich wartete eine sehr lange Zeit, mindestens eine halbe Stunde.

Aber mir wurde nicht langweilig. Denn je mehr sich mein Körper beruhigte und je mehr ich es mir auf dem Sofa gemütlich machte, desto mehr bot sich mir die Gelegenheit, mich umzusehen. Und ich stellte fest, dass ich mich an einem wunderschönen Ort befand. Bei dem Gebäude handelte es sich um eine große, alte Villa mit Stuckleisten und Fenstern, die vom Boden bis zur Decke reichten. Die Treppe hatte ein Geländer aus geschnitzter Eiche. Zum Nebenraum ging es durch einen Torbogen mit gewölbten Leisten. Und überall gab es historische Fotografien – auf jedem Tisch und an jeder Wand. Schwarz-Weiß-Abbildungen von Gebäuden, Menschen und Augenblicken aus vergangenen Zeiten: ein Straßenbahnwagen, Zwillinge vor der Statue von Sam Houston, eine Pferdekutsche, die vor dem ursprünglichen Gerichtsgebäude parkte, und einer der ersten Löschtrupps der Stadt.

Ich stand auf, um mir die Bilder näher anzusehen. Ich liebte die Atmosphäre in dem Haus – und wie massiv und imposant es gebaut war. Mir gefiel die Vorstellung, dass Leute jeden Tag in diesem wunderschönen Gebäude zur Arbeit gingen, und als ich mir vorzustellen versuchte, wie ich ebendies tat, stieg Sehnsucht in mir auf. Ich wollte hierher. Zu dem Vorstellungsgespräch war ich widerwillig gekommen, hauptsächlich, um Mackie zu besänftigen. Doch da ich nun hier war, wirkte es wie der ideale Ort für mich. Ich war dankbar, dass ich es geschafft hatte herzufinden, und hoffte sehr, dass es mir trotz des schrecklichen Anfangs gelingen könnte, Mackies Kunden irgendwie zu überzeugen, dass ich hierhergehörte. Ich konnte mich nicht an das letzte Mal erinnern, als ich mir einer Sache so sicher gewesen war. Es war Liebe auf den ersten Blick.

Und dann tauchte Mackies Kunde auf: Howard Hodgeman, Personalchef. Er blieb an der Treppe oben stehen und sagte: »Sie sind zu spät.«

»Es tut mir leid!«, rief ich hoch. »Ich habe mich verfahren.«

Howard Hodgeman ließ sich nicht aus dem Konzept bringen. »Und ich habe drei andere Kandidaten, die mir besser gefallen. Einer, mit dessen Vater ich in der Highschool Leichtathletik betrieben habe.«

»Ich bin auf dem Freeway gelandet!«, sagte ich. »Bei einer Baustelle!«

Er war noch immer nicht die Treppe heruntergekommen. Er stand bloß oben und sah herunter. Schließlich sagte er: »Na gut.« Er drehte sich um und verschwand.

Ich sah zu der Empfangsdame hinüber. »Soll ich hochgehen?«, flüsterte ich.

Mit einem Nicken winkte sie mich in Richtung der Treppe. Auch sie flüsterte. »Gehen Sie! Gehen Sie!«

Howard Hodgemans Büro sah aus wie eine Bibliothek – Bücherregale bedeckten jede Wand bis zur Decke hinauf, eine ganze Sammlung allein über Architektur und Design war in jegliche Richtungen gestapelt: vertikal, horizontal, diagonal. Als ich das Zimmer betrat, fühlte es sich an, als würde ich in eine andere Zeit gelangen. Ich sah einen Ledersessel, einen gewaltigen Walnussschreibtisch, einen dunkelroten Orientteppich und Topfpalmen an den Fenstern. Hätte Howard Hodgeman nicht auf seinem Laptop nach E-Mails gesehen, hätte ich fast damit gerechnet, dass er ein Monokel und eine Pfeife hervorzöge.

»Nehmen Sie Platz«, sagte er, ohne mich eines Blickes zu würdigen.

Doch auf den Sesseln stapelten sich Büchertürme.

»Möchten Sie, dass ich die Bücher wegräume?«, fragte ich. »Oder mich daraufsetze?«

Er hob den Blick und sah, was ich meinte. »Lieber Himmel, ich will doch nicht, dass Sie auf meinen Büchern sitzen!« Er trug sie für mich weg, in einem großen Stapel, und platzierte sie dann derart wacklig auf dem Heizkörper, dass ich nicht widerstehen konnte, mit mir selbst eine Wette einzugehen: Sollten sie im Laufe des Vorstellungsgespräches herunterfallen, würde ich die Stelle bekommen.

Als ich endlich saß, befand ich mich ungefähr dreißig Zentimeter tiefer als Howard. Er musste über die Kante seines Schreibtisches spähen, um mich zu sehen. Er war ein Walross von einem Mann, mit einem steifen Oxford-Hemd und brauner Cordhose. Es war offensichtlich, dass er Wert auf sein Erscheinungsbild legte und ein Gespür für Farben hatte.

Ich wartete, während er noch ein paar E-Mails verschickte, dann schien ihm wieder einzufallen, dass ich da war.

»Okay«, sagte er und schob einen Stapel Unterlagen beiseite. »Fangen wir an.« Mit einem Blick auf meinen Lebenslauf sagte er: »Ich hatte noch nie einen Bewerber zum Vorstellungsgespräch, der gleichzeitig so unter- und überqualifiziert ist.«

Es wirkte nicht wie eine Aufforderung zum Reden, also saß ich einfach reglos da.

Er blickte über den Rand seiner Brille. »Das Gehalt für diese Stelle ist so niedrig, dass es sich praktisch um eine ehrenamtliche Tätigkeit handelt.« Dann setzte er die Brille ab. »Das haben Sie gewusst, nicht wahr?«

Das hatte ich nicht, aber ich nickte trotzdem.

Dann machte er mit ein paar Fragen weiter – beispielsweise »Wie würden Sie das Erscheinungsbild unserer Stadt beschreiben?« und »Was ist architektonisch Ihre Lieblingsepoche?« – doch meine Antworten schienen ihn nicht zu interessieren. Dann ging er zu Hardcore-Fragen über wie »Was ist ein Tonnengewölbe?« und stellte Multiple-Choice-Denksportaufgaben wie »Welche Kalksteinart kommt in Texas vor?«

Gegen Ende beantwortete ich eine Frage nach der anderen falsch, und es schien ihm Vergnügen zu bereiten, mir dabei zuzusehen, wie ich mich wand. Unerklärlicherweise kam ich mir schuldig vor, als legte ich eine Prüfung ab, für die ich nicht gelernt hatte. »Ich hoffe, Sie bewerten nach Gaußscher Normalverteilung«, versuchte ich, die Situation zu retten. Er schüttelte ernst den Kopf. Nein.

»Ich lerne schnell dazu«, bot ich an. Und dann, als wäre diese Information relevant: »Diese BH-Werbungen überall in der Stadt? Das sind meine.«

Howard blickte skeptisch drein.

»Sie können es googeln«, versprach ich.

Howard sah mich an. »Was machen Sie dann *hier?*«

Mit dieser Frage hatte ich gerechnet, und ich beschloss, mein Bestes zu geben. »Eines Tages hatte ich eine Erleuchtung, dass die Werbung, die ich ständig produzierte, böse war. Ich möchte die Welt verbessern«, fuhr ich fort, »oder sie zumindest nicht verschlechtern.«

Er hörte mir tatsächlich zu. Meine persönliche Beichte schien seine Aufmerksamkeit erregt zu haben. Und als er darauf wartete, dass ich mehr sagte, spann ich den Faden weiter. »Wenn ich sonst nichts in meinem Leben haben werde – wenn das mein Schicksal ist: ein Mensch zu sein, der immer arbeitet –, dann will ich, dass es von Wert ist. Verstehen Sie?«

Doch er verstand es nicht. Irgendwie hatte ich ihn verloren. Vielleicht hatte ich zu viel gebeichtet, war ihm zu nahe getreten oder hatte das Ziel *erfrischend ehrlich* verfehlt und stattdessen *ein bisschen erbärmlich* getroffen. Als ich aufsah, hatte er den Blick abgewandt.

Wir waren fertig. Er legte die Unterlagen in seiner Mappe zurecht und steckte seinen Bleistift zurück in den Behälter. Ich bekam die Stelle nicht. Das spürte ich. Und er war so selbstgefällig, dass es mich in den Wahnsinn trieb. In dem Augenblick verspürte ich den Drang, mich zu verteidigen. Ich wäre toll in dem Job! Er gab mir ja noch nicht einmal eine Chance! Ohne im Geringsten nachzudenken, trat ich für mich ein – auf eine Art und Weise, die wie immer ziemlich nach Eigensabotage aussah. »Sie haben mich gar nicht gefragt, ob ich irgendwelche besonderen Fähigkeiten habe.«

Er stieß ein kurzes Seufzen aus, als ginge ich ihm so richtig auf die Nerven. Dann fragte er, tonlos, den Blick auf sein Mail-Programm gerichtet: »Haben Sie irgendwelche besonderen Fähigkeiten?«

Ich sprach laut. »Ich bin gut in Breakdance.«

Er sah mich an.

»Hauptsächlich beim Moonwalk«, fuhr ich fort. »Aber auch beim Caterpillar und dem Inchworm. Ich kann die ganzen Insekten.«

Howard Hodgeman stand auf. Wir waren fertig.

»Ich kann auch wie ein Huhn gehen«, fügte ich hinzu. »Auch wenn das nicht so sehr tanzen ist, sondern eher herumstolzieren.«

Er sah mich mit neuen Augen an. »Sie sind eine Nervensäge, nicht wahr?«

»Sie haben mir keine einzige echte Frage gestellt«, entgegnete ich und blieb sitzen.

Er dachte nach. Dann ließ er sich auf den Stuhl zurücksinken.

Ich hatte seine Aufmerksamkeit wiedererlangt. Rein zufällig war es mir gelungen, das Gespräch wieder in Gang zu bringen – wenigstens ein ganz kleines bisschen.

»Okay«, sagte er mit leicht zusammengekniffenen Augen. »Erzählen Sie mir von dem Haus, in dem Sie aufgewachsen sind.«

Es war mein großer Moment, ihn zu verzaubern. Ihm zu zeigen, dass ich, obwohl ich keinerlei Erfahrung im Bereich des Denkmalschutzes besaß, genau die Richtige für diese Stelle war – auch wenn ich selbst noch nicht genau wusste, warum. In diesem Augenblick war ihm anzusehen, dass ich eine winzige Chance hatte, ihn zu bezirzen. Und ich wusste mit absoluter Gewissheit, dass ich hierhin wollte.

Das Haus, in dem ich aufwuchs. Das war ganz leicht.

Ich hatte eine Million Dinge über dieses Haus zu sagen. Howard hatte mir einen einfachen Ball zugespielt, und ich holte tief Luft, um ihn aus dem Stadion zu schlagen.

Und dann weinte ich stattdessen los. Die Tränen kamen und flossen, meine Nase lief, mein Bauch hüpfte bei jedem Zittern meines Zwerchfells in die Höhe. Howard Hodgeman wandte den Blick ab, weil er hoffte, ich würde mich wieder einkriegen. Als ich es nicht tat, kramte er in seiner Schreibtischschublade herum und suchte mir eine Packung Taschentücher heraus. Nach einer Weile widmete er sich wieder seinen E-Mails.

»Achten Sie gar nicht auf mich«, sagte ich, während ich immer weiter weinte.

»Ich tue mein Bestes«, seufzte er.

Als ich laut in sein letztes Taschentuch trompete, stand er auf. »Ich denke, wir sind fertig«, sagte er, und ich widersprach nicht – selbst als genau in diesem Augenblick der Bücherstapel vom Heizkörper fiel. Ich wusste, es war zu spät.

Ich packte meine Sachen zusammen und folgte Howard die Treppe hinunter in die Eingangshalle des Gebäudes. Meine Absätze dröhnten auf den Stufen, und meine Schwangerenoberschenkel rieben den Stoff der Strumpfhose aneinander wie riesige Grillenflügel. Und als ich mich auf der Heimfahrt im Rückspiegel betrachtete, sah ich, dass der Mascara meine Augen in Waschbärflecken verwandelt hatte.

Wir blieben an der Eingangstür stehen, und er streckte mir die Hand entgegen. Ich ergriff sie mit den Worten: »Ich werde diese Stelle niemals bekommen, nicht wahr?«

»Keine Chance«, sagte er beinahe sanft. Er berührte mich an der Schulter und sagte, anscheinend ohne sich meiner Schwangerschaft bewusst zu sein: »Fahren Sie nach Hause und genehmigen Sie sich einen starken Drink.«

»Darauf können Sie wetten«, sagte ich und tätschelte meinen Bauch.

Doch gerade als ich den Türknauf berührte, um zu gehen, wurde die Tür von der anderen Seite geöffnet, und eine Frau mit einem grau melierten Bob kam herein. Ich erkannte sie wieder. Doch noch wichtiger war, dass auch sie mich wiedererkannte. Als sich unsere Blicke trafen, legte sie den Kopf ein wenig schräg, und als Howard Hodgeman mir die Dame als Barbara Tierney vorstellte, wusste ich längst genau, wer sie war.

»Sie sind Everett Thompsons Mutter!«, sagte ich.

»Und Sie sind das Mädchen, das ihm auf der Highschool das Herz gebrochen hat.«

Sie hatte nicht unrecht. »Sie haben ein gutes Gedächtnis«, meinte ich.

In der darauffolgenden Gesprächspause bemerkte sie mein aufgedunsenes, rotes Gesicht.

Barbara Tierney wandte sich an Howard Hodgeman: »Was hast du ihr angetan, Howard?«

»Schätzchen«, sagte er und berührte ihren Arm. »Was hat *sie mir* angetan?«

»Wir hatten gerade eben ein Vorstellungsgespräch«, erklärte ich.

Doch Howard Hodgeman flüsterte weithin hörbar: »Wir hatten gerade eben einen Nervenzusammenbruch.«

Wie sich herausstellte, war Barbara Tierney die Geschäftsführerin. Sie war seit sieben Jahren dort, und sie hatte vierzehn Bauwerke gerettet, auch wenn ihr das bei vielen anderen nicht gelungen war. Doch vierzehn alte Gebäude zu retten wollte etwas heißen in Houston, und sie war ein bisschen berühmt dafür. Ich hatte schon viele Male von ihr gehört, ohne zu ahnen, wer sie eigentlich war. Ohne zu ahnen, dass ich ihr einst vor vielen Jahren dabei geholfen hatte, eine Geburtstagslasagne für ihren in-nicht-allzu-ferner-Zukunft liebeskranken Sohn zuzubereiten. Doch damals hatte sie »Thompson« geheißen. Sie musste in der Zwischenzeit geschieden sein. Und dann erneut geheiratet haben.

Barbara Tierney sah Howard Hodgeman an, in Gedanken bei der Stelle. »Und? Bekommt sie sie?«

Howard Hodgeman schüttelte den Kopf und verdrehte ein wenig die Augen, als wollte er nicht nur *Nein* sagen, sondern *Auf gar keinen Fall.* Dann wandte er sich an mich. »Aber es war toll, Sie kennenzulernen!« Und er floh die Treppe hinauf, wobei er rief: »Viel Glück mit Ihrem posttraumatischen Syndrom!« Er ließ mich mit Everett Thompsons Mutter allein.

Mrs. Tierney machte ein liebenswürdiges Gesicht. »Er ist einfach fies«, erklärte sie mir. »Das gehört zu seinem Charme.«

Ich deutete mit einem Schulterzucken ein *Was soll's* an.

Und genau da trat Everett Thompson durch die Tür.

Bei meinem Anblick blieb ihm der Mund ein wenig offen stehen – meiner tat wahrscheinlich das Gleiche –, und er starrte mich nur an, bis die Tür hinter ihm zufiel. Während dieser kleinen Pause wurde mir etwas klar: Mackie hatte das Ganze eingefädelt. Sie wusste, dass Barbara

Tierney die ehemalige Barbara Thompson war, und auch, dass Everett seine Mutter gut behandelte und sich gelegentlich zum Mittagessen mit ihr traf. Ihr war klar, wenn ich dort arbeitete, würden wir einander zwangsläufig ab und zu über den Weg laufen. Es war ein Verkuppelungsplan, in den niemand außer Mackie eingeweiht war, doch sobald ich dahintergekommen war, kam ich mir auf einmal wie eine Komplizin vor. Ich errötete bis an die Ohrläppchen. Was Everett Thompson nicht entging. Er starrte mich immer noch an und schien die Luft anzuhalten.

Seine Mutter nahm es auf sich, das Schweigen zu brechen. »Everett, ich denke, du kennst –«

»Sarah.« Er klang genau wie im Flugzeug.

»Sie hatte eben ein Vorstellungsgespräch bei Howard«, erläuterte Barbara Tierney. »Ich glaube, er hat sie zum Weinen gebracht.«

Everett nickte. »Howard bringt jeden zum Weinen.«

Es fiel mir viel leichter, Barbara Tierney anzusehen als ihren Sohn. Sie war auf normale Art attraktiv: mit diesem nüchternen Bob, geraden Zähnen, der langen Perlenkette, die beinahe bis zu ihrem Gürtel reichte. Sie sah hübsch aus, ohne es gleich zu übertreiben. Doch ihr Sohn, egal, was Mackie sagte, sah einfach zu gut aus. Die meisten Menschen auf der Welt sind auf ihre Kleidung angewiesen, auf ihr Make-up, auf ihre Persönlichkeit, um ihr gewöhnliches, stinknormales Menschsein wettzumachen. Doch Everett Thompson anzusehen war für mich, als würde ich in die Sonne sehen. Es tat meinen Augen weh. Es tat meinem ganzen Körper weh. Mir blieb keine andere Wahl, als nach unten auf seine Schuhe zu starren.

»Ich hatte keine Ahnung, dass deine Mutter hier arbeitet«, sagte ich gesenkten Blickes.

»Tja«, antwortete Everett. »Die Welt ist klein, selbst in so einer großen Stadt.«

»Die viertgrößte Stadt im ganzen Land«, sagte ich.

»Tatsächlich?«, fragte Barbara Tierney. »Das überrascht mich.«

Endlich wusste ich einmal etwas. Ich wandte mich mit einem belehrenden Nicken an sie. »New York, L.A., Chicago und Houston.«

»Das ist wunderbar«, meinte sie, als hätten wir einen Preis gewonnen.

Dann gerieten wir ins Stocken. Ich wollte weg, beinahe so sehr, wie ich bleiben wollte, aber es schien unhöflich, allzu rasch zu gehen. Es war noch keine angemessene Zeitspanne vergangen, und auch wenn mir diese Stelle durch die Lappen gegangen war – und wenn wir schon einmal dabei sind, diese Leute hier ebenfalls –, machte sich mein Instinkt in dem Moment bemerkbar, und ich versuchte, das Gespräch wieder in Gang zu bringen, indem ich das erstbeste Thema ansprach, das mir in den Sinn kam.

»Meine Schwester möchte dich mit der Mieterin in ihrer Einliegerwohnung verkuppeln.« Ich hob den Blick.

»Prima«, sagte Everett. »Ich mag Mieterinnen.«

Er neckte mich, doch ich ließ mich nicht beirren. »Sie ist sehr jung und sexy.« Ich kam mir mit jedem Wort immer idiotischer vor. »Sie sonnt sich voller Babyöl in einem String-Bikini.«

»Volltreffer«, sagte er.

»Und gescheit ist sie auch. Anscheinend hat sie bei ihren SAT-Tests die volle Punktzahl erreicht.«

Mittlerweile machte ihm das Ganze Spaß. »Das ist ja wohl das Mindeste!«

Ich ließ nicht locker. »Sie ist im Grunde eines dieser Mädchen, die von Männern geliebt, aber von Frauen gehasst werden«, fuhr ich fort. »Obwohl das für dich vielleicht okay ist – wo du doch ein Mann bist.«

Everett wusste nicht, was er darauf sagen sollte, und selbst ich merkte, dass ich mich wie eine Verrückte anhörte. Er legte den Kopf schräg. »Hasst *du* sie denn?«

Es war an der Zeit, zum Ende zu kommen. »Meine Schwester glaubt, sie wird mit dem Alter ein bisschen umgänglicher werden.«

»Geht uns das nicht allen so?«, warf Barbara Tierney ein. Ich hatte ganz vergessen, dass sie da war.

Als ich zum Abschied meinen Blick hob, merkte ich, dass ich selbst zwar weder Everett noch seine Mutter angesehen hatte, sie mich aber sehr wohl. Sie starrten geradewegs meinen Bauch an. Einen Bauch, den Everett Thompson das letzte Mal gesehen hatte, als er noch lange nicht schwanger aussah. Und ich wusste genau, was ihnen durch den Kopf ging. Sie fragten sich ungläubig, was in aller Welt mit mir passiert war.

Und so tätschelte ich meinen Bauch und sagte, ohne eine Sekunde mit einer Überleitung zu vergeuden: »Ich bin schwanger!« Und dann: »Mit Zwillingen!«

Ohne selbst auch nur eine Sekunde nachzudenken, fragte Everett: »Wer ist der Vater?«

Kurzzeitig verspürte ich den Drang, ihn mit »Du!« zu

necken. Doch dann hatte ich das Gefühl, dass er das nicht komisch finden würde. Aber meine zweite Option war beinahe genauso besorgniserregend. »Clive«, sagte ich. »Clive ist der Vater.«

»Dein Schwager?«, fragte Everett.

Everett übersetzte das Gespräch für seine Mutter, die nicht wusste, wer Clive war. Ich suchte ihren Blick bei meiner Erklärung. »Ich bin Leihmutter für meine Schwester und ihren Ehemann.« Dann wandte ich mich wieder Everett zu, um die Sache klarzustellen. »Also ist zwar Clive der Vater, aber Mackie ist die Mutter.«

Everett sah erleichtert aus, und seine Mutter war entzückt. »Sie müssen ein sehr guter Mensch sein«, stellte sie dann fest.

»Ich versuche wirklich mein Bestes, Mrs. Tierney.«

Es war eine gute Schlussbemerkung, und ich wusste, dass es Zeit war zu gehen. Das Gespräch würde gleich wieder erlahmen. Es am Laufen zu halten war, als versuchte man, bei totaler Flaute einen Drachen steigen zu lassen.

Im nächsten Augenblick hatte ich es hinaus auf den Parkplatz geschafft und ging auf Mackies Auto zu – Mackies kaputtes Auto – und merkte bei jedem Schritt, dass mir schwindelig war. Als ich die Tür erreichte, durchschoss mich der Gedanke, dass ich in Ohnmacht fallen könnte. Und da erblickte ich mein Spiegelbild in der Fensterscheibe: aus den Haarnadeln gerutschte Locken, die wie Schlangen in sämtliche Richtungen abstanden, der Kragen komplett schief und zum Teil unter dem Jackett eingeklemmt, Mascara vom Weinen in meinem ganzen Gesicht verschmiert.

Ich wollte nicht in Ohnmacht fallen. Ich wollte nicht auf dem Parkplatz von Everett Thompsons Mutter das Bewusstsein verlieren, Bauch nach oben, wie ein gestrandeter Wal. Ich lehnte mich an die Tür und steckte den Schlüssel ins Schloss. Dabei vergaß ich natürlich, während ich bei Bewusstsein zu bleiben versuchte, dass ich das nie, nie tun durfte.

Die Alarmanlage des Autos ging sofort los: eine Sirene, so laut und verzweifelt, dass es geradezu der Urklang von Panik war. Mein Schicksal war tatsächlich besiegelt, seitdem ich den Wagen geparkt hatte, denn durcheinander, wie ich gewesen war, hatte ich dort schon abgesperrt.

»Scheiße!« Meine Gedanken überschlugen sich nach einer Möglichkeit, das Ganze abzustellen.

Doch es gab keine. Das wusste ich. Genau davor hatte Mackie mich gewarnt. Was sollte ich tun? Unter Sirenengeheul nach Hause fahren? Ich stieg ein und machte mich daran, die Türen ab- und aufzusperren, jeden Schalter zu betätigen und den Motor anzulassen. Ich glaube, ich öffnete sogar die Motorhaube und den Benzintank.

Erst als Everett auftauchte und an die Fahrerscheibe klopfte, wurde mir klar, dass es am besten gewesen wäre, unter Sirenengeheul wegzufahren. Wenigstens wäre ich dann von dem Parkplatz weggekommen. Doch da stand er nun und bot seine Hilfe an – hauptsächlich, um entgegenkommend zu sein, aber möglicherweise vielleicht auch, um sich ein wenig an meiner Demütigung zu weiden. Ich wollte ihn nicht ansehen – oder auch nur seine Anwesenheit zur Kenntnis nehmen –, aber die Sirene war so laut, dass ich gezwungen war, ihm von den Lippen abzulesen. Er rief etwas, das ich nicht hören konnte.

Ich öffnete die Tür einen Spalt.

»Brauchst du Hilfe?«, war, was er sagte.

»Ich kann das nicht abstellen!«, schrie ich.

»Drück auf den Ausschalteknopf!«, sagte er und griff nach den Schlüsseln.

Ich sah ihn nach dem Motto *Was du nicht sagst* an. »Der ist kaputt!«

»Lass es mich versuchen!«, rief er.

Dann spürte ich seine Hände an meinen Hüften, und er zog mich über den Fahrersitz zu sich und schob mir behutsam – mit Rücksicht auf den Bauch – seine Arme unter meine, um mich aus dem Auto zu heben. Als ich stand, nahm er die Schlüssel, glitt an mir vorbei und drehte den Zündschlüssel dreimal kurz hintereinander. Der Alarm verstummte.

In der ersten Minute war die Stille ein zu großer Schock, als dass man ihr hätte trauen können. In jener kurzen Pause dachte ich an meinen schiefen Kragen, meine wilden Haare und meinen verschmierten Mascara. Und obwohl ich wusste, dass es hoffnungslos war, wischte ich mir mit den Fingern unter den Augen herum. So hatte ich zumindest etwas zu tun.

Als Everett sich aufrichtete und mich sah, zog er ein großes Taschentuch hervor und reichte es mir. Es musste schon tausendmal gewaschen worden sein, denn es war weich wie Wildleder.

»Keine Sorge«, sagte er. »Es ist sauber.«

Als Nächstes probierte ich also das Taschentuch aus –

auch wenn jede Frau, die jemals Mascara weggewischt hat, weiß, dass ein trockenes Tuch kein bisschen besser funktioniert als trockene Finger. Doch auf diese Weise vermied ich es, zu Everett aufzusehen.

Während er darauf wartete, sein Taschentuch zurückzubekommen, beobachtete er mich eingehend.

»Ich hab mich heute nicht so ganz im Griff«, sagte ich – was selbstverständlich eine lächerliche Untertreibung war. In New York war es mir niemals so ergangen. Dort funktionierte ich und besaß Würde. Ich trug tolle Klamotten, hielt den Kopf hoch und stolzierte durch die Stadt, als könnte mir keiner etwas anhaben. In New York war ich völlig unantastbar. Wie hatte es mir so völlig den Boden unter den Füßen wegziehen können, bloß weil ich nach Hause gekommen war?

Doch Everett erzählte mir eine Geschichte: »Als ich noch ein Kind war, hat mich meine Mutter einmal in den *Nussknacker* mitgenommen.« Er lehnte sich an die Motorhaube, um fortzufahren: »Es waren Ferien, es wimmelte dort nur so von Kindern, und irgendwie bin ich von ihr getrennt worden. Ich wanderte lange Zeit umher, und schließlich landete ich hinter der Bühne in der Garderobe der Tänzerinnen. Dort hat man mich gefunden: Ich lehnte einfach an einem Hocker und sah zu, wie sich die Frauen ankleideten. Das Ballett selbst war eine große Enttäuschung.«

»Sicher.« Ich sah immer noch nicht hoch.

»Ich glaube, so ist das bei mir«, fuhr er fort. »Ich interessiere mich viel mehr für die Menschen, wenn sie nicht ihre Kostüme anhaben.«

Da konnte ich nicht anders, sondern hob den Blick. »Oder vielleicht magst du einfach nackte Frauen.«

Sein Gesicht verzog sich zu einem Lächeln. »Das außerdem.«

Ich gab das Taschentuch zurück. Es war Zeit loszufahren.

Zuvor bedankte ich mich ein letztes Mal bei Everett, bezeichnete ihn als Autoalarmanlagen-Genie und schüttelte ihm möglicherweise sogar die Hand. Und dann fuhr ich, mich genau an die Geschwindigkeitsbegrenzung haltend, nach Hause – die Türen nicht verriegelt, das Jackett aufgeknöpft. Die Ereignisse des Tages schwirrten mir durch den Kopf, und die Erinnerung an seine Hände auf meinem Körper verwirrte mich.

7

Am Abend war ich wegen vielem wütend auf Mackie: weil sie so glücklich verheiratet war, weil sie nicht schon vor langer Zeit ihre kaputte Autoalarmanlage hatte reparieren lassen, wegen ihrer Kuppelei, obwohl ich sie ausdrücklich gebeten hatte, es sein zu lassen, weil sie mir gesagt hatte, ich wäre die aussichtsreichste Kanditatin bei dem fiesesten Vorstellungsgesprächsführer, dem ich je begegnet war, und auch, wenn ich ganz ehrlich bin, auf indirekte und höchst ungerechte Art und Weise, weil sie mich hatte schwanger werden lassen und mich meiner Jugend und Schönheit beraubte. Auch wenn Letzteres ein bisschen weit hergeholt war.

Ich aß immer noch viel auf meinem Zimmer, besonders wenn Clive zu Hause war, aber an dem Abend war ich zu erschöpft, um mich zu verdrücken. Außerdem sehnte ich mich nach Gesellschaft. Und wenn es Mackie und Clive waren. In der Not durfte ich nicht wählerisch sein.

Mackies Vergehen schwirrten mir während unseres gemeinsamen Essens im Kopf herum. Sie und Clive saßen an einer Seite des Tisches und fütterten einander von ihren Tellern, mischten ihre Salatzutaten in endlosen superleckeren Kombinationen, die der jeweils andere einfach kosten *musste.* Sie liebkosten die Gabel des anderen, wischten einander den Mund mit dem Daumen ab.

»Was ist das hier, *Tom Jones?*«, meinte ich. »Ihr seid echt widerlich.« Sie kicherten, wie glückliche Menschen es tun, doch ich sagte: »Könnten wir bitte über etwas reden? Oder irgendetwas tun, was nicht darin besteht, die Finger des anderen abzulecken?«

»Tut mir leid«, sagte Clive. Dann erzählte er mir, dass *Clacker Toys* gerade verklagt würden.

»Tatsächlich?«, fragte ich. »Und warum?«

»Anscheinend«, meinte Clive, »gibt es irgendwo in Montana einen kleinen Spielzeugladen namens *Clicker Toys,* der entschieden hat, dass wir ihm Kundschaft stehlen.«

»Das ist verrückt«, sagte ich.

»Yep«, sagte Clive. Ihr früherer Anwalt hatte es bloß als kleines Ärgernis angesehen und dem Ganzen keine Beachtung geschenkt. Doch mittlerweile war es zu einem großen Problem geworden. Also würde Clive den ganzen Samstag mit Everett Thompson verbringen, um eine Handlungsstrategie zu entwickeln, und Mackie würde ihnen das Mittagessen vorbeifahren.

Sie fragte sich laut, was sie bringen sollte, und ich sagte: »Bring einfach etwas Luft und Liebe. Die könnt ihr doch essen, nicht wahr?« Aber sie waren schon wieder in Flirtlaune – Mackie steckte Clive gerade mit den Fingern eine kleine Ofenkartoffel in den Mund –, und sie merkten meinen Spott gar nicht.

»Hallo!« Ich winkte. »Ich bin auch noch da! Ich bin genau hier bei euch am Tisch.«

»Tut mir leid«, sagte Mackie und zwang sich, von Clive abzulassen.

»Ihr beiden verstoßt gegen jeglichen Anstand.« Ich erhob mich, um meinen Teller zur Spüle zu tragen.

»Tut mir leid«, sagte Mackie. »Heute ist unser Jahrestag.«

Beinahe hätte ich den Teller fallen lassen. »Echt?«

»Yep«, sagte Clive. »Acht Jahre.«

»Acht fabelhafte Jahre«, verbesserte Mackie und wies auf ihn.

»Das ist doch nicht möglich!«, entfuhr es mir. Sie waren praktisch Frischvermählte. Oder etwa nicht?

Mackie sagte: »Nicht wahr?«

Wo waren meine letzten acht Jahre geblieben? Ich hatte mich aufgearbeitet in einem Beruf, den ich schließlich nicht nur hinter mir ließ, sondern von dem ich mich vollständig lossagte. Ich wies Männer zurück, die ich im Handumdrehen vergaß, kaufte Möbel, die ich schließlich einlagerte, und las Bücher, deren Handlung ohne Bedeutung war. Und nun trug ich Babys aus, die ich schließlich an andere Leute abgeben würde. Ich ging die Zeit nach einer einzigen Sache durch, die mir geblieben war, doch ich fand keine. Jetzt war meine Laune noch schlechter. Und ich fügte *weil sie seit acht Jahren so glücklich verheiratet war* zu der Liste an Dingen hinzu, weswegen ich auf Mackie wütend war.

Doch meine Schwester konnte nicht wissen, dass ich auf sie wütend war. Sie leckte gerade Buttersoße von Clives

Gabel und plapperte wie gewohnt vor sich hin. Sie sprang von einem Thema zum anderen – von dem Kerl, der vorhin auf dem nassen Boden im Lebensmittelgeschäft ausgerutscht war, von einem Ohrring, den sie verlegt, und von einem Lied, dessen Text sie vergessen hatte – aber plötzlich biss sie sich an einem Thema fest, über das ich nicht sprechen wollte. Eines, das sie leicht hätte aussparen können.

»Lasst uns doch über Everett Thompson reden«, sagte sie.

»Bitte nicht«, entgegnete ich.

Doch sie hatte während dieser Woche bei der Organisation im Lager von *Clacker Toys* mitgeholfen, und Everett war auch da. In seiner Beraterfunktion für *Clacker Toys* hatte Everett seit dem Herbst recht viel Zeit mit Clive verbracht, und sie hatten sich auch privat angefreundet – sie spielten auf dem Parkplatz Basketball und gingen zu Spielen der Houston Rockets. Und Mackie spielte sich auf, als wäre sie der dritte Musketier. Ich war davon ausgegangen, dass Mackie Everett aus Loyalität mir gegenüber gemieden hatte – was auch bis zu dieser Woche der Fall war. Doch jetzt war sie entschlossener denn je, uns miteinander zu verheiraten. Nun würden wir darüber sprechen, wie wunderbar er war, ob ich nun wollte oder nicht. Angeblich zu meinem eigenen Besten.

»Ich weiß, dass du kein Interesse hast«, sagte Mackie. »Aber er ist wirklich ein richtiger Schatz.« Und dann wandte sie sich an Clive. »Stimmt doch, oder?«

»Er ist ein prima Kerl«, bestätigte Clive.

»Ich habe keine Lust, über ihn zu reden«, sagte ich erneut.

Doch wir redeten trotzdem über ihn. Nach meinem verrückten Tag fehlte mir die Kraft zu protestieren. Vielleicht brauchte ich auch eine Ablenkung. Oder eine lebhafte Unterhaltung. Oder beides. Ich gab es auf zu protestieren und ordnete stattdessen das gegrillte Gemüse auf meinem Teller zu kleinen Kreisen, während ich Mackie immer weiter reden ließ.

Sie hatte in dieser Woche alle möglichen Dinge über Everett herausgefunden, einschließlich seiner Lieblingsfarbe (moosgrün), seiner Lieblingsküche (vietnamesisch) und seines Lieblingsbuches *(Weg in die Wildnis)*. Sie wusste auch, warum er eine blühende Anwaltskarriere in New York hinter sich gelassen hatte und nach Hause gezogen war. Sie hatte es bei Hähnchen-Salat-Sandwiches in der Kantine aus ihm herausgekitzelt.

»Wollt ihr denn nicht wissen, warum er alles aufgeben hat?«

»Nein«, sagte ich, »möchte ich nicht.« Und Clive anscheinend auch nicht, denn er entschuldigte sich, trug seinen Teller zur Spüle und ging dann nach oben zu Bett.

»Es ist wegen seines Stiefvaters«, flüsterte sie. Des Stiefvaters, der ihn als Baby adoptiert hatte.

Und schon hatte sie mich. Jetzt erinnerte ich mich wieder dunkel an seinen Stiefvater. Früher auf der Highschool nahm er Everett immer zum Wasserskifahren mit. »Was ist denn mit seinem Stiefvater?«, fragte ich.

Es war eine kurze Frage mit einer langen Antwort. Mackie verfügte über sämtliche Einzelheiten: Es fing alles damit an, dass Everetts Stiefvater seine Mutter verließ, nachdem er sie mit mehr Frauen betrogen hatte, als

Everett verraten wollte. Everett war damals dreiundzwanzig.

»Er hat sich von ihr scheiden lassen«, erklärte Mackie, »um eine dreiundzwanzigjährige Supermarktkassiererin zu heiraten, die ihn verlassen hat, als er ihr kein Wassermotorrad kaufte.« Sie blickte auf, um zu sehen, ob ich ihr auch gespannt zuhörte, und zugegebenermaßen tat ich das. »Und dann, ein Jahr nach der Scheidung, hat er wieder geheiratet, diesmal eine Massagetherapeutin mit Porzellankatzensammlung. Aber die hat ihn auch verlassen.«

Doch ich hatte mich wieder im Griff. Ich würde nicht nachfragen.

»Möchtest du nicht wissen, warum?«

»Nein.«

»Weil er«, verkündete Mackie, »Alzheimer hat.«

Darauf wusste ich nichts zu erwidern.

Mackie fuhr fort. Lange Zeit hatte Everetts Mutter sich geweigert, sich um ihn zu kümmern. Doch dann wurde es so schlimm, dass sie nicht mehr anders konnte. Es gab niemanden sonst, und für eine Pflegekraft fehlte das Geld. Everetts Mom sagte ihrem Sohn nichts davon, weil sie wollte, dass er sein Leben ungehindert lebte. Sein Stiefdad war schon fünf Jahre lang krank, bevor ihm jemand davon erzählte.

Ich überlegte eine Weile. Dann sagte ich: »Ist es Everett denn nie aufgefallen?«

»Sie waren zerstritten«, flüsterte Mackie.

Mittlerweile hatte Everett alles aufgegeben und war nach Hause zurückgezogen. Obwohl er seinen Stiefvater nicht mochte und der ihn kaum wiedererkannte, suchte er für ihn eine erstklassige Einrichtung aus und fuhr einmal die Woche dorthin, um ihn zu besuchen. Everett tat es, weil es das Richtige war. »Hauptsächlich aber«, sagte Mackie, »um seiner Mom die Bürde zu erleichtern.«

Das war Mackies Argumentation und definitiver Beweis dafür, dass Everett der tollste Mann der Menschheitsgeschichte war.

Ich zuckte mit den Schultern. »Vielleicht.«

Mackie hob eine Augenbraue. Dann fügte sie wie nebenbei hinzu: »Hast du gewusst, dass er ›Ich liebe dich, Sarah‹ in die Rinde der Magnolie in seinem Garten geschnitzt hat, nachdem du ihn verlassen hast – und dass der Baum ein halbes Jahr später eingegangen ist?«

»Das hat er dir erzählt?«

»Mhm.« Mackie verschränkte die Arme, als erwartete sie eine Antwort auf ihre Frage. Doch ich konnte nicht glauben, dass wir dieses Gespräch an einem Tag wie heute führten. Oder dass wir es überhaupt führten.

»Nein«, sagte ich. »Okay? Das hab ich nicht gewusst! Was soll ich dazu sagen?« Meine Stimme war lauter als beabsichtigt. »Es war auf der Highschool! Dann hab ich eben seinen Magnolienbaum gekillt! Was soll ich deiner Meinung nach tun?«

Meine Stimme ließ Mackie aufhorchen. »Wo liegt dein Problem?«, fragte sie.

»Du solltest nicht mit ihm rumhängen!«, sagte ich. »Er ist der Feind!«

»Job ist Job«, sagte Mackie.

»Warum hast du mir dann nicht davon erzählt?«

Mackie zuckte mit den Schultern. »Weil ich wusste, dass du dich aufregen würdest.«

Und ob ich das tat. Ich war stinksauer.

»Du hast mich hereingelegt und in das Büro seiner Mutter geschickt!« Mittlerweile schrie ich.

»Hey!« Mackie schrie zurück und deutete mit dem Finger auf mich. »Das war Zufall. Ich wusste nicht, dass sie seine Mutter ist.«

Ich holte tief Luft, und als ich wieder sprechen konnte, war meine Stimme ruhiger. »Doch, wusstest du.« Es war nur ein Verdacht.

»Nein.«

»Mackie«, ich stemmte die Hände in die Hüften, »du wusstest es wohl.«

Sie stemmte ebenfalls die Hände in die Hüften. Dann warf sie sie in die Luft. »Schön!«, räumte sie ein. »Ich wusste es.«

»Verdammt noch mal, Mackie!«

»Was ist denn daran so schlimm? Ich finde, ihr beide passt supergut zusammen!«

Ich warf meine schmutzige Serviette auf den Küchenboden. »Ich habe Nein gesagt, Mackie!«

»Du hast Nein gesagt, aber du hast Vielleicht gemeint.«

»Nein! Ich habe Nein gemeint!«

Jetzt war Mackie ebenfalls sauer. »Warum streitest du deswegen mit mir? Was bringt es, so verflucht stur zu sein? Warum bestehst du darauf, als alte Jungfer zu enden?«

Der Ausdruck verschlug mir die Sprache. Alte Jungfer – was für eine abwertende, anachronistische Gemeinheit! Und das von den Lippen meiner Schwester!

Eine Minute lang rechnete ich damit, dass sie ebenfalls schockiert wäre. Dass sie die Hand an den Mund heben würde, als könnte sie das Wort wieder hineinstopfen. Ich erwartete, dass sie am liebsten vor Scham im Erdboden versinken würde. Für den Bruchteil einer Sekunde empfand ich sogar Mitleid mit ihr. Wenn erst ihre eigenen Worte an ihre Ohren gedrungen wären, würde sie sich wochenlang selbst hassen.

Ich wartete darauf, dass sie zusammenzucken würde. Zusammenklappen. Oder in Tränen ausbrechen. Doch das tat sie nicht. Entweder war sie so mit Reden beschäftigt, dass sie sich selbst gar nicht zuhörte, oder sie war so mit sich zufrieden, dass es ihr egal war. Sie ließ nicht locker, und mittlerweile schrie sie fast: »Ich will doch nur, dass du glücklich bist!«

Ich erlangte meine Fassung wieder. Und dann trat ich für mich ein, jedenfalls auf meine eigene schräge Art.

»Ich will aber nicht glücklich sein!«, rief ich. »Ist das nicht völlig offensichtlich? Ich wohne hier, habe nichts zu tun, ich habe keine Freunde und kein Auto, bin dick wie eine Tonne, mein Rücken tut weh, ich bin unelegant und muss dir und deinem Ehemann ständig dabei zusehen, wie ihr einander an den Fingern saugt. Ich will nicht jeden Morgen Bio-Weizenkeime in meinem Bio-Joghurt essen oder fünfzig Schwangerschaftsvitamine zu jeder Mahlzeit einnehmen. Ich will nicht in dem verrückten Zimmer schlafen und euch beiden die ganze Nacht zuhören, und ich will nie mehr, dass du mich mit jemandem verkuppelst – am allerwenigsten mit Everett Thompson! Ich werde niemals in meinem traurigen, törichten, erbärmlichen

Leben mit Everett Thompson zusammen sein wollen! Solltest du noch ein einziges Mal versuchen, mich auch nur auf die winzigste Art und Weise mit ihm zu verkuppeln, werde ich mich selbst in Brand stecken. Kapierst du es endlich, Mackie? Ich werde mich mit Benzin übergießen und ein verdammtes Streichholz anzünden!«

Es entstand eine lange Pause. Wir blinzelten einander an. Dann sagte Mackie: »Okay.« Sie rieb sich den Nacken. »Schluss mit Everett Thompson. Ich hab's kapiert.«

Meine Stimme war jetzt leiser, wenn auch nicht unbedingt sanfter. »Kannst du dir das merken, oder muss ich es dir mit Edding auf den Arm schreiben?«

»Ich kann es mir merken.«

»Gut.«

Mackie holte den Besen aus dem Schrank und machte sich daran, den Fußboden zu fegen. Dann hielt sie inne, sah mich an und stellte eine Frage, die kaum mehr als ein Flüstern war. »Darf ich noch etwas fragen?«

»Was denn?«

»Kannst du Clive und mich tatsächlich in unserem Schlafzimmer hören?«

Ich hatte mich leer geschrien. Ich atmete aus. »Jedes Flüstern«, sagte ich, »und jedes Seufzen.«

Später entschuldigten wir uns beide dafür, dass wir uns so angeschrien hatten. Ich war einfach *müde, komplett durch den Wind* und *schwanger*. Sie war *überarbeitet, total gestresst* und *besorgt* um mich.

Ich entschuldigte mich, und sie nahm die Entschuldigung an. Doch wir gingen nicht im Einzelnen darauf ein, was ich an dem Abend zu ihr gesagt hatte. Wir ließen einfach alles auf sich beruhen.

Mackie fing sich rasch und war wieder vergnügt. »Mach dir deswegen keine Sorgen«, sagte sie. Doch das tat ich.

Im Gegensatz zu ihr war ich immer noch alles andere als vergnügt. Ich war es leid, mich mit ihr zu streiten und die ganze Zeit so gereizt und wütend zu sein. Und tief in meinem Innern wusste ich, dass es verrückt war, über die Kuppelei wütend zu sein. Schließlich hatte ich vor noch nicht einmal zwei Stunden selbst ein bisschen mit ihm geflirtet. Oder wenigstens eine angenehme Unterhaltung geführt. Doch der Kontext meines Lebens lautete derzeit: Mackie hatte jeden Quadratzentimeter meines Lebens unter Kontrolle, sowohl innen wie außen. Und wenn man derart eingeengt ist, kann man nur so wild wie möglich mit den Flügeln schlagen um freizukommen – bis man schon längst keine Federn mehr hat, vielleicht noch nicht einmal mehr Flügel.

Ich weiß nicht genau, warum ich am nächsten Abend auf die allmonatliche *Clacker*-Party ging. In Feierlaune war ich ganz bestimmt nicht. Eine Party hatte mir gerade noch gefehlt. Doch ich war eifrig bestrebt, Mackie zu versichern, dass nach unserem Streit alles wieder in Ordnung war, und ich hatte einiges gutzumachen wegen meines Gefühlsausbruchs. Sie freute sich natürlich, dass ich mit auf die Party kam.

Also beschloss ich hinzugehen – aber ich warf mich nicht in Schale. Selbst als die Stunde näherrückte, zu der die Gäste eintreffen sollten, hockte ich bloß in meinem

Umstands-T-Shirt und den Shorts herum, die ich den ganzen Tag über getragen hatte, und lehnte mich am Rand des Swimmingpools, die Füße auf der obersten Stufe, über meinen Bauch, während Mackie und Clive geschäftig umhereilten und alles vorbereiteten.

»Ruh dich nur aus«, sagte Mackie ständig, wenn sie in ihren Stöckelschuhen mit großen Tabletts voller Essen an mir vorbeilief. »Ich hab hier alles im Griff.«

»Super.« Ich planschte mit den Füßen im Wasser herum.

Jeden Moment würde sich der Garten mit Gästen füllen. Mir fiel auf meinem T-Shirt ein kleiner Joghurtfleck vom Mittagessen auf, und obwohl ich eigentlich hineingehen und mich umziehen sollte, brachte ich einfach nicht die nötige Energie auf. Stattdessen lehnte ich mich zurück, legte mich flach auf die Terrasse und betrachtete die Wolken, die über mir am dunkler werdenden Himmel vorübertrieben.

Auf einmal bemerkte ich Everett Thompson, der neben mir stand und auf mich herabsah.

»Was machst du denn hier?« Ich blinzelte hoch.

»Deine Schwester hat ein Date für mich eingefädelt.«

»Mit der Mieterin?«

»Yep. Sie hat mich heute Vormittag angerufen und gesagt: ›Ich hab die ideale Frau für dich.‹«

Merkwürdigerweise war ich von Mackie enttäuscht. Ich fand, sie hätte ihn in Ruhe lassen sollen. Auch wenn ich mir alle Mühe gegeben hatte, sie davon zu überzeugen, dass mir Everett komplett egal war oder mit wem er ein Date hatte. Mal abgesehen davon, dass Mackie dergleichen dauernd machte. Ich konnte mir vorstellen, was in ihr vorging: Es war eine Schande, so einen guten Mann zu vergeuden.

»Tut mir leid, wenn ich die Überraschung kaputtgemacht habe«, sagte ich.

»O nein«, sagte Everett. »Vorfreude ist immer besser, als überrascht zu werden.«

»Du triffst sie hier?«

Er nickte.

Ich setzte mich auf und ließ den Blick durch den leeren Garten schweifen. »Du bist wohl ein bisschen früh dran.«

Er ließ sich im Schneidersitz neben mir nieder. »Sieht so aus.«

Wir schauten ein Weilchen in den Pool, während er auf seine Verabredung wartete und ich darauf, dass ich mich wieder gut genug fühlte, um hineinzugehen.

»Ich habe gehört, dass du und Mackie die Woche zusammen verbracht habt«, sagte ich.

»Na ja«, meinte er, »ein paar Stunden.«

»Und sie hat dir nie gesagt, dass ich schwanger bin?«

»Nein.«

»Sie sagt, du seist ein ›richtiger Schatz‹. Siehst du das auch so?«

»Das hängt wohl davon ab, wie man ›richtig‹ definiert.« Er dachte nach. »Und auch ›Schatz‹.«

»Solche Definitionen können heikel sein«, sagte ich.

Eine der schwimmenden Kerzen im Pool war an den Rand getrieben, und ich stieß sie leicht mit den Zehen an.

»Hast du dich von gestern erholt?«, fragte er nach einer Weile.

»Dieser Howard konnte mich wirklich nicht ausstehen«, antwortete ich.

»Howard kann niemanden ausstehen. Aber ich glaube, er hat dich auf eine gute Art nicht ausstehen können.«

»Kann man jemanden auf eine gute Art nicht ausstehen?«

»Auf jeden Fall.« Everett streckte den Arm aus, um die Finger ins Wasser zu tauchen. Dann fuhr er fort: »Und jetzt wissen wir alle, dass du breakdancen kannst.«

»O ja«, sagte ich. »Ich hab sogar ein paar Pokale gewonnen.«

»Meine Mutter mag dich übrigens«, fügte er hinzu.

Es trat eine lange Pause ein. Eine leichte Brise kräuselte das Wasser im Pool und strich durch die Wedel der Fächerpalmen. Everett griff nach einem flachen Zierstein und ließ ihn quer über die Pooloberfläche hüpfen.

Das erregte meine Aufmerksamkeit. Es war mir noch nie gelungen, einen Stein zum Hüpfen zu bringen. Und ich hatte es oft versucht.

Ich nahm mir eine Handvoll aus einem Pflanzentrog in der Nähe und warf einen Stein ins Wasser. *Platsch.* Er versank.

»Was war denn das?«, fragte Everett.

»Ich habe einen Stein hüpfen lassen.«

»Er ist nicht gehüpft«, sagte er.

»Was du nicht sagst!«

»Ich könnte es dir beibringen, wenn du willst.«

»Nein danke.« Ich warf noch ein paar. *Platsch. Platsch. Platsch.*

Er nahm einen meiner Steine und ließ ihn hüpfen. Der Stein hüpfte achtmal.

»Also gut«, sagte ich. »Bring es mir bei.«

Das tat er. Ich hatte an eine Vorführung und vielleicht ein paar Tipps gedacht. Stattdessen bekam ich einen Schwall von Wörtern wie *Drehmoment, Schubkraft, Luftwiderstand, Auftrieb, Horizontale* und *Senkrechte* zu hören. Ich kam in den Genuss einer gründlichen Abhandlung zu *Winkeln, aerodynamischen Faktoren,* dem *Verhältnis von Oberfläche zu Gewicht* und *Antriebskraft.* Aber ich schaffte es trotzdem nicht. »Nicht mit zu viel Kraft«, sagte Everett immer wieder. »Und triff nicht die Kerzen.«

»Okay«, sagte ich dann und schmiss den nächsten Stein auf den Beckenboden. Mackie würde mich später nach sämtlichen Steinen tauchen lassen, aber im Moment war alles gut.

Ich merkte gar nicht, wie ich mich entspannte, doch im Handumdrehen unterhielten wir uns wie normale Menschen. Plötzlich wollte ich von Everett wissen: »Wie gefällt es dir, wieder zu Hause zu sein?«

Er dachte eine Weile nach, als wollte er mir eine sorgfältige Antwort geben oder etwas Wahres sagen. »Es ist nicht die Stadt, an die ich mich erinnere«, sagte er schließlich.

»Ist sie besser oder schlechter?«

»Sowohl als auch.«

Ich nickte. Wir waren beide nach jahrelanger Abwesenheit wieder zu Hause und lebten hier, während uns über all die Vergangenheit umgab.

»Wie steht es mit dir?«, fragte er. Höflich. Aufmerksam.

Eigentlich wollte ich etwas ebenso Durchdachtes und im Großen und Ganzen Wahres von mir geben wie er. Stattdessen entfuhr mir: »Es ist die reinste Qual.«

Everett hob die Augenbrauen. »Wieso das?«, wollte er wissen.

Der Grund war natürlich Clive. Oder wenigstens dachte ich das. Wahrscheinlich hätte ich mich in dem Augenblick entschuldigen und gehen sollen, Everett eine Margarita anbieten oder ein Lied anstimmen. Vielleicht sogar breakdancen. Das Letzte, was man je mit einer heimlichen Schwärmerei tun sollte, ist, darüber zu reden. Denn wenn man erst einmal über ein Geheimnis redet, ist es natürlich keines mehr.

Doch ich hatte genug von Geheimnissen, denn als Antwort, ohne das geringste Zögern, sagte ich es ihm einfach – obwohl es keinen Grund auf der Welt gab, warum ich ausgerechnet Everett Thompson mein Herz hätte ausschütten sollen –, ob er nun ein richtiger Schatz war oder nicht. Wir waren beim besten Willen keine Freunde. Wir tasteten uns durch eine Landschaft der Nettigkeiten, jedes Wort wurde sorgfältig ausgewählt. Doch im Hintergrund lauerte eine seltsame Intimität – auch wenn sie gelegentlich etwas Feindseliges hatte. Wir hatten eine gemeinsame Vergangenheit. Wir kannten uns schon lange. Und im Moment war er nett zu mir.

Abgesehen davon drängte dieses Geheimnis ans Tageslicht. Es brodelte in meinem Innern vor sich hin, wie Wasser in einem Kochtopf. Wem sonst sollte ich davon erzählen?

»Die Sache ist die«, sagte meine Stimme da, »ich bin in jemanden verliebt.« Die Worte sprudelten nur so aus mir heraus.

»Du bist was?« Everett beugte sich näher zu mir.

»In jemanden verliebt«, wiederholte ich ein wenig lauter. »Ich bin auf schreckliche, erbärmliche, unmögliche Weise in jemanden verliebt, mit dem ich niemals zusammenkommen kann.« Dann fügte ich hinzu: »Und deshalb bin ich ein bisschen durch den Wind.«

Everett musterte mein Gesicht. Dann fragte er: »Redest du von mir?«

Ich sah ihn an. »Nein, ich rede nicht von dir. Was ist das hier, *Drei Mädchen und drei Jungen?*«

»Es klingt aber, als würdest du von mir reden.«

»Tja, tue ich aber nicht.«

»Von wem redest du denn dann?«

»Das kann ich dir nicht verraten.«

»Weil ich es bin.«

»Wieso solltest es denn du sein? Du bist noch nicht mal nett zu mir.«

»Eben drum. Du willst mich, weil du mich nicht haben kannst.«

»Aber ich will dich ja gar nicht.«

»Wenn du's sagst.«

Wir betrachteten das Wasser und die flachen Steine auf dem Boden des Swimmingpools. Die Sonne war inzwischen untergegangen, aber es waren noch keine Gäste da. Mackies Kerzen ließen alles erstrahlen. Da sagte Everett: »Wenn ich dich auf der Stelle küssen würde, würdest du dahinschmelzen.«

»Nein, ganz bestimmt nicht.«

»Doch.«

»Vergiss nicht«, meinte ich, »dass ich längst weiß, wie es ist, dich zu küssen.«

»Aber damals bist du nicht in mich verliebt gewesen.«

»Genau wie ich auch jetzt nicht in dich verliebt bin.«

»Beweis es«, sagte er.

»Okay«, sagte ich. »Ich soll es beweisen? Mach ich.«

Ich packte ihn an seinem Hemdkragen und zog ihn zu mir. Eigentlich sollte es ein rascher *Da-hast-du's*-Schmatzer sein – resolut und trotzig –, doch als unsere Münder tatsächlich aufeinandertrafen, hatte Everett mir den Arm in den Rücken gelegt, und dann hielt er uns fest, in einem Kuss, der zu etwas Weichem, Zärtlichem und zutiefst Vielsagendem wurde. Und hier kommt die Wahrheit: Ich schmolz tatsächlich dahin. Auch wenn ich es niemals zugegeben hätte.

Es war mir gar nicht aufgefallen, aber Everett hatte sich auf den Knien nach vorne gebeugt, um näher an mich heranzukommen. Nach einer Minute verlor er allmählich das Gleichgewicht, doch anstatt mit dem Küssen aufzuhören, schob er den Fuß vor, um wieder Halt zu finden, und landete dann mit seinem Schuh im Swimmingpool. Da fand der Kuss ein Ende, weil eben sein Schuh da im Wasser stand und sein Hosenbein auch. Wir lachten darüber, dann setzte Everett sich zurück und platschte mit dem anderen Fuß auch hinein, wie um zu sagen: *Was soll's.*

Wir betrachteten seine Füße eine Weile und warteten ab, was sie vielleicht als Nächstes tun würden. Dann stand Everett zu meiner Verblüffung auf und ging noch ein paar Schritte tiefer ins Wasser hinein. Bis zu den Knien, dann bis über seine Gürtelschnalle. »Dieser Pool ist klasse«, sagte er. »Erinnerst du dich noch, wie du hineingefallen bist?«

»Als wäre es gestern gewesen.«

»Das Kleid war komplett durchsichtig, als es nass war.«

»Das klingt, als würdest du dich auch noch daran erinnern«, sagte ich.

Er hob kaum merklich die Augenbraue. »Als wäre es gestern gewesen.«

Mittlerweile befand Everett sich bis zur Brust im Pool, auf einmal drehte er sich um und streckte mir die Hand entgegen. Ich ließ mich von ihm hineinziehen. Das Wasser fühlte sich kalt an, aber ich wollte deswegen nicht herumplanschen oder kreischen. Ich blieb gelassen und ließ mich von Everett tiefer ins Wasser führen, in all unseren Klamotten, auf die schwimmenden Kerzen zu. Bald schon waren wir bis zu den Schultern im Wasser, und ich stand auf Zehenspitzen. Auf einmal kam ich mir fast nicht mehr schwanger vor. Das Wasser trug mich, und ich konnte wieder mein eigentliches Ich sein. Das lag aber nicht nur am Wasser, sondern auch an Everett. Da waren wir und begingen diese Verrücktheit, und es fühlte sich an, als wären wir die einzigen Menschen, die je so etwas getan hatten. Als gehörten wir genau an diesen Ort, und niemand sonst, und nichts war so wichtig wie diese eine Wahrheit.

Die Kerzen waren wie Sterne um uns.

Dann tauchte Everett unter, und als er wieder hochkam, schüttelte er sich wie ein Hund das Wasser aus den Haaren. Er hatte einen Stein vom Boden aufgehoben und ließ ihn über die Wasseroberfläche zur anderen Seite des Beckens hüpfen. »Das ist ein toller Kuss gewesen«, stellte er fest.

So einfach machte ich es ihm nicht. »Er war okay.«

»Sag, was du willst«, meinte er, »aber du bist dahingeschmolzen.«

Er griff nach meiner Hand und zog mich näher zu sich. Er würde mich wieder küssen, das merkte ich ihm an. Und in diesem Moment überkam mich das eigenartigste Gefühl: Es war, als hätte ich seit vielen, vielen Monaten die Luft angehalten, und endlich, dank dieses einen zärtlichen Moments, konnte ich wieder ausatmen. Und erst als ich wieder atmen konnte, wurde mir bewusst, wie leid ich es schon seit so langer Zeit war, nicht atmen zu können. Es fühlte sich wie das Wichtigste an, was jemals passieren würde: Everett Thompson würde mich küssen, wieder, gleich hier im Pool in all unseren Klamotten, und ich würde seinen Kuss erwidern. Wahrscheinlich leidenschaftlich.

Und dann, gerade als wir einander in die Augen sahen, ertönte Mackies Stimme. »Was macht ihr denn da im Pool?«

Sie kam rasch auf uns zu, und Barni, die für ihre Verabredung mit Everett ein hautenges Minikleid trug, war ihr dicht auf den Fersen. Sie blieben am Beckenrand stehen und warteten auf eine Antwort.

Barni beugte sich mit gespieltem Mitleid und viel Dekolleté zu mir. »Bist du wieder reingefallen?«

Everett drehte sich mit einem erwartungsvollen Blick zu mir. »Was machen wir im Pool?«

»Wir schwimmen eine Runde«, sagte ich supercool.

Barni richtete sich gereizt wieder auf. Sie war spät dran, aber es war nicht so, als hätte sie ihr Anrecht bereits verwirkt. Sie stemmte eine Hand in die Hüfte. »Steht unsere Verabredung noch?«

Everett sah mich an, als sei ich es, die diese Entscheidung zu treffen hätte. Sein Blick wanderte von mir zu Barni und wieder zurück zu mir. »Steht sie noch?«

Ich hatte das Gefühl, keine andere Wahl zu haben, als ihn ziehen zu lassen.

»Selbstverständlich«, sagte ich, die Höflichkeit in Person, während ich auf den Rand zuschwamm und mich hochstemmte. Everett folgte mir, und dann standen wir Schulter an Schulter, ohne uns zu rühren, wie ungezogene Kinder, tropfnass in unseren Anziehsachen, während Mackie und Barni dahinterzukommen versuchten, was das Ganze zu bedeuten hatte.

Noch bevor irgendjemand hinter irgendetwas gekommen war, lehnte Everett sich herüber und flüsterte mir ins Ohr: »Dein anderes nasses Outfit gefällt mir besser.«

Barni führte Everett schnell ins Haus, wobei sie leise schnurrte: »Schauen wir, dass wir dich aus den nassen Klamotten rauskriegen.« Everett borgte sich ein paar Sachen von Clive – und zwar genau das Hemd, das Clive getragen hatte, als er vor Monaten zu mir ins Bett gestiegen war. Auch ich ging los und zog mir etwas anderes an: ein rotes Neckholder-Top, das heißeste Umstands-Outfit, das ich besaß – was nicht viel zu sagen hatte.

»Sehe ich wie eine Tomate aus?«, fragte ich Mackie, als ich wieder nach unten kam.

»Zum Anbeißen«, sagte sie mit einem Nicken. Ich rechnete mit einer Frage, was Everett und ich im Schilde geführt hätten, doch sie blieb aus. Mackies Schweigen zu dem Thema hatte etwas Trotziges an sich. Kein Everett mehr. Stattdessen führte sie mich zu Graham, einem Programmierer, den ich kennenlernen sollte und der sich ein Jahr lang von der Universität Princeton beurlauben ließ, um bei Clive ein Praktikum zu absolvieren.

»Er ist ein Student«, protestierte ich auf dem Weg zu ihm.

»Aber er ist in Princeton«, führte Mackie an und drückte meinen Arm, »also können wir ihm Bonusjahre anrechnen.«

»Ich glaube, für Princeton zieht man welche ab.«

Mich mit Graham zu unterhalten war lustiger, als ich erwartet hatte, denn während er mir den neuen Code auseinandersetzte, auf den sie gerade umstellten, fiel mir auf, dass Everett mich beobachtete. Er stand inmitten einer Gruppe neben Barni, die ihn immer wieder am Arm berührte, und er lachte jeweils im richtigen Moment und nahm auch an dem Gespräch teil. Doch sein Blick schweifte immer wieder zu mir herüber.

Er hatte natürlich recht. Ich war dahingeschmolzen. Seit der elften Klasse hatte er zweifellos an seiner Kusstechnik gefeilt. Und noch etwas: Jener Kuss war zärtlich gewesen. Zärtlich genug, um mich davon zu überzeugen, dass er mich doch nicht hasste. Seit dem Tag im Flieger war er nicht mehr wirklich fies zu mir gewesen, aber eine kleine Gemeinheit hält eben manchmal lange vor.

Ich fühlte ihm gegenüber eine gewisse Nähe – zum Teufel, eine *Anziehungskraft* –, doch ich hätte es als zu masochistisch empfunden, dem viel Beachtung zu schenken. Meine törichte Schwärmerei für Clive hatte mich genug auf Trab gehalten.

Doch nach jenem Kuss veränderte sich meine Schwärmerei für Clive. Sie löste sich in Luft auf – wie bei einem Zauberkunststück. All die falschen Gefühle, die ich für Clive gehegt hatte, übertrugen sich auf Everett und wurden zu etwas Gutem. Ich war das Schmachten leid. Vielleicht wollte ich mich schon die ganze Zeit in Everett verlieben und brauchte lediglich eine Ermutigung. Es macht einfach etwas mit einem, wenn man von so einem schönen Mann – da konnte Mackie sagen, was sie wollte – geküsst wird. Ich kann es nicht erklären oder begreifen, und ich weiß, es lässt mich flatterhaft wirken, doch auf einmal stand ich neben Graham, nickte zum Thema Flash und Social Media und Twitter, während Everetts Blick bei mir eine wohlige Gänsehaut hervorrief.

Um mich selbst auf die Probe zu stellen, warf ich einen Blick auf Clive, um zu sehen, wie sich das anfühlte. Und zum ersten Mal seit Monaten sah ich in ihm einfach meinen Schwager. Es fühlte sich nach nichts Besonderem an. Oder wie es sich eben anfühlt, wenn man den Vater der Kois im eigenen Bauch betrachtet.

Später bereitete es mir Mühe, das Ganze zu deuten: Ich hatte mich im Laufe von sechs Monaten zweimal Hals über Kopf in zwei verschiedene Kerle verliebt. Hungerte ich so sehr nach menschlichem Kontakt, dass jegliche Berührung Liebessehnsucht in mir auslöste? War ich so leicht herumzukriegen, dass man mich bloß zu küssen brauchte, und ich gehörte dem anderen mit Haut und Haaren? Was war mit meinem eisernen Herzen geschehen? Ich war doch der Chuck Norris der Liebe, und auf einmal verhielt ich mich wie ein romantisches Girlie. Und das gleich zweimal. Aber dieses Mal fühlte sich einfach unglaublich an.

Was wusste ich überhaupt von Everett Thompson, das nicht bloß eine entfernte Erinnerung war? Er hatte auf der Highschool ein vollständiges Schlagzeug in seinem Schlafzimmer, ein lebensgroßes Bob-Dylan-Poster und jedes Album der Rolling Stones, das je aufgenommen wurde. Er schloss zwei Jahre in Folge als Bester in Englisch ab. Früher aß er stets Sandwiches mit Mixed Pickles zum Mittagessen. Er las mit Leidenschaft Bücher über dem Untergang geweihte Arktis-Expeditionen. Er ließ mich sein Auto fahren, selbst als ich noch keinen Führerschein hatte – und eines Abends auf der rasanten Heimfahrt, um es noch bis zur Sperrstunde zu schaffen, war ich in der falschen Richtung in eine Einbahnstraße eingebogen. Um ein Haar wären wir mit einem Cadillac zusammengestoßen, und nachdem das Gehupe vorbei war, wir in eine Seitenstraße eingebogen waren und ich den Wagen anhielt, schnallte er sich los, beugte sich zu mir herüber und küsste mich zum allerersten Mal. Als wir Atem holten, sagte er: »Ich glaub' einfach nicht, dass ich fast gestorben wäre, ohne je so weit gekommen zu sein.«

Aber das waren alles veraltete Belanglosigkeiten. Ich wusste nicht das Geringste über den erwachsenen Everett. War er Republikaner oder Demokrat? Mochte er Katzen oder lieber Hunde? Glaubte er an Gott? Lebte er seinen Verhältnissen entsprechend? Las er beim Frühstück die Zeitung? Hörte er National Public Radio? War er Anhänger von Sportvereinen? Fuhr er zu schnell Auto? Auch wenn vielleicht genau dies das Verliebtsein ausmacht –

neugierig auf jemanden zu sein und diese Dinge herausfinden zu wollen. Auf der Party machte ich ein Spiel: Ich zwang mich, Everett ein paar Minuten nicht anzusehen – und Graham seine ganze Geschichte zu Ende erzählen zu lassen, wie er seinen Laptop auf dem Weg zu seiner Informatik-Abschlussprüfung in eine Pfütze fallen ließ. Ich wendete den Blick nicht von seinem Eckzahnstumpf ab, während er redete, und hatte schließlich dreimal gefragt: »Ist die Geschichte zu Ende?« Als wir es endlich geschafft hatten und ich schließlich den Blick auf der Suche nach Everett durch die Abendluft schweifen ließ, schwanden mir bei seinem Anblick die Sinne. Vielleicht waren es auch nur die Babys, die strampelten. Oder ich hatte zu lange nichts gegessen. Wie auch immer, ich verlor genau in dem Augenblick das Gleichgewicht und musste mich an Grahams Arm festhalten.

Ich dachte, es wäre niemandem aufgefallen, aber in der nächsten Sekunde stand Everett direkt neben mir. Seine Hand lag auf meinem Arm, und ich spürte bei seiner Berührung einen elektrischen Schlag, dann sah ich ihm in die Augen. »Alles in Ordnung. Ich bin bloß –« An dieser Stelle wollte ich gerade *dahingeschmolzen* sagen. Auch wenn er gerade ein offizielles Date mit einer anderen hatte, schien es genau das Richtige zu sein.

Doch bevor ich es sagen konnte, kreuzte Barni auf – ihr Gesicht war direkt vor meinem und ihre Stimme laut wie eine Sirene. »Clive hat uns eben noch einmal die Geschichte erzählt, wie du in den Pool gefallen bist! War es dir nicht wahnsinnig peinlich, als dich alle ausgelacht haben? Wärst du nicht am liebsten gestorben?«

Der Augenblick war vorbei. Stattdessen wünschte ich mir, ich wäre richtig in Ohnmacht gefallen. Dann hätte Everett einen Vorwand gehabt, zu gehen, und mich ins Krankenhaus fahren können. Doch bloß weil mir die Sinne schwanden, war das noch lange kein Grund, dass Everett seine Verabredung sitzen ließ. Ich bedachte ihn mit einem Blick, der besagen sollte: *Komm wieder zu mir zurück, sobald sich dir die Möglichkeit bietet freizukommen.*

Und er schenkte mir einen Blick, von dem ich hätte schwören können, dass er antwortete: *Auf jeden Fall!*

Doch der Abend zog sich in die Länge. Da Barni hier wohnte, konnte Everett sie ja nicht einfach nach Hause bringen. Sie blieben und blieben, wobei Barni posierte und kreischend über jedes einzelne Wort aus Everetts Mund lachte. Ich hoffte, Everett würde sie vielleicht bis zu ihrem Apartment begleiten und dann zu mir zurückkommen, doch als er vorschlug, sie nach oben zu bringen, lehnte sie sich an ihn und sagte: »Es ist noch nicht einmal Mitternacht! Was bist du denn – ein Kürbis?«

Sie war sexy. Das musste ich ihr lassen. Oder vielleicht eine Karikatur von sexy. Doch sie wusste zweifellos, wie sie sich zu verhalten hatte. Wo lernt eine Frau, sich derart zu bewegen – und wie findet eine Medizinstudentin die nötige Zeit? Sie hätte in einem Musikvideo sein können, auf einem Laufsteg oder in einem Stripclub.

Ich schaffte es nicht, länger als sie zu bleiben. Mackie wollte ihnen ernsthaft ein wenig Privatsphäre verschaffen, damit ihre Liebesverbindung knospen könnte. Sie bestand darauf, dass ich mich verabschiedete, und zog mich an der Hand ins Haus.

Mir entging die Ironie nicht, dass ich just in dem Moment Interesse an Everett entwickelt hatte, in dem Mackie offiziell damit aufgehört hatte, uns zu verkuppeln. Aber ich glaube nicht, dass ich ihr eins auswischen wollte. Ich denke eher, dass das Timing schlecht war. Und unsere Kommunikation war sogar noch schlechter.

Das ist das Problem mit Herzensangelegenheiten. Es ist so schwer, mit offenen Karten zu spielen. Es gibt so unzählig viele Möglichkeiten, in der Liebe verletzt zu werden, dass es entscheidend scheint, ein wenig hinter dem Berg zu halten. Man kann nicht einfach wie eine Dampfwalze angerollt kommen und rufen: »Lieb mich!« Man kann nicht auf und ab springen und schreien: »Was zum Teufel ist los mit allen?« Man muss sich zentimeterweise voranarbeiten, so gut wie möglich raten und die Hoffnung auf ein Happy End nicht aufgeben. Und genau das hatte ich vor.

Ich ging nach oben auf mein Zimmer und suchte mein Handy, denn ich fühlte mit einer Gewissheit, die ich sonst bei so gut wie nichts empfand, dass Everett mich anrufen würde, sobald er Barni abschütteln konnte. Sie hatte zu viel getrunken – sollte eine Beinahe-Ärztin es nicht besser wissen? –, und er musste sie buchstäblich die Treppe zu ihrem Apartment hinauftragen. Ich beobachtete, wie das Licht bei ihr anging, und wartete dann darauf, dass er wieder herauskäme. Doch das tat er nicht.

Da ich müde war, legte ich mich auf mein Einzelbett, beobachtete den sich drehenden Deckenventilator, hielt mein Handy auf der Brust und wartete ab.

Dann hörte ich, wie Clive und Mackie sich in ihrem Zimmer küssten – da sie sich mittlerweile bewusst waren, dass ich sie hören konnte, machten sie immer wieder »Pst!«. Doch zum ersten Mal fühlte ich mich nicht eifersüchtig, einsam oder als würde man mich foltern. Es war peinlich und ein bisschen ekelhaft, aber in Ordnung. Ich setzte die Kopfhörer auf und stellte das Handy auf Vibration mit einer eigenartigen, unerschütterlichen Zuversicht, dass alles gut werden würde. Sicher, ich war arbeitslos, Single und jeden Tag immer noch ein bisschen schwangerer, doch allmählich wirkten diese Dinge vorübergehend. Seit heute Abend konnte ich nicht anders, als den größeren Zusammenhang zu sehen. In einem Jahr, schien es, würde alles gelöst sein. Ich wäre dann bereits ein gutes Stück auf dem neuen Lebensweg unterwegs, der sich mir auftun würde. Mein wohliges Hochgefühl war so stark, dass ich an dem Abend einnickte, ohne auch nur zu merken, dass Everett gar nicht anrief.

8

Derart hoffnungsvoll einzuschlafen war für meine Verhältnisse überaus optimistisch. Allerdings fragte ich mich am nächsten Morgen, als auf meinem Handy keine verpassten Anrufe waren, ob ich mir vielleicht selbst irgendwie Unglück gebracht hatte, indem ich es wagte, mich auf etwas zu freuen.

Als dann Everett auch im Laufe des Tages nicht anrief, wandelte sich mein Optimismus in Pessimismus. Es wurde Mittag. Dann ein Uhr. Dann zwei. Bald war das Abendessen vorbei, und ich war wieder im Bett, genau wie am Abend zuvor, doch diesmal war da kein wohliges Hochgefühl. Keine angenehme Vorfreude. Diesmal hallte in mir die hohle Gewissheit wider, dass kein Anruf erfolgen würde.

Es wäre ideal gewesen, dieses Problem mit Mackie zu diskutieren wenn ich zu diesem Zeitpunkt noch irgendetwas mit ihr besprochen hätte. Zum Beispiel hatte ich seit Neuestem, wenn ich redete oder kaute, komische Schmerzen im Ohrläppchen. Doch ich erwähnte es Mackie gegenüber nicht einmal, weil ich genau wusste, was sie sagen würde: »Was? Jetzt hast du auch noch Ohrläppchenkrebs?«

Stattdessen mied ich sie. Mackie hatte gerade viel zu tun, sie bekam einen Auftrag nach dem anderen, und Clive war oft verreist. Ich hatte das Haus ganz für mich und tat all die Dinge, die man wohl macht, wenn es einem schlecht geht, in der Hoffnung, sich danach besser zu fühlen: Ich nahm ein Schaumbad. Ich kochte Gazpacho. Ich spielte auf der Stereoanlage Earth, Wind & Fire bei voller Lautstärke, las an einem Nachmittag einen Roman über eine französische Spionin von der ersten bis zur letzten Seite und probierte ein Pilates-Video für Schwangere aus. Alles blieb ohne nennenswerte Wirkung. Ich fühlte mich nicht besser, sondern schlechter. Ich umkringelte ein paar Stellenangebote in der Zeitung, doch die Woche ging zu Ende, und ich war zu deprimiert, um auch nur zum Telefonhörer zu greifen.

Bis Samstag weigerte ich mich, mein Handy auch nur anzusehen. Ich schlief auch nicht. Ich war die ganzen Nächte hindurch bis fünf Uhr morgens auf und sah fern. Ich wollte nicht schlafen und versuchte es nicht einmal. Stattdessen sah ich mir Sitcoms aus den Siebzigerjahren an. Und extreme Kochsendungen, in denen die Kandidaten Spinnen, Augäpfel und giftige Fische aßen. Ich sah Gospel-Gottesdienste und Werbesendungen über die größten Hits der Monkees an. Meine Augen schwollen jedes Mal im Laufe der Nacht zu, und ich drückte kalte Waschlappen darauf. Ich bekam Krämpfe in den Beinen und machte tiefe Kniebeugen. Wenn der Morgen graute, ging ich zu Bett und schlief bis zwei Uhr nachmittags oder bis drei oder sogar bis vier.

Mackie gefiel das nicht. Sie versuchte ständig, mir Teller

mit frischem Obst und Vollkornweizentoast zu servieren. Manchmal drehte ich die Dusche auf und versteckte mich mit einem Buch im Badezimmer. »Komm und iss was«, sagte sie dann durch die Tür. »Das hier ist nicht gut für dich!« Sie fügte nicht *und für die Babys* hinzu, doch das war auch nicht nötig. Dann stellte sie das Tablett im Korridor ab mit den Worten: »Menschen sind nicht nachtaktiv.«

Bis Samstagnachmittag war ich ein aussichtsloser Fall. Wenn Mackie und Clive mich aufforderten, mit ihnen zum Wochenmarkt zu fahren, um ein paar frische Zutaten fürs Abendessen einzukaufen, wussten sie schon im Voraus, dass ich Nein sagen würde. Ich wartete, bis sie weg waren, setzte mich dann an den Bauerntisch in der Küche und kritzelte in mein Tagebuch: »Was hab ich mir nur dabei gedacht? Was hab ich mir nur dabei gedacht? Was hab ich mir nur dabei gedacht?« Die Frage schien das Ganze gut zusammenzufassen, und ich schrieb die Wörter groß und klein, in Druckbuchstaben und Schreibschrift, vorwärts geneigt und rückwärts. Ich schrieb sie wieder und wieder, und vielleicht hätte ich sie den ganzen Nachmittag geschrieben, wenn es nicht an der Tür geklingelt hätte.

Ich ging zur Tür und sah durch den Spion.

Es war Dixie. In einem Taekwondo-Outfit. Einem knallpinken Taekwondo-Outfit.

»Hey, Mäuschen.« Sie winkte mir zu.

»Tolle Farbe«, sagte ich, als ich die Tür öffnete.

»Das freut mich zu hören«, sagte sie. »Denn schau mal, was ich hier für dich habe!« Und sie hielt mir ein genau gleiches Outfit vor die Nase, schön gebügelt und gefaltet.

»Haben wir was vor?«, fragte ich.

Dixie nickte. Doch zuerst einmal brauchten wir ein paar Dinge, die sie an den Fingern abzählte: ein Paar Turnschuhe, eine Wasserflasche, einen Sport-BH und eine Portion Mut.

»Ich glaube, mein Mut ist noch in der Wäsche«, sagte ich, und Dixie lächelte und kniff mich leicht in die Wange.

Dann sagte sie: »Dann hol ihn schnell, Darling. Du kannst ihn auch nass anziehen.«

Sie war extra auf den letzten Drücker aufgetaucht, sodass mir keine Zeit blieb, um mir eine Ausrede einfallen zu lassen. Und was konnte ich schon sagen? Mit ihrem pinkfarbenen Sensei-Look überrumpelte sie mich völlig.

Nach wenigen Minuten saßen wir in unseren pinkfarbenen Uniformen in ihrem Escalade auf dem Weg zur YMCA in der Innenstadt, und ich fühlte mich schon besser. Wie sich herausstellte, benötigte Dixie Unterstützung bei ihrem Selbstverteidigungskurs. Ihre Kollegin Danielle, die mit einem nicht kastrierten Pudel namens Bob in Galveston wohnte, hatte Probleme mit ihrem Wagen. »Es ist die erste Stunde«, sagte Dixie. »Und die ist immer der Hammer.«

»Ich stehe zu Diensten«, sagte ich.

»Mach mir einfach alles nach«, sagte Dixie. »Obwohl das nicht so einfach sein wird, wie es sich anhört.«

»Bin ich zu schwanger?«, fragte ich, und Dixie – die sich nie scheute, Leute anzufassen – streckte die Hand aus und strich leicht über meinen Bauch.

»Nein, nein«, sagte sie. »Heute steht hauptsächlich Schreien auf dem Programm.« Dann zwinkerte sie mir zu. »Du kannst doch schreien, oder?«

»Wie ein Weltmeister«, sagte ich.

Bevor ich mich's versah, standen wir vor einer Gruppe von dreißig aufgedrehten Damen in fortgeschrittenem Alter. Ich war ein bisschen befangen, zumal die pinkfarbene Jacke nicht ganz um meinen Bauch herumreichte. Dank des weißen Streifens von meinem T-Shirt darunter sah ich wirklich aus, als wäre ich aus allen Nähten geplatzt. Doch in Wirklichkeit beachtete mich niemand. Alle Blicke waren auf Dixie gerichtet.

»Willkommen, Mädels«, sagte sie, während sie eine Stellung einnahm, bei der ihre pinkfarbenen Turnschuhe schulterbreit auseinander standen. »Heute üben wir, stark und entschlossen zu sein und die Kontrolle zu übernehmen.« Sie holte tief Luft und streckte die Arme über den Kopf, und die Damen in dem Kurs taten es ihr nach. Sie holte ein zweites Mal tief Luft, wurde dann jedoch von jemandem hinten abgelenkt. »O nein, Süße!«, rief sie der Frau zu. »Du musst deine Ringe nicht abnehmen. Schmuck gibt eine tolle Waffe ab.«

Sie fing wieder von vorne an. »Tja, wir alle mögen Männer. Und keine von uns kämpft gern. Doch ich weiß, dass mir hier niemand widersprechen wird, wenn ich sage, dass wir Ladys es ab und zu im Leben wirklich nötig haben, jemandem in den Arsch zu treten.«

Ich hatte Dixie noch nie zuvor ein Schimpfwort sagen hören. Ich hatte erlebt, wie sie von dem bestickten Kissen erzählte, das sie für die Shih-Tzu-Spendenauktion anfertigte. Ich wusste, wie sie die Zitronenplätzchen beschrieb, die sie immer zu Weihnachten backte. Ich hatte sie von den eingemachten Birnen ihrer Großmutter schwärmen gehört. Doch die Schimpfwörter waren neu. Und selbst nachdem ich es gerade erlebt hatte, schien es mir immer noch unmöglich.

Dixie fuhr fort: »Und das bringt mich zu einem der Mottos unseres Kurses – einem Satz, den ihr euch wieder und wieder sagen solltet. Flüstert ihn euch im Lebensmittelgeschäft zu. Singt ihn unter der Dusche. Klebt euch den Aufkleber aufs Auto. Seid ihr bereit? Hier kommt er: ›Fick dich ins Knie!‹«

Das Wort *fick* aus Dixies Mund zu hören war beinahe zu viel für mich. Es war ein furchtbares Wort. Doch durch ihr näselndes Texanisch gefiltert, bekam es eine zweite Silbe und wurde beinahe melodiös.

Sie nickte uns zu. »Sagt es mir jetzt nach. Versucht's.«

Und wir sagten es. »Fick dich ins Knie.« Doch bei uns klang es nicht halb so gut.

»Gut«, sagte sie. »Das ist die Art von Mut, die ihr Mädels einüben sollt.« Sie lehnte sich vor und fing mit etwas Stretching an, und wir alle machten es ihr nach. »Wie viele von euch sind schon mal bedroht worden?«, fragte sie, und jede einzelne Anwesende hob die Hand. »Stimmt«, sagte Dixie. »Du kümmerst dich bloß um deine Angelegenheiten, bist im Hauskittel beim Tanken und denkst über den Anruf von deiner Mutter nach, da beschließt ein Kerl in einem Pick-up, dir einen kleinen Schreck einzujagen. Dies sind die Zauberworte, die ihr beispielsweise denken und ihm – falls nötig – zuschreien werdet, um eure Kraft zu sammeln. Versuchen wir es noch einmal.«

»Fick dich ins Knie«, riefen wir im Chor.

»Ich bin keine Anhängerin schlimmer Wörter«, sagte

Dixie. »Aber Wörter sind stark und mächtig. Und wenn ihr sie braucht, solltet ihr sie parat haben.«

Dann erklärte sie uns, dass wir heute nur Folgendes üben würden: erstens fluchen – und zweitens schreien. Im restlichen Kurs würde es dann darum gehen, wie man Männer verprügelte: Wie sich ihre Größe und Kraft gegen sie einsetzen ließ, wie man ihre Schwachstellen identifizierte, sie überlistete und – ebenso wichtig –, wie man in sich selbst den Willen fand, sich zur Wehr zu setzen und weiterzukämpfen, bis der Angreifer entweder gelähmt, bewusstlos oder tot war.

Doch das käme später. In der heutigen Stunde – von der sie behauptete, dass es die schwierigste von allen sei – ging es lediglich um Worte.

Dann ließ sie uns fluchen. Sie klatschte in die Hände und sagte: »Also gut, Ladys! Aus vollem Hals!« Dann brüllte sie uns an – einfach so – und verwandelte sich in zwei Sekunden von der freundlichen Oma zum durchgeknallten Ausbildungsunteroffizier. Wir fingen mit »Nein!« an und arbeiteten uns hoch.

»Was sagen wir, wenn jemand versucht, uns zu packen?«, rief sie.

Unsere Aufgabe bestand darin, »Nein!« zu rufen.

»Was sagen wir, wenn jemand uns wehtun will?«

»Nein!«

»Was sagen wir jedem, der glaubt, er kann uns vorschreiben, was wir zu tun haben?«

»Nein!«

»Sagt es, als würdet ihr es auch so meinen!«

»Nein!«

»Sagt es für euch! Sagt es für eure Freundinnen! Sagt es für all die Frauen auf der Welt, die nicht wissen, wie's geht!«

»Nein! Nein! Nein!«

Und das war erst der Anfang. Zuerst versuchte ich, bloß die Lippen zu bewegen, wie ich es im Schulgottesdienst beim Singen der Kirchenlieder getan hatte. Ich wollte nicht die Einzige sein, die sang, die einzelne falsche Stimme. Doch Dixie schuf solch eine Kraft in dem Kurs, solch ein Gefühl gemeinsamer Empörung, solch eine *Ich-bin-eine-Frau-hör-mich-brüllen*-Entschlossenheit, dass es unmöglich war, sich nicht davon mitreißen zu lassen.

Sie feuerte uns an, so laut wir nur konnten zu brüllen. Sie wollte, dass unsere Gesichter rot anliefen und unsere Halsadern hervortraten. Sie sagte, Frauen werde immer beigebracht, höflich zu sein, ruhig und entschuldigend. Wir müssten uns selbst beibringen, unsere Stimmen zu benutzen – denn die seien die absolut besten Waffen, die wir hätten.

Allmählich wünschte ich mir, einen Notizblock dabeizuhaben. Ich hatte gedacht, wir würden ein paar Karatehiebe üben und dann wieder nach Hause fahren. Doch Dixie wollte, dass wir die Psychologie der Macht begriffen. Sie sagte, dass Männer, die Frauen angriffen, selbst Angst hätten und die Welt in nur zwei Kategorien einteilten: die Angreifer und die Angegriffenen. Für solche Typen war jeder Mensch nur das eine oder das andere. Dann sagte sie: »Wenn ihr nur eine Sache aus diesem Kurs mitnehmt, dann dieses: Wenn ihr einem Angreifer lauthals Obszönitäten an den Kopf werft, sucht er in acht von zehn Fällen das Weite.«

Wir Frauen sahen uns an, froh, dass es so leicht wäre. Doch dann warnte Dixie uns, dass es eben nicht leicht sei. »Im Gegenteil«, sagte sie, »vielleicht ist es sogar das Schwierigste, was ihr je versuchen werdet.«

Ich fand nicht, dass es allzu schwierig klang. Es war nicht das erste Mal, dass ich schrie. Und ich konnte fluchen wie ein Kesselflicker. Mackie hatte mich schon ab und zu zum Schweigen gebracht, damit ich keinen schlechten Einfluss auf die Babys ausübte. Mit meinen sechs Monaten war ich nicht mehr so flink wie früher, doch wenn die Hauptbeschäftigung in Schreien und Fluchen bestand, hatte ich ohne Weiteres das Zeug zur Klassenbesten.

Da erteilte Dixie uns unsere nächste Anweisung. »Okay, Ladys. Das hier ist hart. Stellt euch einen Menschen vor, den ihr bedrohlich findet, und brüllt, wenn ich auf euch deute: ›Verpiss dich, du verfluchter Scheißkerl!‹«

Ich wünschte mir so sehr, Mackie wäre hier. Dann hätte ich mich verblüfft zu ihr umdrehen können.

Dixie gab uns eine Minute, damit wir uns unseren Kerl vorstellen konnten. Dann fragte sie: »Habt ihr ihn?«

Wir nickten. Das wirkte gar nicht schwierig.

Doch die erste Frau, auf die sie zeigte, brach in Gelächter aus und kicherte jedes Mal, wenn Dixie es erneut versuchte. Die zweite Frau hatte ähnliche Probleme, und sie brachte nichts als eine piepsige Fistelstimme zustande. Die dritte brach in Tränen aus, und die vierte erklärte, sie habe moralische Einwände gegen das Fluchen, und verließ den Raum.

Dann kam ich an die Reihe. Ich war bereit. Doch als Dixie tatsächlich auf mich deutete, schnürte sich mir die

Kehle zu, als würde eine Hand meinen Hals packen und zudrücken. Dixie gab mir ein paar Minuten, bis ich mich wieder gefasst hatte, dann nahm sie mich überraschend sanft an der Hand und führte mich auf die Tür zu.

»Hol dir einen Schluck Wasser, Schätzchen«, sagte sie, und ich folgte ihrem Rat.

Dixie wusste, dass dies passieren würde. Genau das passierte, wie sie uns später erzählte, in fast jedem Selbstverteidigungskurs, den sie je geleitet hatte. Frauen, die ihre Stimme wunderbar beherrschten, wenn sie mit Angestellten sprachen, mit ihren Kindern schimpften oder ihre Ehemänner daran erinnerten, bei der chemischen Reinigung vorbeizuschauen, hatten keine Ahnung, wie sie in einer Notlage auf ebendiese Stimmen zugreifen sollten.

»Habt ihr Angst, euch dumm zu benehmen?«, schrie sie uns an. »Fürchtet ihr, zu laut zu sein oder dass die anderen Ladys nach Hause gehen und mit ihren Ehemännern darüber lachen, wie ihr euch aufgeführt habt? Die können uns mal, diese Ladys! Und ihre Ehemänner auch! Jetzt lasst ein ›gottverfluchter Scheißkerl!‹ hören, verdammt noch mal!«

Und endlich schockierte mich das Gefluche nicht mehr. Dixie hatte sich als Superheldin entpuppt und konnte jedes verdammte Wort sagen, das sie wollte.

»Ich kann euch nicht hören!«, rief sie. Ihr Mund war weit offen, die Fäuste geballt. »Weckt den Wachmann auf! Lasst die Mauern erbeben! Bringt das Gebäude zum Einsturz! ›Gottverfluchter Scheißkerl!‹«

Diesmal waren wir lauter.

»Schreit es dem Typen zu, der euch heute Morgen im Straßenverkehr geschnitten hat!«

»Gottverfluchter Scheißkerl!«

»Schreit es dem Schreibwarenhändler entgegen, bei dem ihr heute eine halbe Stunde in der Warteschleife gehangen habt!«

»Gottverfluchter Scheißkerl!«

»Schreit es dem Jungen auf der Middleschool zu, der sich über euren BH lustig gemacht hat!«

»Gottverfluchter Scheißkerl!«

»Und schreit es dem gottverfluchten Scheißkerl zu, der euch so viel Angst eingejagt hat, dass ihr euch zu diesem Kurs angemeldet habt!«

Und da fanden wir endlich zu der wilden Entschlossenheit, auf die sie es abgesehen hatte. Sie brachte uns so weit, und dann ließ sie uns dort verweilen: »Noch mal! Noch mal! Noch mal! Noch mal! Erzählt mir bloß nicht, fluchen sei geschmacklos! Erzählt mir nicht, Frauen sollten nicht laut werden! Diese Wörter sind eure besten Freunde! Diese Wörter sind eure Tapferkeit, eure Leidenschaft und eure Selbstachtung! Jetzt steht auf und lasst mich verflucht noch mal hören, wie ihr sie sagt!«

Natürlich standen wir bereits. Doch wir richteten uns noch weiter auf und schrien uns die Seele aus dem Leib.

Wir brüllten so laut, dass der Wachmann hereinkam, um nach dem Rechten zu sehen. Bei seinem Anblick im Türrahmen mit seiner Uniform, die zwischen den Knöpfen über seinem Donutbauch spannte, stießen wir alle einstimmig den letzten Schrei des Abends aus: »Gottverfluchter Scheißkerl!«

Kopfschüttelnd zog er von dannen.

Dann war die Stunde vorbei, und Dixie fing an zu klatschen. »Klatscht euch selbst Beifall, Mädels! Ihr könnt wirklich stolz auf euch sein!« Wir applaudierten uns selbst und Dixie. Wir tranken aus unseren Wasserflaschen und holten Luft. Dann gab Dixie uns als Hausaufgabe auf, unsere Flüche zu üben. »Am besten sagt man sie laut«, sagte Dixie. »Aber ihr könnt sie auch in Gedanken üben, wenn ihr Kinder habt.«

Mir hatte noch nie etwas so viel Spaß gemacht, und ich ging nicht zum Auto, sondern hüpfte. Auf der Heimfahrt wollte ich von Dixie ganz genau wissen, wie sie das alles gelernt hatte, doch sie sagte bloß: »Mein erster Ehemann war ein echter Wichser.« Dann erklärte sie mir, es gäbe zwei Dinge auf der Welt, über die jede Frau Bescheid wissen müsse. Das eine sei Selbstverteidigung. Und das andere sei nicht Gegenstand ihres Kurses.

»Was ist denn das andere?«, fragte ich.

Dixie atmete tief ein, bevor sie antwortete: »Trost.«

Ich dachte darüber nach. »Und wie funktioniert das?«

»Tja«, sagte Dixie, »jeder Mensch ist anders. Was mich tröstet, hilft nicht bei dir.«

»Und wenn ich nicht weiß, was mich tröstet?«

Dixie hielt vor Mackies Haus. »Tja, Süße«, sagte sie. Sie küsste ihre Fingerspitzen und berührte meine Wange damit. »Dann ist es Zeit, dass du es herausfindest.«

Ich lief den Weg zur Haustür, weil ich Mackie unbedingt von dem Kurs erzählen und sie auf der Stelle für nächste Woche verpflichten wollte. Zum ersten Mal seit Monaten fühlte ich mich gut. Ich war bereit, mit Mackie zu reden und ihr zu helfen, Bio-Gemüse fürs Abendessen klein zu schneiden und vielleicht sogar einen Abendspaziergang zu unternehmen.

Ich fühlte mich so gut, dass ich beschloss, so bald wie möglich Everett anzurufen und zur Rede zu stellen. Wir hatten immerhin das neue Jahrtausend. Ich musste nicht herumsitzen, auf ihn warten und mich fragen, was zum Teufel passiert war. Ich konnte meine eben entdeckte Stimme zum Einsatz bringen und ihn selbst fragen. Ich würde meine Tapferkeit, meine Leidenschaft und meine Selbstachtung nutzen. Oder wenigstens Dixies.

Doch zuerst musste ich Mackie von dem Kurs erzählen. »Ich habe eben den Weltrekord für Schimpfwörter gebrochen!«, rief ich, als ich die Haustür krachend ins Schloss fallen ließ. »Du wirst es nicht glauben!«

Doch als ich um die Ecke bog, blieb ich wie angewurzelt stehen. Mir bot sich ein Anblick, den ich nicht glauben konnte. Genau da, an unserem Esstisch, saß Everett Thompson. Bei so etwas wie einem Pärchentreff. Mit Mackie und Clive. Und Barni.

Die vier waren dabei, Bier zu trinken und Clives berühmtes Chicken Masala zu essen. Es verschlug mir die Sprache. Eine Minute lang vergaß ich sogar zu atmen. Ich blieb nur reglos stehen und starrte sie an. Everett. Bei einer Verabredung. Mit Barni.

Sie schienen sich köstlich zu amüsieren. Ich betrachtete den Tisch: Alle waren so jung, so schick zurechtgemacht, so frisch gewaschen und wohlriechend. Angesichts dessen kam ich mir fett und alt vor, aus dem Gleichgewicht und träge, und spürte die Last meines dicken Bauches. Auf einmal schien mir all das Herumgefluche mit einem Raum voll Damen in pinkfarbenen Jogginghosen und Sport-BHs gar nicht mehr so cool. Barni trug ein trägerloses Strandkleid und schmale silberne Armreifen. Ihre mit Babyöl übergossene Haut sah genauso köstlich aus wie das Essen selbst. Bei mir war vollständig die Luft raus. Mein ganzer Mut verzischte.

»Sarah!«, meinte Mackie. »Wir haben für dich mit gedeckt!«

»Oh«, sagte ich. Ich konnte Everett nicht in die Augen sehen.

Er musste mich mit dem Kuss hereingelegt haben. Anders konnte ich es mir nicht erklären. Irgendwelche sadistischen, zwölf Jahre herangereiften, übrig gebliebenen Rachegelüste aus der Highschool. Es schien mir unbegreiflich, wie er an dem Abend im Pool so ganz hingerissen gewirkt und dann derart schnell das Interesse verloren haben konnte. Die einzige Erklärung, die mir einfiel, lautete, dass er ein sehr guter Schauspieler sein musste – und er hatte das Ganze nur vorgetäuscht. Entweder das, oder ich hatte Barni unterschätzt, und vor die Wahl zwischen Barni und mir gestellt hatte er sich für Barni entschieden.

»Setz dich zu uns«, sagte Clive und winkte mich herein.

Ich bemerkte Barnis pinkfarbenen Lippenstift am Rand von Everetts Bierflasche. »Oh«, sagte ich wieder und gab mir große Mühe, Worte hervorzubringen. »Ich kann nicht. Ich muss los.« Während ich zurückwich, stieß ich gegen die Wand.

»Du bist doch eben erst hereingekommen«, protestierte Mackie, die versuchte, mich an den Tisch zu winken.

»Hektischer Tag, Boss«, sagte ich.

»Wir haben Aloo Gobi und selbst gebackenes Naan«, säuselte Mackie, als könnte mich irgendetwas auf der Welt zum Bleiben verleiten.

Sie hatten schon ein paar Drinks intus. Sie fühlten sich gut. Sie wollten plaudern und dass wir alle dicke Freunde wären. Sie warteten mit freundlichen Mienen darauf, dass ich an den Tisch käme und mich zu ihnen gesellte – alle außer Everett, der wegsah. Ich wollte kehrtmachen und gehen, doch meine Beine rührten sich nicht von der Stelle.

Schließlich brach Barni das Schweigen und deutete auf Everett. »Ihr beide seid auf der Highschool wirklich miteinander gegangen? Das ist ja so ulkig!«

»Nicht wahr?«, sagte ich. »Ist es nicht urkomisch?«

»Und?«, fuhr Barni fort, als hätten sie und der gesamte Tisch den ganzen Tag auf diese eine Frage gewartet. »Ist er ein guter Küsser gewesen?«

Aus dem Augenwinkel sah ich, dass Everett seinen Teller studierte.

Ich betrachtete die Szene, die sich mir bot. Ich konnte mich nicht entsinnen, wann ich das letzte Mal etwas so Sorgloses getan hatte, wie mit Freunden ein Bier zu trinken. Alles in meinem Leben wurde jetzt davon diktiert, was ungefährlich für die Babys war oder optimal für ihre Entwicklung oder am besten für ihre Intelligenz. Ich lebte in einem Laborrattenkäfig aus mütterlicher Gesundheit und wurde bei jeder Gelegenheit daran erinnert, dass ich ein Gefäß war. Und die Person, für die ich das Ganze machte, hatte zur Hälfte eine Flasche Shiner Bock getrunken mit ihrem perfekten Ehemann in ihrem perfekten Haus bei einem perfekten Pärchentreff. In dem Augenblick hasste ich jeden in dem Zimmer, mich eingeschlossen, und nach einem langen Abend, in dessen Verlauf ich Schimpfwörter in die Welt hinausgeschrien hatte, schaffte ich es nur mit Mühe, nicht auf der Stelle lauthals ein paar Obszönitäten von mir zu geben.

Doch ich tat es nicht. Ich trat nur an den Tisch und griff nach Everetts Bierflasche. Ich wischte mit dem Daumen Barnis Lippenstift vom Flaschenrand. Während ich mich zu Barni umdrehte, hielt ich die Flasche hoch, wie um ihr zuzuprosten. »Everett ist«, ich zog den Augenblick so weit wie möglich in die Länge, »ein phänomenaler Küsser gewesen.«

Dann setzte ich die Flasche an die Lippen und nahm einen herzhaften Zug.

Mackie keuchte auf. Alle anderen erstarrten und glotzten mich an, während ich meinen großen Protest gegen Liebeskummer, Ungerechtigkeit und Menschen, die einen nicht anriefen, wenn sie eigentlich sollten, in Szene setzte. Selbst Everett war eine kurze, glorreiche Sekunde zu schockiert, um sich zu rühren. Ich stellte die Flasche klirrend wieder auf den Tisch.

Es war ein guter Moment. Ich kam mir tapfer, fies und wahnsinnig tough vor und war stolz, dass ich es schaffte, so viel Mut aufzubringen. Der nächste Schritt lautete, sich Mackies mieses Auto zu schnappen und loszufahren. Ich wusste nicht, wohin, aber davon hatte ich mich noch nie aufhalten lassen.

Ich wandte mich zum Gehen. Die Anwesenden versuchten, aus mir schlau zu werden, und ich stand ganz ohne Zweifel immer noch im Mittelpunkt der Aufmerksamkeit, als mein Handy läutete. Was sogar mich überraschte, denn so gut wie jeder, der mich normalerweise anrief, befand sich dort im Zimmer.

Doch es hätte mein Dad sein können. Oder Dixie. Es hätte Everetts Mutter sein können, die anrief, um mir doch noch eine Stelle anzubieten, was in dieser Situation einen tollen Höhepunkt abgegeben hätte. Es hätte sogar meine alte Mitbewohnerin aus New York, Bekka, sein können, die anrief und mich anflehte zurückzuziehen, weil die Insel Manhattan ohne mich einfach nicht funktionierte. All diese Gedanken jagten mir in Millisekunden durch den Kopf, während ich meinen *Xanadu*-Klingelton hörte und fieberhaft überlegte, ob ich rangehen sollte.

Schließlich war es so verlockend, meinen Wutanfall mit den Worten zu beenden, »Und jetzt ziehe ich nach New York zurück«, dass ich ranging.

Ich kramte in meiner Handtasche nach dem Handy, fand es, warf einen Blick auf die Nummer auf dem Display – 212! *The Big Apple!* – und sagte dann höflich, unter den Blicken des gesamten Tisches: »Hallo?«

Es war allerdings doch nicht Bekka. Es war noch nicht einmal annähernd Bekka. Es war so weit von Bekka entfernt, dass mir die Stimme sogar eine Weile nichts sagte, während mir das ganze Zimmer beim Zuhören zuhörte.

Die Stimme sagte Folgendes: »Ihr Texanerinnen bringt mich noch um.«

Ich sagte: »Was?«

Die Stimme fuhr fort. Eine mürrische, schwere, erschöpft klingende Stimme. »Verschwindet aus meinem Staat! Bleibt gefälligst auf eurer gottverdammten Seite der Mason-Dixon-Linie!«

»Wer spricht da?«

»Weißt du, wie viele Schönheiten aus Houston kommen?«, fuhr die Stimme fort. »Ich hab's gegoogelt. Jennifer Garner und Renée Zellweger und die Brünette aus *Drei Engel für Charlie*.«

»Jaclyn Smith«, sagte ich. Sie war auf meine Highschool gegangen.

»Ihr seid wie eine Ameisenstraße, auf dem Fußmarsch nach Norden. Warum könnt ihr nicht einfach auf eurem Hügel bleiben?«

Und da erkannte ich die Stimme. »J. J.?« Es war definitiv J. J. Wenn auch vielleicht ein bisschen weniger Dy-no-mite als gewöhnlich.

»Was denn?«, rief er.

»Bist du betrunken?«

»Natürlich!«

Vielleicht wäre das ein guter Augenblick gewesen, um mich zu entschuldigen und das Gespräch mit hinaus an den Pool zu nehmen. Doch ich war so verblüfft, seine Stimme zu hören, und so neugierig, warum in aller Welt er bei mir anrief, dass ich einfach nur dastand. Und jeder einzelne Anwesende lauschte meiner Seite des Gesprächs. Sogar Everett beobachtete mich jetzt unverhohlen.

»Wieso rufst du mich an?«, fuhr ich fort.

»Ich hab dir was zu erzählen, Exfreundin. Und es wird mich nicht nach einem sonderlich lieben Kerl aussehen lassen. Aber das bin ich in deinen Augen wahrscheinlich sowieso nicht. Du hasst mich, nicht wahr?«

»Ich hasse dich nicht«, sagte ich. Obwohl ich es eigentlich tat.

»Tust du wohl.«

»Nein, tue ich nicht.« Obwohl, noch einmal: ja. Tat ich.

»Sag mir einfach, dass du es tust. Im Moment brauche ich es, dass du mich hasst.«

»Schön«, sagte ich. »Ich hasse dich.«

»Sehr?«

»Ja, okay? Ich hasse dich sehr.«

»Wie sehr?«

»Komm schon.«

»Sag mir, wie sehr du mich hasst, verdammt noch mal!«

»Ich hasse dich mehr als alles andere auf der Welt, du egoistisches, lügnerisches, Job – stehlendes Schwein!«

»Gut«, sagte J. J. »Sehr gut.«

»Und rate mal, was noch?«, fügte ich hinzu. »Du bist mies im Bett.« An dieser Stelle hob ich den Blick und sah, dass Everett gespannt lauschte. »Richtig furchtbar im Bett.« Ich wandte den Blick nicht von ihm ab. »Hundsmiserabel.«

»Okay«, sagte J. J. »Das reicht.«

»Soll ich weitermachen, Elton John?«

»Das ist mehr als genug«, sagte er.

»Also, was willst du?«

Es trat eine lange Pause ein. Ich wartete. Wir alle warteten. Dann sagte J. J.: »Es geht um Veronica.« Und das Wort »Veronica« entrang sich ihm als ersticktes, krächzendes

Flüstern, als kostete es ihn große Überwindung, es auszusprechen. Als würde das Aussprechen dieses Namens etwas verändern, das sich nie wieder rückgängig machen ließe.

Es war offensichtlich ein großer Moment für ihn. Das Ganze hatte nur einen Haken: Ich hatte keine Ahnung, wer Veronica war.

»Wer ist das?«, meinte ich.

»Veronica!«, rief J. J.

Ich schwieg.

»Veronica! Veronica, Veronica, Veronica!« Bei jedem Wort hieb er mit der Hand auf irgendetwas.

»Ja, klar«, sagte ich mit einem leichten Kopfschütteln. »Das hilft mir jetzt nicht wirklich weiter.«

»Du weißt echt nicht, von wem ich spreche? Nimmst du mich auf den Arm?«

Ich zuckte mit den Schultern. »Ich brauch ein bisschen mehr Info.«

J. J. stieß ein frustriertes Knurren aus. »Ich glaub einfach nicht, dass du mich dazu bringst. Die Tittenmaus. Ich spreche von der Tittenmaus!«

»Oh«, sagte ich freundlich, dehnte den Laut und nickte. »Die Tittenmaus! Wie geht's ihr?«

Nach langem Schweigen sagte J. J.: »Sie hat kürzlich einen Selbstmordversuch begangen.«

Ich wusste nicht, was ich darauf erwidern sollte. Schließlich brachte ich zustande: »Bitte sag jetzt, dass du das nicht ernst gemeint hast.« Doch ich wusste bereits, dass es so war.

»Du musst für mich wo hinfahren«, erklärte er dann.

»Kannst du das tun?« Auf einmal klang er weniger betrunken, dafür eindringlicher.

»Kann ich.« Ich klang genauso eindringlich. »Auf jeden Fall.« Ich sah mich im Zimmer um, betrachtete die ganzen Pärchengesichter, die mir immer noch zugewandt waren, inmitten des leichten Duftgemischs aus Parfum, Haarspray und den rauchigen Küchengerüchen von Clives Essen – sie alle warteten gespannt darauf, dass ich den Anruf beendete und ihnen erzählte, was los war. Allen voran Mackie. Ich wusste, dass sie mich später nach jedem einzelnen Detail fragen würde, aber ich wusste auch, dass ich ihr nur das Gröbste erzählen und es dabei bewenden lassen würde.

»Gib mir eine Sekunde«, sagte ich zu J. J. Ich hatte immer noch ihre Aufmerksamkeit. Es war nicht zu spät für einen aufsehenerregenden Abgang.

Dann machte ich einen Schritt auf Everetts Bierflasche zu, die immer noch auf dem Tisch stand. Ich hob sie hoch, richtete den Blick auf Everett – und drehte, ohne den Blickkontakt abzubrechen, die Flasche herum und goss ihm das Bier in den Schoß.

Dann sagte ich, »Schönen Abend noch, Leute«, richtete meinen Sechsmonatsbauch auf die Hintertür aus und folgte ihm nach draußen.

»Wohin soll ich fahren?«, fragte ich J. J., als ich Mackies Wagen anließ. Mein Bauch stieß an das Lenkrad, und ich musste den Fahrersitz nach hinten verschieben.

»Du hasst mich, stimmt's?«

»Ich hasse dich. Und wohin soll ich jetzt fahren?«

»Es ist eine psychiatrische Klinik«, sagte er und nannte mir den Namen: die Rancho-Verde-Klinik. Er las mir eine Wegbeschreibung vor, wobei er die Straßennamen aussprach, als handele es sich um eine Fremdsprache. »Nimm den Interstate 10? An Brookshire vorbei? Und dann in nördlicher Richtung auf etwas, das sich FM 2260 nennt? An einer verrosteten Brücke vorbei? Hier steht, wenn man an der Dairy Queen vorbeikommt, ist man zu weit gefahren.«

Also machte ich mich auf den Weg zum I-10. Brookshire war außerhalb der Stadt. Es würde eine Weile dauern, so weit rauszufahren. Reichlich Zeit für Kid Dy-no-mite, mich aufzuklären.

»Die Tittenmaus kommt aus Houston?«, fragte ich.

»Du musst aufhören, sie so zu nennen.«

»Tut mir leid.«

»Wie kannst du nicht wissen, dass sie aus Houston kommt? Das ist so ziemlich das Erste, was sie mir erzählt hat. Hast du dich denn gar nicht mit ihr unterhalten?«

»Nein.« Nein, ich hatte mich nicht mit ihr unterhalten. Ich ignorierte sie, wie alle anderen es auch getan hatten. Abgesehen von den Fotografen und den Leuten aus der Garderobe und der Maske – und außerdem, allem Anschein nach, J. J.

»Wieso hast du dich denn mit ihr unterhalten?«, meinte ich. »Du hast doch noch nicht einmal an der Kampagne mitgearbeitet.«

J. J. sagte nichts.

»Ich hasse dich«, rief ich ihm ins Gedächtnis.

»Tja«, sagte er. »Was soll ich sagen? Sie war wunderhübsch.«

»J. J., sie ist fünfzehn!«

»Sie ist neunzehn.«

»Du hast mit ihr geschlafen?«

Keine Antwort.

»Hat sie deshalb einen Selbstmordversuch begangen?«

Keine Antwort.

»J. J., bitte sag mir, dass dieses Mädchen sich nicht wegen dir das Leben nehmen wollte.«

»Es lag nicht nur an mir«, sagte er nach einer Weile.

Es waren einige Dinge zusammengekommen. Und dann hatte sich alles aufgestaut, wie schlimme Dinge es eben so tun. J. J. hatte, wie mittlerweile offensichtlich war, während unserer Titten-Shoots eine Affäre mit ihr und ließ das Ganze noch ein paar Monate danach weiterlaufen.

»Was ist mit deiner Frau und ihrem Picknickkorb?«, fragte ich.

»Ziehen wir meine Frau nicht in die Sache mit rein«, sagte J. J., als wäre ich diejenige, die das getan hatte.

Die Affäre war ausgesprochen leidenschaftlich. An manchen Tagen konnte er nicht genug von Veronica bekommen. Doch an anderen nervte sie ihn. Sie stellte ihm ständig Mix-CDs ihrer Lieblingsmusik zusammen – Justin Timberlake, Jewel – und weinte dann, wenn er sie sich nicht anhörte. Sie simste ihm die ganze Zeit und rief bei ihm zu Hause an. Eines Tages tauchte sie während einer Kundenpräsentation in Trenchcoat und Reizwäsche auf.

»Ist das zu glauben?«, warf J. J. ein. »Während einer Kundenpräsentation!«

»Ich hasse dich wirklich«, sagte ich. »Das sage ich nicht bloß so.«

»Gut«, meinte J. J. »Ich hasse mich selbst.«

»Eigentlich«, fuhr ich fort, »ist *hassen* nicht einmal das passende Wort. *Hassen* klingt noch viel zu niedlich.«

»Soll ich zu Ende erzählen?«, fragte er.

»Bleibt mir was anderes übrig?«

Er fuhr fort: Dann wurde seine Frau schwanger, und sie kam überraschend ins Büro, um ihm das kleine Pluszeichen auf dem Stäbchen zu zeigen, während er mit Veronica *im Besprechungszimmer* war. Seine Sekretärin hielt seine Frau auf, indem sie ihr Websites mit Babynamen zeigte, aber er stand haarscharf davor, erwischt zu werden und mit anzusehen, wie sein ganzes Leben den Bach hinunterging. Das, so erklärte er, sei die Warnung gewesen, die er gebraucht hatte.

»*Das* war die Warnung, die du gebraucht hast?«, meinte ich.

J. J. beschloss, ein besserer Mensch zu werden, keine Techtelmechtel mehr zu haben, sich richtig niederzulassen und ein braver, hingebungsvoller, aufmerksamer Ehemann und Vater zu werden. Und natürlich mit Veronica Schluss zu machen.

»Bist du dir sicher, dass sie so heißt?«, meinte ich. »Das klingt nicht wie ein echter Name.«

»So heißt sie«, sagte J. J. »Veronica Locke.«

Kein echter Name. Wer hatte dieses Mädchen angeheuert?

Wie dem auch sei, er machte tatsächlich Schluss mit ihr. Er hatte gehofft, sie aufmunternd zu umarmen und sie dann ihrer Wege zu schicken, doch sie hatte »einen auf *Verhängnisvolle Affäre* gemacht«, hatte geweint und geschrien und so weiter und so fort. Schließlich drohte er ihr, dass er sie ins Gefängnis werfen lassen würde, falls sie je wieder Kontakt zu ihm aufnehmen sollte.

»Das hat sie dir abgekauft?«, fragte ich.

»Sicher«, sagte er. »Sie ist neunzehn.«

Am folgenden Tag sprach sie dann für ein Shooting von einem Bademodenkatalog vor, und man sagte ihr, sie sei zu dick. Und an dem Abend – sitzen gelassen, allein, arbeitslos, zwei Kilo über dem Limit – fuhr sie nach Hause und schluckte die ganze restliche Flasche Codein, die noch übrig war, seitdem man ihr die Weisheitszähne gezogen hatte. Ihre Mitbewohnerin fand sie auf dem Küchenfußboden neben einer umgeschütteten Dreiliterflasche Cola light.

»J. J.?«, meinte ich.

»Was denn?«

»Ich brauche ein stärkeres Wort für *hassen*.«

Veronica blieb eine Woche im Krankenhaus. Ihre Eltern kamen mit ihrem Teddybären aus Kindertagen aus Houston geflogen, um sie nach Hause zu holen. Sie schrieb ihm das alles in einem Brief.

»Und du hast sie nicht im Krankenhaus besucht«, riet ich. »Oder?«

»Ich dachte, es würde die Sache nur schlimmer machen.«

»Schlimmer für wen?«

»Für alle, okay?«

Vielleicht hatte er sogar recht. Verheiratete Exfreunde mit schwangeren Ehefrauen waren vielleicht nach der großen Trennung nicht die besten Trostspender für ihre suizidgefährdeten Geliebten im Teenageralter. Allerdings war das Ganze ein bisschen eine Grauzone.

J. J. erzählte mir, Veronicas Eltern hätten sie in eine Entzugsklinik außerhalb von Houston einweisen lassen.

»Eine Entzugsklinik?«, fragte ich. »Was für eine Art von Entzugsklinik?«

»Alkohol, Drogen und Essstörungen.«

»Was davon hat sie denn?«

»Ich weiß nicht«, sagte J. J. »Vielleicht alles.«

Wir waren noch immer nicht so ganz darauf zu sprechen gekommen, warum genau er bei mir anrief. »Was soll ich bei der ganzen Sache tun?«, fragte ich.

»Hilf ihr«, sagte er. Schlicht und einfach.

»Wie denn?«

»Ich weiß es nicht!« Seine Stimme war ein Kreischen.

Und etwas an seinem Schmerz tröstete mich. Auf seine schäbige Art und Weise schien ihm wenigstens ein bisschen an ihr gelegen zu haben.

»Ich weiß nicht, ob ich ihr helfen kann«, sagte ich. »Vielleicht ist sie schon nicht mehr zu retten.«

Und dann, gerade als ich vom Highway auf den FM 2260 einbog, fing J. J. – der egoistische, dumme, schwanzgesteuerte J. J. – zu weinen an.

Ich lauschte nur. Auf das Geräusch des FM 2260 unter meinen Reifen und das Geräusch von J. J.s Gewissen, das an die Oberfläche stieg.

Und dann war ich da.

Rancho Verde war im Grunde keine *Ranch,* sondern eher *im Ranch-Stil erbaut.* Es war ein verschachteltes Vorstadthaus auf dem Land, umgeben von hohem Gras und

Eichen, mit einem kleinen Parkplatz und einem Schild an der Eingangstür, auf dem stand: SÄMTLICHE NAHRUNGSMITTEL UND GETRÄNKE SIND IM WAGEN ZU LASSEN ODER WERDEN BESCHLAGNAHMT.

J. J. hatte mehrere Minuten lang nichts gesagt. Als ich den Wagen gerade anhielt, sagte er: »Ich weiß nicht, was ich machen soll.«

Es war an der Zeit, dass ich hineinging. Auf einmal war ich empört, als würde ich, sollte das Telefonat auch nur eine Sekunde länger dauern, das Handy mit meiner bloßen Hand zerquetschen.

»Du weißt nicht, was du machen sollst?«, sagte ich. »Im Ernst? Hier kommt ein Wink. Fang damit an, dich an ein absolutes Mindestmaß menschlichen Anstands zu halten.«

»Ich schwöre, ich habe nicht gewusst, dass sie so zartbesaitet ist, als ich sie kennengelernt habe.«

Da schaltete ich die Zündung aus und riss die Bremse hoch. »Alle Frauen sind zartbesaitet, du gottverfluchter Scheißkerl.«

9

Es war gut, dass J. J. angerufen hatte. Ich war allmählich verwirrt gewesen und hatte geglaubt, Dinge wie Küsse in Pools wären wichtig. Doch J. J.s Anruf rief mir in Erinnerung, dass derlei Dinge nicht von Bedeutung sind. Küsse in Pools, heimliche Liebschaften, Schwärmereien für Schwäger – diese Dinge taten wir nur, um uns davon abzulenken, was tatsächlich wichtig war. Dies waren die Seifenopern des Lebens, die Melodramen, die Minikrisen, die unsere Aufmerksamkeit in Beschlag nahmen, während die übrige Menschheit von Hungersnöten, Krieg und Tod heimgesucht wurde.

Ich saß eine Minute reglos im Auto und lauschte auf meinen Atem.

Im Grunde hatte ich keinen Plan, wie ich bei Veronica vorgehen sollte. Ich wusste nicht, was ich zu ihr sagen sollte, als ich hineinging und mich in das Besucherbuch eintrug. Mir schwebte vor, ihr vielleicht zu erklären zu versuchen, was für ein schlechter Mensch J. J. war. Es schien notwendig, ihr begreiflich zu machen, dass er das ganze Aufheben, das sie von ihm gemacht hatte, gar nicht wert war. Vielleicht würde ich ihr sogar erzählen, dass ich vor Jahren auch einmal mit ihm zusammen war, und mich als Beispiel anführen für eine Frau, die auch ohne ihn überlebt hatte, ja, der es prima ging – auch wenn sich darüber streiten ließ, ob es mir tatsächlich prima ging oder nicht. Ich klammerte mich an die Vorstellung, dass die Wahrheit sie befreien würde. Dass Veronica sich besser fühlen würde, wenn sie erst einmal erkannt hatte, dass er es nicht wert war – als könnte ich ihr gebrochenes Herz mit ein paar rationalen Argumenten flicken.

Mir würde schon etwas einfallen. Ich würde sagen, was auch immer mir in den Sinn käme, und dann nach Hause fahren.

Doch das war, bevor ich hineinging und sie erblickte.

Ich erkannte sie kaum wieder. Sie war nicht mehr das Mädchen, an das ich mich erinnerte. Ich hatte vor nicht allzu langer Zeit über einen Monat mit ihr verbracht und ihr unzählige Kaugummis gereicht, während ich geschäftig hin und her eilte und alles Mögliche organisierte. Ich hatte wochenlang ihre Fotos betrachtet. Selbst jetzt noch prangte ihr Dekolleté an jedem Bus der Stadt. Zumindest vage hätte sie mir bekannt vorkommen müssen.

Natürlich hatte ich nicht erwartet, dass sie sich in Rancho Verde in einem Spitzen-BH rekelte. In Gedanken hatte ich schon Anziehsachen mit eingerechnet. Aber abgesehen davon hatte ich die junge Frau aus der Kampagne erwartet. Auch wenn ich tief in meinem Innern wusste, dass die Frau aus der Kampagne gar nicht wirklich existierte. Und nie existiert hatte. Wir hatten sie erfunden. Wir erschufen sie mithilfe von Retusche, Beleuchtung und

In-Szene-Setzen, durch Styling und Bildbearbeitung. Ich hätte das besser als jeder andere wissen müssen, doch als ich Veronica in der Eingangshalle sah, stellte ich zu meinem Entsetzen fest, dass da nicht die geringste Ähnlichkeit zwischen ihr und dem BH-Model bestand. Sie waren wie zwei verschiedene Menschen. Und das *waren* sie auch.

Wie sie so mit übergeschlagenen Beinen in einem der gewaltigen Sessel saß, sah sie ungefähr so groß wie ein Sofakissen aus. Sie konnte unmöglich zwei Kilo über irgendeinem Gewichtslimit liegen. Sie musste Größe 32 haben. Oder sogar noch kleiner.

Immer noch in meiner knallpinkfarbenen Selbstverteidigungstracht lehnte ich mich über meinen Sechsmonatsbauch, um sie anzusehen. Mein Bauch fühlte sich auf einmal unanständig riesig an. »Veronica?«, sagte ich. »Erinnerst du dich noch an mich?«

Das tat sie, als sie aufblickte. »Du bist der Boss. Von Marston & Minx.«

Der Boss und die Tittenmaus. Wieder vereint.

»Stimmt.« Ich zog einen Schemel heran. »Ich bin der Boss gewesen. Wir haben diese BH-Reklame gemacht, weißt du noch?«

»Sicher.« Sie betrachtete mich eingehend. Ich hatte vielleicht den vierfachen Körperumfang von ihr. Vielleicht den fünffachen. Dann sagte sie: »Du siehst anders aus.«

Du auch, schoss es mir durch den Kopf. Doch stattdessen sagte ich: »Tja, ich bin schwanger.«

»Oh.« Sie nickte. Dann: »Die Reklame, die wir gemacht haben, ist jetzt überall.«

»Yep«, sagte ich. »Allerdings.«

»Wenn ich Leuten sage, dass das ich bin, wollen sie wissen, ob es wehgetan hat, das Brandzeichen verpasst zu bekommen.«

»Was antwortest du dann?«

»Ich sag' ihnen, dass alles gestellt ist.«

»Und was sagen sie darauf?«

»Sie wollen die Narbe sehen.«

Die Erinnerung an die Zeit der Fotoshootings schien sie eine Sekunde lang aufzuheitern, doch als sie in die Gegenwart zurückkehrte, verzog sie wieder das Gesicht.

»Ich bin nicht mehr der Boss«, sagte ich. »Man hat mich gefeuert. Jetzt wohne ich hier.«

»Tatsächlich?« Sie versuchte mitzukommen.

»Nicht hier.« Ich wies auf den Raum, für den Fall, dass das nicht klar war. »Aber hier in Texas.«

»Ist Texas nicht furchtbar?«, meinte sie. »Ich muss zehn Wochen bleiben, bevor ich nach New York zurück kann.«

Ich verstand sie. Damals wusste ich ganz genau, was dieses winzige Mädchen empfand, was es bedeutete, nach Hause zu kommen, bevor man so weit war – bevor einem das, wovor man auch immer Angst hatte, keine Angst mehr machte.

»Texas ist super«, sagte ich, um zu sehen, ob ich es ihr einreden konnte. »Du hast ja so Glück, dass du Gelegenheit hattest, nach Hause zu kommen.«

Sie bedachte mich mit einem Blick. *Ach, komm schon.*

Ich redete mit ihr, als wäre sie ein kleines Kind. Was sie ganz gewiss nicht war, wie jedes Foto bestätigen konnte, das ich je von ihr gesehen hatte. Aber was soll ich sagen? Der Schein trog. Genau deshalb verkaufte unsere Titten-

Kampagne BHs schneller, als die Läden sie in die Regale räumen konnten. Und deshalb fragten auch so viele Leute Veronica, wie es sich anfühlte, ein Brandzeichen verpasst zu bekommen.

»Woher wusstest du, dass ich hier bin?« Ihre Augen waren verschwollen, ihre Lippen aufgesprungen. Sie hatte Heftpflaster an den Händen, und ich überlegte, welche Art von Verletzung sie sich wohl zugefügt hatte.

Ich wusste nicht recht, was ich darauf antworten sollte. Ich wollte mich nicht mit J. J. in Verbindung bringen oder irgendetwas über ihn sagen, das ihn in einem besseren Licht dastehen ließ, oder auch nur seinen Namen erwähnen. In jeder Minute wurde mir klarer, wie wenig es helfen würde, über ihn zu reden. Sie wirkte viel zu labil für eine Debatte über J. J.s Unzulänglichkeiten. Mein Plan, ihr mit Argumenten zu einer besseren emotionalen Verfassung zu verhelfen, fiel in sich zusammen, und einen anderen hatte ich nicht. Ich wollte wie eine gute Fee in Erscheinung treten – geheimnisvoll, aber genau im richtigen Augenblick – und alles wiedergutmachen.

Dann sagte sie: »Hat Mr. Dynamite dich angerufen?«

Eine Sekunde lang konnte ich nur blinzeln. »Bitte sag mir, dass du ihn nicht Mr. Dynamite nennst.«

Sie sah verlegen aus, und ich fühlte mich schlecht, weil ich sie in Verlegenheit gebracht hatte.

»Er hat dir gesagt, dass du ihn so nennen sollst?«, fragte ich.

»Ich habe bloß gehört, wie Leute ihn so genannt haben.« Sie zuckte mit den Schultern. »Ich habe gedacht, es sei sein Spitzname.«

J. J. hatte mit einem Mädchen geschlafen, das ihn Mr. Dynamite nannte, und er *hatte nicht gewusst, wie zartbesaitet sie war.*

»Nennen wir ihn einfach bei seinem richtigen Namen, okay?«

»Wie heißt er denn?«

»Dick«, sagte ich. »Nennen wir ihn einfach Dick.«

Sie willigte ein.

Schließlich blieb ich, bis die Lampen zur Bettzeit blinkten, und bekam sämtlichen Klatsch über die anderen Mädchen in der Entzugsklinik erzählt. Wenn Veronica einmal loslegte, gab es kein Halten mehr. Sie berichtete mir von den aufgedunsenen Spaghetti zum Mittagessen, dem von Maschendrahtzaun umgebenen Hof für die Raucher und von der Gruppentherapeutin, die sie dazu bringen wollte, »Somewhere Over the Rainbow« zu singen.

»Du machst Witze, oder?«, fragte ich.

»Nein«, sagte sie. »Und ich bin hier erst seit zwei Tagen.«

Ich konnte nicht die Verantwortung für dieses Mädchen übernehmen. Das würde ich nicht. Obwohl mir J. J.s Worte *Hilf ihr* in den Ohren nachklangen – und obwohl Menschen wie ich zum Teil schuld daran waren, dass Mädchen wie sie an diesen Orten endeten –, fiel es mir derzeit schwer genug, selbst nicht unterzugehen. Mich auf ein Projekt wie Veronica Lockes geistige Gesundheit einzulassen war eine todsichere Methode, alle zum Kentern zu bringen.

Als ich mich wieder auf den Weg machte, war sie tatsächlich so aufgedreht, dass ich mir sogar den Gedanken erlaubte, ich müsste vielleicht gar nicht wiederkommen. Es schien Veronica viel besser zu gehen. Diese Einrichtung schien gut zu funktionieren. Und da das Gerücht umging, die Wachhunde würden jeden zerfleischen, der zu fliehen versuchte, würde Veronica bestimmt nirgendwohin gehen. Sie war, wo sie hingehörte, sagte ich mir, und nun konnte ich sie den Profis überlassen.

Und dennoch: Als Clive am Montagmorgen verkündete, er würde den Tag zu Hause arbeiten, war mein erster Gedanke, dass ich mir den Prius ausleihen könnte. Mein zweiter Gedanke war, dass er beim Müsliessen schmatzte. Und wie unattraktiv das war. Und dass er an dem Morgen irgendwie pummelig aussah, in diesem schrägen Lichteinfall – und dass er so was von offensichtlich niemand war, für den man schwärmte. Ich konnte mich bei Everett Thompson nur dafür bedanken, dass er mich wachgerüttelt hatte.

»Darf ich mir deinen Wagen ausleihen?«, fragte ich Clive.

»Sicher«, schmatzte er.

»Wofür denn?«, wollte Mackie wissen. Sie hatte den Löffel in ihrer Tasse gelassen, und jedes Mal, wenn sie einen Schluck trank, rechnete ich damit, dass er ihr ins Auge stechen würde.

»Ich muss was erledigen«, sagte ich. Zu dem Zeitpunkt, nachdem wir nun schon seit Dezember zusammenwohnten, erzählte ich ihr beinahe nichts mehr über mein Leben. In nicht mehr als einem halben Jahr war sie von einem Menschen, mit dem ich alles besprach, zu jemandem geworden, dem ich so gut wie nichts mehr von mir mitteilte. Ich war mir dessen jede Minute bewusst, die ich mit ihr verbrachte, aber ich hatte keine Ahnung, wie ich es ändern sollte. Es war einfach so.

Als ich wieder in der Rancho-Verde-Klinik eintraf, war Veronica nicht so leicht zu finden wie beim ersten Mal. Die Eingangshalle war leer, und ich musste an der Rezeption nach ihr fragen.

»Wir haben niemanden dieses Namens hier«, sagte die Empfangsdame.

»Aber sicher«, meinte ich zu ihr. »Ich habe sie gestern erst besucht.« Doch ich spürte Panik in mir aufsteigen. Hatte sie sich mit einem Kopfkissen erstickt? War sie mit Mr. Dynamite nach Mexiko durchgebrannt? Oder von den Wachhunden zerfleischt worden?

Ich deutete auf den Sessel, in dem sie tags zuvor gesessen hatte. »Ich habe genau da gesessen und habe mich über zwei Stunden mit ihr unterhalten.«

Die Empfangsdame spähte mit zusammengekniffenen Augen hinüber. Dann sagte sie: »Sie meinen April? Haben Sie sich nicht mit April unterhalten?«

»Ähm«, sagte ich. »Ich dachte, ich hätte mich mit Veronica Locke unterhalten.«

»Spindeldürres Mädchen?«, meinte die Empfangsdame. »Aufgesprungene Lippen?«

»Das ist sie.« Ich nickte.

»Tja, das ist April May Schneider.«

Die Empfangsdame sah sich in ihrem Computer Aprils Therapieplan an und schickte mich dann zu den Stallungen.

Dankbar um die laxen Sicherheitsvorschriften und die texanische Aufgeschlossenheit schenkte ich ihr ein Lächeln und sagte: »Vielen Dank, Ma'am.«

Zu den Stallungen gelangte man vom Hauptgebäude aus über einen langen Kiesweg. April und eine Gruppe anderer Mädchen machten gerade einen Einführungsrundgang, und während ich ihnen folgte, erfuhr ich, dass von ihnen allen während ihres Aufenthalts erwartet wurde, sich mit um die Tiere zu kümmern. Zu ihren Pflichten gehörten unter anderem das Ausmisten der Ställe, das Einsammeln von Eiern und das Striegeln, Melken und Füttern eines ganzen Aufklapp-Bilderbuches voller Tiere auf dem Bauernhof.

Mir gefiel die Philosophie dahinter: Es ist gut für das seelische Gleichgewicht, Zeit im Freien zu verbringen. Und der Mensch kann von Tieren viel über Würde lernen. Wenn man sich um andere kümmert, ist das genau das Gleiche, wie sich um sich selbst zu kümmern. Diese Art von Therapie erschien mir viel vernünftiger, als Judy-Garland-Lieder zu trällern.

Als die Gruppe auf den Ententeich zusteuerte, bemerkte April mich und wartete, bis ich sie eingeholt hatte.

»Hi, April.« Ich fragte mich, ob ihr der Namenswechsel auffiel.

»Hi«, sagte sie. Es fiel ihr nicht auf.

»Wo sind deine Eltern?«, fragte ich. Ich hatte damit gerechnet, sie zu sehen.

»In der Arbeit«, sagte April. »Irgendwer muss ja für den Laden hier bezahlen.«

»Was ist mit dem Geld, das du als Model verdient hast?«

»Ach, das.« Sie winkte ab. »Das habe ich alles ausgegeben.«

Der Ententeich war riesengroß und voller Welse, und wir standen am Ufer, während die Führerin den Mädchen erläuterte, dass sie gern so viele fangen, schuppen, ausnehmen und verspeisen konnten, wie sie wollten. Dann zückte die Führerin eine Angelrute und zeigte, wie man sie auswarf.

»Wie geht's dir heute?«, fragte ich April.

»Besser«, sagte sie. »Und rate mal, was?«

»Was?«

»Ich bin dem Chor beigetreten.«

»Echt?«

Sie nickte. »Wir werden jeden Abend unser Lied für eine Abschlussveranstaltung am Ende unseres Aufenthaltes einstudieren.«

»Welches Lied denn?«

»›Somewhere Over the Rainbow‹.«

Ich rührte mich nicht. »Du machst Witze, oder?«

Sie schüttelte den Kopf. Keine Witze. »Aber nicht die Version von Kermit«, sagte sie.

»Oh«, sagte ich. »Gut.«

»Möchtest du, dass ich es dir vorsinge?«

Was sollte ich dazu sagen? »Ja, gern.«

Am Welsteich, während die anderen Mädchen allmählich ihre Köder auswarfen, holte April also tief Luft, hob den Blick zu den Wolken, und dann erklang vor der Geräuschkulisse von raschelndem Gras und summenden Libellen ihre leise, klare Stimme. Die hohen Töne traf sie nicht so richtig, aber sie hielt das Ganze langsam und einfach, wobei sie statt der Wörter, die sie vergessen hatte, »la, la« sang. Falls ich erwartet hatte, dass der Text eine besondere Bedeutung für die Mädchen hier in Rancho Verde haben würde, wurde ich enttäuscht. Doch die Melodie klang wunderschön. Ich hatte sie seit Jahren nicht mehr gehört, und sie schien sich in die Luft zu erheben und um uns her zu flüstern. Ich hatte ganz vergessen, wie süß die Melodie war, und April sah wie ein Engel aus, als das einfache Lied aus ihr emporstieg. Mir traten Tränen in die Augen.

Als sie fertig war, wandte sie sich mir zu. »Was meinst du?«

Ich nickte. »Wunderschön.«

»Es ist ein gutes Lied«, sagte sie. Und dann: »Hast du mal ’nen Kaugummi?«

Ich konnte sie nicht retten. Doch in dem Moment regte sich etwas in mir, und ich musste es versuchen. »Du kannst nach der Klinik nicht zurück nach New York gehen, April«, sagte ich. »New York tut dir nicht gut.«

Sie zuckte mit den Schultern. »Ich muss zurück. Ich werde heiraten.«

Ich hatte mir vorgenommen, nie wieder mit J. J. zu reden. Doch auf der Heimfahrt rief ich bei ihm an. Im Büro.

»Hast du ihr einen Heiratsantrag gemacht?«, wollte ich wissen.

»Das war vor Monaten!«, entgegnete er, als könnte die Erinnerung an einen Heiratsantrag mit der Zeit verblassen.

»Du hast ihn nie zurückgenommen?«

»Tja, also.« Seine Tonlage wurde immer höher. »Ich habe Schluss mit ihr gemacht! Sollte das die Sache nicht abgedeckt haben?«

»J. J.«, sagte ich. »Sie ist nicht besonders klug.«

Keine Antwort.

Ich fuhr fort: »Oder ist dir das nicht aufgefallen?«

»Doof in manchen Dingen«, sagte er. »Aber überraschend genial in anderen.«

»Tja, sie glaubt, dass sie kurz davorsteht, Mrs. Dynamite zu werden«, sagte ich. »Welches von beidem ist das nun?«

An dem Punkt wurde die Verbindung getrennt.

Offensichtlich war ich zu nachsichtig mit ihm gewesen. Was um alles in der Welt hatte er sich nur dabei gedacht? Was hatte er dem armen Mädchen sonst noch versprochen? In meinem Kopf überschlugen sich die Gedanken, mit was für Dingen er sie noch gelockt haben könnte, mit möglichen Geschenken, Reisen, die er geplant haben könnte, Bewunderung, mit der er sie vielleicht überhäuft hatte – alles Wege, um sie an sich zu binden, trotz sämtlicher Gründe, ihn zu verlassen.

Als er nach einer Sekunde zurückrief, war ich so fuchsteufelswild, dass ich ohne Begrüßung loslegte. Ich nahm das Gespräch auf, wo wir stehen geblieben waren: »Und wenn du das Mädchen auch noch geschwängert hast, du kranker, erbärmlicher Hurensohn, dann such ich dich im Schlaf auf und knall dich eigenhändig ab.«

Nach einer langen Pause am anderen Ende der Leitung kam ich auf die Idee, einen Blick auf die Anruferkennung zu werfen und nach der Nummer zu sehen. Und da erblickte ich die Vorwahl von Houston.

Also sagte ich: »Hallo?«

Dann erklang jene majestätische, unverkennbare Stimme: »Hier spricht Barbara Tierney, und ich hoffe inständig, dass ich mich verwählt habe.«

Mrs. Tierney rief an, um mir eine Stelle anzubieten. Und sobald die Worte ihren Mund verlassen hatten und ohne auch nur zu fragen, worum es sich bei der Stelle handelte, sagte ich: »Ich nehme sie!« Sie hätte mich fragen können, ob ich den Boden wischen würde. Ratten fangen. Oder Toiletten schrubben. Es war mir egal.

Als sie bei mir anrief, lief gerade eine große Kampagne im Denkmalschutzverein, und sie hatte keine Zeit für Erklärungen. Während unseres kurzen Telefonats wurde sie mehrmals von Leuten unterbrochen, die rasche Antworten auf dringende Fragen benötigten. Im Hintergrund war das Läuten von Telefonen zu hören und geschäftiges Treiben. Sie fragte mich, ob ich zu einer eilig organisierten Pressekonferenz am Nachmittag kommen könnte, und ich bejahte.

Kurz vor dem Auflegen fragte ich sie, worum es eigentlich ging. Sie musste weg und legte mit den Worten auf: »Sie reißen die Bibliothek ab.«

Später beim Umziehen, als ich mir die Strumpfhose über den Bauch dehnte, fragte ich mich, um welche Bibliothek es sich wohl handelte. Houston ist eine große Stadt. Man hatte gerade vor ein paar Jahren die riesige Bibliothek im Stadtzentrum renoviert. Konnte es die sein?

Im Denkmalschutzverein herrschte hektischer Trubel – der Raum war voller Leute und Reporter, während der Kopierer auf Hochtouren lief. Auf der anderen Seite des Zimmers erblickte ich Howard Hodgeman, und er winkte mir zu, als wären wir alte Kumpel. Barbara Tierney stand auf einem Podium und probierte das Mikrofon aus. Es wimmelte von Menschen, und ich war mir nicht einmal sicher, wo ich einen Stehplatz finden würde. Ich wollte mich schon auf den Teppich knien, da sah ein Reporter mich – und meinen Leibesumfang – und überließ mir seinen Platz.

Als Barbara Tierney das Wort ergriff, trat Stille ein. Sie hatte die Art Stimme, die eigentlich kein Mikrofon benötigte, doch sie benutzte es trotzdem, was sie ein kleines bisschen wie die Stimme Gottes klingen ließ. Sie legte die Situation dar, und ich war ganz gebannt. Das waren wir alle. Ich glaube nicht, dass sich die ganze Zeit über auch nur jemand kratzte.

»Wie Sie wissen«, setzte Barbara an, »ist Houston die Großstadt mit den schwächsten Denkmalschutzgesetzen im ganzen Land. Denjenigen von uns, denen am Denkmalschutz liegt, ist schon millionenfach das Herz gebrochen worden. Ich habe eine Narbe für jedes Bauwerk, das wir verloren haben: das Shamrock Hotel, die Gulf Publishing Company, das Ashland Tea House, das Cooley House. Jeder hier kennt die Liste.«

Sie holte tief Luft.

»Gestern habe ich Neuigkeiten erfahren. Den Hintergrund kennen Sie bereits: Die Stadt hat vor, eine unserer beiden Carnegie-Bibliotheken an einen Bauunternehmer zu verkaufen und die Bücher auf andere Bibliotheken in der Stadt umzuverteilen. Der Bauunternehmer, der das Carnegie-Gebäude kaufen will, plant, es abzureißen und auf dem Grundstück ein Hochhaus zu bauen.«

Leises Gemurmel ging durch den Raum.

»Wer diese Bibliothek gesehen hat, weiß, dass es sich um ein atemberaubendes städtisches Bauwerk handelt –

ein Gebäude, dessen Schönheit nicht nur der Stadt zur Ehre gereicht, sondern dem Konzept des Bauens an sich. Es ist neunundneunzig Jahre alt. Die Bibliothek wird ständig genutzt – sie befindet sich lediglich ein paar Blocks von einer Grundschule entfernt und ist Hort eines blühenden Leselernprogramms.«

In dem Raum herrschte Schweigen.

Barbara fuhr fort: »Es war ein Überraschungsangriff. Die Pläne für den Verkauf sind so rasch aufgetaucht, dass wir nicht einmal Zeit hatten, das Gebäude in unsere Liste gefährdeter Bauwerke aufzunehmen. Doch vor zwei Tagen hat dieses außergewöhnliche Gebäude eine zweite Chance bekommen. Ein Spender hat angeboten, die halbe Geldsumme für den Kauf des Gebäudes zur Verfügung zu stellen, falls die Bürger einer Schuldverschreibung über den restlichen Verkaufspreis zustimmen. Der Stadtrat hat sich bereit erklärt, den Verkauf vorerst zu stoppen und die Schuldverschreibung bei einem Referendum im November auf den Stimmzettel zu setzen. Das Bauwerk ist ein Schatz, und wir können es retten. Doch wir müssen das Ganze publik machen und die Schuldverschreibung durchsetzen.«

Als sie fertig war und die Leute bei Kaffee und Donuts herumstanden, kam Howard auf mich zu. Bei einem herzlichen Handschlag sagte er: »Heute sind meine Taschentücher alle, Rotznase. Hoffentlich haben Sie sich im Griff.«

Bis spät am Abend blieb ich im Büro, um die Formulare auszufüllen, die sie für meine offizielle Teilzeit-Anstellung benötigten, und genoss die Aufregung. Ich saß an dem großen Tisch im Besprechungszimmer, und Howard setzte sich während einer Kaffeepause zu mir.

»Sie bekommen eine falsche Vorstellung von dem Laden hier.« Er schlürfte einen Schluck. »Es ist nie derart aufregend.«

Ich blickte nicht von meinen Formularen auf. »Nein?«

Er fuhr fort: »Größtenteils handelt es sich um Telefonate, Recherche und Gemeindeversammlungen. Und ein kleines historisches Bauwerk nach dem anderen fällt den Bulldozern zum Opfer.«

»Hört sich nach einem Traumjob an.«

»Heute schon«, sagte er. »Ich kann mich nicht daran erinnern, wann wir das letzte Mal eine so reelle Chance hatten.«

Da blickte ich auf. »Was ist eigentlich eine ›Carnegie-Bibliothek‹?«

Howard verschluckte sich an seinem Kaffee und hustete eine Weile. Dann tupfte er sich den Mund mit seinem Taschentuch ab. »Sagen Sie mir, dass Sie das eben nicht gefragt haben.«

Ich blinzelte ein wenig und äußerte vorsichtig: »Ist es wie die Carnegie Hall – bloß eben, na, Sie wissen schon, eine Bibliothek?«

Doch Howard war schon aus dem Zimmer gegangen. Seinen Becher hatte er auf dem Tisch stehen lassen.

»Howard?«, sagte ich. »Howard?«

Als er zurückkam, hatte er einen Bildband in den Händen, so dick wie ein Lexikon. »Hier«, sagte er und legte ihn auf meine Formulare. »Bilden Sie sich weiter.« Das Buch trug den Titel *Amerikas öffentliche Carnegie-Bibliotheken*.

Ich betrachtete das Buch und sagte, ohne es aufzuschlagen: »Sieht aus, als gäbe es recht viele von denen.«

Howard verdrehte die Augen, was, wie ich noch herausfinden sollte, sein Markenzeichen war. Er machte sich auf den Weg zurück in die Küche. »Ja. Recht viele.« Dann rief er: »Aber sie fallen um wie die Kegel beim Bowling.«

Ich senkte den Blick auf das gewaltige Buch voll von einer Milliarde Dinge, die ich nicht wusste, und sagte: »Ich bin ja so was von unqualifiziert für diese Stelle.«

Howard lehnte sich durch den Türrahmen zurück. »Was Sie nicht sagen!« Dann fügte er hinzu: »Aber Barbara hat Sie anscheinend schon immer gemocht und glaubt, Sie hätten *Führungspotenzial.* So viel dazu.«

»Sie ist der Boss«, sagte ich mit einem Schulterzucken.

»Ganz bestimmt.«

Die Sonne war untergegangen. Ich war fast mit meinen Formularen fertig, und es war längst Zeit zum Abendessen. Mackie hatte mir etwas selbst gemachtes Pesto aufgehoben, und ich wollte mich gerade auf den Weg machen, als Howard erneut den Kopf um die Ecke steckte. »Gehen Sie noch nicht«, sagte er. »Barbara möchte mit Ihnen sprechen.«

Den Bruchteil einer Sekunde lang hatte ich Angst, Howard hätte ihr eben erzählt, dass ich nicht wusste, was eine Carnegie-Bibliothek war – und dass sie das Stellenangebot zurücknehmen würde, bevor ich auch nur den Papierkram erledigt hatte.

Doch stattdessen erläuterte sie mir, weshalb sie mich eingestellt hatte. Wie sich herausstellte, benötigten sie Hilfe in Sachen Reklame.

»Was ich bei dem Meeting nicht erläutert habe«, setzte Barbara an, als sie sich auf Howards Platz an dem Tisch niederließ, »ist unser Plan, wie wir versuchen wollen, die Bibliothek zu retten.« Dann wiederholte sie noch einmal, dass es voll und ganz von den Wählerinnen und Wählern abhing.

»Wir haben schon die ganze Zeit über argumentiert«, sagte Barbara, »dass das Bauwerk eine unersetzliche Bereicherung des kulturellen Lebens unserer Stadt ist.« Sie hielt inne. »Aber das sagen wir über viele Bauwerke.«

In der Praxis bedeutete Barbaras Aussage, Houston sei »die Großstadt mit den schwächsten Denkmalschutzgesetzen im ganzen Land«, dass jeder so ziemlich jedes Gebäude zu jeder Zeit niederreißen konnte. Selbst berühmte, bedeutende oder sehr schöne Bauwerke. Selbst diejenigen, die, wie diese Bibliothek, im Nationalen Verzeichnis historischer Stätten als Kulturdenkmal aufgelistet waren. Um ein Bauwerk niederzureißen, setzte Barbara mir auseinander, musste man nur eine Genehmigung beantragen.

»Und wenn die Genehmigung nicht erteilt wird?«, fragte ich.

»Wenn die Genehmigung nicht erteilt wird«, erklärte mir Barbara, »wartet man einfach neunzig Tage. Und dann reißt man es trotzdem nieder.«

»Das ist legal?«

»Das ist legal.« Barbara seufzte auf, und dann sagte sie, die einzige Methode, hier in der Gegend ein Bauwerk wirklich zu retten, bestehe darin, es anzukaufen. Und dabei würde uns unser Spender helfen – und zwar für mehr als den geforderten Preis. Falls wir die Schuldverschreibung durchsetzen sollten.

»Was wird auf dem Wahlzettel stehen?«, fragte ich.

»Die Frage können wir nicht verfassen«, sagte Barbara. »Aber wir haben folgende Formulierung vorgeschlagen: ›Soll die Stadt ihre historische Carnegie-Bibliothek bewahren, indem sie einer Schuldverschreibung über Gelder zustimmt, um sie vor dem Abbruch zu retten?‹«

»Dafür würde ich stimmen«, sagte ich.

»Tun Sie das«, meinte Barbara.

Der Denkmalschutzverein wollte Folgendes von mir: Ebenjener Spender hatte Gelder für PR vorgesehen, und sie wollten, dass ich Plakatwände entwarf. »Sie müssen den geplanten Abriss der Bibliothek für uns publik machen«, sagte Barbara. »Wir wollen, dass Sie die Menschen für uns begeistern und dafür sorgen, dass sie sich in ihre Bibliothek verlieben.«

»Liebe ist nicht wirklich mein Spezialgebiet«, sagte ich.

»Aber die Werbung schon«, entgegnete Barbara.

»Ziehen Sie ihr einen BH an, wenn es sein muss!«, rief Howard aus dem anderen Zimmer.

Barbara wandte sich mir ernst zu und nickte zustimmend. »Ziehen Sie ihr einen BH an, wenn es sein muss.«

An dem Abend schleppte ich Howards Bildband mit nach Hause, legte ihn mir auf den Bauch, der sich zu einem prima Tisch entwickelt hatte, und schaute mir jede einzelne Seite an. Ich blieb bis zwei Uhr morgens auf, las, lernte und machte mir Notizen. Ich war mir nicht sicher, wen genau ich beeindrucken wollte, doch ich ließ keine einzige Seite aus. Es tat mir gut zu lesen und nachzudenken, und mein wissensdurstiges Gehirn verschlang die Wörter und Bilder, bis mir die Augen von selbst zufielen.

Als ich einschlief, hatte ich alles über Carnegie-Bibliotheken gelernt, was man nur lernen kann, wenn man nach Mitternacht wach ist: Es gab mehr als sechzehnhundert Stück in den Vereinigten Staaten in so ziemlich jedem Baustil, den man sich nur vorstellen kann – von spanischem Kolonialstil bis hin zu Beaux-Arts und Neoklassizismus –, und sie waren alle um die Jahrhundertwende zum zwanzigsten Jahrhundert erbaut worden. In den vergangenen fünfzig Jahren hatte man viele abgerissen, in Gemeindezentren umgewandelt oder bis zur Unkenntlichkeit *modernisiert*.

Das Buch war wie eine Enzyklopädie. Es führte alles auf, was über jede erbaute Bibliothek bekannt war. Obwohl die Carnegie Corporation die Grundrisse sämtlicher Bibliotheken weggeworfen hatte, waren viele genau dokumentarisch belegt und fotografiert worden. Ich sah mehr Baustile, als ich für möglich gehalten hätte, und mehr Bibliotheken, als meine Augen glauben konnten. Außer einer: In diesem erschöpfend umfassenden Buch fehlte ausgerechnet die Carnegie-Bibliothek, die wir zu retten versuchten. Das Buch führte die anderen beiden auf – diejenige, die immer noch am Heights Boulevard florierte, wie auch diejenige, die 1954 von der Stadt abgerissen wurde –, aber unser kleines gefährdetes Gebäude war vergessen worden. Ich hatte gehofft, meine neuen Kollegen mit meiner Detailkenntnis des Bauwerks zu verblüffen. Stattdessen musste ich mich mit willkürlichen Fakten über die anderen Carnegie-Bibliotheken zufrieden geben. Ich war empört, dass die Herausgeber dieses Wälzers sie übersehen hatten. Hoffentlich war das kein schlechtes Omen.

Ich erzählte Howard am Morgen davon – stolz auf mich, als hätte ich wirklich gute Detektivarbeit geleistet. Wie eine schwangere Nancy Drew.

Eigentlich hatte ich gehofft, ihn zu beeindrucken, doch er war zu beschäftigt, um sich mein neu erworbenes Wissen überhaupt anzuhören. Alle waren beschäftigt. Später fand ich heraus, dass die Mitarbeiter im Büro an einem Besichtigungstag immer ganz außer sich waren, weil sie das jeweilige Gebäude sehen würden. Besonders an diesem Morgen, weil die Bibliothek in den Medien derart viel Beachtung fand und daher – auch wenn keiner es aussprach – so viel Hoffnung gehegt wurde.

Als ich Howard sah, hielt ich das Buch mit beiden Händen hoch. »Unsere Bibliothek ist nicht hier drin.«

Er trug zwei Fotoapparate, ein Stativ, einen Laptop und einen Starbucks Venti. »Na und?«, meinte er.

»Man hat uns vergessen«, sagte ich kurz und bündig und wartete darauf, dass er mir eine Erklärung dafür geben würde. Irgendwie fühlte es sich nach einer großen Entdeckung an. Als müsste er es wenigstens als interessant einstufen.

Doch Howard verlangsamte nicht einmal seinen Schritt. Er rief die Antwort über die Schulter und ging weiter nach draußen zu seinem Wagen. »Dann haben sie eben eine ausgelassen! Es ist ja nicht das Telefonbuch.«

In Wirklichkeit war ich am Ende des Vormittags dankbar, dass ich das Gebäude zum ersten Mal nicht auf dem winzigen Bild einer Buchseite erblickte. Ich weiß selbst nicht, wie ich es geschafft hatte, in dieser Stadt aufzuwachsen und dieser Bibliothek keinen einzigen Besuch abzustatten, doch bis zu dem Vormittag, als wir sie alle gemeinsam besuchten, hatte ich sie noch nie zuvor gesehen. Und so müde ich auch nach meiner langen Nacht war, und so warm es mir auch in der Vormittagssonne wurde, werde ich doch nie den Moment vergessen, in dem ich zum allerersten Mal meinen Blick zu dem Gebäude hob.

Ich muss die Einzige in der Gruppe gewesen sein, die es noch nie zuvor gesehen hatte. Alle anderen kletterten aus unserer Wagenkolonne, schnappten sich Handys, BlackBerrys und Laptops und gingen mit gesenkten Köpfen hinein. Ich hingegen blieb mit offenem Mund auf dem Gehsteig stehen. In meiner Brust spürte ich ein Kribbeln, beinahe eine Scheu, wie es einem vielleicht ergeht, wenn man auf einer Cocktailparty unvermittelt einem Filmstar begegnet – eine Mischung aus Überraschung, Entzücken und der Befangenheit, die überwältigende Schönheit hervorruft.

Es steht außer Frage, dass die uns umgebenden Objekte einen großen Einfluss darauf ausüben, wie wir die Welt erfahren. Auf dem Deck eines Kreuzfahrtschiffes zu sitzen ist nicht das Gleiche, wie beispielsweise in der U-Bahn Platz zu nehmen. Auf einer Blumenwiese zu stehen ist etwas anderes, als in einem Amt in der Warteschlange zu stehen. Sonnenschein ist nicht Neonlicht. Drinnen ist nicht draußen. Schön ist nicht das Gleiche wie hässlich. Diese Aussagen sind nicht nur meine Meinung, sondern Tatsachen.

Ich bin mir nicht sicher, ob ich das Gebäude beschreiben kann. Ich glaube nicht, dass eine Auflistung seiner einzelnen Kennzeichen – der rote Backstein, die Balustrade, die in Kalkstein gemeißelten Figuren, das bunte Glas – ihm gerecht werden kann. Später sollte Howard es mir als neoklassizistischen Grundriss eines griechischen Kreuzes beschreiben, dessen Arme von überwölbten Seitenflügeln gebildet werden. Ich würde noch alle möglichen Wörter aufschnappen, um es zu beschreiben, wie etwa *Ziergiebel, Säulengebälk* und *Pilaster*. Aber angesichts etwas derart Solidem, Heroischem und Echtem wie diesem Bauwerk sind Wörter einfach zu wenig. Es ist, als würde man versuchen, den Parthenon zusammenzufassen. Was würde man sagen? *Er hat hohe weiße Säulen, viele Bildhauerarbeiten und ist richtig, richtig groß.*

Eines aber weiß ich: Der Anblick dieser Bibliothek raubte mir den Atem. Die Atmosphäre, die ihr Aussehen schuf: das Leuchten dieser alten, gewellten Glasscheiben in den Fenstern. Wie die Backsteine, Verzierungen und der Stein alle zusammentrafen und mehr daraus machten, als es in seinen einzelnen Bestandteilen war. Die schiere Größe, die es unglaublicherweise schaffte, einen gleichzeitig zu überwältigen und willkommen zu heißen, sich sowohl gewaltig als auch gemütlich anzufühlen, majestätisch wie auch gütig. Sie erhob sich aus dem kleinen Park von St. Augustine, der sie umgab: mit ihrem Fundament so fest auf der Erde, doch ihr achteckiges Kuppeldach und der Witwensteg streiften den Himmel.

Allerdings war sie reparaturbedürftig. Die Farbe blätterte ab, die Regenrinnen hingen durch, und eine der gewaltigen Steinkugeln, die das Dach schmückten, war heruntergefallen und lag, in zwei Teile zerbrochen, neben dem Eingang.

Es entging Howard nicht, wie ich mit offenem Mund vor mich hin staunte.

»Sie sind noch nie hier gewesen, nicht wahr?«

»Natürlich bin ich das«, log ich und reihte mich hinter ihm ein. »Es ist bloß schon so lange her, dass ich mich kaum mehr erinnern kann.«

Später würde Howard die Fotos mit mir durchgehen, die wir an dem Tag schossen, und die Bauprinzipien erklären, die das Gebäude zu dem machten, was es war. Wie die Formen und Winkel alle zusammenspielten und Beziehungen eingingen, die das Auge erfreuten und Balsam für die Seele waren; wie die Anordnung der Fenster, Säulen und Türen menschliche Urbedürfnisse nach Sicherheit, Ordnung und Verbindung widerspiegelte. Am Ende des Tages begriff ich allmählich die Psychologie der Architektur – nicht nur, dass sie schön war, sondern auch warum.

Doch in diesem Augenblick wusste ich nur, dass die Erfahrung, vor diesem prächtigen, etwas vernachlässigten Gebäude zu stehen, den Wunsch in mir weckte, ein besserer Mensch zu werden.

Drinnen versammelten wir uns um die Bibliothekarinnen, die uns entzückende kleine Eigenarten an dem Gebäude zeigten. Eine Regalwand ließ sich drehen und gab eine Geheimtür frei. In einem Wandschrank befand sich eine Treppe, die zum Witwensteg hinaufführte. Es gab eine sonnige Nische, in der laut Berichten von Kindern häufig eine lesende Geisterlady zu sehen war.

»Eine Geisterlady?«, fragte jemand.

Die Bibliotheksleiterin nickte. »Sie ist berühmt bei den Kindern, aber noch nie hat ein Erwachsener sie gesehen.«

Ich sah zu dem Fenstersitz in der Nische. Wäre ich eine Geisterlady, würde ich mich auch genau dort niederlassen.

Die Leiterin hatte siebenundzwanzig Jahre dort gearbeitet. Sie freute sich, uns alle kennenzulernen, und ganz besonders, als Howard ihr mich als *unsere Werbe-Expertin* vorstellte.

»Ihr unterliegen die Plakate«, sagte er, und die Bibliotheksleiterin hob anerkennend die Augenbrauen.

Doch ich wollte nicht *die Werbe-Expertin* sein. Dieses Leben hatte ich schließlich hinter mir gelassen und mich davon losgesagt. Ich war dabei, mich zu bessern. War ich nicht eben die ganze Nacht aufgeblieben und hatte gelesen? Versuchte ich nicht, ein besserer Mensch zu werden? In dem Augenblick überkam mich der jähe Wunsch, ihr – und allen dort – zu zeigen, dass ich dazugehörte, wenigstens ein bisschen.

Mir wurde erst bewusst, wie gestelzt meine Worte klangen, als ich mich selbst reden hörte: »Sie haben hier eine wunderschöne Carnegie-Bibliothek.«

Im Anschluss herrschte ein seltsames Schweigen. Zuerst dachte ich, dass jeder schwieg und den Kopf schüttelte angesichts meines kläglichen Versuchs, nicht wie jemand zu klingen, der tags zuvor zum allerersten Mal von Carnegie-Bibliotheken gehört hatte. Doch es stellte sich heraus, dass das Schweigen einen anderen Grund hatte.

Die Bibliothekarinnen sahen erst mich an und dann uns alle, als trauten sie ihren Ohren nicht.

»Eine Carnegie-Bibliothek?«, fragte die Leiterin. Ich stand schon kurz davor, all mein neues Wissen auszupacken und ihr einen kleinen Schnellkurs zur Geschichte ihres Gebäudes zu geben, doch da meinte sie: »Das hier ist keine Carnegie-Bibliothek.«

Ich hätte »Ist es nicht?« gesagt, wäre Howard mir nicht zuvorgekommen.

Die Bibliothekarinnen fanden es unglaublich, dass wir das nicht wussten. Waren wir denn nicht der Denkmalschutzverein? War es nicht unsere Aufgabe zu wissen, was was war? Die Menschen, die diese Bibliothek erbauten, hatten Unterstützung von Carnegie beantragt und wurden abgewiesen. Sie hatten sich eine Bühne für Theateraufführungen gewünscht, eine Art *Lyceum* (die Bibliotheksleiterin lenkte unsere Aufmerksamkeit auf die Bühne an der Vorderseite des Raumes), und Carnegie war dagegen gewesen.

»Carnegie hat Nein gesagt?«, fragte Howard.

»Carnegie hat Nein gesagt«, bestätigte die leitende Bibliothekarin.

»Sie wird als Carnegie-Bibliothek aufgeführt«, sagte Howard daraufhin.

»Tja«, sagte die leitende Bibliothekarin, »dann wird sie falsch aufgeführt.«

»Wenn Carnegie sie nicht erbaut hat«, fragte jemand anders, »wer denn dann?«

An dieser Stelle hielten die Bibliothekarinnen inne und lächelten einander auf eine Art zu, die uns ahnen ließ, dass wir gleich eine gute Geschichte zu hören bekommen würden: Ein junger Arzt aus Houston namens Emmet Frost hatte sich in eine Frau verliebt, deren Lieblingsbeschäftigung das Lesen war. Sie hieß Minnie Sadler und war ein Gründungsmitglied des viertältesten Buchklubs in Texas, der 1909 entstand.

Howard und Barbara warfen einander einen Blick zu. Es war ihnen anzusehen, dass auch ihnen das alles neu war.

Die Leiterin fuhr fort: Dr. Frost hielt um Minnies Hand an, doch sie wies ihn ab, und er verließ die Stadt mit einem gebrochenen Herzen. Binnen eines Jahres erkrankte er an Gelbfieber und legte, sich seines unmittelbar bevorstehenden Todes bewusst, in seinem Testament eine Spende von zehntausend Dollar für den Bau der Bibliothek fest. Er berief Minnie und die anderen Damen des Buchklubs in den Stiftungsrat der Bibliothek. Sie überwachten die Bauweise und Errichtung, komplett mit ihrem Lyceum und einem besonderen Zimmer für ihren Buchklub. Es gab eine alte Geschichte, dass Dr. Frost dem Maurer per Post den Verlobungsring, den er Minnie gekauft hatte, zuschickte und dieser ihn irgendwo im Mörtel des Bauwerks verbergen sollte. Doch es gab auch eine andere Version, in der der Maurer den Ring stattdessen seiner eigenen Liebsten gab. Niemand konnte sagen, welche Überlieferung stimmte.

»Dr. Frost starb liebeskrank im Jahre 1910, mit dem Bau wurde 1911 begonnen, und Minnie heiratete zwei Jahre später einen anderen Mann«, sagte die Bibliothekarin. »Aber Andrew Carnegie hatte nicht das Geringste mit dem Ganzen zu tun.«

Nachdem wir wieder ins Büro zurückgekehrt waren und für alle vietnamesische Sandwiches mitgebracht hatten, fragte ich Howard wegen seiner Berufswahl regelrecht Löcher in den Bauch.

Es fing ganz einfach an. Ich wollte wissen, wie er ausgerechnet auf Houston verfallen war, um seine Arbeit zu tun. »Das wirkt wie eine todsichere Methode, um enttäuscht zu werden.«

»Es ist eine harte Stadt, was den Denkmalschutz betrifft«, sagte Howard. Dann hielt er sein Sandwich in die Höhe. »Aber sie ist toll, was Restaurants betrifft.«

Wir redeten darüber, dass Houston immer so auf Fortschritt und die Zukunft fixiert war, dass es sich oft nicht umsah und zu schätzen wusste, was es bereits vorzuweisen hatte. »Wir wollen immer die nächste große Erneuerung«, sagte Howard. »Wenn ein Bauwerk Beaux-Arts ist, dann wollen wir Art déco. Wenn es déco ist, wollen wir die Moderne. Wenn es modernistisch ist, wollen wir irgendein grässliches Bürohaus aus den frühen Achtzigern. Neuer gilt hier immer als besser. Selbst wenn es nicht so ist.«

»Ich verstehe«, sagte ich, während Howard aufstand, um eine frische Kanne Kaffee zu kochen. Meine Heimatstadt hatte viele tolle Eigenschaften. Es war eine heiße, freundliche, hilfsbereite Stadt voll von Energie und Wolkenkratzern und preiswertem, köstlichem Essen. Ich war vernünftig genug, um das nicht als selbstverständlich hinzunehmen. Doch es ist genauso einfach, Kritik an der eigenen Heimatstadt zu üben, wie an sich selbst. Sie ist ein Teil von einem, also muss man manchmal damit hadern. Man muss sich selbst und seiner Heimatstadt einen Schubs geben, damit sie besser werden. Man liebt seine Heimatstadt und hasst sie gleichzeitig für genau die gleichen Dinge.

Wie sich herausstellte, war auch Howard hier aufgewachsen – und er behauptete, es gäbe keine andere Stadt, in der er wohnen wollte. Außer vielleicht in New York.

Ich verspürte ein nostalgisches Kribbeln bei dem Gedanken an mein altes Leben. *New York,* wiederholte ich mit einem Nicken, als wir der Stadt zu Ehren eine Weile schwiegen. Ja, in dem Augenblick kam Sehnsucht in mir auf und schäumte geradezu über. Ich fragte mich, warum ich je von dort weggezogen war.

Doch Howard rettete mich. »Ich vergöttere Houston«, sagte er mit der Überzeugung, die ich benötigte, um mich wieder nach Hause lotsen zu lassen. »Allein schon wegen des Tex-Mex-Essens würde ich für immer hierbleiben.«

Wir waren einer Meinung. Eine tolle und zugleich frustrierende Stadt. Und unsere Aufgabe bei unserer Arbeit bestand darin, so lange an ihr herumzunörgeln, bis sie die beste Version ihrer selbst wurde – was im Grunde ein Liebesbeweis war, wenn man es sich recht überlegte. Unter anderem.

Und dann fragte ich ihn überraschend: »Was hat es eigentlich für einen Sinn, alte Bauwerke zu retten?«

Ich wollte bloß Konversation betreiben. Doch Howard kniff die Augen zusammen und schob seine Brille ein wenig hoch. »Haben wir Sie wirklich eingestellt?«

Ich beobachtete ihn. »Ja.«

»Wenn Sie erst fragen müssen« – seine Stimme klang gedämpft durch seine Hände – »werden Sie es nicht kapieren.«

»Ich kapiere es längst«, sagte ich. »Aber ich möchte Ihre Meinung dazu hören.«

Howard setzte die Brille ab. Es war ein langer Tag. Wir hatten den ganzen Nachmittag daran gearbeitet, die Notlage der Bibliothek publik zu machen. Die Aufregung, die schon vor dem Besuch des Gebäudes geherrscht hatte, hatte noch zugenommen, als wir die Bibliothek tatsächlich gesehen und die Wahrheit darüber erfahren hatten, wer sie erbaut hatte. Ja, es war peinlich, dass wir die Geschichte um Emmet Frost nicht gekannt hatten, da es unsere Aufgabe war, derlei Dinge zu wissen. Allerdings war es auch aufregend, eine derart tolle Geschichte im Hintergrund zu haben. Wir verschickten bereits Pressemitteilungen mit der Überschrift *Bibliothek der Liebe.* Andrew Carnegie hatte viele Städte mit vielen Bibliotheken versorgt – an sich schon unglaublich. Doch Emmet Frost hatte nur eine einzige erbaut. Und zwar für das Mädchen, das er liebte.

Howard rieb sich die Augen. Wir würden mindestens bis Mitternacht hier sein. »Sie möchten wissen, warum wir diese Bauwerke retten sollen?«, fragte er. Dann sah er mich an. »Weil sie schön sind.«

»Alle?«, fragte ich.

»Alle«, sagte er. »Per definitionem.«

Sogar die heruntergekommenen, fuhr er fort. Auch diejenigen, bei denen Fensterläden fehlten, mit einem Termitenproblem oder einsackenden Dächern. Sogar – Gott behüte – diejenigen, die man in den Sechzigerjahren *modernisiert, auf den neuesten Stand gebracht* und *verbessert* hatte.

»Warum?«, fragte ich.

»Weil diese Gebäude mit Sorgfalt erbaut worden sind«, meinte er. »Man wusste damals gar nicht, wie man sonst bauen sollte. Man benutzte für diese Bauwerke Materialien aus der Natur statt einer Beleidigung aus Plastik, Fiberglas, Aluminium und Asbest. Damals wurden Dinge von Dauer und zu Ehren ihrer Umgebung erbaut – der Straße, des Platzes, der Stadt.«

»Wollen Sie damit sagen, dass das Leben damals besser war?«

»Die Architektur war damals besser«, sagte er. »Was den Rest anbelangt, habe ich mich noch zu keiner Entscheidung durchringen können.«

Später erfuhr ich, dass Howard mit seinem Partner Terry in einem kleinen Bungalow im Craftsman-Stil wohnte, den sie Zentimeter für Zentimeter restauriert hatten. Das Haus selbst stammte bis hin zu den Haushaltswaren aus dem Jahre 1915, doch die restliche Einrichtung war ein wunderliches Potpourri aus gestrichenen und neu bezogenen Fundstücken, viele von ihnen auch klassisch modern: Es war ein sparsamer, cooler, völlig eklektischer Look. Howard bewahrte gern Dinge auf und rettete sie gern. Er fand Schätze inmitten von Schund, und ihm schwebte vor, das Beste jeder Ära zu schützen und zu bewahren. Auch Modernes mochte er – wenn es gut gemacht war.

»Was mir am Herzen liegt«, sagte Howard, »ist Qualität. Was bedeutet schon ein großer Kasten von Geschäft mit einem Riesenparkplatz vor dem Eingang? So etwas macht jegliche menschliche Erfahrung zunichte, es bleibt das pure Shopping.«

Howard lag die Psychologie der Welt um uns her am Herzen. Er glaubte, dass Menschen glücklicher waren, wenn sie von Schönem umgeben waren. Oder zumindest, dass Menschen ohne schöne Dinge in ihrem Leben nicht glücklich sein konnten. Er wollte gute Design-Prinzipien auf das ganze Land anwenden.

»Wenn unsere Städte ihr Potenzial erfüllen würden«, meinte Howard mit Nachdruck, »könnten wir die Gelder, die dieses Land für Antidepressiva ausgibt, um die Hälfte reduzieren.«

Dann nannte Howard mir ein paar Websites, die ich mir ansehen sollte und die voller historischer Fotos von zerstörten örtlichen Bauwerken waren. »Sehen Sie sich die an«, sagte Howard. »Und versuchen Sie sich vorzustellen, wie wunderbar unsere Stadt wäre, wenn wir uns um diese Bauwerke gekümmert hätten. Sie wäre unbeschreiblich. Es gäbe unglaublich viel Schönes.«

10

Und so kam ich auf die Idee für die Plakate.

Ich las mich ein in die Geschichte der Architektur, von Bibliotheken und von Houston. Im Büro des Denkmalschutzvereins stellten sie mir einen Schreibtisch zur Verfügung, doch ich verbrachte auch viel Zeit in der Frost-Bibliothek selbst. Teils weil es dort Bücher, alte Fotografien und kluge Bibliothekarinnen gab, die mir gern weiterhalfen. Teils auch, weil es einfach ein schöner Aufenthaltsort war. Selbst wenn ein paar größere Reparaturen – sagen wir einmal – aufgeschoben waren, fühlte sich das Gebäude immer noch gut an: die hohen Fenster, vor denen draußen die Blätter rauschten, das warme Gelb an den Wänden, die Torbogen, die satte Farbe der Holzböden, die Bücher.

Ich besuchte sie außerdem, weil ich ein bisschen hoffte, einen Blick auf die Geisterlady zu erhaschen. Ein Teil von mir wollte wirklich glauben, dass die Vergangenheit als Echo bis in die Gegenwart widerhallen konnte.

War ich zu dem Zeitpunkt immer noch schwanger? Ja, ganz offensichtlich. Hatte sich mein Körper in einen gewaltigen fleischfarbenen Wasserball verwandelt? Keine Frage. Und hatte ich aufgehört, in Spiegel zu schauen oder einen Blick an mir herunter zu werfen? Auf alle Fälle! Mit sieben Monaten war ich zu einer schwankenden Stehauffigur geworden, und um nicht den Verstand zu verlieren, ignorierte ich die Situation vollständig.

Außer natürlich, wenn die Babys um sich traten oder Schluckauf bekamen. Oder ich mich im Bett nicht auf die andere Seite rollen konnte. Oder wenn ich die Ultraschallbilder sah, die am Kühlschrank klebten. Je schwangerer ich wurde, desto schwerer fiel es mir, die Situation als etwas Vorübergehendes zu betrachten. Der dicke Bauch beeinträchtigte jeden Moment, den ich im wachen Zustand verbrachte, und selbst wenn ich den Kampf gewann, während ich so tat, als wäre der Bauch nicht vorhanden, war ich doch immer noch am Kämpfen.

Man könnte meinen, dass ich ein bisschen über die Situation gestaunt hätte. Vielleicht hätte ich das auch getan, wäre es meine Schwangerschaft gewesen. Stattdessen fiel ich aus allen Wolken, dass man, wenn man jemandem seinen Körper ausleiht, auch noch seine Gedanken und sein Herz mit dreingeben muss. Und ich wartete darauf, dass ich sie alle wieder zurückbekam. Mit warten meine ich: Ich zählte die Tage – und manchmal die Stunden – bis zu dem Kaiserschnitttermin. Bis dahin hieß es, über absolut alles andere nachzudenken.

Beispielsweise über die Bibliothek. Mir blieben zwei Wochen, um mir etwas einfallen zu lassen, an einem Entwurf zu basteln und ihn dann in die Herstellung zu geben. Es herrschte ein gewisser Druck, doch ich ließ mir Zeit.

Etwa eine Woche hing ich einfach meinen Gedanken nach und absolvierte meine tägliche Routine: Vormittags war ich im Büro des Denkmalschutzvereins, wo ich Howard Kaffee kochte und einen Stapel grundlegender Lektüre durchging, den er mir auf den Schreibtisch gelegt hatte; die Mittagszeit und noch ein bisschen danach verbrachte ich in der Bibliothek, um Recherchen zu betreiben und die Atmosphäre auf mich wirken zu lassen; und nachmittags absolvierte ich meine mittlerweile täglichen Besuche in der Rancho-Verde-Klinik. Ich wartete darauf, dass mir etwas Geniales einfiel, und hielt es für das Beste, auf Trab zu bleiben.

Ich hatte nicht vorgehabt, April jeden Tag zu besuchen, aber ich tat es. Wenn ich zur rechten Zeit losfuhr, dauerte die einfache Fahrt nur vierzig Minuten. Ich hatte das Gefühl, dass sonst niemand sie besuchte. Außerdem war es eine Erleichterung, irgendwohin fahren zu können. Ich war wahnsinnig gern dort draußen auf der Rancho. Ich wäre am liebsten selbst dort eingezogen.

Das Auto, mit dem ich schließlich fuhr, war der zwanzig Jahre alte Volvo, den mein Dad meiner Mom gekauft hatte. Mir war aufgefallen, dass er ihn nicht wirklich brauchte, weil er mit dem Fahrrad in die Arbeit fuhr. Dixie erledigte mittlerweile die Einkäufe, und der Volvo stand fast nur in der Garage.

»Dad?«, hatte ich ihn eines Abends am Telefon gefragt. »Kann ich mir während meines Aufenthalts hier deinen Volvo ausleihen?«

»Sicher!«, sagte er ein wenig zerstreut. »Selbstverständlich.« Dann dachte er doch darüber nach und fügte hinzu: »Wozu eigentlich?«

Also erzählte ich ihm von der Rancho, wobei ich es ein bisschen weniger weit weg klingen ließ, als es tatsächlich war. »Ich habe das Gefühl, dass ich dieses Mädchen besuchen muss, Dad«, schloss ich. »Ich fühle mich für ihre Schwierigkeiten verantwortlich.«

»Du bist doch nicht für ihre Schwierigkeiten verantwortlich!«, sagte mein Dad. »Das ist ja verrückt!«

»Dixie sagt, wenn wir anderen Trost spenden, spenden wir uns selbst Trost.«

»Sie ist eine kluge Frau«, stellte mein Dad fest. Und dann fügte er nachträglich hinzu: »Brauchst du denn Trost?«

»Braucht das nicht jeder?«

Er überlegte eine Minute lang. »Deine Besuche können wohl nicht schaden.« Ich wusste, dass er sich über den Bart strich. »Der Volvo ist für sein Alter noch ziemlich gut in Schuss. Außer dass *Willie Nelson's Greatest Hits* im Kassettendeck festklemmen.«

»Lässt sich die Kassette noch abspielen?«

»Ich schaffe es gar nicht, sie abzustellen«, sagte er.

»Danke, Dad.«

»Natürlich fände ich es schlimm, wenn du eine Panne haben solltest. Oder die Wehen einsetzen.«

»Ich bin mir sicher, dass es keine Probleme geben wird«, sagte ich – auch wenn das nicht ganz stimmte.

»Weißt du was?«, meinte er da. »Ich komme mit.«

»Du kommst mit?«, fragte ich. »Was? Du meinst, jeden Nachmittag?«

»Sicher!«, sagte er. »Warum nicht?«

Mir fielen etliche Gründe ein, warum nicht. »Und was ist mit deinem Unterricht?«

»Das geht in Ordnung«, sagte er. »Dafür sind Hilfskräfte da.«

»Bekommst du keinen Ärger?«

»Was können sie mir schon anhaben?«, fragte mein Dad. »Ich habe eine feste Stelle.« Und nach einer Pause: »Glaub mir, wenn es einen Weg gäbe, gefeuert zu werden, hätte ich ihn längst gefunden.«

Ich wusste nicht, was ich darauf antworten sollte.

Dann drängte er weiter: »Und wenn der Wagen auf dem Highway liegen bleibt?«

»Dad! Du weißt doch gar nicht, wie man ein Auto repariert.«

»Ich kann ganz bestimmt den Automobil-Club anrufen«, sagte er.

»Das kann ich auch.«

»Es ist nicht sicher«, beharrte mein Dad, »wenn eine schwangere Frau alleine unterwegs ist.«

»Du vergisst, dass ich an Dixies Kurs teilgenommen habe.«

Da hielt er inne. »Sie ist wirklich 'ne Nummer, was?«

Ich summte zustimmend. Das war sie zweifellos.

»Okay«, räumte ich endlich ein. »Wenn du mitkommen möchtest. Ich hätte dich wahnsinnig gern dabei.«

»Gut«, sagte mein Dad.

Woraufhin ich erwiderte: »Klasse.«

Und zum Teil war es das wirklich. Auch wenn ich mir im Grunde genommen nicht vorstellen konnte, die ganze Zeit im Auto mit meinem Dad zu verbringen. Ich hatte keine Ahnung, worüber in aller Welt wir uns unterhalten sollten.

Doch wie sich herausstellte, unterhielten wir uns über gar nichts. Wir sangen nur beide bei Willie Nelson mit. Mein Dad kannte jedes einzelne Wort von jedem einzelnen Song – und er hatte eine ziemlich gute Stimme. Nicht nur das, er fand sogar die passenden Harmonien zu den Melodien.

»Vielleicht sollte ich mit dem Banjospielen anfangen«, sagte er einmal an einer Ampel.

»Dad«, erwiderte ich, »das solltest du auf jeden Fall!«

Es funktionierte. Mein Dad las gern, und sobald wir eintrafen, besetzte er einen Stuhl unter dem Pekannussbaum. Ich wollte April zeigen, dass das Leben viele wichtige Dinge zu bieten hatte, abgesehen von Dates mit Leuten wie J. J. Ich brachte ihr immer etwas mit – ein Kreuzworträtselheft, eine Ausgabe von *Betty und ihre Schwestern* oder einen Zeitungsausschnitt – und saß stundenlang mit ihr auf der Veranda und versuchte, sie geistig anzuregen. Sie dazu zu bringen, ihren Horizont zu erweitern. Ein ausgefülltes Leben hatte so viele Komponenten. Die Liebe war eine, sicher. Aber auch Freundschaft, und anderen zu helfen. Ebenso Spaziergänge, Gesang und sich Gedanken über Dinge zu machen. Ich wollte sie überzeugen, dass ihr eine echte Liebe, eine bessere Liebe, zuteilwerden würde, wenn sie einen anderen – irgendeinen anderen – Teil ihres Lebens bereicherte. Ich wollte ihr klarmachen, dass wir manche Dinge nur finden, wenn wir nicht danach suchen.

»Du meinst so was wie ein Hobby?«, fragte April.

»Ja!«, sagte ich. »Hast du irgendwelche Hobbys?«

»Ich lese gern Modezeitschriften.«

»Das ist gut«, sagte ich heftig nickend. »Und jetzt lass uns eines finden, bei dem du etwas herstellst. Oder tust. Oder lernst.«

Die Worte waren gemein. Was bildete ich mir überhaupt ein? Vor nur wenigen Monaten war ich selbst komplett gedankenlos und egozentrisch gewesen, und meine eigene Transformation war noch lange nicht zu Ende. Sie hatte mich nicht darum gebeten, sie besuchen zu kommen. Was hatte es für einen Sinn, die lange Fahrt wieder und wieder auf mich zu nehmen, wenn kein Mitgefühl im Spiel war?

In Wirklichkeit nahm ich es April übel, dass sie nicht Mackie war. Ich war frustriert, weil sie nicht ganz an den leeren Fleck in meinem Herzen passte, an dem sich sonst immer meine Freundschaft mit Mackie befunden hatte. April bat mich nie um meine Besuche, und es ist komisch, an all die Stunden zurückzudenken, die sie mich auf der Veranda erduldete. Ich hielt ihr Vorträge über die Erderwärmung, gab ihr eine kleine Einführung in den Feminismus, beichtete meine Angst vor Spinnen, schwärmte von dem Vergnügen, Lyrik zu lesen, und erläuterte ihr Schritt für Schritt, wie man eine Quiche machte. Manchmal, wenn eine Pause entstand, konnte ich genau hören, was Mackie gesagt hätte, wenn sie da gewesen wäre.

Doch was ich größtenteils von April zu hören bekam, war *oh* und *wow*. Manchmal schlief sie auch ein.

Wann immer ich konnte, ließ ich Anti-J. J.-Propaganda in das Gespräch einfließen. Zuerst versuchte ich, subtil vorzugehen, doch das schien nicht zu fruchten. Schließlich verfiel ich darauf, einfach willkürlich Beleidigungen wie beispielsweise: »Er ist echt mies im Bett, nicht wahr?« einzuwerfen, wann immer sein Name fiel.

Auf jene Bemerkung hin hatte April mit den Schultern gezuckt. »Ich weiß nicht.«

War es möglich, dass er besser geworden war?

Doch sie fuhr fort: »Ich hab nicht wirklich viel mit Sex am Hut.«

Und ich sagte: »Mir fallen etwa zweitausend Linienbusse ein, die da vielleicht anderer Ansicht wären.«

»Oh«, sagte sie. »Ich sehe sexy aus, aber ich fühle mich nicht sexy.«

Es hätte mich eigentlich nicht überraschen sollen, aber das tat es doch. »Du magst Sex nicht?«

Sie schüttelte den Kopf.

»Hat es dir je gefallen?«

»Nie«, sagte sie. »Noch kein einziges Mal.«

»Manchmal kann es nämlich Spaß machen.« Dann musste ich klarstellen: »Allerdings nie und nimmer mit Mr. Dick Dynamite.«

Sie zuckte mit den Schultern. Schließlich sagte sie: »Aber ich gehe gern einkaufen! Er hat mich die ganze Zeit zum Einkaufen mitgenommen.«

»Sicher.« Ich wollte sie bestätigen. »Einkaufen ist super!« Und dann fragte ich, wobei ich die Frage schon bereute, während ich sie stellte: »Was hat er dir denn gekauft?«

»Hauptsächlich BHs«, antwortete sie. »Ich muss hundert BHs haben.«

Manchmal fällt es mir schwer, mich daran zu erinnern, warum genau ich Mackie mied. Offensichtlich war etwas zwischen uns getreten – etwas, sagen wir mal, von der Größe eines Basketballs. Doch es lag ganz und gar an mir. Mackie fragte mich immer wieder, ob ich mit ihr zusammen zum Einkaufen fahren würde, doch ich sagte, ich wäre zu müde. Sie wollte auch im Büro des Denkmalschutzvereins vorbeischauen und sich ansehen, wo ich arbeitete, doch ich gab vor, ich hätte zu viel zu tun. Sie erkundigte sich nach meiner neuen Stelle, doch ich hatte keine Lust, mit ihr zu reden. Stattdessen sprach ich mit April.

Eines Nachmittags erzählte ich April, während ich eine Flasche Wasser auf meinem Bauch balancierte, die Geschichte von Emmet und Minnie.

»Das ist ja so traurig«, sagte sie zum Schluss. »Allerdings bloß gut, dass sie ihn nicht geheiratet hat – wo er doch kurz darauf gestorben ist.«

Dann erzählte ich ihr von der Rettungsaktion für die Bibliothek. Ich versuchte, sie für die Sache zu begeistern. Mir Sorgen um etwas anderes als nur mich selbst machen zu können, hatte bei mir Wunder bewirkt, und ich wollte April einen ähnlichen Ansporn geben. »Es ist das schönste Bauwerk in Houston!«, sagte ich. »Und sie werden es abreißen! Es sei denn, ich kann jeden Einwohner der Stadt dazu überreden, es zu retten!«

April hatte sich eben die Zehennägel lackiert und pustete jetzt darauf. »Aber wenn das Gebäude alt ist«, meinte sie, »ist es vielleicht an der Zeit für ein neues.«

»Aber ein neues könnte niemals genauso gut sein!«,

sagte ich. »Dieses Holz gibt es nicht mehr, und die Art von Glas wird gar nicht mehr hergestellt. Maurer verfügen nicht mehr über die gleichen Fertigkeiten, und Steinmetze auch nicht. Außerdem könnte man sich ein solches Bauwerk heutzutage gar nicht mehr leisten. Der ganze Stein? Das Schieferdach? Die kupfernen Regenrinnen? Vergiss es! Heutzutage ist alles aus Plastik, Spanplatten und jungem Kiefernholz. Diese alten Häuser wurden für die Ewigkeit erbaut.«

»Bis jemand sie abreißt«, versetzte April.

Wie sich herausstellte, war April kein Fan alter Dinge. Sie zählte etliche alte Dinge auf, die sie nicht mochte, einschließlich der Turnhalle bei ihrer Kirche, die »nach Fisch stank«, der Songs von Captain & Tennille, die ihre Eltern ständig spielten, und ihres Großvaters.

Es wurmte mich, dass sie so gar keinen Sinn für Geschichte zu haben schien, also holte ich einen Stapel von Howards Büchern aus dem Kofferraum des Volvo, um sie ihr zu zeigen. April saß ganz still an einem Picknicktisch, während ich Howards Lieblingsbuch durchblätterte, eine Sammlung von Vorher-Nachher-Fotografien der herrschaftlichen Häuser, die früher einmal die Straßen der Innenstadt gesäumt hatten. April trug eine Sonnenbrille, und ich war mir nicht einmal sicher, dass sie überhaupt hinsah, aber ich pochte trotzdem mit den Fingern auf die Seiten und brachte mein Argument wieder und wieder an. *Das Lucas-Haus! Erbaut: 1905. Abgerissen: 1961. Das Sweeney-Haus! Erbaut: 1903. Abgerissen: 1968. Das Carter-Haus! Erbaut: 1889. Abgerissen: 1965.* Seitenweise herrschaftliche Häuser, Schlösschen und Burgen mit Türmen, Steinmetzarbeiten, überladenen Verzierungen und voll grandioser Pracht. All diese Häuser waren so viel verschnörkelter und kunstvoller gearbeitet und ausgefallener als alles, was es heute gab. Und beinahe alle, eines nach dem anderen, wurden abgerissen für Tankstellen, kleine Lagerhäuser und Parkplätze.

Auf der Rückfahrt, während mein Dad den Arm aus dem Fenster hängen ließ, spürte ich einen Kloß im Hals. Ich hatte versucht, April Häuser und Gärten zu zeigen, doch auf den Bildern waren auch Menschen zu sehen. Kinder in weißen Kleidern mit riesigen Schleifen. Mütter auf Veranden mit Babys im Arm. Eine Geburtstagsfeier. All diese Menschen, die einmal lebten und mit der Zeit vergessen wurden. Sie lebten und starben. Sie wurden erbaut und abgerissen. Es gab sie nicht mehr. Die Häuser waren tot, und die Menschen auch. Ich wollte sie alle retten und zurückbringen.

Und dort im Volvo, während mein Dad »To All The Girls I've Loved Before« schmetterte, kam mir meine geniale Idee zur Rettung der Bibliothek. Sie würde super funktionieren. Wenn unser Spender ein bisschen mehr Geld springen ließ.

Er tat es. Oder sie. Wer auch immer es war – manche Kollegen spekulierten, dass es Barbara selbst war, auch wenn wir es niemals herausfanden –, billigte die ganze Idee: Ich wollte Reklametafeln aufstellen entlang der drei wichtigsten Freeways, die in die Stadt führten. Es waren jeweils vier Plakatwände hintereinander, wobei die ersten drei Plakate gleich gestaltet waren: Sie zeigten ein Foto von einem der prächtigen Herrenhäuser, und darunter stand der Text ERBAUT: 1889. Daneben war eine Abbildung dessen, was jetzt dort stand – beispielsweise ein Motel oder ein Donut-Laden – mit der Bildunterschrift ABGERISSEN: 1950. Oder wann auch immer. Dann kam die vierte Plakatwand mit einem wunderschönen Bild der Bibliothek, und darunter stand ERBAUT: 1911. Doch daneben sah man statt eines Donut-Ladens ein großes Herz, in dem geschrieben stand: RETTEN SIE SIE! Und darunter STIMMEN SIE FÜR DEN ERHALT DER BIBLIOTHEK DER LIEBE!

Wir verwirklichten die gesamte Idee. Ich entwarf die Plakate an meinem Laptop und organisierte das Ganze. Selbst Howard fand es klasse und sah sich gezwungen, seine Meinung von mir zu revidieren. Und nachdem die Plakatwände standen, machten sie Schlagzeilen. Die Leute erkundigten sich danach und schrieben in ihren Blogs darüber. Der *Chronicle* brachte ein Feature im Regionalteil. Die örtlichen Fernsehsender machten Reportagen über die Aktion. Und jemand – noch nicht einmal wir – druckte Autoaufkleber mit der Aufschrift: RETTET DIE LIEBE! RETTET DIE BIBLIOTHEK! Das machten wir sofort nach. Wir bedruckten T-Shirts, die ein lokaler Radiosender verschenkte. Unsere Idee schien zu funktionieren, und überall in der Stadt tauchten Autoaufkleber auf. Es war einfach spitze.

Und so verbrachte ich das letzte Drittel meiner Schwangerschaft, indem ich leidenschaftlich an meinen beiden Rettungsaktionen arbeitete und all meine Sorgen und meinen Kummer auf Situationen konzentrierte, die größtenteils außerhalb meiner Kontrolle lagen. Ich war nicht nur auf eines, sondern auf zwei aufreibende Projekte gestoßen. Sie lenkten mich ab und hielten mich auf Trab, was Mackie allerdings ziemlich gegen den Strich ging.

Außerdem hatte ich mittlerweile wöchentlich Termine bei Dr. Penthouse, vor denen mir graute. Mackie führte Tabellen über mein Gewicht, meinen Blutdruck und meine Urinwerte. Nach jeder Untersuchung fragte mich Dr. Penthouse: »Haben Sie Fragen?«

Und ich schüttelte den Kopf. »Nein.«

Danach wandte sie sich regelmäßig an Mackie. »Und Sie?«

Mackie zückte dann einen Ausdruck voller Fragen. In nummerierter Reihenfolge.

Mackie hatte sämtliche Termine in ihrem Kalender und plante ihre Arbeit dementsprechend. Sie fuhr uns hin, und ich drehte die Stereoanlage auf, damit wir uns nicht unterhalten mussten.

»Du brauchst nicht zu jedem Termin mitzukommen«, sagte ich einmal, als sei sie viel zu beschäftigt und hätte vielleicht gern einen Vorwand, nicht mitzufahren.

Doch ich war es, die gern einen Vorwand gehabt hätte, nicht hinzufahren. Jede Woche wirkte übertrieben. Die Ärzte schienen sich so sicher zu sein, dass etwas mit den Babys schiefgehen würde. Doch ihnen fehlte nichts. Es ging ihnen gut. Mir ging es gut. Alles war gut. Entgegen meinem sonstigen Hang zur Panikmache schien es mir, als wäre es keinem von uns zuträglich, wenn wir ständig unter Katastrophenalarm standen. Das konnte leicht zu einer sich selbst erfüllenden Prophezeiung werden.

Mackie sah es als ein Problem meiner Einstellung – als sei es mir egal und als würde ich mich nicht richtig ins Zeug legen. Einmal murmelte sie auf der Heimfahrt: »Bloß weil es nicht deine Babys sind, heißt das nicht, dass du dir keine Mühe geben sollst.«

Doch das war das Beste an dieser Schwangerschaft. Ich musste mir keine Mühe geben. Wenn es mich obendrein noch Anstrengung gekostet hätte, hätte ich auf halbem Wege aufgegeben. Ganz ehrlich.

Es trieb Mackie in den Wahnsinn, dass ich, die Königin aller Hypochonder, mir keine Sorgen machte. Doch ich hatte nur bei eingebildeten Dingen Angst. Diese Schwangerschaft war real. Ich konnte sie spüren. Ich lebte sie und hatte einfach das Gefühl, dass da drinnen alles in Ordnung war.

Also machte Mackie sich an meiner Stelle Sorgen. Und wenn ich nun Präeklampsie bekam? Toxoplasmose? Einen Schlaganfall? Und wenn eines der Babys nicht richtig wuchs? Oder starb? Oder sie zu früh kamen? Es gab eine Million Dinge, die schiefgehen konnten, und Mackie hatte über alle etwas gelesen. Sie druckte mir Artikel dazu aus und legte sie in einem Stapel auf meinen Nachttisch.

Es war der totale Rollentausch. Ich war diejenige, die schwanger war, aber sie machte sich verrückt deswegen.

Die Artikel blieben ungelesen. Anfangs gab ich mir noch Mühe, doch mittlerweile rührte ich sie nicht einmal mehr an. Ich möchte nicht sagen, dass mir die Schwangerschaft egal war. Sie lag mir am Herzen, und ich wollte, dass alles gut ging. Ich interessierte mich schon für die Veränderungen in meinem Körper und die kleinen Menschlein, die darin Purzelbäume schlugen. Theoretisch war das Ganze richtig cool.

Doch in der Realität gewann es die Oberhand über mein Leben. Je größer mein Bauch wurde, desto mehr versuchte ich, ihn zu ignorieren. Obwohl ich mir nicht mehr die Schuhe zubinden konnte. Ich hatte achtzehn Kilo zugenommen, und mein Gesicht sah aus wie eine Flunder. Bei der Wahl von Parkplätzen musste ich sorgfältig vorgehen, weil es schon passiert war, dass ich buchstäblich nicht aus dem Wagen kam. Ich hatte ja keine Ahnung, wie voll und ganz dieses Projekt jeden Zentimeter meines Daseins verschlingen würde, und meine Selbstverteidigungstaktik bestand darin, so zu tun, als fände das Ganze einfach nicht statt.

Dadurch stand ich im Widerspruch zu all den entzückten und faszinierten Menschen in meinem Leben. Die Leute sahen mir mehr auf den Bauch als ins Gesicht. Howard deutete wahnsinnig gern darauf und sagte: »Bist du dir sicher, dass es keine Drillinge sind? Ich wette hundert Mäuse, dass da ein blinder Passagier mit drin ist.« Clive wollte ein Gesicht darauf malen und ein Foto für die *Clacker*-Website machen. Und Mackie wollte jedes einzelne Säuglingskleidungsstück, das sie bei eBay erstanden hatte, dagegenhalten.

Es gab noch ein anderes Problem. Meine Haut fing an zu jucken. Es fing irgendwann im Laufe des sechsten Monats an, als ich in zwei Wochen fünf Kilo zunahm. Erst waren es bloß ein paar Stellen, doch mit der Zeit breitete es sich aus und übersäte meinen ganzen Bauch.

»Ich scheine einen Ausschlag zu haben«, erzählte ich Dr. Penthouse bei unserem nächsten Termin.

Sie schaltete ihre Untersuchungslampe ein, um einen Blick darauf zu werfen.

»Das ist kein Ausschlag«, sagte sie. »Ihre Haut ist überdehnt und reißt.« Dann warnte sie mich, niemals zu kratzen.

Ich brach in Gelächter aus. »Soll das ein Scherz sein? Ich mache den ganzen Tag nichts anderes.«

Doch sie hatte eine Behandlungsmethode für mich parat und erklärte sie mir Schritt für Schritt.

Sie wollte, dass ich mir jeden Morgen den Bauch mit einer dicken Schicht Crisco-Backfett einrieb und mir dann die Körpermitte vorsichtig mit Frischhaltefolie umwickelte. So sollte ich den ganzen Tag herumlaufen. In meinem eigenen Saft marinieren.

Das konnte nicht ihr Ernst sein. Es war Sommer in Houston. Es hatte 38 Grad Celsius und 98 Prozent Luftfeuchtigkeit. Ich wartete darauf, dass sie grinste, doch das tat sie nicht.

»Vielleicht könnte ich stattdessen ein bisschen Cortison bekommen?«, fragte ich.

»Das ist nicht gut für die Babys«, sagte sie mit einem Kopfschütteln.

Auf dem Heimweg hielten wir an, um Frischhaltefolie zu kaufen, und dann probierte ich es am Abend aus. Ich wickelte mich ein, zog meinen Schlafanzug an und setzte mich mit einer Zeitschrift hin. Ich las genau zwei Seiten. Dann schnitt ich die Folie mit einer Schere auf, wischte mir das Backfett ab und kratzte ausgiebig.

Der Ausschlag war eine Metapher. Es gab keine Lösung. Es gab nur die lange Wartezeit, bis es vorbei war. Also wartete ich. Und ertrug mit verkniffenem Lächeln die Fotos, das Getätschele, die Nachfragen, die Witze, die Ultraschalluntersuchungen, den Watschelgang, die Rückenschmerzen und die Leute, die den Babys in meinem Bauch Ständchen brachten.

Und noch etwas galt es zu überstehen: die Babyparty. Sie wurde von Dixie im frisch renovierten Haus meines Dads veranstaltet. Eine völlig übertriebene Babyparty im New-Orleans-Stil mit Papierschlangen, Mardi-gras-Deko, Luftballons, Gumbosuppe, einer Jazzband und literweise Champagner, den ich nicht trinken durfte.

Ich war mir nicht sicher, wie die Verhaltensregeln bei einer Babyparty in einer Situation wie der unsrigen lauteten. Es war wohl kaum der Normalfall, dass die Mutter am einen Ende des Zimmers die Geschenke öffnete und die Leihmutter sich am anderen Ende des Hauses mit Krabbenfleisch vollstopfte.

Gleich nachdem alle im Chor *Überraschung!* gerufen hatten, hatte ich mich entschuldigt. Dixie hatte jeden einzelnen Menschen eingeladen, dem wir je begegnet waren – anscheinend war ihr das Adressbuch unserer Mom in die Hände gefallen –, und sie hatte uns zu sich gelockt, indem sie behauptete, uns das Haus zeigen zu wollen, das abgesehen von der Küche fertig war. Wir hatten versucht, uns zu drücken, doch sie war eines Tages zusammen mit unserem Dad zur Abendessenszeit bei Mackie aufgetaucht, und die beiden hatten uns in den Wagen verfrachtet.

Im Nu stand ich im frisch gestrichenen mangofarbenen Wohnzimmer mit seinem neuen Mobiliar im Tropenstil, inmitten einer Gruppe aus mindestens hundert Frauen, einschließlich meiner Lehrerin aus der dritten Klasse, jeder Cousine, die ich hatte, und etlichen alten Freundinnen meiner Mutter.

Dixie hatte sich für die Party mächtig ins Zeug gelegt, doch das Ganze funktionierte nicht so richtig. Es herrschte allgemeine Verwirrung. Wer war Dixie? Welche Schwester war ich? Was war mit unserem Haus geschehen? Für wen genau war denn nun die Party? Wenn es Mackies Babyparty war, warum war dann ich schwanger? Und ein paar Leute, die ich seit der Grundschule nicht mehr gesehen hatte, fragten sich: Wo war meine Mutter?

Vielleicht wäre es eine gute Idee gewesen, diese ganzen Leute mit einer kurzen Ansprache auf den neuesten Stand der Dinge zu bringen, aber daran dachten wir nicht. Stattdessen schwirrten wir mit unseren purpurfarbenen Tellern voller Vorspeisen herum und umarmten unter Kreischen Frauen, die wir seit Jahren nicht mehr gesehen hatten. Fast alle scharten sich um mich, da ich ganz offensichtlich nach dem Ehrengast aussah, und obwohl ich immer wieder erläuterte, dass dies nicht meine Babys seien, sondern Mackies, schien das keiner so richtig zu kapieren. Ich spürte, dass Mackie nicht zu mir herübersah, während sie mit unserer Großtante Lina auf der Couch saß. Ich wusste, dass sie die Umarmungen wollte, die ich abbekam, die ganzen *Wann-ist-es-denn-so-weit*?-Fragen, all die aufgeregt emporgezogenen Augenbrauen, wenn die Leute *Zwillinge*? sagten. Es schien egal zu sein, von wem die Babys waren.

Bei einer Babyparty wird um diejenige herumscharwenzelt, die den Bauch hat.

Selbst als es an der Zeit war, die Geschenke aufzumachen, und Mackie sich durch eine Präsenttüte mit kleinen Schühchen und Engeln darauf nach der anderen arbeitete, sprachen alle immer noch mit mir. Wie viel hatte ich zugenommen? Wie war es, wenn zwei da drinnen herumstrampelten? Wie viel schlief ich? Wie ging es meinen Knöcheln? Ich hatte ein schlechtes Gewissen, weil ich Mackie die Aufmerksamkeit stahl. Auch wenn es gar nicht in meiner Absicht lag und ich mir nichts Schlimmeres vorstellen konnte, als die Geburtsgeschichte jeder einzelnen Frau im Raum über mich ergehen zu lassen. Bis heute verspüre ich nicht das geringste Bedürfnis, je wieder den Ausdruck *Schleimpfropfen* zu hören.

Ein weiteres Gesprächsthema wurde ausgiebig diskutiert: Dixie. In ihren hautengen Wrangler-Jeans, strassbesetzten Cowgirlstiefeln und dem hellblauen ärmellosen Paillettenoberteil.

»Wer ist die Stripperin?«, fragte mich unsere alte Nachbarin Bonnie und nickte in Richtung von Dixie.

»Sie ist keine Stripperin«, sagte ich. »Sie ist ein Cowgirl.«

»Was macht sie hier?«

»Sie ist die Gastgeberin«, sagte ich. »Das ist die Verlobte meines Vaters.«

Bonnie ließ den Blick durch den Raum schweifen, als ergäbe jetzt alles Sinn. »Die ist also für die Tigerstreifen-Sofakissen verantwortlich.«

»Sie heißt Dixie«, sagte ich. »Und sie ist toll.«

»Das kann man wohl sagen.«

Bonnie, die geschieden war, war eine von den Frauen gewesen, die sich nach dem Tod meiner Mutter für meinen Dad interessiert hatten. Wir hatten zahllose Nachrichten von ihr auf dem Anrufbeantworter gelöscht – Angebote, Abendessen vorbeizubringen, gemeinsam ins Kino zu gehen oder *einfach bloß zu quatschen*.

Bonnie war gleichzeitig entsetzt und entzückt über Dixie und nahm es auf sich, sie jeder einzelnen Person zu zeigen, die vorbeilief. Dabei lachte sie jedes Mal gackernd und sagte: »Ist es nicht unglaublich?«

Das Gute daran war, dass es die Aufmerksamkeit von mir ablenkte. Das Schlechte war, dass Dixies glitzernde Schultern nun die ganze Last der Aufmerksamkeit trugen. Im Nu hatte sich eine Gruppe von Moms alten Freundinnen in der Ecke versammelt, um sich über jede Kleinigkeit zu mokieren, die ihnen zu Dixie einfiel. Ich verstand nicht, was sie sagten, doch ab und an erscholl lautes Gelächter. Ich blickte hinüber und wusste genau, was vor sich ging.

Doch Dixie ahnte nichts. Sie räumte den Gästen hinterher und sorgte dafür, dass die Servierteller mit den Snacks nicht leer wurden. Sie wischte verschüttete Getränke auf und versorgte alle mit Servietten. Sie behielt Mackie im Auge und brachte ihr Champagner. Sie eilte geschäftig im Haus umher und kam alle paar Minuten an der Gruppe Frauen vorbei, und jedes Mal, wenn sie das Esszimmer durchquerte, versteifte ich mich.

Diese Frauen waren eigentlich höflich genug, es besser zu wissen. Doch etliche von ihnen waren von meinem

Vater in den Jahren nach dem Tod meiner Mutter zurückgewiesen, ignoriert oder gemieden worden und brachten daher ein gewisses Konkurrenzdenken zu einer Party, die von derjenigen Frau veranstaltet wurde, die nach langer Zeit endlich sein Herz erobert hatte. Und als sie erst einmal in Fahrt waren, machte es ihnen viel zu viel Spaß, als dass sie sich noch am Riemen gerissen hätten. Sie hatten ein gemeinsames Thema gefunden und gaben sich ganz ihrer Gehässigkeit hin. Zwar versuchten sie, leise zu reden, aber es schien unvermeidbar, dass Dixie sie irgendwann hörte.

Doch sie merkte es nicht, als sie in dem Augenblick vorüberging, in dem Nancy Sowa sagte: »Es muss eine Perücke sein.« Oder als Joyce Novotny sagte: »Und was sollen die ganzen Pailletten?« Ich wollte gerade hinübergehen und die gesamte Truppe ausschimpfen, als Susan Marist viel lauter als beabsichtigt rief: »Hier sieht es schlimmer aus als in jedem Ramschladen!«

Ich erstarrte. Genauso erging es der ganzen Gruppe, einschließlich Susan Marist. Das war viel zu laut! Was war das hier, die Middleschool? Ich sah mich nach Dixie um. Sie war nicht im Zimmer. Eine Sekunde lang schloss ich die Augen und seufzte vor Dankbarkeit leise auf. Dann machte ich mich auf den Weg zu der Gruppe. Ich wusste, dass sie ein paar Pfefferminzjuleps intus hatten. Und auch, dass es Spaß machte, sich mit den alten Freundinnen einen abzulachen. Doch sie würden nicht auf diese Art im Haus meiner Mutter über Dixie sprechen – ob nun Hotelseifen im Gästebadezimmer lagen oder nicht.

Als ich näher kam, sprang mir etwas ins Auge. Unten in

der Nähe der Fußleiste, hinter der Ecke des Torbogens, erblickte ich die glitzernden Spitzen von Dixies Stiefeln. Und ihre Reglosigkeit verriet mir, dass sie das Ganze mitangehört hatte.

Vielleicht hätte ich sie in Ruhe lassen und mich nicht einmischen sollen. Doch in dem Moment konnte ich nicht anders, sondern trat um die Ecke, um Dixie in die Augen zu sehen. Als ich sie sah, lag in ihnen genau der Ausdruck, den ich befürchtet hatte – auch wenn er verschwand, sobald sie mich erblickte.

»Mach dir keine Sorgen, Darling.« Sie schenkte mir ein Lächeln. »Es macht mir nichts aus.«

»Es tut mir leid, Dixie«, sagte ich.

»Sie sind bloß eifersüchtig auf das hier.« Sie hob ihren Verlobungsring in die Höhe. »Und das hier.« Sie bildete mit den Händen einen Rahmen um ihr Gesicht. »Und die hier.« Sie tätschelte ihre paillettenbedeckten Brüste.

Ich konnte das ganze Aufhebens um meinen stillen, Brille tragenden, schütter werdenden Vater nicht begreifen. Er war schließlich nicht gerade Harrison Ford. Er hatte, ganz zu Recht, die Statur eines Mannes, der seine Arbeitszeit in der Bibliothek und seine Freizeit beim Schachspielen verbrachte.

»Ich kapier es nicht«, sagte ich zu Dixie. »Er kann doch unmöglich eine gute Partie sein.«

»Aber das ist er!«, widersprach sie.

Ich dachte an seinen verrückten, unbeschnittenen Bart, der so oft voller Sandwichkrümel war, dass mein Dad beinahe obdachlos aussah. »Wie kann das sein?«

»Schätzchen«, sagte sie, eine Hand auf meinem Arm. »Er

ist nicht verrückt, besoffen, pleite oder tot. Und in unserem Alter macht ihn das per definitionem zu einer guten Partie.«

Ich ließ das auf mich wirken.

»Außerdem gibt er sich mit Frauen seines Alters ab«, fügte Dixie hinzu. Dann beugte sie sich zu mir. »Ich habe mich gleich nach meiner Scheidung einer Singles-Gruppe in der Kirche angeschlossen«, erzählte sie mir, »und dort gab es bloß einen einzigen Mann. Weißt du, warum?«

»Warum?«

»Weil die ganzen fünfzigjährigen Männer sich für die Gruppe mit den dreißigjährigen Frauen angemeldet hatten.«

»Es gab wirklich nur einen einzigen Mann in deiner Gruppe?«, fragte ich.

Dixie nickte. »Und lass es uns so formulieren: Er hatte ein ziemlich gutes Jahr.«

Um die Ecke erklang Lärm, und ich hörte die alten Freundinnen meiner Mom über etwas kichern. Ich sah hinüber. »Ich werde ihnen sagen, dass sie gehen sollen.«

»Tu das nicht«, widersprach Dixie.

»Meine Mutter hätte sie längst rausgeschmissen«, erklärte ich ihr.

»Schätzchen«, sagte Dixie da. »Ich stamme aus dem hinterwäldlerischen Osten von Texas. Es gibt keine Gruppe fieser Ladys auf der Welt, die mir Angst einjagen könnte.«

Das nächste Mal sah ich Dixie auf dem Standesamt, als sie und mein Vater *in den Hafen der Ehe einliefen*. Sie trug ein hautenges weißes Brautkleid mit Spitzenbesatz und einer langen Schleppe. Sie beugte sich über meinen Bauch, um mich auf die Wange zu küssen, und wischte dann den Abdruck mit dem Daumen weg. »Ich hab es zu klein gekauft«, sagte sie über ihr Kleid, »und dann habe ich es noch ein bisschen enger gemacht.«

Doch es war mein Dad, der allen die Show stahl. Er trug einen schäbigen braunen Anzug mit einem kleinen Fleck auf der Krawatte – nichts Neues. Doch etwas war anders, und es dauerte einen Augenblick, bis ich darauf kam. Dann traf es mich wie ein Blitz.

»Du hast dich rasiert!«, entfuhr es mir.

»Dixie wollte einen Blick auf mein Gesicht werfen, bevor wir es offiziell machen«, sagte er. Und dann lächelte er und neigte kaum merklich den Kopf. Da fiel mir noch etwas anderes an meinem Dad auf, worüber ich noch nie nachgedacht hatte: Er hatte Grübchen.

»Du siehst genauso aus wie früher«, sagte ich.

Er zwinkerte. »Genauso wie früher. Bloß älter.«

Die Zeremonie war kurz und fand im kleinen Kreis statt – bloß Mackie, Clive und ich waren als Zeugen zugegen –, und ich konnte einfach nicht aufhören, das Gesicht meines Dads anzustarren. Es war, als hätte ich etwas zurückbekommen, von dem ich nicht einmal gewusst hatte, dass es mir abhandengekommen war.

Anschließend tranken wir auf den Stufen des Standesamts Champagner aus Plastikbechern – Mackie gestattete mir drei Schlückchen – und fuhren dann in eine Bar in Pearland, wo jeder Dixie kannte. Zu meiner Bestürzung schien auch jeder meinen Dad zu kennen. Wie sich herausstellte – wer hätte das gedacht? –, gingen Dixie und mein Dad jeden Samstag Twostepp tanzen mit einer ganzen

Meute von Dixies Freunden, die alle meinen Dad liebten und ihn *Professor* nannten. Ich beobachtete, wie die Männer ihm zur Gratulation auf den Rücken schlugen und die Damen Lippenstift auf seinen weichen, neuen Wangen hinterließen. Es war absolut unglaublich. Mein Dad – lächelte! Er lachte mit diesen großen, muskulösen Kerlen in Cowboyhüten und Trucker-Kappen. Er klopfte mit dem Zeh zur Musik, fegte mit Dixie über die Tanzfläche, und die beiden tanzten wie wild.

Mackie und ich sahen uns an. »Er wirkt richtig glücklich!«, rief Mackie gegen die Band an.

»Auf jeden Fall!«, schrie ich zurück.

Meinen Dad so entspannt, so fröhlich und *lebendig* zu sehen war das beste Gefühl, das ich seit Wochen gehabt hatte. Es ließ eine Art warme Zufriedenheit zurück, die den ganzen Abend anhielt. Selbst dann noch, als Clive Mackies Hand ergriff und sie ebenfalls auf die Tanzfläche zog. Oder als ich mein Gingerale über meinen Achtmonatsbauch verschüttete. Selbst dann, als ein großer Cowboy sich nicht abweisen ließ und mich öfter, als ich mitzählen konnte, wie eine junge Kuh um die Tanzfläche führte. An dem Abend hatte ich ein gutes Gefühl. Mich ließ der Gedanke nicht los, dass es selbst die hoffnungslosesten Fälle schaffen können.

Wenn mein Vater wieder ins Leben zurückkehren konnte, ging mir immer wieder durch den Sinn, dann konnte das jeder.

11

Ich trug dieses angenehme Gefühl mehr als eine Woche mit mir herum. Es hielt an bis zu der Nacht mit dem Hurrikan.

Jeder, dem ich in New York begegnet war, dachte bei Texas an Kakteen und Steppenläufer, aber so ist Houston gar nicht. Es befindet sich in der Nähe des Golfs von Mexiko, die Luft ist meist feucht und drückend, heiß und schwül wie in einer Sauna. In einem Sommer regnete es fünfundsiebzig Tage hintereinander. Es gibt so viel Regen in Houston und so viel tiefen, widerhallenden Donner, dass wir Wasser und Überschwemmungen, sogar die Hurrikansaison, als gegeben hinnehmen. Mit ein paar denkwürdigen – und Furcht einflößenden – Ausnahmen sind Hurrikans in Houston kein großes Thema.

Doch in der Woche nach der Hochzeit machte ein sensationeller Hurrikan namens Imelda Schlagzeilen. Mackie beschimpfte die Nachrichtensprecher als Panikmacher, und sie, Clive und ich diskutierten eine Zeit lang darüber, was schlimmer war – das Wetter selbst oder aber die Berichterstattung in den Nachrichten.

Viele Einwohner Houstons brachten sich in Sicherheit, doch wir blieben. Nach den meisten Vorhersagen sollte Imelda näher bei New Orleans an Land auftreffen.

»Armes New Orleans«, sagte Mackie jedes Mal, wenn wir die Nachrichten einschalteten. »Die kommen einfach nicht zur Ruhe.«

Es schien uns nicht wahrscheinlich, dass der Hurrikan Houston erreichen würde. Außerdem war ich zum Fliegen zu schwanger und wollte ganz gewiss nicht den ganzen Weg bis nach Austin oder Dallas in einem Auto hocken. Die Vorstellung wegzugehen wirkte viel zu melodramatisch. Wir hatten zu lange in dieser Stadt gelebt, um uns über ein bisschen Wind und Regen aufzuregen. Sogar Clive entschied, an seiner Geschäftsreise nach Atlanta festzuhalten. Wir beschlossen, uns keine Sorgen zu machen.

Doch als der große Tag immer näher rückte, sah Houston doch immer mehr wie das Ziel des Hurrikans aus. Einen Tag vor dem Auftreffen – auf den Freeways stadtauswärts staute sich der Verkehr – waren Mackie und ich allein im Haus, hatten die Fernsehnachrichten eingeschaltet und fragten uns allmählich, ob wir vielleicht doch ums Leben kommen würden.

Doch jetzt war es zu spät. Nervös beschlossen wir, das Ganze lustig zu gestalten. Mackie machte Popcorn und alkoholfreie Margaritas. Wir entschieden, in ihrem großen begehbaren Wandschrank zu schlafen, und redeten davon, auch den Fernseher hineinzuverfrachten – um wichtige aktuelle Wettermeldungen mitzubekommen, aber auch, um uns auf ihrem Festplattenrecorder die *Masterpiece Theatres* anzusehen. Die Panik und Aufregung um die Wetterkrise vertrieb die Wolken unseres eigenen privaten Gewittersturms und machte es uns beiden leicht, uns wie früher zu vertragen. Zum ersten Mal seit einer Ewigkeit genoss ich Mackies Gesellschaft wieder – und vermisste sie gleichzeitig, auch wenn sie an meiner Seite war, weil mir so deutlich ins Gedächtnis gerufen wurde, wie schön die Dinge waren, wenn alles gut zwischen uns lief.

Wir hatten unsere Drinks zur Hälfte ausgetrunken, und es regnete noch nicht einmal, da sagte Mackie: »Es tut mir leid, dass es einen Hurrikan braucht, damit du einmal zu Hause bleibst.«

»Ein dreifaches Hoch auf den Hurrikan«, erwiderte ich, und wir stießen darauf an.

Dann hörten wir einen Schlüssel in der Hintertür, und da stand, in einem Poncho, mit einer Taschenlampe, einem Badeanzug, einer Decke, einem Erste-Hilfe-Koffer und in ihrem Ärztekittel: Barni.

Da ich ständig unterwegs gewesen war, sah ich sie seit Wochen zum ersten Mal, und als ich ihr Gepäck erblickte und mir klar wurde, dass sie uneingeladen zu unserer Schwesternparty kam, entfuhr mir: »Wieso hast du dich denn nicht wie alle anderen evakuieren lassen?«

Sie tat so, als würde sie darüber nachdenken. »Ich weiß nicht. Ich glaube, ich habe im Krankenhaus Leben gerettet.«

Ich nickte. »Notfall-Fettabsaugung?«

Sie setzte ein falsches Lächeln auf. »O mein Gott. Das ist ja so witzig!«

Ich wollte nicht, dass sie alles verdarb. »Kannst du nicht woandershin?«

Doch Barni war, wie sie es selbst ausdrückte, *am Ausflippen*. Sie kam herein. »Habt ihr denn keine Nachrichten geguckt?«, fragte sie. »Die ganze Stadt wird dem Erdboden gleichgemacht!«

»Wird sie nicht«, meinte Mackie bestimmt.

Doch Barni hörte gar nicht hin. »Ich bin zu jung zum Sterben!« Sie hielt immer noch ihre Sachen umklammert. »Ich bin noch nicht einmal in Europa gewesen!«

»Niemand wird sterben.« Mackie modulierte ihre Stimme zu einer perfekten Mischung aus Sanftheit und Nachdruck – und klang, wie mir auffiel, genau wie unsere Mutter. »Uns wird nichts passieren.«

Ich erhob mich vom Sofa, um Teewasser aufzusetzen, doch beim Anblick meines riesigen Achtmonatsbauches ging es Barni noch schlechter. »O Gott! Du wirst doch bestimmt während des Sturms die Wehen kriegen, nicht wahr?«

Ich stemmte die Hand in die Hüfte. »Ich dachte, du bist Ärztin.«

»Noch nicht!« Sie deutete auf meinen Bauch. »Das hab ich noch nicht gemacht.«

»Niemand wird Wehen bekommen«, erklärte ich Barni, wobei ich Mackies Tonfall nachahmte. »Du nicht. Mackie nicht. Und ich schon gar nicht.« Zwar hatte Dr. Penthouse in der Tat vor einer Weile verkündet, es könne jetzt *jeden Tag so weit sein*, doch das behielt ich wohl besser für mich. »Nächste Woche haben wir einen Termin für den geplanten Kaiserschnitt«, fuhr ich fort, mit Betonung auf *geplanten*.

Bevor Barni etwas erwidern konnte, läutete es an der Tür.

Mackie ging zum Eingang. »Wer zum Teufel kann das sein?«

»Das ist mein Freund«, sagte Barni, die ihr folgte. »Ich hab ihn angerufen, damit er herkommt und uns rettet.«

O Gott, dachte ich. Nicht *der* Freund. Bitte lass es jemand anders sein. Jeder, bloß nicht Everett.

Ich kniff die Augen zusammen, während Mackie die Tür öffnete, und ließ dann den Kopf in die Hände sinken, als sie »Hi, Everett« sagte.

Barni kreischte auf und rief: »Wir sind gerettet!« Nach ein paar Minuten tauchten sie in der Küche auf, wobei sich Barni wie eine Katze an Everett schmiegte.

Und da waren wir nun, wir vier – die einzigen Leute aus unserem Bekanntenkreis, die noch in der Stadt waren. Clive war in Atlanta. Mein Dad und Dixie befanden sich auf ihrer Hochzeitsreise in »New York City«, wo Dixie noch nie zuvor gewesen war. Everetts Mom hatte sich vor Tagen zusammen mit einer Gruppe aus dem Pflegeheim seines Stiefvaters evakuieren lassen. Howard und Terry machten »Hurrikan-Urlaub« in Santa Fe. Und Rancho Verde hatte April und die anderen Mädchen in Greyhound-Busse gesetzt und nach Dallas gefahren.

Everett wirkte bei meinem Anblick nicht gerade begeistert, und mir fiel wieder ein, dass er mich zum ersten Mal sah, seitdem ich ihm Bier in den Schoß gekippt hatte. Doch ich würde mich nicht entschuldigen. Ich wusste, dass er es verdient hatte, und er auch. Und damit basta.

Everett musterte mich von Kopf bis Fuß. »Du wirst doch wohl keine Wehen bekommen, oder?«

»Nicht, wenn ich es verhindern kann.«

Er bedachte meinen Bauch mit einem finsteren Blick. »Wie lange ist es bis zum Geburtstermin?«

»Noch ein Monat«, sagte ich. »Alles in Ordnung.«

Mackie legte den Arm um mich. »Macht euch keine Sorgen. Sie ist viel zu vernünftig, um mitten in einem Hurrikan Wehen zu bekommen.«

Dann packte uns das Vorbereitungsfieber, und Everett wurde zum Katastrophenmeister. Er stapelte Batterien und Taschenlampen, ließ die Badewannen als *Wasserspeicher* volllaufen, falls wir keinen Strom mehr haben sollten, und redete davon, eine *Einsturzzone* zu schaffen, wo wir alle unter einem Tisch schlafen könnten. Er gebrauchte Ausdrücke wie *Alles roger!* und *Statusmeldung?* und versuchte, uns in Patrouillen einzuteilen. Er wollte die Fenster mit Brettern vernageln, aber da machte Mackie nicht mit.

»Das sind Hartholzrahmen aus nachhaltiger Forstwirtschaft«, erklärte sie.

Also erkundete Everett die Umgebung nach möglichen Gefahren, lud alle unsere Handys auf und erteilte Aufträge. Barni und Mackie mussten Krüge mit Wasser füllen, Decken suchen und Erste-Hilfe-Vorräte einsammeln. Everett wollte jegliche unheilvollen Baumäste abhauen.

»Und was mache ich?«, wollte ich wissen.

»Nichts«, sagte er.

»Ich kann auch helfen.«

»Du bist zu schwanger, um zu helfen«, sagte er. »Geh und strick 'nen Babyschuh oder so was.«

Geringschätzig. Unverschämt! Und ein bisschen frauenfeindlich. Als wäre es beeindruckender, Äste abzusägen, als zwei menschliche Wesen zu produzieren. Wer genau – außer Barni – hatte ihn zum Chef auserkoren?

Ich wollte schon zum Trotz nach einem Wasserkrug greifen, doch er schnappte ihn mir vor der Nase weg und beugte sich mit den Worten zu mir: »Bei acht Monaten mit Zwillingen könnte es jeden Moment so weit sein. Geh und setz dich gefälligst hin.« Als ich mich nicht rührte und ihn bloß anstarrte, fügte er hinzu: »Bitte.«

Er hatte nicht unrecht. Also ging ich. Allerdings mit einem *Aber-nicht-weil-du-es-mir-gesagt-hast-*Hüftschwung. Insgeheim dachte ich immer noch an all die gemeinen Dinge von eben. Außerdem: *Er ist ja so was von rechthaberisch. Aufgeblasen.* Und, sei's drum: *eine Spur sexy.*

Everetts Beispiel folgend nannten wir den Wandschrank fortan *Schutzraum.* Die Tüte mit Heftpflastern und Antiseptikum wurde die *Erste-Hilfe-Ausrüstung.* Die Krüge mit Wasser und Schachteln voll Müsliriegel wurden unsere *Rationen.*

Ich neckte Everett ein wenig, bloß um sicherzustellen, dass er sich nicht für den Boss hielt – und damit er wusste, dass er bloß die Führung übernommen hatte, weil wir ihn machen ließen. Eine Zeit lang salutierte ich und nannte ihn *Sergeant* und *G.I. Joe* und dann *Gomer Pyle.* Ich bot mich an, Dinge aus der *Messe* zu holen und sie zurück in die *Kaserne* zu bringen. Nach einer Weile fand ich, dass es lustiger wäre, ihn wie einen Piraten zu behandeln, und so wurde er zum *Käpt'n,* und ich versuchte ihn dazu zu bringen, *Johoho und 'ne Buddel voll Rum!* zu sagen. Auch wenn ich mir nicht sicher war, ob irgendjemand außer mir das Ganze lustig fand.

Der Regen setzte ein, während wir zu Abend aßen – unvermittelt, obwohl wir den ganzen Tag damit gerechnet hatten. Der Himmel verfinsterte sich in der Zeit, in der wir den Salat durchmischten, und als der Regenguss endlich kam, war er so heftig, dass wir den hinteren Gartenzaun nicht mehr sehen konnten. Unsere Blicke schweiften wie bei Tenniszuschauern vom Fenster zu den Fernsehnachrichten, bis Mackie aufstand, ihre Serviette auf den Tisch warf und vorschlug, dass wir uns in den Schutzraum zurückzogen.

»Den Abwasch können wir morgen früh machen«, sagte sie. »Falls das Haus dann noch stehen sollte.«

Oben ordnete Mackie Kopfkissen und Decken zu einem großen Vierpersonenbett in der Mitte des Wandschranks an. Dann trieb sie ein Kartenspiel auf und hatte mir gerade zu einer Partie Rommé zu Boden geholfen, als Barni die Kleider meiner Mom entdeckte, die in der Ecke hingen.

»O mein Gott! Was ist denn das?« Barni legte auf der Stelle ihre Karten weg – mit dem Blatt nach oben –, um nachzusehen.

»Kleider«, sagte Mackie. »Sie haben unserer Mutter gehört.«

»Sie sind superschön.« Barni berührte den Stoff. »Darf ich eins anprobieren?«

»Ich halte es nicht für eine gute Idee, den Schutzraum zu verlassen«, sagte Everett.

Doch Barni hatte schon ein Kleid vom Bügel gezogen. »Dann tu ich es eben nicht.« Sie machte sich daran, sich an Ort und Stelle auszuziehen. Wir mussten alle wegsehen, während sie ein Kleid nach dem anderen anprobierte, um uns herumstolzierte und mit den Fingern durch Everetts Haare fuhr, während wir Karten spielten.

»Die Kleider sehen an dir riesengroß aus!«, sagte Mackie einmal zu Barni, ein paar Minuten nachdem Barni gewitzelt hatte, sie wolle meinen Bauch als Schemel benutzen.

Barni sprach wahnsinnig gern über die Kleider. »Sind sie nicht riesig? Ich bin einfach schon immer so gewesen.« Sie drehte sich ein wenig. »Wohl einfach gesunde Gene.«

O Gott. Ich hasste sie so sehr!

Barni hatte die seltsame Angewohnheit, Everett *Schnuckilein* zu nennen, als hieße er so. Wie beispielsweise »Schnuckilein, was hältst du von dem Hut?« Oder: »Schnuckilein, hast du den Donner eben gehört?« Es ging mir auf die Nerven, und jedes Mal, wenn sie es sagte, warf ich einen Blick auf Everett, um zu sehen, ob er ebenfalls zusammenzuckte – ob es ihm peinlich war, mit so einer Verrückten zusammen zu sein. Allem Anschein nach nicht. Er schien es noch nicht einmal zu bemerken. Oder sie überhaupt zu hören.

Gegen elf Uhr kamen wir überein, das Licht auszuschalten. Wir entschieden, in unseren Anziehsachen zu schlafen für den Fall, dass wir uns auf die Schnelle in Sicherheit bringen mussten. Wir streckten uns alle aus nebeneinander, wie Buntstifte in einer Schachtel –, unsere Kopfkissen und Decken auf dem Berberteppichboden.

Und trotz meiner Bemühungen, so weit wie möglich von Everett entfernt zu liegen, landeten wir beide genau nebeneinander in der Mitte. Also lag ich reglos da, ein extra Kopfkissen unter dem Bauch, mit zusammengekniffenen Augen, und wartete darauf, endlich einzuschlafen – wobei ich auf den Regen lauschte, der auf das Dach prasselte, und auf gelegentliche Donnerschläge, die das gesamte Haus zu erschüttern schienen. Ich schaute noch nicht einmal hinüber, als Barni Everett etwas zuflüsterte.

Obwohl ich nicht richtig verstehen konnte, was sie sagte, klang es wieder wie dieses Wort, immer wieder: *Schnuckilein. Schnuckilein. Schnuckilein.* Ich kniff die Augen noch fester zusammen. Wenn es möglich gewesen wäre, hätte ich auch die Ohren zusammengekniffen.

Als mich Stunden später ein gewaltiges Donnern weckte, lag ich auf dem Rücken – wovor Mackie mich immer gewarnt hatte. Ich durfte das auf gar keinen Fall machen wegen der Blutzufuhr der Babys. Ich wollte mich auf die Seite drehen, doch quer auf mir lag etwas Schweres, gleich unterhalb des Schlüsselbeins, und ich konnte mir nicht erklären, worum es sich handelte. Es war so schwarz in der fensterlosen Kammer, dass ich überhaupt nichts erkennen konnte, und ich musste nach oben greifen, um das Ganze mit der Hand zu ertasten.

Es war Everetts Arm.

Nachdem ich den Arm entdeckt hatte, merkte ich, dass auch Everetts Gesicht ganz nah war. Er hatte sich auf der Seite eingerollt, so weit wie möglich von Barni abgewandt, den Arm über mich gestreckt und das Gesicht so dicht an meinem Nacken, dass ich seinen Atem spüren konnte. Ich blinzelte, um besser sehen zu können, doch dann kam ich zu dem Schluss, dass ich das gar nicht brauchte. Ich brauchte nichts zu sehen. Ich musste nur stillhalten und fühlen.

Ich hatte es als unbequem empfunden, hochschwanger in einem schmalen Bett zu schlafen, aber es war nichts im Vergleich dazu, auf dem Boden einer Abstellkammer zu liegen. Mein Rücken tat weh, meine Schultern, meine Hüften, meine Brüste. Doch ich wollte mich nicht bewegen. Ich musste aufs Klo, aber ich ignorierte es. Mein Hintern war eingeschlafen, aber das ignorierte ich ebenfalls. Ich lag einfach lange Zeit da und spürte das Gewicht von Everetts Arm auf mir und das Kitzeln seines Atems in meinem Nacken. Stimmt, er war ein rechthaberischer, militaristischer, *unter-Vortäuschung-falscher-Tatsachen-küssender* Fiesling, der sich geweigert hatte, *Landratten* zu sagen, selbst als ich ihm fünfzig Mäuse geboten hatte, doch ich hätte ohne Weiteres die Nacht bis zum Morgen so verbringen können.

Wenn sich nicht genau in diesem Moment ein Baby bewegt, gedreht oder irgendeine akrobatische Übung veranstaltet und anschließend einen spitzen Körperteil gegen meine Blase gedrückt hätte – woraufhin völlig klar war, dass ich mir in die Hose machen würde, wenn ich nicht sofort aufstand.

Ich schob Everetts Arm weg und kroch davon, indem ich mich so leise wie möglich vom Boden hochhievte.

Nachdem ich auf dem Klo gewesen war, mir das Gesicht gewaschen und eine Weile hinten aus dem Fenster gesehen hatte, brachte ich es nicht über mich, in den Wandschrank zurückzukehren. Es regnete in Strömen, und der Swimmingpool war übergelaufen. Dieser Anblick war zwar furchterregend, aber auch schön. Ich schaltete die Fernsehnachrichten ein und erfuhr zu meiner Erleichterung, dass der Sturm in eine andere Richtung abgedreht hatte und auf seinem Weg nach Westen allmählich an Wucht verlor. Der jetzige Regen, meinte der Wetteransager, sei das Schlimmste, was wir zu erwarten hätten. Ich sah noch ein paar Minuten weiter zu, schaltete dann den Fernseher aus und setzte mich auf das Sofa vor den großen Fenstern, um mir eine Weile den Regen anzuschauen.

Und dann setzte sich jemand neben mich. Everett.

Er saß dicht neben mir. So dicht, dass Barni über den Anblick ihres Schnuckileins, Schnuckileins, Schnuckileins nicht allzu erfreut gewesen wäre. Er hatte mich erschreckt, weil er sich so angeschlichen hatte, und ich wollte es ihm gerade vorhalten, als mir sein Gesichtsausdruck auffiel. Er starrte mich sehr eindringlich an, als würde er über etwas Wichtiges nachdenken oder gleich etwas Wichtiges tun. Ich rührte mich nicht, wartete ab und überlegte, dass er immer zwischen Interesse und Desinteresse hin und her zu pendeln schien, zwischen Zuneigung und Zorn, zwischen heiß und kalt. Ich wusste nie, womit ich zu rechnen hatte.

Doch als er endlich etwas sagte, nach der ganzen Spannung, die sich aufgebaut hatte, wusste ich, womit ich rechnete: mit etwas absolut Weltbewegendem.

Stattdessen bekam ich zu hören: »Hast du eben gespült?«

»Was?«

»Niemand darf spülen – schon vergessen?«

Ich starrte ihn an.

»Wir haben es doch besprochen«, sagte er. »Keine Klospülung! Wir müssen das Wasser in den Rohren sparen.«

Wir hatten es tatsächlich besprochen – oder wenigstens hatte er es getan.

»Ich hab's vergessen«, sagte ich.

»Tja, du darfst es aber nicht vergessen«, versetzte Everett.

»Was bist du eigentlich? Die Pipi-Polizei?«

»Wir könnten hier tagelang ohne Wasser in der Falle hocken. Willst du es wirklich wegspülen?«

»Tatsächlich hat der Sturm die Richtung geändert. Er ist nach Westen unterwegs.«

Er sah nach draußen, um den Wahrheitsgehalt meiner Aussage anhand des Wetters zu überprüfen.

»Ich hab es eben in den Nachrichten gesehen«, versicherte ich. Dann sagte ich: »Deshalb bist du rausgekommen? Um über die Klospülung zu reden?«

»Ich bin rausgekommen, weil du mich aufgeweckt hast und ich nicht wieder einschlafen konnte.« Sein Tonfall war ein wenig vorwurfsvoll, als hätte ich mich rücksichtslos verhalten. Als wäre ich diejenige gewesen, die sich nicht an die Verhaltensregeln beim Nebeneinanderschlafen gehalten hätte.

»Ich habe dich aufgeweckt, weil mir winzige menschliche Wesen gegen die Blase gedrückt haben und ich kurz davorstand, alles vollzupinkeln, und du« – ich deutete auf ihn – »hast praktisch auf mir drauf geschlafen.« Dann, um den Umstand noch zu betonen: »Ich musste mich unter dir *hervorwühlen.*«

Wer weiß, in welche Richtung sich die Unterhaltung von da an noch entwickelt hätte.

Die Dinge lagen zweifellos offener zutage denn je. Wir waren allein und hatten uns eben erst aneinandergekuschelt. Wenn wir ein bisschen mehr Zeit gehabt hätten, hätten wir vielleicht über alles Mögliche reden oder streiten können. Doch uns blieb keine Zeit mehr. Denn ich spürte plötzlich, wie ein Schwall warmer Flüssigkeit aus meinem Körper strömte.

Ich stand sofort auf. »O mein Gott!« Ich konnte das Nass spüren, das an den Innenseiten meiner Oberschenkel hinunterlief.

»Was ist denn?« Everett stand ebenfalls auf.

»Ich glaube, meine Fruchtblase ist geplatzt!«

Everett sah die Pfütze, die sich zwischen meinen Füßen auf dem Boden bildete. »Ich dachte, die Babys sind für nächste Woche geplant.«

Ich stieß einen kurzen Seufzer aus. »Ein Handtuch wäre prima.«

Als er zurückkam, hatte er folgenden Vorschlag parat: »Vielleicht pinkelst du dich bloß voll.«

»Das hier ist kein Pinkeln«, sagte ich. »Außerdem war ich eben beim Pinkeln. Schon vergessen, Pipi-Sheriff? *Ich glaube, ich weiß, wie es sich anfühlt, wenn man pinkelt.*«

Allerdings war das Erste, was Dr. Penthouse sagte, als sie sich ein paar Minuten später auf ihren Pager hin meldete: »Vielleicht pinkeln Sie sich bloß voll.«

»Was?«

»Das kann manchmal gegen Ende passieren.«

»Und das passiert jetzt gerade?« Ich wollte eine Antwort von einer Person, die sich gar nicht im selben Zimmer befand, noch nicht einmal in derselben Stadt. Eine

Person, die schon vor Tagen nach Martha's Vineyard geflüchtet war.

»Wenn Ihre Fruchtblase geplatzt ist«, sagte sie, »wird weiter Wasser fließen. Wenn es sich bloß um Pipi handelt, wird es aufhören.«

Es floss weiter. Und zwar richtig viel. So hatten nun also meine Wehen eingesetzt. Allerdings erst, wie ich später vielen Leuten viele Male erklärte, nachdem der Hurrikan vorüber war.

»Du hast doch gesagt, dass du das nicht tun würdest!«, sagte Mackie, nachdem Everett sie geweckt hatte. Sie brachte mir noch ein paar Handtücher und überprüfte die Sofakissen.

»Es tut mir leid!«, sagte ich.

Und so kam es, dass wir vier – Mackie, Barni, Everett und ich – uns einen Weg durch Houstons überschwemmte Straßen bahnten, in seinem Jeep, im Regen, um drei Uhr morgens, auf dem Weg ins Krankenhaus.

Und so wurden Mackie die Mama und ich die Tante von zwei Mädchen, genau wie Mackie es vorhergesagt hatte – und wie ich es schon die ganze Zeit über wusste. Mackie und Clive benannten beide nach mir: Baby Sarah und Baby Jane. Zwei perfekte zweieiige Zwillinge. Oder, wie es die diensthabende Ärztin in der Nacht formulierte, wobei sie ein Wort benutzte, das ganz genauso schön war: Schwestern.

Was die Geburt betrifft, spare ich mir die Einzelheiten. Es war schrecklich. Und wunderbar. Beides gleichermaßen. Alle sagen, man vergisst die Schmerzen bei der Geburt. Ich hoffe inständig, dass das wahr ist.

Die Babys kamen innerhalb von drei Stunden. Mein Muttermund war bei unserem Eintreffen im Kreißsaal vollständig geöffnet, und die Babys plumpsten einfach heraus wie die Einkäufe aus einer gerissenen Tüte. Sie kamen zu schnell für einen Kaiserschnitt oder eine PDA. Die Leute im Krankenhaus waren ganz aus dem Häuschen. »Es ist, als wären Sie hierfür geschaffen!«, zwitscherte eine Krankenschwester.

»Bitte sagen Sie nicht so was«, meinte ich.

Ich wollte meinen Kaiserschnitt. Einfach still liegen und die Sache den Profis überlassen. Niemals hatte ich auch nur mit dem Gedanken gespielt, diese Babys tatsächlich selbst auf die Welt zu bringen. Ich wollte einfach im Krankenhaus einchecken und sie mir entfernen lassen.

Doch es ist verblüffend, wie oft das Universum einem das Gegenteil von dem gibt, was man eigentlich will. Während in jener Nacht das Hochwasser draußen immer noch anstieg, erlebte ich den Großteil meiner Wehen in einem Rollstuhl im Wartezimmer der Notaufnahme – während eine Sprechstundenhilfe, die sich kein bisschen vom Wunder des Lebens beeindrucken ließ, das sich gerade vor ihren Augen abspielte, jede Einzelheit über meine Krankenversicherung notierte und quasi erst noch die Steuererklärung für mich machte, bevor sie uns endlich durchließ.

»Ist das hier denn nicht die *Not*aufnahme?«, sagte Mackie zu jedem, der in einem Arztkittel an uns vorbeikam. »Sieht denn keiner, dass wir einen *Notfall* haben?«

Ein Verletzter mit einer Schusswunde kam vor uns dran. Ich erinnere mich noch, dass sich Everett, der bis zu dem Zeitpunkt wie ein Wachtposten stumm auf und ab gegangen war, an Mackie wandte: »Wer wird denn während eines Hurrikans angeschossen?«

Worauf Mackie erwiderte: »Wer kriegt schon während eines Hurrikans ein Baby?«

Barni nahm mich unter ihre Fittiche, überprüfte meinen Puls und nahm die Zeit, wie weit die Wehen auseinanderlagen. Doch sie war keine große Hilfe und schmollte sogar ein wenig, weil wir nicht in das Krankenhaus gefahren waren, in dem sie arbeitete.

»Es steht nicht auf der Liste ihrer Versicherung«, erklärte Mackie immer wieder.

Und Barni sagte immer wieder: »Ist schon gut. Überhaupt kein Thema.«

Wir schafften es gerade noch in den Kreißsaal. Ich schwöre es, um ein Haar hätte ich die Babys im Korridor zur Welt gebracht. Uns blieb noch nicht einmal Gelegenheit, meinen Kittel zuzubinden. Man sagte Barni und Everett, sie sollten draußen warten, und Barni versuchte immer noch, die Leute zu überzeugen, sie mit hineinzulassen, als die Tür mit einem Klicken zuging.

Dann waren da nur noch Mackie und ich. Und als Nächstes, nach viel kürzerer Zeit, als möglich schien, nach dem ganzen monatelangen Planen des großen Tages, an dem ich niederkommen sollte, war das Ganze vorüber, die Babys waren gesäubert und gewickelt, und wir hielten je eines im Arm. Eigentlich wollte ich, dass Mackie beide bekam. Ich versuchte sogar, die Schwester wegzuwinken, als sie mir das Baby brachte. Doch sie hielt mir das kleine Bündel entgegen, und ich wusste nicht, wie ich es ausschlagen sollte, ohne einen Moment zu ruinieren, der eigentlich wunderschön sein sollte und an den wir alle uns für immer gern erinnern wollten. Also nahm ich es. Sie.

Noch bevor das Baby in meinen Armen lag, wusste ich, dass ich nicht hinsehen sollte. So neugierig ich auch war, hatte ich das deutliche Gefühl, dass ich unter gar keinen Umständen irgendetwas von den Dingen tun sollte, die Mütter tun. Ich war nicht die Mutter dieses Babys, und nichts auf der Welt schien in dem Augenblick so wichtig zu sein, wie diese Tatsache in Erinnerung zu behalten.

Mackie betrachtete ihres und gurrte es an, brabbelte Fragen wie »Was bist du denn für eine süße Maus? Was bist du denn für ein Mäuschen?« und stieß wie verrückt Freudenschreie über die kleine Haartolle aus und die kleinen Augenbrauen und die kleinen Ohrläppchen. Ich hatte richtig Mitleid mit dem Zwillingsmädchen, das bei mir gelandet war.

Nach einer Minute hielt Mackie inne und sah auf. »Ich fass es nicht, dass Clive das hier verpasst hat!« Da bemerkte sie meine geschlossenen Augen und meine Haltung.

»Was ist denn los?«, fragte Mackie.

»Nichts.« Ich sah immer noch nicht nach. »Ich bin bloß so unglaublich müde.«

»Oh –«, sagte Mackie. »Natürlich.«

»Könntest du das hier auch kurz nehmen?«

»Sicher!« Mackie kam näher. »Aber ist sie nicht wunderschön?«, fragte sie, während die Schwester ihr das Baby reichte.

Ich nickte, immer noch mit geschlossenen Augen, und sagte: »Total.« Und ich log nicht, obwohl ich der Kleinen nie ins Gesicht gesehen hatte. Sie war wunderschön. Ich brauchte meine Augen nicht, um das zu wissen.

Dann stellte ich mich schlafend und lauschte Mackies Gegurre, bis ich tatsächlich eingeschlafen war.

Die Babys waren einen Monat zu früh gekommen – rein formal zwei Tage, bevor sie voll ausgetragen waren. Doch sie waren groß genug und gesund, und sie mussten nicht lange im Krankenhaus bleiben. Ich auch nicht. Bei mir gab es keine Komplikationen, und Mackie brachte später wie versprochen Champagner ins Krankenhauszimmer. Sobald die Babys auf der Säuglingsstation eingedöst waren, feierten wir. Auch wenn ich mich nicht sonderlich zum Feiern aufgelegt fühlte. Ich war benommen von den Schmerzmitteln, die die Krankenschwestern ständig vorbeibrachten. Erleichtert. Glücklich für Mackie. Froh, es geschafft zu haben. Und ehrlich gesagt auch in jedem Sinne des Wortes: *leer*.

Also schlief ich. Ich schlief und schlief. Wenn ich erst einmal wieder bei Kräften wäre, würde ich meine Aufmerksamkeit auf andere Dinge richten. Doch in jenen verschwommenen Tagen im Krankenhaus döste ich einfach nur vor mich hin, voll von der tröstlichen Gewissheit, dass meine Arbeit erst einmal getan war.

Mackies Arbeit hingegen fing erst jetzt so richtig an.

Ich erinnere mich an eine Unmenge von Krankenschwestern und Assistenzärzten, die in den Tagen nach der Geburt der Babys in meinem Zimmer ein und aus marschierten. Ein schöner Topf mit Hortensien von den Kollegen beim Denkmalschutz traf ein. Clive, der durch das ganze Chaos nach dem Hurrikan zu uns zurück in die Stadt geeilt war, sah zweimal nach mir. Er brachte mir außerdem eine Riesenportion Sushi, was ich schmerzlich vermisst hatte. Dixie und unser Dad brachen ihre Hochzeitsreise ab, um zu uns nach Hause zu kommen – ich erinnere mich daran, dass mein Dad mir eine Schneekugel mit der Freiheitsstatue überreichte und Dixie fast jedes Mal, wenn ich die Augen aufschlug, an meinem Bett saß und Pailletten auf ein Sofakissen aus Kunstfell nähte.

»Was machst du denn da?«, fragte ich einmal.

»Fürs Kinderzimmer.« Sie hielt es hoch.

Ich hatte reichlich Besucher. Howard und Barbara und jede einzelne Bibliothekarin. Selbst Barni kam und brachte mir die Telefonnummer eines Personal Trainers, der *jedem helfen konnte.* Doch ich kann mich nicht daran erinnern, Mackie nach jenem ersten Tag, als wir Champagner tranken, auch nur ein einziges Mal gesehen zu haben.

Es war in Ordnung, sagte ich mir. Sie hatte alle Hände voll zu tun. Und ganz egal, wie heftig es sein mochte, schwanger zu sein, war es bestimmt nichts im Vergleich dazu, auf einen Schlag die Mutter von Zwillingen zu werden.

Doch sosehr ich auch theoretisch Verständnis für Mackie hatte, wurde ich ein dumpfes, leeres Gefühl nicht los. In Wahrheit war ich davon ausgegangen, dass alles wieder normal werden würde, sobald die Schwangerschaft erst vorüber war, und dass Mackie und ich wieder zueinanderfinden würden.

Was nicht im Mindesten passierte – und es dauerte ein bisschen, bis ich begriff, dass da keine Mackie war, zu der ich finden konnte. Sie war mit diesen Babys so weit weg von meinem Leben, dass sie genauso gut niemals hätte da gewesen sein können. Als die Zwillinge da waren, verschwand Mackie spurlos.

Doch ich will nicht ungerecht sein: Ich tat das Gleiche.

12

Als ich aus dem Krankenhaus kam, war das Hochwasser abgelaufen, und die Sonne schien wieder. Mein Dad und Dixie fuhren mich zurück. Sie machten einen Umweg, damit ich an der großen Eiche vorbeikam, die während des Unwetters vom Blitz getroffen worden war.

Wir machten die Übertragung der Babys offiziell, und Mackie und Clive kamen als ganz neue Menschen aus dem Krankenhaus – als Eltern.

Ich kam bestenfalls als ein alter Mensch aus dem Krankenhaus: als mein altes Ich.

»Fahren wir nicht zu Mackie?«, fragte ich, als wir in der Einfahrt meines Dads hielten.

Dixie drehte sich vom Vordersitz zu mir um. »Die werden dort drüben alle Hände voll zu tun haben. Und die Babys schreien recht viel. Wir haben uns gedacht, du möchtest vielleicht gern ein paar Tage hierbleiben.«

Ich nickte. Das klang gut. Zumindest besser als schreiende Babys. Auch wenn ich das Gefühl hatte, dass die Entscheidung nicht wirklich bei mir lag.

Mein Dad holte die Taschen, während Dixie mich auf

dem Weg stützte und daran erinnerte, dass ich die neue Küche noch nicht gesehen hatte.

»Soll ich dich rumführen?«, fragte sie, sobald wir ins Haus geschlurft waren.

»Ich glaube, ich lege mich vielleicht lieber hin«, sagte ich. Ich war in vielerlei Hinsicht aus dem Gleichgewicht gebracht.

Dixie und mein Dad halfen mir nach oben in mein altes Zimmer, von dem Dixie wie versprochen die Finger gelassen hatte. Während Dixie nach unten ging, um mir eine Wärmflasche und etwas Gemüsesuppe zu holen, lag ich dort, auf meinem Bett aus Kindertagen, und blickte zu einem Poster von Eddie Vedder empor, das ich an die Unterseite des Betthimmels getackert hatte.

»Eddie«, flüsterte ich ihm zu, »was habe ich mir nur dabei gedacht?«

Letztlich blieb ich viel länger als ein paar Tage im Haus meines Dads – auch wenn ich es von dem Zeitpunkt seiner Veränderungen an im Grunde als Dixies Haus betrachtete. Alle paar Tage fragte ich Dixie, ob sie fände, dass ich nach Hause fahren sollte, und sie schüttelte dann den Kopf mit den Worten: »Vielleicht noch ein oder zwei Tage.«

Unterdessen wurden Dixie und ich süchtig nach der Soap *Zeit der Sehnsucht*.

Eins musste ich Dixie lassen: Sie zeigte sich der Lage gewachsen. Die meiste Zeit kümmerte sie sich um Mackie, und die restliche Zeit um mich. »Ich weiß nicht, wer mich dringender braucht«, sagte Dixie eines Abends, und dann fügte sie, nicht böse, oder zumindest nicht absichtlich, hinzu: »Aber wenigstens hat Mackie einen Mann.«

Als Dixie eines Nachmittags nach mir sah, entschied sie, dass meine Hände trocken aussahen, und sie setzte sich ans Bett und massierte sie mit Lotion ein, während ich die Augen schloss. Ich bedankte mich bei Dixie für all ihre Hilfe, und ich erzählte ihr, wie ich meine Mutter mit Lotion einmassiert hatte, als sie im Krankenhaus lag. Ich hatte ihre Hände eincremen wollen, doch an ihren Armen befanden sich intravenöse Schläuche. Also hatte ich mich über ihre Füße hergemacht, wann immer ich etwas für sie tun wollte. In jenem fremden, sterilen Zimmer hatte ich das Gefühl, als müsste jede menschliche Berührung ein Trost sein. Ich wollte ihr etwas Gutes tun, wenn auch nur im ganz Kleinen.

Dann redeten Dixie und ich über Mom, und ich bekam das Gefühl, Mom gegenüber ein wenig untreu zu sein, weil ich Dixie so sehr mochte. Ein Teil von mir sah sie immer noch als Konkurrenz.

Doch Dixie war anderer Meinung. »Deine Mutter wird immer die eine große Liebe deines Daddys bleiben.« Dann beugte sie sich vor und zwinkerte mir zu. »Aber das geht schon in Ordnung, denn ich habe meine eigene große Liebe.«

»Echt?«, fragte ich.

Sie nickte. Dann stand sie auf und zog den Bund ihrer Jeans ein wenig nach unten, sodass ihre Hüfte zum Vorschein kam. Und da, mindestens so groß wie eine Grapefruit, prangte eine knallbunte Tätowierung – mit Koteletten, Sonnenbrille und dem ganzen Drum und Dran – von Elvis, etwa 1972.

Schon bald ging es mir wieder gut. Ich weiß nicht, ob es an der Suppe lag, die Dixie mir ständig brachte, oder ob es reine Entschlossenheit war – doch zwei Wochen nach der Niederkunft ging es mir schon viel besser. Die Leere, die ich gleich nach der Geburt der Babys empfunden hatte, verflog, und ich kehrte wieder ziemlich schnell zu meinem *Nur-ich*-Modus zurück.

Ich erstellte eine *To-do*-Liste. Als Erstes wollte ich meinen Körper wiederhaben, und ich studierte mehrere Websites für junge Mütter, um einen Schlachtplan zu entwickeln. Ich schrieb eine Liste mit Aktivitäten für die kommenden Wochen auf, die Spaziergänge, Gewichtheben, einen Wellness-Tag, einen Friseurtermin, Salate, ein vorübergehendes Tattoo von Rosie the Riveter und stündliche Minisessions mit Beckenbodenübungen beinhaltete. Igitt!

Websites – und mein gesunder Menschenverstand – verrieten mir, dass es vielen Frauen schwerfiel, nach der Geburt wieder fit zu werden, besonders nach der von Zwillingen. Doch diese Frauen, jedenfalls die meisten von ihnen, hatten nach der Geburt mit dem Mutterdasein zu kämpfen. Ich hatte dank Mackie und ihrer Vollkorn-Spaghettini im Laufe der Schwangerschaft bloß etwa achtzehn Kilo zugenommen – nicht schlecht bei Zwillingen. Außerdem war ich recht viel gelaufen. Ich sah keinen Grund, warum ich nicht im Handumdrehen wieder fit sein sollte. Ich hatte keinerlei Schlafentzug, Milch absondernde Brustwarzen oder ein Gefühl von Panik, weil winzige neue Leben jede Sekunde voll und ganz von mir abhingen. Ich hatte niemanden außer mir, und so traurig das auch sein mochte, war es doch auch ein Glück.

Andere Nach-Schwangerschafts-Projekte waren unter anderem Ausruhen, Schlafen und angesichts von Dixies nagelneuer Küche in begeisterte *Ooh-* und *Aah-*Rufe auszubrechen. Das schien das Mindeste zu sein, was ich tun konnte.

»Es ist französischer Provence-Stil«, sagte Dixie, als ich mir die Küche ansah. »Sie haben alles aus Frankreich hierher verschifft.« Dann zeigte sie mir die Baguette-Schublade. »Ich persönlich habe nicht allzu viel für Baguettes übrig«, fügte sie hinzu. »Die Franzosen aber schon.«

Mit dem Geld ihres Exmannes hatte sie keine Kosten gescheut. Sie hatte alles komplett rausgerissen und sogar ein Fenster versetzt. Sie ließ Holzverkleidungen für die Kühlschranktüren anfertigen, Stein aus der Provence für die Arbeitsflächen importieren und kaufte ein neues Set Kupfertöpfe, das von einem Gestell über der schicken Viking-Range-Kochinsel hing. Die Küchenjalousien ließen sich per Knopfdruck bedienen.

Das Ganze war, um es milde auszudrücken, nicht nach meinem Geschmack. Ich konnte kaum dort stehen, ohne dass mir schwindlig wurde. Doch um Dixies willen verstellte ich mich wie eine Weltmeisterin.

Und woher nahm ich mir überhaupt das Recht zu sagen, dass diese überladene, selbstgefällige, übertriebene Küche nicht besser war als diejenige, die zuvor dort stand? Ich hatte die Küche meiner Mutter vorgezogen – mit ihren Resopalarbeitsflächen, dem netten kleinen Kühlschrank voller Erinnerungsnotizen, dem hölzernen Esseckentisch, den selbst genähten Café-Vorhängen. Doch vielleicht hatte ich in Wirklichkeit einfach meine Mutter vorgezogen. Oder die Vorstellung von meiner Mutter. Oder die noch-nicht-einmal-mögliche Möglichkeit, dass ich eines Tages hereinkommen und sehen würde, wie sie in ihrem blauen Frotteebademantel Rühreier zubereitete.

Diese Küche hier war kein Ort, an dem meine Mutter je stehen würde. Dort konnte ich sie mir nicht vorstellen und nicht spüren. Die Neuheit des Raumes erweckte den Anschein, als wäre meine Mutter niemals dort gewesen. Und so hatte ich sie wirklich verloren. In den Tagen nach der Geburt wusste ich nicht viel, aber das erkannte ich. Meine Mutter würde nie nach Hause kommen, wenn es keinen Ort gab, an den sie zurückkehren konnte.

Doch ich musste Dixie einfach lieben. Wie denn nicht? Sie kümmerte sich. Um Wäsche, um Pflanzen, um Menschen. Sie half den Dingen gern beim Gedeihen. Einer ihrer beiden streunenden Shih Tzus hatte sogar den zweiten Platz beim Shih-Tzu-Wettbewerb in San Marcus errungen – nicht einmal ein halbes Jahr nachdem sie ihn gefunden hatte, als er gerade *Würmer aus dem Müll* hinter ihrem Haus fraß. Dixie klackerte in ihren Schühchen mit Absatz und ihren Ohrclips mit einer Lebensfreude umher, die einfach ansteckend war. Ich spürte es, mein Dad spürte es. Sogar Mackie spürte es.

Dixie kochte uns warmes Essen, sorgte dafür, dass das Haus blitzblank war, und ließ den Fernseher im Wohnzimmer *bloß zur Gesellschaft* Tag und Nacht laufen. Sie war ständig mit einem Projekt beschäftigt, war auf dem Weg irgendwohin oder kam von irgendwoher. Sie blieb nie stehen oder hielt inne, um sich Sorgen zu machen oder Trübsal zu blasen. Sosehr ich auch ihren Geschmack verabscheute – und die Hawaiihemden, die sie meinem Dad ständig kaufte –, ließ sich nicht leugnen, dass sie es verstand, Dinge wieder zum Leben zu erwecken. Abends, wenn mein Dad zu Hause war, aßen wir Steaks und sahen dann im Wohnzimmer fern, während sie Kaffee kochte und Kuchen anschnitt.

Vielleicht hatte sie das Haus in Dixiewood verwandelt, doch ich konnte verstehen, warum mein Dad sich von ihr angezogen fühlte. Er hatte riesiges Glück, dass er sie gefunden hatte, und ich vergaß nicht, ihr das zu sagen. Und ihm auch.

Die Wahrheit ist doch, dass man nicht alles haben kann. Man kann das Alte und das Neue nicht gleichzeitig haben. Und so wählte ich Dixie, anstatt mich nach der Vergangenheit zu sehnen. Genau wie mein Dad. Als hätte es da überhaupt eine Wahl gegeben.

Theoretisch lautete der Plan, dass ich mich von der Geburt erholen und dann die Rückkehr nach New York in Angriff nehmen sollte. Natürlich würde ich bleiben und bei dem Bibliotheksprojekt helfen, doch anschließend würde ich schon bald wieder in mein altes Leben zurückkehren. Denn mein Selbstverständnis als New Yorkerin verblasste allmählich. Und wenn ich es zurückhaben wollte, musste ich mich schnellstens darum kümmern.

Allerdings hatte ich dazu keine Lust. Ich war müde. Und das Leben in Houston war ziemlich angenehm. Eigentlich hatte ich damit gerechnet, dass ich noch aus dem

Krankenhaus bei meiner alten Mitbewohnerin anrufen und die Einzelheiten meiner Rückkehr besprechen würde. Doch das tat ich nicht.

Anfangs hatte ich viel Besuch. Fast jeder, der beim Denkmalschutz arbeitete, kam vorbei oder rief an. Sie sagten, im Büro würde man mich vermissen. Verwandte und alte Freunde kamen mit Blumen und Essen vorbei. Ich empfing sie im neuen Wohnzimmer, während Dixie uns Kaffee und Cookies brachte. Selbst als ich wieder an den Vormittagen arbeiten ging, ließ ich mich immer noch nachmittags von Dixie verwöhnen. Sie war einfach unwiderstehlich.

Etwa einen Monat lang hing ich herum und machte nichts anderes, als zu den Klängen von Peter, Paul and Mary die Sachen meiner Mutter durchzugehen und in Schachteln zu sortieren. Zwar war ich nicht davon ausgegangen, die sechs Wochen Mutterschaftsurlaub zu nehmen, die mir zustanden, andererseits hatte ich aber auch nicht damit gerechnet, dass die Zeit derart schnell verfliegen würde. Ich spürte die deutliche Versuchung, für immer in diesem Haus zu bleiben und mich wie einer von Dixies geretteten Streunern lieben zu lassen. Doch dann ereigneten sich quasi gleichzeitig drei Dinge, die mich gewaltsam in mein richtiges Leben zurückholten.

Das Erste war ein Besucher. Eines Nachmittags, nachdem ich etwa einen Monat dort war, kam Dixie den Flur entlanggeklackert, lugte in mein Zimmer, wo ich mit einem Buch auf der Brust eingeschlafen war, und flüsterte vom Türrahmen: »Es ist ein gut aussehender Mann da, der sagt, er sei früher einmal dein Freund gewesen.«

Ich hatte Everett seit der Geburt der Zwillinge nicht mehr gesehen und bat Dixie, ihm zu sagen, ich wäre beim Duschen, während ich mich zurechtmachte. Ich konnte ihn nicht ausstehen. Aber ich würde trotzdem nicht nach unten gehen, ohne mich vorher zurechtzumachen. Ich putzte mir die Zähne, reinigte sie mit Zahnseide, band die Haare zurück, zog mir frische Sachen an und trug Lippenstift und Mascara auf.

Letztlich wartete er fast eine halbe Stunde auf mein Erscheinen. Ich hätte ihn gerne noch länger warten lassen, doch ich wurde selbst ungeduldig.

Als ich in die Küche trat, bereitete Dixie gerade einen Nachmittagssnack aus englischen Muffins und Hotelproben-Marmelade zu. Das Wiedersehen verursachte mir ein leichtes nervöses Kribbeln.

Doch der Kerl, den ich vorfand, war überhaupt nicht Everett. Es war J. J.

Er blickte auf und sagte: »Du siehst furchtbar aus.«

Ich machte auf dem Absatz kehrt und wollte gleich wieder nach oben.

Doch J. J. kam angelaufen. »Warte!«

Er war ungepflegt – die Krawatte ungebunden, Hemdkragen nicht zugeknöpft, Dreitagebart. Er sah aus wie jemand, der wirklich von ganz, ganz weit her kam.

Ich sagte: »Was um alles in der Welt treibst du hier?« Vielleicht war es mein Tonfall, aber Dixie verschwand eilig aus der Küche, ohne den letzten Muffin ganz mit Butter zu bestreichen.

»Sie ist weg«, erklärte er mir.

»Wer ist weg?« Die Ehefrau? Die Geliebte? Die Putzhilfe?

»Veronica!«

»Du weißt doch wohl, dass sie nicht so heißt, oder?«

»Ich meine es ernst! Sie ist weggelaufen!«

Seine Augen waren blutunterlaufen, und er hatte seine Serviette zerfetzt. Ich reichte ihm den halb fertigen Muffin. »Seit wann denn?«

»Du musst mir helfen, sie zu suchen!«

In diesem Augenblick hatte ich tatsächlich das Gefühl, ihm bei seiner Suche helfen zu müssen. Allerdings nicht um seinet-, sondern um ihretwillen.

»Schön«, sagte ich. »Aber ich fahre.« Ein paar Minuten später auf dem Weg zu seinem Mietwagen fragte ich: »Wie hast du mich überhaupt gefunden?«

»Meine Sekretärin hatte deine Adresse.« J. J. zuckte mit den Schultern. »Ich soll dir ausrichten, dass es ihr leidtut.«

»Ich hasse dich immer noch«, sagte ich.

»Da bist du nicht die Einzige.«

Während der Fahrt brachte er mich auf den neuesten Stand. »Veronica« war während *einer Art Tornado* geflohen, als die Klinik nach Dallas evakuiert wurde. Sie hatten an einem Whataburger angehalten, und sie war beim Austreten verschwunden. – Einem der Mädchen erzählte sie, sie werde per Anhalter nach New York fahren, wo die Liebe auf sie warte.

Das war mittlerweile einen Monat her! Komisch, dass ich Schuldgefühle empfand, weil ich sie seit den Babys nicht mehr besucht hatte, dabei war sie gar nicht dort. Seit ich nicht mehr bei Mackie und Clive wohnte, spürte ich keinen so starken Drang mehr, jeden Tag raus aufs Land zu fahren. Und da sich nun Dixie um mich kümmerte, war auch mein Bedürfnis nach Gesellschaft zurückgegangen. Doch wenn ich nur einmal kurz vorbeigeschaut hätte, hätte ich wenigstens gewusst, dass April verschwunden war. Jetzt hatte ich ein noch schlechteres Gewissen. Vielleicht hätte ich irgendwie helfen können. Auch wenn ich nicht recht wusste, wie.

J. J. war nicht unterrichtet worden, da er nicht zur Familie gehörte. Er hatte es nur herausgefunden, weil er zufälligerweise angerufen und jene freundliche Empfangsdame ihm die ganze Geschichte erzählt hatte.

Es war schlimm. J. J. hatte einen ganzen Flug lang darüber nachgegrübelt, wie schlimm. »Sie könnte tot sein«, sagte er. »Oder verstümmelt. Sie könnte sich verlaufen haben, verletzt sein oder in der Falle sitzen.« Er legte den Kopf in die Hände. »Auf dem Highway hätte sie sonst wer aufgabeln können.«

War das hier Liebe oder Wahn? Süß oder unheimlich? Leidenschaft oder Perversion? Es war schwer zu sagen.

»Du hast also angerufen und wolltest mit ihr reden?«

Er nickte.

»Und sie haben gesagt, dass sie verschwunden ist?«

Er nickte.

»Und dann bist du in den nächsten Flieger nach Texas gestiegen?«

Er nickte erneut.

»Hast du deiner Frau gesagt, wo du hinwolltest?«

»Sie denkt, ich wäre beim Angeln.«

»Vielleicht ist das ein Segen«, sagte ich. Und dann: »Ist sie immer noch schwanger?«

Er stieß immer wieder mit dem Kopf an die Fensterscheibe.

»J. J.«, sagte ich. »Selbst wenn du dieses Mädchen finden solltest, kannst du nicht mit ihr zusammen sein.«

»Was meinst du damit?«

»Sie ist ein Kind«, sagte ich. »Oder zumindest ist sie nicht erwachsen.«

»Ich liebe sie«, sagte J. J.

»Das ist unmöglich. Das ist einfach unmöglich. Sie hatte noch nicht einmal einen einzigen Orgasmus.«

»Das hat sie dir erzählt?«

»Hat sie. Und es liegt nicht bloß daran, dass du mies im Bett bist, auch wenn das bestimmt keine Hilfe ist.«

Er legte wieder den Kopf in die Hände.

»Es liegt daran, dass sie im Bett *posiert*, J. J. Sie ist so damit beschäftigt zu posieren, dass ihr das Eigentliche entgeht.« Ich hielt eine Minute inne, bis mich die Erkenntnis traf: »Und das gilt nicht nur für den Sex. Das gilt für ihr ganzes Leben.«

Wir umkreisten dieses Thema wieder und wieder. Ich versuchte ihm begreiflich zu machen, dass das Mädchen, das von unserer Agentur zu einem landesweiten Sexsymbol gemacht worden war, gar kein Interesse an Sex hatte. Und er weigerte sich einzusehen, inwiefern das mit dem vorliegenden Thema zu tun haben sollte.

»Du musst dieses Mädchen in Ruhe lassen und zu deiner Frau zurückkehren«, sagte ich. »Verhalte dich endlich wie ein Erwachsener!«

»Aber sie liebt mich«, gab er zu bedenken.

»Sie weiß nicht, was Liebe ist«, widersprach ich. »Und du auch nicht.«

»Ich muss sie bloß wiedersehen.«

»Du kennst ja noch nicht einmal ihren Namen!«, rief ich. »Und weißt du was, Mr. Dynamite? Sie deinen auch nicht!«

Als wir in der Rancho-Verde-Klinik eintrafen, sagte J. J. der Empfangsdame seine Meinung. Wie hatten sie nur so nachlässig sein können? Wussten sie denn nicht, dass sie ein zartbesaiteter Mensch war – und auch ein klein wenig verschlagen? Er stampfte mit den Füßen auf. Er schlug mit der Hand auf die Rezeptionstheke. Er drohte mit einer Klage. Schließlich rief die Empfangsdame beim Direktor zu Hause an und bat ihn herzukommen.

Ein paar Minuten später traf der Direktor ohne Jackett oder Krawatte ein und hörte sich reglos an, wie J. J. eine Zugabe dranhängte. Die Sonne ging allmählich unter, und der Direktor hatte ganz den Anschein eines Mannes, der eben den ersten Bissen von seinem Abendessen zu sich nehmen wollte, als das Telefon läutete. Er überflog Aprils Akte, und J. J. stand selbstgerecht neben ihm, ein wenig außer Atem, mit bebenden Nasenflügeln.

»Es sieht so aus, als sei Miss Schneider jetzt zu Hause bei ihren Eltern«, setzte der Direktor an.

»Miss Schneider?«, erboste sich J. J. »Das ist ja noch nicht einmal die richtige Akte!«

Doch ich stupste ihn an und nickte dann. »Das ist die richtige Akte. April May Schneider.«

J. J. starrte mich an, während der Direktor sagte: »Ich kann Ihnen nicht die Kontaktdaten der Familie geben. Aber ich mache mich jetzt wieder auf den Heimweg, um zu Abend zu essen. Und ich werde die Akte gedankenlos hier am Empfang liegen lassen.«

Er ging. Wir schrieben die Nummer auf ein Post-it und kehrten zurück zum Wagen.

Ich hatte Hoffnungen für April gehegt: Sie würde vielleicht auf Rancho Verde arbeiten und ihr Leben inmitten des hohen Grases in Jeans und Turnschuhen verbringen, Eier einsammeln und Pferde striegeln. Vielleicht würde sie Naturforscherin werden oder Vogelbeobachterin. Ich malte mir ein Happy End für sie aus, ein einfaches, natürliches Leben auf dem Land. Doch vielleicht ging ich zu weit, indem ich einen Plan für ihr Glück aufstellte, wenn man bedachte, dass ich es nicht einmal bei mir selbst schaffte.

Was wusste ich schon? Vielleicht würde J. J. sie tags darauf ausfindig machen und ihr seine Liebe oder sonst was gestehen. Und J. J.s Frau könnte einen besseren Mann finden und bekäme eine zweite Chance, diesmal alles richtig zu machen.

Oder vielleicht rasten sie alle einfach durchs Leben, nahmen sich ein Stück vom Glück, wann immer es sich ihnen bot, und lebten von einem unbegreiflichen Augenblick zum nächsten. Wie wir anderen alle auch.

Das Zweite, was sich ereignete, war eine Standpauke. Dixie bat mich eines Morgens, sie zum Lebensmittelgeschäft zu begleiten. Im Auto, die Eulen-Sonnenbrille auf der Nase, stellte sie Reba McEntire aus und tätschelte mir das Knie. Dann sagte sie: »Ich weiß, warum du deine Schwester nicht besucht hast.«

»Ich habe sie nicht *nicht* besucht«, sagte ich. »Es hat sich nur so ergeben, dass ich noch nicht dort gewesen bin.«

Doch das waren Ausflüchte. Ich hatte sie nicht besucht, das stimmte. Mehrere Male hatte ich versucht, mich zu überwinden, doch jedes Mal verkrampfte sich mein Magen bei der Vorstellung zu einer kleinen Faust, und ich machte an der Tür wieder kehrt.

Es war einfach noch ein weiteres Thema, worüber Mackie und ich nicht redeten.

Doch es gab so gut wie nichts, worüber Dixie nicht redete. »Du hast Angst vor den Babys.«

Es geschieht im Leben nicht oft, dass ein Mensch, den man im Grunde nicht allzu gut kennt, einem etwas Wahres auf den Kopf zusagt, was einem bis dahin nicht klar gewesen war. Doch sie hatte so recht, dass ich auf einen Einspruch verzichtete. Ich saß nur in ihrem Auto und hörte auf dem Weg zu dem Geschäft zu, wie sie mir das Ganze auseiandersetzte.

»Du hast Angst, dass du sie haben willst und dass es sich anfühlen wird, als würden sie dir gehören. Du fürchtest, dass ihr Anblick dir das Herz zerreißt. Und vielleicht tut es das auch.« Ein Typ in einem Mini fuhr bei Rot über die Ampel, und Dixie hupte. »Aber du musst trotzdem hin. Denn manchmal muss man für die Menschen, die man liebt, tapfer sein.«

Was war dem noch hinzuzufügen? Sie hatte alles gesagt. Jetzt kannten wir die Wahrheit. Doch das Wissen der Wahrheit nützt nicht immer sonderlich viel.

Ich hatte nicht bloß Angst, dass der Anblick der Babys

mir das Herz zerreißen würde, sondern ich wusste mit absoluter Gewissheit, dass es so wäre. Ich spürte, dass ich noch nicht so weit war und dass ich noch Zeit brauchte, genauso wie ich wusste, dass Mackie überfordert war und mich unbedingt sehen wollte. Ich konnte Mackies Standpunkt sehen – doch meinen sah ich noch viel deutlicher.

»Ich komme mit, wenn du möchtest«, sagte Dixie.

Doch ich wollte nicht dorthin. Nicht-schwanger hatte ich lauter neue Möglichkeiten. Ich wollte ausgehen und mich gut fühlen. Bei Mackie rumzuhängen wirkte wie ein Schritt in die falsche Richtung. Nach vielen Monaten konnte ich wieder auf dem Bauch schlafen, mich im Bett umdrehen und meine Zehen berühren. Lauter Wunder! Ich war wie ein frisch entbundenes Wondergirl, und meine Fähigkeiten verblüfften mich immer wieder. Ich war bei Weitem noch nicht wieder die Alte, aber es hatte den Anschein, als könnte ich mich allem stellen – allem außer Mackie.

Das Beste, was ich mit Mackie zustande brachte, waren kurze Telefonate. Es ließ sich nicht vermeiden, dass sie nach ein paar Minuten wegen einer Spuckkrise oder einer Windelexplosionskatastrophe weggerufen wurde. In diesen Tagen waren Telefonate mit ihr lediglich Konversationsfetzen. Mit einem richtigen Gespräch hatte das wenig zu tun:

»Wie geht es so?«

»Okay. Gar nicht schlecht.«

»Hast du ein bisschen schlafen können?«

»Nicht wirklich.«

»Was machst du gerade?«

»Ich esse kalte Nudeln und eine Tüte Schokochips.«

In der Richtung liefen unsere Gespräche ab.

Sie hatten eine Kinderfrau angeheuert, doch das brachte nicht viel. Mackie schlief, während sie da war, und sobald sie ging, war Mackie wieder allein. Clive half mit, allerdings fielen ihm neuerdings viele Gründe ein, warum er in die Firma musste. Die Babys hatten einen völlig unterschiedlichen Rhythmus, und sobald Mackie eines zum Einschlafen gebracht hatte, wachte stets das andere auf.

Mackie war nicht mehr sie selbst. Meine supercoole Schwester, die so leicht nichts aus der Fassung brachte, klang fast die ganze Zeit über völlig außer sich. Sie brach bei den verrücktesten Sachen in Tränen aus. Sie legte bei unseren Telefonaten ständig auf, ohne sich auch nur zu verabschieden, weil sie sich um die Babys kümmern musste. Manchmal legte sie noch nicht einmal auf. Sie legte das Telefon beiseite und ging weg, und es dauerte ein oder zwei Sätze, bis mir klar wurde, dass da niemand mehr am anderen Ende war. Sie sagte, das Haus sei ein totales Chaos: Überall häuften sich Windeln, bespuckte Tücher und Fläschchen – sowohl saubere als auch schmutzige – auf sämtlichen Ablageflächen, und Dixie konnte das bestätigen.

»Vielleicht solltet ihr die Kinderfrau öfter dahaben«, schlug ich vor.

Doch Mackie rief: »Nein!« Dann stieß sie ein Seufzen aus, das ein halbes Knurren war. »Ich arbeite an der Mutter-Kind-Bindung.«

Mackies perfektes Leben war ein Scherbenhaufen, und ich empfand Mitleid mit ihr. Wenn ein Baby ins Telefon kreischte, machte ich mehr als einmal den Witz: »Ist das Clive?« Doch es brachte Mackie nie zum Lachen – einmal sogar zum Weinen.

Natürlich wollte sie, dass ich ihr helfen kam, ihr Gesellschaft leistete und Fläschchen für die Mädchen warm machte, während sie duschen ging. Doch ich fand, dass das Clives Aufgabe war. Oder etwa nicht? Bei Dixie hatte ich im Fernsehen eine Reportage darüber gesehen, dass Männer nach der Ankunft eines Babys oft von der Bildfläche verschwanden. Sie fühlten sich überwältigt und verunsichert. Sie vermissten ihre Ehefrauen. Sie hatten das Gefühl, die Kontrolle verloren zu haben. Folglich stürzten sie sich in die Arbeit, irgendwelche langweiligen Aufgaben oder Golf, bis sie die Kurve kriegten – auch wenn das manchmal Monate oder Jahre dauerte, oder gar nicht passierte.

Doch das schien nicht zu Clive zu passen. Er war einer von den Guten. Er hatte einen Camcorder gekauft, um die schönsten Momente festzuhalten, und hatte sich einen Autoaufkleber auf den Wagen geklebt, auf dem stand: WHO'S YOUR DADDY? Selbst wenn Mackie nicht übertrieb, wie viel er auf einmal arbeitete, würde er sich bestimmt bald wieder einkriegen. Hier war seine Chance, von dem fantastischen Elternschutz-Paket zu profitieren, das er eingeführt hatte, und sich ganze sechs Wochen freizunehmen. Wenn ich anrückte und alles für ihn erledigte, würde er sich nie überlegen müssen, wie er helfen könnte. Ich redete mir ein, mir läge lediglich Mackies Bestes am Herzen. Doch was soll ich sagen? Abgesehen davon wollte ich wirklich, wirklich, wirklich nicht zu ihnen.

Einmal sagte Mackie am Telefon: »Kann man an postnataler Depression leiden, wenn man gar keine Geburt hinter sich hat?«

»Sicher!«, meinte ich. »Depressionen sind für alle da.«

So schrecklich es auch klingen mag, sie zog mich runter. Ich hatte mich lange genug mies gefühlt. Ich wollte, dass es mir endlich besser ging. Es ist peinlich, aber manchmal mied ich sogar ihre Anrufe. Ich weiß, am Anfang klang ich um einiges edelmütiger, als ich meine Gebärmutter so gnädig anbot. Damals war ich eine großartige Schwester. Zum Teufel, ich war ein großartiger *Mensch*! Mittlerweile war ich ein bisschen weniger großspurig. Doch mein schlechtes Gewissen brachte mich zwar dazu, ans Telefon zu gehen, aber nichts auf der Welt konnte mich zu einem Besuch bewegen.

Ich wünschte ihr alles Gute, doch irgendwie hatte ich mit der Sache abgeschlossen. Jedenfalls momentan.

Abgesehen davon hatte ich ein neues Projekt. Denn da ereignete sich eine dritte Sache, die mich zurück ins Leben zog. Ich ging wieder in die Arbeit.

Kaum dass ich aus dem Krankenhaus herauskam, rief Howard bei mir an. Die Zeit lief uns davon – vom Geburtstag der Mädchen an, dem 17. September, waren es nur noch zwei Monate bis zu dem Referendum. An meinem zweiten Tag bei Dixie rief Howard an und fragte: »Wann, meinen Sie, kommen Sie wieder?«

»Bekomme ich denn nicht sechs Wochen frei oder so?«, fragte ich.

»Wir haben keine sechs Wochen«, sagte Howard. »Wir

brauchen Sie wieder, *aber dalli.* Außerdem entgeht Ihnen der ganze Spaß.«

Ich kehrte trotzdem erst nach einem Monat zurück, und bis dahin hatte Howard unser PR-Event bereits ohne mich geplant. Ich verpasste die ersten beiden Besprechungen – *aufgrund einer Geburt,* wie Howard ins Protokoll schrieb –, doch die dritte war genau für den Tag meiner Rückkehr angesetzt, und sie fingen erst an, als ich eingetroffen war.

Fast wäre ich nicht hingegangen. Beinahe wäre ich bei Dixie geblieben und hätte den Tag vor dem *Sex and the City*-Marathon verbracht, der im Kabelfernsehen lief. Doch wenn ich nicht hingegangen wäre, hätte Howard keine Gelegenheit gehabt, mir zu sagen, alle Mitarbeiter im Büro hätten *Gefallen an mir gefunden* und wollten, dass ich Vollzeit dort arbeitete. Man hätte mir nicht den schicken Posten als Koordinatorin für gefährdete Bauwerke angeboten. Und am wichtigsten: Wenn ich nicht hingegangen wäre, hätte Howard mir nicht seinen genialen, welterschütternden Einfall, wie wir die Werbetrommel für die Bibliothek rühren könnten, schmackhaft machen können. Es war ein so gigantischer Einfall, dass nichts schiefgehen konnte. Wir hätten die Bibliothek eigentlich gleich auf unserer Website von *gefährdet* zu *gerettet* verschieben können.

Außerdem war es eine Idee, die mich möglicherweise das Leben kosten würde.

»Aber das ist ja gerade das Geniale daran«, sagte Howard, und ich glaubte ihm aufs Wort.

Bei der Besprechung drängten sich die Leute um den Tisch, und in dem Zimmer war es zu warm. Alle verstummten bei meinem Eintreten – seit meiner Entbindung waren vier Wochen vergangen – und starrten mich mit einem scheuen Lächeln an. Ich passte noch immer nicht in meine Klamotten von vor meiner Schwangerschaft und hatte mit dem Gedanken gespielt, wieder eines meiner Umstandskostüme in die Arbeit anzuziehen. Schließlich zog ich ein schwarzes T-Shirt und eine schwarze Stretch-Trainingshose an. Wäre mir klar gewesen, welches Aufsehen mein Eintreffen erregen würde, hätte ich ein bisschen mehr Aufwand betrieben.

Doch allmählich fiel mir neben ihrer Aufmerksamkeit eine gewisse Nervosität auf, und als Howard die Sitzung eröffnete, bemerkte ich, dass die eine Hälfte der Anwesenden ihn beim Sprechen beobachtete und die andere Hälfte mich anstarrte.

Howard begann, indem er mich nach meiner Rückkehr willkommen hieß, und mir fiel auf, dass er mich ebenfalls beobachtete. Er wandte sich im Grunde ausschließlich an mich und setzte immer wieder ein strahlendes, für Howard völlig untypisches Lächeln auf, das mehr nach einer Grimasse aussah. Ich setzte mich aufrechter hin und hörte genau zu.

»Wie Sie wissen, Sarah«, setzte Howard an, »hatten wir zwei Planungssitzungen, die Sie verpasst haben wegen Ihres« – er suchte nach dem richtigen Wort – »Zustandes.«

Ich nickte.

»Diese Sitzungen sind recht produktiv gewesen. Wir hatten wirklich ein paar tolle Einfälle.«

Ich nickte erneut.

»Wir hatten einen Einfall, der so spannend, medienwirksam und noch nie dagewesen ist, dass die Sache sogar funktionieren könnte.«

Er brauchte zu lange. »Was ist es denn für ein Einfall, Howard?«, fragte ich.

Doch Howard ließ sich nicht drängen. Er wollte das ganze Drum und Dran erklären: Sie hatten Ideen für eine Kundgebung gesammelt, irgendeinen Weg, alle vor dem Wahltag anzustacheln – und jemand kam mit der Idee, eine Art Lesestreik auf dem Rasen vor der Bibliothek zu veranstalten, bei dem die Bibliothekarinnen Bücher ins Freie bringen würden. Dann hatte Ryan, die Herbst-Aushilfe, vorgeschlagen, die Leute sollten Picknickdecken mitbringen und ihren Kindern vorlesen, und Tom aus der Buchhaltung warf den Namen einer Western-Swingband in die Runde. Im Nu sprachen sämtliche Anwesenden vom »Lesestreik in der Bibliothek der Liebe«, und Mimi aus der Buchhaltung schlug vor, eine Schar von neunundneunzig herzförmigen Luftballons aufsteigen zu lassen – ein Ballon für jedes Jahr, in dem es die Bibliothek schon gab. Dann schlug Barbara einen Stand vor, an dem jemand gegen Spenden Küsse verkaufen sollte.

An dieser Stelle hielt Howard inne und sagte: »Ich weiß nicht, wie Ideen zustande kommen, Sarah. Aber die nächste war einfach genial.«

Jetzt waren mir sämtliche Gesichter im Raum zugekehrt.

»Das sind bisher tolle Ideen«, sagte ich und meinte es auch so.

Howard fuhr fort: »Aber Houston ist eine große Stadt voller Menschen. Ein niedliches kleines Nachbarschaftsfest reicht nicht aus. Wir brauchten etwas Großes, total Verrücktes.«

»Und Sie sind genau der Richtige, um sich so was einfallen zu lassen«, sagte ich.

Howard nickte ernst. »Sie kennen doch den Witwensteg-Balkon auf der Kuppel der Bibliothek?«

Ich nickte.

»Er ist ziemlich breit«, sagte Howard. »Etwas über zwei Meter oder so.«

Ich nickte wieder.

»Drumherum führt ein Geländer. Und man kann hinaufsteigen. Es gibt eine Falltür und eiserne Stufen, die nach oben führen.«

»Sie wollen etwas Verrücktes auf dem Dach veranstalten«, riet ich.

Howard konnte ein Lächeln nicht unterdrücken. »Ja«, sagte er. »Ich will jemanden hochschicken, der dort bleiben soll. Eine Stunde lang für jedes Jahr, seit man die Bibliothek erbaut hat.«

»Das sind neunundneunzig Stunden!«, sagte ich.

»Yep«, meinte Howard.

»Das sind vier Tage!«, sagte ich.

»Yep«, meinte Howard.

Und dann wurde mir schlagartig klar, dass es genau das Richtige wäre.

»Howard«, sagte ich. »Das ist total genial!«

Alle Anwesenden seufzten erleichtert auf.

»Gut«, sagte Howard. »Ich bin froh, dass Sie es so

sehen.« Und dann beugte er sich zu mir, sodass sich sein Gesicht direkt vor meinem befand. »Wir haben wirklich gehofft, dass Ihnen der Plan gefällt«, sagte er. »Denn Sie sind diejenige, die dort oben sein wird.«

Im Lauf der nächsten Stunde erläuterte mir Howard, warum ich die absolut einzige Person im ganzen Büro war, bei der das Ganze funktionieren könnte. Ich war jung, ich war Single, ich war »telegen« (auch wenn er mit einem Zwinkern meinte, seine Cousine schwöre auf Äpfel und griechische Oliven, um Schwangerschaftspfunde loszuwerden). Uns blieben noch vier Wochen, bevor ich da hoch musste. »Bis dahin sind Sie wieder wie früher«, sagte er voller Zuversicht. »Nicht wahr?«

»Ich glaub' schon«, sagte ich. »Auf jeden Fall werde ich's versuchen.«

»Tja, Sie müssen das hinkriegen«, sagte Howard. Dann ging er seine Liste durch, weshalb sämtliche anderen Frauen im Büro nicht infrage kamen. »Mimi ist verheiratet, Carmen ebenfalls. Anna hat Höhenangst. Maggie ist alleinerziehende Mutter. Und Barbara« – diesen letzten Teil flüsterte er und vergewisserte sich dabei, dass sie gerade nicht im Zimmer war – »ist zu alt.«

»Wieso muss es überhaupt eine Frau sein?«, fragte ich.

»Weil es ein Kiss-a-thon ist«, erklärte Howard. »Am Ende Ihrer Mahnwache geben Sie einem glücklichen Gewinner neunundneunzig Küsse. Bloß dass wir es so hinbiegen werden, dass Ryan, der Praktikant, tatsächlich die Küsserei übernimmt.«

Ich sah mich um. Ryan meldete sich. Ich hatte ihn schon

einmal gesehen. Er hatte gerade weiße Zähne und volle Studentenlippen. Definitiv kusstauglich.

»Es ist eine Tombola«, warf Ryan ein.

»Super«, erwiderte ich.

»Also, sind Sie mit von der Partie?«, fragte Howard, und ich spürte die Blicke aller auf mir.

Doch ich hatte eine Milliarde Fragen. Würde ich dem Dach keinen Schaden zufügen? Und wenn ich im Schlaf hinunterrollte? Und wenn es regnete? Was war mit Blitzen? Wie würde ich duschen? Und aufs Klo gehen? Wie würde ich essen? Würde ich mich nicht furchtbar langweilen? Und wenn ich nun von einem Vogel angegriffen wurde? Und wer in aller Welt würde eine Frau küssen wollen, die vier Tage auf einem Dach verbracht hatte?

Doch Howard hatte schon alles ausgetüftelt. Ich würde ein Zelt mitnehmen, das wir an das Geländer um die Dachkuppel binden würden, dazu einen Schlafsack, ein Kopfkissen und eine kleine Luftmatratze. Ich würde ein Handy haben und einen Laptop – und ich würde über das Ganze bloggen. Es wäre mir gestattet, zum Austreten, Zähneputzen und Gesichtwaschen nach unten zu kommen, doch wir würden eine große Stoppuhr vor Ort haben und sie anhalten, sobald ich die Kuppel verließ. Barbara wäre für die Essenslieferungen verantwortlich und würde mir auch Bücher zur Lektüre empfehlen. Außerdem hätte ich gegen etwaige Vogelangriffe einen Eimer mit Wasserbomben, Papierfliegern und einer Steinschleuder.

Am letzten Tag gäbe es eine große Kundgebung mit Zuckerwatte und einer Swingband auf dem Rasen vor der

Bibliothek. Wir würden wie blöd die Werbetrommel rühren und so viel Medienrummel veranstalten wie möglich. Die Bibliothekarinnen würden den Kindern aus Büchereibüchern vorlesen. Barbara würde der Menschenmenge die Geschichte von Dr. Emmet Frost erzählen, und zwar vor einem Banner mit der Aufschrift RETTET DIE BIBLIOTHEK DER LIEBE!

Und dann, als großes Finale, würden wir den Kiss-a-thon veranstalten. Eine Tombola, bei der Männer im Publikum einen Dollar zahlen konnten – was sich schrecklich billig anhörte, doch Howard sagte, es ginge uns nicht ums Geld – für die Chance, auf das Dach hinaufzukommen und mich zu küssen. »Neunundneunzig Mal?«, fragte ich.

»Neunundneunzig Mal«, bestätigte Howard.

Wir beschlossen, neben dem Podium ein großes Flipchart mit den Zahlen von eins bis neunundneunzig aufzustellen, und nach jedem Kuss würden Ryan und ich die Zahl herunterrufen, und Barbara würde umblättern. Am Ende des neunundneunzigsten Kusses würden wir dann neunundneunzig Luftballons steigen lassen, und ich könnte nach Hause unter die Dusche.

Ich fand es klasse.

Als Barbara wieder bei der Besprechung erschien, war sie nicht ganz so überzeugt. »Das ist ein Himmelfahrtskommando«, sagte sie. »Ich wette hundert Dollar, wer auch immer dort hochklettert, wird vom Blitz getroffen oder stürzt ab und bricht sich das Genick.«

»Barbara«, sagte ich. »Es wird funktionieren.«

Und damit basta.

Howard kannte einen Typen, der ein Publicity-Foto von mir machen konnte, mit dem wir die ganze Stadt zuplakatieren würden. »Sie wird einen Stylisten brauchen«, wandte Howard sich an Barbara, als stünde ich nicht direkt daneben. Er wies auf meine Locken. »Vielleicht die Dinger da glätten. Und richtig gutes Licht.« Dann hielt er inne, um mein Gesicht zu mustern, wobei sein eigenes sich zu einem besorgten Stirnrunzeln verzog. Dann entspannte er sich. »Es wird schon gehen«, sagte er. »Mein Freund macht aus jedem eine Schönheit.«

Am nächsten Tag kamen Barbara und Howard nach einer Dachinspektion zu dem Schluss, dass es *recht gut in Schuss* sei, auch wenn wir alle zu dem Zeitpunkt so wild entschlossen waren, mich nach oben zu schicken, dass es relativ sinnlos war, sich das Dach überhaupt anzusehen. Sie nahmen mir das Versprechen ab, dass ich die ganze Zeit über, selbst beim Schlafen, einen Sicherheitsgurt tragen und am Geländer, das stabil wirkte, festgeschnallt bleiben würde. Ich versprach es. Ich hätte alles versprochen.

Je mehr ich es mir vorstellte, desto größer wurde mein Entzücken. Vielleicht brauchte ich bloß ein neues Abenteuer. Die Dinge auf ebener Erde funktionierten nicht so, wie ich es mir erhofft hatte, und ich wollte zur Abwechslung mal sehen, wie etwas gut ausging. Je öfter ich daran dachte, vier Tage dort auf dem Dach zu verbringen, desto weniger konnte ich es erwarten. Ich wäre sogar hinaufgestiegen, wenn es morsch gewesen wäre oder verrostet und voller Löcher.

»Ich habe gewusst, dass Sie es machen würden.« Ohne mich zu berühren, deutete Howard eine Umarmung an.

»Genau wie ich wusste, dass Sie die Stelle bei uns annehmen.«

»Nehme ich die Stelle denn an?« In dem ganzen Trubel hatte ich es beinahe vergessen.

»Etwa nicht?«, meinte Howard. »Sie wären verrückt, es nicht zu tun.«

»Na ja.« Ich runzelte die Stirn. »Eigentlich wollte ich nach New York zurückziehen. So lautete der Plan.«

»Sie können immer noch nach New York zurückziehen«, sagte Howard. »Aber so ein tolles Stellenangebot kriegt man nur einmal im Leben.«

»Warum möchten Sie, dass ich die Stelle annehme?«, fragte ich. »Sie mögen mich nicht einmal.«

»Aber ich hasse Sie auch nicht.« Howard hob eine Augenbraue. »Und sonst hasse ich jeden.«

Uns blieb ein Monat, um ein Medienspektakel zu inszenieren, und wir machten uns sofort an die Arbeit. Ich besuchte Radio-Talkshows und das Lokalfernsehen. Wir ließen neue Autoaufkleber mit der Aufschrift 99 KÜSSE und *www.rettetdiebibliothekderliebe.org* darunter drucken. Howards Freund fotografierte mich, nachdem er mir so viel Make-up ins Gesicht gekleistert hatte, dass ich nicht wiederzuerkennen war. Wir beklebten unsere Plakatwände mit meinem *glamour shot.* Da war ich nun, superglamourös, überall in der ganzen Stadt: KÜSSEN Sie diese Frau und RETTEN Sie die Bibliothek der Liebe!

In der Zwischenzeit sah ich mich nach einer Wohnung um. So kam es schließlich, dass ich zurück nach Houston zog: aus Versehen. Indem ich rückwärtsging, während ich mir einredete, es sei vorwärts. Indem ich das eine plante, aber tatsächlich etwas anderes wollte. Es war eine große Entscheidung, nach Hause zu ziehen, und selbst während ich sie traf, rechnete ich felsenfest damit, dass ich es mir noch anders überlegen würde.

Ich umkringelte Anzeigen in der Zeitung und sah mir Wohnungen an. Im Zentrum von Houston gibt es eine große Auswahl an niedlichen kleinen Maisonettewohnungen aus den Zwanzigern, Dreißigern und Vierzigerjahren. Ich schloss alle ohne zentrale Klimaanlage aus sowie jede Wohnung, die nicht schon von der Straße aus total hinreißend aussah. Wenn ein Vermieter nicht wusste, wie man sich um die Fassade eines Gebäudes kümmerte, hatte das Innere meiner Meinung nach auch keine Chance. Offiziell stand ich nicht unter Zeitdruck. Schließlich hatte ich eine Bleibe. Im Grunde sogar zwei.

Ich wollte etwas Umwerfendes finden, aber das kann manchmal ein bisschen viel verlangt sein. Gleichzeitig wollte ich unbedingt mein richtiges Leben in Angriff nehmen. Dieses Übergangsstadium dauerte nun lange genug. Ich wollte mich niederlassen, renovieren und meine Möbel aus dem Lager in New Jersey befreien, wo ich sie zurückgelassen hatte. Ich vereinbarte, dass alles nach Texas verfrachtet werden sollte. Das würde eine Weile dauern, und ich hoffte, dass ich ein Apartment finden würde, bevor der Umzugstruck eintraf.

Doch nichts passte so richtig. Vielleicht stellte ich zu hohe Ansprüche. Manche Wohnungen lagen zu sehr im Schatten. Andere waren zu sonnig. Manche waren zu sehr modernisiert worden und hatten all ihren Altbau-Charme eingebüßt. Andere waren überhaupt nicht modernisiert worden und wirkten heruntergekommen. Entweder fand ich eine süße Wohnung in einer miesen Straße oder eine miese Wohnung in einer süßen Straße. Immer war etwas verkehrt.

Eines Tages hörte Howard zufällig mit, wie ich Ryan, dem Praktikanten – der ein wenig mit mir flirtete, da wir nun Kuss-Partner waren –, eines Tages in der Mittagspause davon erzählte. Howard kam herüber und packte mich an den Schultern. »Haben Sie eben gesagt, dass Sie nach einer Wohnung suchen?«

Ich nickte. »Das ist richtig.«

»O mein Gott! Kommen Sie mit.« Und er zerrte mich so schnell von meinem Stuhl am Besprechungstisch, dass ich ein halbes Thunfisch-Salat-Sandwich und eine volle Flasche Evian stehen ließ.

Howard zog mich nach draußen auf den Parkplatz und deutete auf seinen Wagen. »Rein da«, befahl er, und ich gehorchte. Unterwegs telefonierte er.

»Ich hab jemanden für dich«, sagte er. »Sie ist ideal! Kannst du dich mit uns treffen?«

Nachdem er aufgelegt hatte, wandte er sich mir zu und erklärte, er habe einen Freund, der nach Paris zöge und dessen Mietvertrag noch ein halbes Jahr lang laufe. Abschließend sagte Howard: »Sie sind der größte Glückspilz, den ich kenne.«

»Ich komme mir nicht gerade wie ein Glückspilz vor.«

»Schätzchen«, sagte Howard. »Erstens: Sie müssen lernen, dankbarer für das zu sein, was Sie haben. Und zweitens: Sie haben diese Wohnung noch nicht gesehen.«

Nach fünf Minuten hielten wir vor einem weißen, stuckverzierten Haus im spanischen Stil der Zwanzigerjahre. Im Erdgeschoss befanden sich Läden – eine kleine Kunstgalerie, ein Café –, und in einer Seitenstraße war ein gewaltiger Torbogen mit einem Eisengitter. Eine Frau ließ uns hinein und gab Howard den Schlüssel. Als wir gerade eine breite Treppe in den ersten Stock hinaufsteigen wollten, drehte Howard sich zu mir um und sagte: »Sie werden mich vor Dankbarkeit küssen, sobald Sie die Wohnung sehen.«

»Ich hebe mir alle meine Küsse für Ryan auf.«

Doch ich ahnte bereits, dass es gut werden würde.

Wir erklommen die Stufen. Als wir oben ankamen, blieb ich wie angewurzelt stehen. »O. Mein. Gott.«

»Stimmt.« Howard sah sich um. »Stimmt genau.«

Ich fand wieder einmal keine Worte für das, was ich sah. Doch ein paar Dinge erwähne ich trotzdem: Es gab einen zweistöckigen Innenhof voll mit riesigen Palmen, Mosaiksteinen, Torbogen, eisernen Tischchen und Stühlen – und lauter entzückende kleine Wohnungen, die von allen Seiten auf den Hof hinausgingen.

Howard musste mich mit dem Ellbogen anstupsen. »Luft holen!« Dann führte er mich eine weitere Treppe hinauf und ließ mich in eine helle Wohnung mit hohen Decken, zimtfarbenem Hartholz, weiß vergipsten Wänden, riesengroßen Fenstern, Bogendurchgang, einem Kamin, Glastüren und kleinen Flügelfenstern, die von der Küche aus auf den Innenhof hinausgingen. Selbst leer – das Mobiliar des Vormieters war bereits auf dem Weg nach Frankreich – war sie wunderschön.

Ich stand mitten im Zimmer, und der Anblick raubte mir den Atem. Howard sah mir ungefähr sechzig Sekunden dabei zu, wie ich mich umsah, dann klappte er sein Handy auf und drückte auf die Wahlwiederholung. Und ohne auch nur einen Kommentar meinerseits abzuwarten, sagte er in den Apparat: »Sie nimmt sie.«

Drei Wochen später war ich eingezogen. Ich ließ den Mietvertrag auf mich überschreiben, die Spedition lieferte meine Möbel, und ich verbrachte einen ganzen Tag bei Target, um alles andere zu besorgen.

Meine eigenen vier Wände. Meine eigenen Sachen. Wohin der Blick auch schweifte, gab es einen Eindruck von mir, meinen Vorlieben und meinen Farben: Da waren mein milchschokoladenfarbenes Sofa, meine rote Keramiklampe mit dem zylinderförmigen Lampenschirm, mein Schaukelstuhl im Craftsman-Stil und das folkloristische Huhn in Rot- und Brauntönen mit den Worten »FÜR MICH SIND DAS GOLDENE EIER« in coolen, von Hand gemalten Buchstaben quer über dem Körper. Es war nicht so, dass ich diese Dinge brauchte, um zu wissen, wer ich war, aber es war nett, ab und zu daran erinnert zu werden.

Ich wollte, dass Mackie herkam und sich die Wohnung ansah – mir fiel kein anderer Mensch ein, dem ich sie lieber gezeigt hätte –, doch sie verließ ihr Haus nicht mehr. Es sei denn, sie schlüpfte in einen Jogginganzug und ging mit dem Zwillingswagen einen Block weit, bevor sie dem Geschrei der Babys nachgab und wieder umkehrte. Die Situation mit Mackie war viel zu lange viel zu eng gewesen, doch allmählich ließen die Spannungen nach.

Es war geradezu ironisch, dass ich mich jetzt, da ich meinen Körper zurückhatte, einsam fühlte. Als ich nun meine eigene Wohnung hatte, fühlte es sich zu ruhig an. Weil Mackie mich nicht mehr in den Wahnsinn trieb, schien sie zu weit weg zu sein. Da ich nun all das besaß, wonach ich mich verzehrt hatte, sehnte ich mich wieder nach anderen Dingen.

Ich dachte darüber nach, was Dixie über Trost gesagt hatte, und fragte mich, welche Dinge mich trösteten. An meinem dritten Abend in meiner fabelhaften neuen Behausung saß ich in meiner kleinen Küche und fertigte eine Liste an:

Trostreiche Dinge:

- Tee
- Warmes Wasser auf der Haut
- Dicke Socken
- Vor-sich-hin-Summen
- Lachen
- Offene Kamine
- Mit der Schwester spazieren gehen
- Mit der Schwester telefonieren
- Wenn einem jemand das Obst zu einem lachenden Gesicht anordnet
- Jemanden zu haben, der sich weigert, imaginäre Tumore zu untersuchen

Ich liebte meine neue Wohnung. Doch nach einem Blick auf meine Liste ließ sich nicht leugnen, dass ich mich zum ersten Mal seit einer Ewigkeit danach sehnte, meine Schwester wiederzusehen.

13

Doch es war an der Zeit für die Dachbesteigung.

An jenem Morgen trafen wir uns mit der Presse auf den Eingangsstufen der Bibliothek. Und damit meine ich drei Reporter und eine Bloggerin, die Fotos mit ihrem Handy machte.

Um den Anfangstag meiner Dachbesteigung zu bestimmen, mussten wir rückwärts rechnen. Der Kiss-a-Thon war für vier Uhr am Samstag eingeplant, folglich stieg ich am Dienstagvormittag um zehn nach oben. Damit hatte ich genau 102 Stunden Zeit – drei Stunden Puffer zum Austreten und Zähneputzen. »Und wenn ich nicht die ganzen drei Stunden aufbrauche?«, fragte ich Howard.

»Das geht klar«, antwortete Howard. Ihm war nur wichtig, dass ich meine offiziellen neunundneunzig Stunden vor der Kundgebung um vier abarbeitete. »Wen kümmert es schon, wenn Sie noch ein oder zwei Stunden zusätzlich warten müssen?«

»Mich kümmert es«, sagte ich.

Aber im Grunde hatte er recht. Am Dienstagvormittag

um zehn machten wir für die morgendliche Pressemitteilung einen Schnappschuss von mir mit meinem Rucksack und Zelt, in meinem RETTET-DIE-BIBLIOTHEK-DER-LIEBE!-T-Shirt und sauberer, als ich es lange Zeit sein würde. Dann umarmte Howard mich rasch, murmelte *Bleiben Sie am Leben!* und schickte mich los. Die Bibliotheksleiterin führte mich zu dem Treppenaufgang und wies mir dann den Weg nach oben.

Auf dem Balkon im ersten Stock hielt ich inne, sah mich um und wünschte mir, dass alles gut ausginge – dass das Spektakel funktionierte, dass die Leute aufhorchen und es uns gelingen würde, das Gebäude zu retten. Und dass mich nicht der Blitz traf.

Dann machte ich mich an die zweite Treppe, die zur Spitze der Kuppel führte. Jede Stufe knarzte. Der Schnappriegel oben hatte ein Vorhängeschloss, doch ich kannte die Zahlenkombination. Im Nu war ich durch die Falltür hindurch und befand mich oben auf einem Gebäude, das sich wahnsinnig hoch anfühlte.

Vielleicht war es drei Stockwerke hoch – zwei Stockwerke und eine Kuppel. Eigentlich hatte ich vor, mich aufrecht hinzustellen und zu Howard hinunterzuwinken, damit er die Stoppuhr anstellen könnte. Stattdessen kauerte ich am Boden und streckte die Hand durch das Geländer. Howard winkte zurück und startete die Stoppuhr. Ich beobachtete sie beinahe zwei Minuten lang, schließlich wandte ich meine Aufmerksamkeit meinem neuen Leben auf dem Dach zu.

Zuerst musste ich das Zelt aufschlagen, doch ich hatte zu viel Höhenangst, um gleich damit zu beginnen. Stattdessen saß ich in einer Ecke und ließ den Blick über die Baumwipfel, die Gehsteige unten und die vorüberfahrenden Autos schweifen. Howard schoss ein paar Fotos von mir und kehrte ins Büro zurück. Dann war ich allein.

Aus dem ersten Impuls heraus rief ich Mackie an, doch sie hatte ein schreiendes Baby auf dem Arm und rief nur immer wieder *Was? Was?*, während ich zu reden versuchte.

»Wieso gehst du überhaupt ans Telefon, wenn das Baby derart schreit?«, fragte ich.

»*Was?*«, rief Mackie.

Als Nächstes versuchte ich, ins Internet zu gehen. Doch obwohl Howard bei allem, was ihm heilig war, geschworen hatte, dass es hier oben eine drahtlose Internetverbindung gebe, schaffte ich es kein einziges Mal, online zu gehen. So viel zum Thema Bloggen. Also machte ich ein paar Fotos von der Aussicht, dachte mir Geschichten über die Menschen aus, die ich unten sah, und band mir die Haare zu einem Pferdeschwanz. Ich zwang mich, am Geländer zu stehen und nach unten zu sehen. Und vor allem fragte ich mich, wie um alles in der Welt ich dazu kam, hier aufs Dach zu steigen.

Da ich mich irgendwie beschäftigen musste, schlug ich schließlich das Zelt auf. Eigentlich sollte man es an jeder Ecke festbinden, doch Howard hatte vorgeschlagen, ich sollte noch ein paar Extraknoten machen – *für alle Fälle*. Dann hängte ich ein Transparent mit der Aufschrift WIR LIEBEN DIE BIBLIOTHEK DER LIEBE! am Geländer auf. Ich blies die Luftmatratze auf und packte meinen Rucksack aus: ein Notizheft, Stifte, Textmarker,

Spielkarten, zwei Packungen Müsliriegel, drei Schachteln Kaugummi, Pfefferminzbonbons (für den großen Tag), ein paar Strickutensilien und das Buch *Stricken für blutige Anfänger*, saubere Kleidung, Zahnbürste und Zahnpasta, Wasserflaschen, meinen iPod, ein Foto meiner Mutter mit einem Stiefmütterchen hinter dem Ohr, ein Foto von Mackie und mir als Kinder beim Rodeo, Nagellack, sechs verschiedene Bücher über Architekturgeschichte, die Biografie eines Cowgirls, das Kunststücke mit dem Lasso aufführte, eine Sonnenbrille, Sonnencreme, eine Baseballkappe für die Zeit, wenn meine Haare zu ungewaschen wären, um sie der Öffentlichkeit zu präsentieren, und ein Zauberwürfel.

Als ich alles ausgepackt und aufgestellt hatte, war es Zeit zum Mittagessen.

Um Punkt zwölf Uhr klopfte Barbara an die Falltür. »Ich habe etwas zu essen!«, rief sie und stieß die Tür auf. »Wie geht es Ihnen?«

»Mir geht's gut«, sagte ich. »Prima. Sie sollten das hier für Events vermieten.«

Barbara durfte nicht bleiben. Wir wollten nicht davon ablenken, dass ich hier allein war – die verrückte Bibliotheksanhängerin auf dem Dach. Barbara sah auf die Uhr, bevor sie wieder ging. »Zwei Stunden haben Sie schon geschafft!« Sie zwinkerte mir aufmunternd zu.

»Dann bleiben ja nur noch siebenundneunzig«, ergänzte ich und fragte mich, was um Himmels willen ich die ganze Zeit über anfangen sollte.

Doch ich fand einen angenehmen Rhythmus. Zuerst las ich in meinen Architekturbüchern und machte mir Notizen. In das Notizbuch schrieb ich alles, was mir in den Sinn kam und irgendwie wichtig erschien. Barbara brachte mir Romane. Die Bibliothekarinnen hielten während des Tages die Stoppuhr für meine Klopausen an, und weil Howard ganz in der Nähe wohnte, übernahm er die Abende. In der ersten Nacht lag ich stundenlang wach, lauschte auf die Blätter an den Bäumen und den Verkehr, der unten vorüberfuhr, fragte mich, ob es sich bei dem Knoten hinten an meinem Hals um eine Art Halskrebs handelte, und wer auf meine Beerdigung käme. Selbst nachdem ich endlich eingeschlafen war, weckte mich jede Kleinigkeit – Autohupen, quietschende Reifen, das Flattern des Zeltes.

In der zweiten Nacht schlief ich schon besser. Es war doch ganz nett dort oben.

Doch nach einer Weile wurde ich ganz verrückt, weil ich kaum einen Quadratmeter zur Verfügung hatte und mich nicht frei bewegen konnte. Und ich fühlte mich furchtbar einsam. Ich fing an, Selbstgespräche zu führen: »Also dieser Vogel sieht dem Vogel ziemlich ähnlich, der gerade eben vorbeigeflogen ist. Ob es wohl Freunde sind? Hey, Vögelchen! War das dein Freund?« Ich sang mir auch etwas vor und begleitete mich, indem ich auf das Dach trommelte. Eine Auswahl an Songs von den Beatles, Joan Baez, Musical-Hits. »She'll be Comin' Round the Mountain« bekam etwas Düster-Allegorisches, wenn man es wie Bob Dylan sang, und es klang obszön, wenn man es wie Ethel Merman sang. Letzten Endes sang ich jedes Lied, das mir einfiel, und reihte sie zum längsten, eigenartigsten Medley auf, das es je gegeben hatte. Und natürlich sang ich unterschiedliche Versionen – mehr noch als bei allen anderen Liedern – von »Somewhere Over the Rainbow«, einschließlich der Kermit-Version und der richtigen, als kleine öffentliche Danksagung an die Rancho.

Eines lässt sich mit Sicherheit über einen etwa neunundneunzig Stunden langen Aufenthalt auf einem Dach sagen: Man hat viel Zeit zum Nachdenken. Während ich dort oben war, dachte ich über jeden einzelnen Menschen nach, den ich kannte. Über meine alte Mitbewohnerin Bekka, über J. J. und seine Frau, über April, meinen Dad, Dixie, meine Mutter, Everett, die Babys, Clive und am allermeisten über Mackie. Und wie sehr ich sie vermisste. Jetzt, wo sie nun die Babys hatte und mich nicht mehr mit Bio-Couscous vollstopfte. Während ich eine eigene Wohnung besaß, meinen Kram um mich hatte und auf meine (veränderte, aber durchaus wiederzuerkennende) Taille blicken konnte. Ich vermisste sie. Immer wieder fielen mir Dinge ein, die ich ihr sagen wollte, und ich fing an, eine Liste zu führen. Ich fasste den Entschluss, gleich als Allererstes, wenn ich von hier herunterkam, zu ihr zu gehen. Und es sollte ein ausgiebiger Besuch sein, voller Babygeschmuse und Fläschchenauswaschen. Dann würde es mir eben das Herz brechen – und wenn schon?

Doch dann, in meiner letzten Nacht auf dem Dach, als die Bibliothekarinnen längst Feierabend gemacht hatten und die Sterne alle herausgekommen waren, klopfte es an der Falltür. Da Barbara bereits meine letzte Mahlzeit für den Tag gebracht hatte, jagte mir das Geräusch einen

Riesenschreck ein. Ich war so lange so allein gewesen. Mein erster Gedanke war, dass es sich um einen Einbrecher handelte. Um einen sehr höflichen Einbrecher. Reglos überlegte ich, ob ich darauf reagieren sollte – als würde, wer auch immer es war, glauben, ich wäre nicht zu Hause –, doch dann vernahm ich Mackies Stimme. »Mach auf. Ich bin's.«

Ich freute mich so sehr, sie zu sehen. Natürlich hätte ich mich über jeden gefreut. Doch es freute mich ganz besonders, dass es Mackie war.

»Wie bist du am Nachtwächter vorbeigekommen?«, fragte ich.

»Wie sich herausgestellt hat, steht er auf Rothaarige.« Er hatte einen Blick auf Mackie geworfen und gefragt, ob wir Zwillinge seien, und dann gab sie ihm eine Schachtel Donuts. Sie fügte hinzu: »Er findet dich süß, und er wird an der Kuss-Tombola teilnehmen.«

»Super«, sagte ich.

An diesem Abend sahen Mackie und ich tatsächlich wie Zwillinge aus. Zum ersten Mal, seit ich denken konnte, waren ihre Haare so lockig wie meine. »Was ist denn mit deinem Glätteisen los?«

»Das liegt irgendwo unter einem Haufen Sachen vergraben«, antwortete sie.

»Keine Zeit zum Haarstyling?«

Mackie schüttelte den Kopf.

»Du hast Glück, denn lockig sieht es sowieso besser aus.«

Mackie lächelte. »Das ist deine Meinung.«

Da ich eigentlich keinen Besuch haben sollte, nahm ich

sie mit in das Zelt, und als ich den Reißverschluss zugezogen hatte, sah sie sich um. »In den Nachrichten bringen sie ständig das Neueste von dir.«

»Das hat Barbara mir auch schon erzählt.«

»Beim letzten Mal haben sie Aufnahmen von dir gezeigt, wie du versuchst, mit einem Apfel, einer Orange und deiner Zahnpastatube zu jonglieren.«

Ich zuckte mit den Schultern. »Mir ist ziemlich langweilig.«

»Als ich das gesehen habe«, fuhr sie fort, »habe ich sofort bei Dixie angerufen und sie gebeten, zum Babysitten rüberzukommen.« Dann sah sie mir direkt in die Augen. »Ich weiß, wie es sich anfühlt, wenn man einen Besuch von der eigenen Schwester echt, echt, echt nötig hat.« Sie wartete.

»Es tut mir leid«, sagte ich nach einer Weile, »dass ich nicht zu Besuch gekommen bin.«

Sie wartete auf mehr.

»Ich habe schreckliche Angst vor den Babys«, bot ich an.

»Dixie hat die gleiche Theorie.«

»Im Grunde habe ich sie von Dixie«, sagte ich. »Aber es ist wahr.«

»Es mag wahr sein«, meinte Mackie, »aber in Ordnung ist es deswegen noch lange nicht.«

»Okay.«

»Ich bin am Ertrinken! Ich brauche dich wirklich!«

»Es sind jetzt schon zwei Monate!«, entgegnete ich. »Hast du den Dreh denn immer noch nicht raus?«

Da bedachte Mackie mich mit einem Blick, den sie

mindestens zwanzig Jahre zuvor zur Vollendung gebracht hatte. Es war ein *Ach-komm-schon*-Blick, der gleichzeitig fragte: *Bist du der größte Dummkopf auf der ganzen Welt?* und *Wir können doch wohl unmöglich miteinander verwandt sein, oder?*

»Ich habe echt eine Pause gebraucht«, sagte ich mit einem Achselzucken. Und dann erwiderte ich ihren Blick und sah ihr genau in die Augen. »Echt, echt, echt.«

Doch manchmal ist eine völlig angemessene Erklärung einfach nicht gut genug.

»Es tut mir leid«, sagte ich noch einmal. Und ich erkannte, dass ich dem im Grunde nichts hinzufügen konnte, es sei denn, ich wollte ihr anbieten, wieder bei ihr einzuziehen und ihr zu helfen.

»Wir müssen wohl einfach akzeptieren, dass wir da unterschiedlicher Meinung sind«, erklärte Mackie schließlich.

Und ich sagte: »Okay.«

Da ertönte ein Geräusch von draußen vor dem Zelt.

»Was ist das?«, fragte Mackie.

»Das ist ein Nachrichtenhubschrauber.« Es war nicht der erste.

Ich öffnete den Reißverschluss des Zeltes.

»Wohin gehst du?«

»Tja, ich muss so viel wie möglich aus den Medien herausholen.«

Mackie wirkte nervös. »Du wirst dich doch nicht nackt ausziehen oder etwas in der Richtung, oder?«

»Nein, nein«, sagte ich. »Nicht nackt.«

Doch Howard und ich hatten uns etwas Besonderes für

die Presse einfallen lassen. Ich hatte gehofft, dass heute Abend ein Helikopter in diese Richtung kommen würde. Ich hatte ein pinkfarbenes T-Shirt mit dem Aufdruck KISS ME! an, und darunter trug ich ein Trägertop mit einem großen roten Herz. Ich kroch nach draußen und stellte mich so aufrecht in das Scheinwerferlicht, wie ich es nur wagte. Dann winkte ich dem Hubschrauber zu, schälte mich aus dem T-Shirt und schwang es über dem Kopf, bevor ich es vom Balkon schleuderte und den Reportern Kusshände zuwarf.

Ich habe noch nie im Leben etwas Derartiges getan. Doch für die Bibliothek der Liebe würde ich alles tun.

Mackie hatte aus dem Zelt heraus zugeschaut. »Du hast den Verstand verloren.«

Howard hingegen rief, nachdem er es in den Elfuhrnachrichten gesehen hatte, bei mir an und sagte, dass er mich liebte. »Wenn ich nicht schwul wäre, würde ich Ihnen einen Heiratsantrag machen.«

Woraufhin ich erwiderte: »Und wenn ich nicht hetero wäre, würde ich ihn annehmen.«

Als ich ins Zelt zurückkroch, sagte Mackie: »Du willst diese Bibliothek wirklich unbedingt retten, oder?«

Ich nickte. »Und wenn ich dafür einen gefakten Striptease hinlegen muss, dann tu ich's.«

»Gibt es denn keine bessere Methode, die Aufmerksamkeit der Menschen zu erregen?«, fragte Mackie. »Eine, bei der du nicht das komplett durchgeknallte Mädchen mimen musst?«

Doch ich zuckte mit den Schultern. »Wahrscheinlich nicht.«

Sie hatte ein Scrabble-Spiel mitgebracht. Ohne viele weitere Worte bauten wir es auf und spielten drauflos. Zum ersten Mal seit langer Zeit fühlte sich unsere Beziehung fast normal an. Nachdem ich mich vier Tage lang mit Vögeln, Flugzeugen und dem Wind unterhalten hatte, schien es gar nicht mehr so schwer zu sein, auch mit Mackie zu reden. Ich brabbelte ein bisschen drauflos, wie ich es früher stets getan hatte, und redete immer wieder über das Leben auf dem Dach. Und dann kam ich darauf zu sprechen, wie schön es war, dass Mackie mich besuchte, und fragte schließlich: »Ist es nicht der Wahnsinn von Dixie, dass sie heute Abend für dich babysittet?«

Und dann fing Mackie, meine Schwester, der es vor nur einer Minute noch prima zu gehen schien und die eben einen dreifachen Wortwert für *Dekolleté* eingesackt hatte und die nie, nie weinte, zu weinen an.

»Was ist denn?«, erkundigte ich mich.

Doch Mackie weinte einfach nur. Sie weinte so lange, dass ich schließlich gar nicht mehr auf eine Erklärung wartete, sondern sie einfach nur in meinen Schoß zog. Dort blieb sie, den Kopf auf meinem Bein, und ich strich ihr über die Haare. Ich musste auf keine Antwort drängen. Ich konnte ganz gut erraten, worum es sich handelte.

Nach einer Weile sagte Mackie: »Dixie ist nicht Mom.« Und dann fing sie wieder zu weinen an.

Ich durchkämmte Mackies Locken mit den Fingern und fragte: »Du vermisst Mom?«

Ganz leise, als hoffte Mackie, dass ich sie gar nicht hören würde, sagte sie: »Ich glaube einfach nicht, dass sie je zurückkommen wird.«

Es dauerte eine Weile, bis wir unsere Fassung wiedererlangten. Dann aßen wir eine Handvoll M&M's. Es war halb elf, und Mackie machte sich Sorgen, dass sie nach Hause gehen sollte, doch sie wollte eigentlich nicht. Wir beschlossen, die Scrabble-Steinchen alphabetisch zu sortieren, bevor sie ging, und während wir damit beschäftigt waren, sagte sie: »Die Babys sind klasse, aber, wow – sind die laut! Sie schreien die ganze Zeit. Ich glaube nicht, dass du sie haben wollen würdest.«

Dann dankte Mackie mir dafür, dass ich die Zwillinge für sie bekommen hatte, und ich dankte ihr für die Gelegenheit, etwas Bedeutsames mit meinem Leben anzufangen. Dann entschuldigte sie sich dafür, dass sie herrisch gewesen war und mich herumkommandiert hatte, und ich bat sie um Verzeihung, dass ich miesepetrig und in mich gekehrt gewesen war. Ihr tat es leid, dass sie mich mit Everett Thompson verkuppeln wollte, und ich entschuldigte mich für meinen Widerstand dagegen.

»Ich wollte dich nicht bedrängen«, sagte Mackie.

»Ich hätte ihm eine Chance geben können«, sagte ich.

Und dann ließ Mackie die Bombe platzen: »Es hat mich bloß ein bisschen nervös gemacht, dass du so in Clive verknallt gewesen bist.«

Was? »Was?«

»Ich bin bloß ein bisschen nervös deswegen gewesen, das ist alles.«

»Wer ist hier in Clive verliebt gewesen?«

»Du!«

»Woher denn?«

»Sarah«, sagte sie. »Als ich erst einmal dahintergekommen bin, war es so offensichtlich. Du bist jedes Mal knallrot angelaufen, wenn er ins Zimmer kam. Aber mach dir keine Sorgen. Das waren bloß die Schwangerschaftshormone. Ist kein Thema mehr.«

Manchmal, wenn man mit der Wahrheit konfrontiert wird, hebt man einfach die Hände und legt ein Geständnis ab. Aber in anderen Situationen lügt man, was das Zeug hält. Und wenn man Glück hat, findet man vielleicht sogar den Weg zu einer anderen Wahrheit. »Der Mensch, in den ich verliebt gewesen bin«, sagte ich, »ist Everett.«

»Das ist nicht wahr«, sagte Mackie. »Du warst doch total gegen ihn.«

»Ich war total dagegen, dass du mich mit ihm vekuppelst.«

»Wieso?«

»Ich wollte nicht, dass du es vermasselst.«

»Ich hätte es doch nicht vermasselt!«, empörte sich Mackie.

»Das tust du immer!«

Das ignorierte Mackie. »Wenn du an ihm interessiert warst, warum hast du mir dann erzählt, du würdest dich selbst in Brand stecken?«

»Ebendrum!«, sagte ich. »Ich wollte in Ruhe gelassen werden!« Ich sah ihr in die Augen. »Ich wollte in so mancher Hinsicht in Ruhe gelassen werden.«

Mackie ließ sich das Gesagte durch den Kopf gehen. »Oder vielleicht, weil du ganz tief in deinem Innern geahnt hast, dass er der Richtige ist. Und deshalb hast du wie ein Alligator um dich schnappen müssen, um freizukommen.«

Es war eine beeindruckende Theorie. »Das ist möglich«, räumte ich ein.

Nach einer Weile fuhr ich fort: »Und dann hat Everett mir diesen Wahnsinnskuss in eurem Pool gegeben, und ich bin mir so sicher gewesen, dass er anrufen würde – es gab ein paar verrückte Minuten, in denen ich überzeugt war, dass sich mein ganzes Leben ändern würde –, aber dann hat er nicht angerufen. Er hat nie angerufen. Und dann hat er was mit Barni angefangen. Der Mieterin!«

Bei diesen Worten runzelte Mackie leicht die Stirn. »Ich sag das jetzt nicht gern, aber ich glaube, ich hab da vielleicht was vermasselt.«

Ich erwiderte ihren Blick. »Was denn?«

»Es gab da einen Tag, an dem Everett mir gesagt hat, dass er dich auf ein Date einladen wollte. Aber ich habe ihm abgeraten.«

»Du hast ihm abgeraten?«

»Ja, ich habe ihm genau erzählt, was du mir kurz zuvor gesagt hattest. Dass du dich lieber *mit Benzin übergießen und anzünden* würdest, als dich mit ihm zu verabreden.«

Ich starrte sie an. »Das hast du nicht getan.«

Sie zuckte mit den Schultern. »Doch.«

Ich kniff die Augen zusammen. »Mackie!«

»Du bist diejenige, die es gesagt hat.«

»Aber ich habe es nicht so *gemeint*.«

»Also ich hab's dir ohne Weiteres abgenommen.«

Und dann starrte ich sie nur an. Und zwar so lange, dass sie schließlich »Was?« sagte. Und dann: »*Was?*«

»Mackie«, sagte ich nach einer Weile. »Du hast es vermasselt.«

Sie erzählte mir, was sich tatsächlich an dem Abend der Party zugetragen hatte. Am Tag nach dem Kuss im Pool brachte Mackie Clive und Everett das Mittagessen. Mackie fragte ihn, wie sein Date mit Barni verlaufen sei.

»Ich hab sie nach der Party in ihr Apartment getragen«, hatte Everett Mackie erzählt. »Und dann ist sie über die Schnur der Stereoanlage gestolpert, hat sich den Kopf heftig am Couchtisch angehauen und das Bewusstsein verloren.« Er hatte sie in ihre eigene Notaufnahme gebracht, und sie hatten sechs Stunden dort gewartet, bis man ihnen sagte, dass alles in Ordnung sei.

Mackie hatte versucht, Ausflüchte für Barni zu finden, und gesagt, sie sei eben jung und naiv. Doch Everett hatte sie mit den Worten unterbrochen, dass er eigentlich sowieso kein Interesse an Barni habe. Die Person, an der er interessiert sei, sagte er, sei ich.

Doch Mackie hatte mit einem Kopfschütteln gesagt: »Es tut mir leid.« Mein Wutanfall zwei Abende zuvor hatte sie restlos überzeugt. »Das wird nie passieren«, erklärte sie ihm. »Es ist völlig hoffnungslos.« Zusammenfassend hatte sie noch gemeint: »Sie hasst dich abgrundtief.«

Daher also entschied er sich für Barni, die Mieterin.

»Dazu habe ich ihn auch überredet«, sagte Mackie.

Ich schlug mir gegen die Stirn. »Du hast ihm gesagt, dass ich ihn hasse.«

»Aber ich habe doch geglaubt, dass du ihn tatsächlich hasst!«

»Aber das tue ich doch gar nicht!«

Da schlug sich Mackie gegen die Stirn – und zwar bei

jedem Wort: »Aber! Warum! Hast! Du's! Mir! Nicht! Gesagt!«

Ich zuckte mit den Schultern. »Ich weiß auch nicht. Vielleicht war es nicht der richtige Zeitpunkt?« Als ich Mackies Gesicht betrachtete, das von den Tränen und dem Schlafmangel ganz aufgedunsen war, überkam mich eine Woge der Zärtlichkeit. »Gib dir nicht die Schuld, okay?«

»Mach ich nicht«, sagte sie. »Gib du dir auch nicht die Schuld.«

»Okay.«

Da sagte Mackie: »Wem können wir denn dann die Schuld geben?«

»Barni«, antwortete ich. »Geben wir ihr die Schuld.«

Dann sog Mackie rasch die Luft ein. »Oh! Das hab ich dir ja noch gar nicht erzählt!«

»Was denn?«

»Barni zieht aus. Sie heiratet.«

Adrenalin schoss durch meinen Körper, und dann brachte ich die Frage zustande: »Wen heiratet sie?«

Mackie hörte die Anspannung in meiner Stimme und hob den Blick. Da wurde ihr klar, was mir Sorgen bereitete, und sie hob beschwichtigend die Hände. »Tut mir leid! Nicht Everett! Einen von ihren anderen Mackern.«

»Barni hat andere Macker?«

Mackie nickte. »Ein paar. Du weißt schon – sie wollte sich nicht so schnell festlegen.«

»Und was ist mit Everett?«, fragte ich.

Mackie schüttelte den Kopf. »Das ist schon lange vorbei. Sie haben nicht gut zusammengepasst.«

Entnervt hob ich den Blick zur Zeltdecke. »Ach was!«

»Ja«, meinte Mackie. »Ach was!«

Es sah ganz so aus, als sei es an der Zeit, dass ich Everett anrief und ein paar Dinge klärte. Doch zuerst mussten Mackie und ich uns darauf einigen, dass die Schwangerschaft niemandes Schuld war und nichts an unserer Beziehung ändern durfte. Außerdem musste ich versprechen, dass ich sie und die Babys besuchen würde, sobald ich von dem Dach herunterkam.

Es war unser erstes richtiges Gespräch seit vielen, vielen Monaten. Und auch wenn es nicht unbedingt alles einrenkte, war es doch ein ausgesprochen guter Anfang.

Natürlich hatte ich Everetts Telefonnummer nicht. Und er stand nicht im Telefonbuch. Doch als Howard anrief, um mir zu meinem Striptease zu gratulieren, setzte ich ihn darauf an.

Um 23:42 war mein Gespräch mit Howard zu Ende, und ich musste entscheiden, ob es zu spät war, noch bei Everett anzurufen.

Ich entschied, dass es zu spät war. Doch ich rief ihn trotzdem an.

Allerdings war er nicht zu Hause, und ich hinterließ ihm eine Nachricht. Höchstwahrscheinlich die schlimmste Nachricht in der gesamten Geschichte des Anrufbeantworters:

»Hallo, Everett. Hier spricht Sarah. Harper. Ähm – es ist beinahe Mitternacht, und ich rufe dich bloß an, weil ich eben ein eigenartiges Gespräch mit Mackie geführt habe. Sie hatte dir erzählt, dass ich mich wegen dir mit

Benzin übergießen würde. Jaaa. Ich fand es irgendwie schrecklich zu hören, dass sie dir das erzählt hat. Die Sache ist nämlich die, dass ich es gar nicht so gemeint habe. Überhaupt nicht. Ich glaube, dass sie dir vielleicht einen falschen Eindruck vermittelt hat, was meine Meinung von dir betrifft. Ich befinde mich gerade auf dem Dach eines Gebäudes und kann nicht runter, aber ich würde wahnsinnig gern mal bei einem Kaffee oder so mit dir drüber reden. Wenn sich das gut für dich anhört.«

Und dann hinterließ ich meine Nummer, aber – Überraschung! – Everett rief nicht zurück. Weder an dem Abend noch am nächsten Morgen. Was in Ordnung war. Es war mir egal. Allerdings steckte ich mir doch das Handy in den BH-Träger, um es griffbereit zu haben, falls es klingeln sollte.

Als meine letzte Stunde auf dem Dach beinahe zu Ende war, lag ich in meinem Zelt und las das letzte Kapitel von Jane Austens *Anne Elliot oder die Kraft der Überredung*. Ich versuchte, fertig zu werden, bevor meine Zeit ablief. Laut Plan sollte ich mich verstecken: vor den Nachrichtenhubschraubern, die seit sechs Uhr morgens immer wieder ihre Kreise zogen, und der gewaltigen Zuschauermenge – später würden wir sie auf zweitausend Leute schätzen –, die sich unten auf dem Rasen versammelte. Wenn der große Moment kam, wollte ich einen dramatischen Auftritt hinlegen.

Ich hatte mir schon das Gesicht gewaschen, so viel meines restlichen Körpers, wie in der Bibliothekstoilette möglich war, und hatte eine Extraportion Deo und das Parfum *Heaven* benutzt. Meine Zähne waren geputzt, mit Zahnseide gereinigt, ich trug ein frisches RETTET-DIE-BIBLIOTHEK-DER-LIEBE!-T-Shirt und lutschte ein Tic Tac als Vorbereitung auf die neunundneunzig Küsse, die ich gleich Ryan geben würde, dem süßen College-Jungen und Alibi-Wildfremden. Mir ging gerade durch den Kopf, wie seltsam es war, im Vorhinein zu wissen, dass ich gleich geküsst werden würde, dass Küsse normalerweise nichts waren, was man minutiös in den Terminkalender einplante, da rief Howard an.

»Wir haben ein Problem«, sagte Howard. »Ryan hat sich gerade übergeben.«

»Übergeben?«

»Anscheinend übergibt er sich schon den ganzen Morgen, hat Fieber und andere ›Probleme des Verdauungstrakts‹. Aber er wollte nicht seine Chance verpassen, Sie zu küssen«, sagte Howard. »Das ist ein nettes Kompliment, nicht wahr?«

»Na ja, irgendwie«, meinte ich.

Jetzt war Ryans Mom im Anmarsch, um ihn abzuholen, und man suchte hektisch nach einem Ersatz.

»Keine Sorge«, sagte Howard. »So übel sind Sie nicht. Wir finden schon jemanden.«

Howard legte auf, und ich robbte aus dem Zelt und spähte um das Banner herum, um die Menge nach einem halbwegs annehmbaren Mann abzusuchen, der Ryans Platz einnehmen könnte.

Aber es waren alles Fremde. Ich war bereit gewesen, Ryan zu küssen. Wir hatten wochenlang im Büro miteinander geflirtet und uns darauf eingestellt. Er war nicht etwa ein Traummann, aber ich wusste ganz gut über seine allgemeine Körperhygiene Bescheid, und ich war mir relativ sicher, dass er kein Verrückter war. Bei einem kurzen Kuss an einem Stand für wohltätige Zwecke hätte ich wahrscheinlich einen wildfremden Mann küssen können. Aber das hier waren neunundneunzig Küsse. Das waren viele Küsse.

Ich klappte das Handy wieder auf und rief Howard zurück. »Howard«, sagte ich. »Ich will keinen Fremden küssen.«

»Was anderes haben wir hier unten nicht zu bieten, Süße«, erwiderte Howard.

»Dann machen es eben Sie.«

Howard tat so, als hätte er mich nicht gehört. »Wer?«

»Sie, Howard. Sie.«

»Ich will es aber nicht machen.«

»Howard«, sagte ich. »Das ist mir egal. Ich will nicht, dass ein ekliger Typ mit Vogelgrippe und Porno-Garage hochkommt.«

»Ich kann nicht«, meinte Howard. »Ich hab seit der neunten Klasse kein Mädchen mehr geküsst.«

»Was soll's!«

»Bei dem Gedanken dreht sich mir tatsächlich ein bisschen der Magen um«, fuhr Howard fort.

»Willkommen im Club, Howard«, sagte ich. Und dann beschloss ich, mich von Dixies Selbstverteidigungskurs inspirieren zu lassen. Howard musste motiviert werden, und ich gab alles, was ich hatte: »Jemand muss es machen, Howard! *The show must go on!* Tun Sie es für die Bibliothek der Liebe! Tun Sie es für Emmet Frost und Minnie! Tun Sie es für all die Bauwerke, die vor den Bulldozern in die Knie gegangen sind! Sie können dieses Bauwerk retten, Howard! Aber uns bleiben nur noch fünf Minuten! Also gehen Sie und putzen Sie sich die Zähne, schnappen Sie sich ein Pfefferminzbonbon und bewegen Sie gefälligst Ihren Hintern hier hoch!«

Es funktionierte, aber nur halb. Howard stieß einen lang gezogenen Seufzer aus. »Legen Sie extra Deo auf«, sagte er. »Ich bin in fünf Minuten oben.«

In der verbleibenden Zeit versuchte ich, mich darauf einzustellen, dass ich Howard mit seinem Walross-Schnurrbart, seinen Zähnen voller Kaffeeflecken und seinem dicken Bauch küssen würde. Er trug heute meine Lieblingskrawatte, das war immerhin etwas.

Ich kroch in mein Zelt zurück, schob mir noch ein Tic Tac in den Mund und wartete ab. Wir würden das schon hinkriegen. Wir würden einfach so tun. Wir opferten zehn Minuten unseres Lebens im Dienste des öffentlichen Wohles. Wenn Hollywood das konnte, dann konnten wir das schon lange. Um des Bauwerkes willen würde ich alles hinkriegen. Und ich war mir ziemlich sicher, dass es Howard ebenso ging. Eines Tages würden wir uns daran zurückerinnern und lachen. Oder vielleicht wären wir deswegen auch bis an unser Lebensende peinlich berührt und verlegen, dachte ich, als ich Howards Schritte auf der Metallstiege vernahm. Trotzdem war es richtig, es zu tun.

Um vier Uhr war der Zeitpunkt gekommen. Die Band hatte zu spielen aufgehört, und Barbara hatte auf dem Podium zu ihrer Rede angesetzt. Die Leute scharten sich um sie und spähten zu mir herauf. Drei Nachrichtenhubschrauber drehten ihre Kreise. Ich war bereit. Ich stand über den Dingen, selbst über meinen eigenen Hemmungen, und würde Howard wie wild abknutschen. Doch ich hatte Angst. Die neunundneunzig Küsse sollten ein spektakuläres großes Finale darstellen, doch auf einmal war ich mir ganz sicher, dass die Leute da unten Howard und mir anmerken würden, dass wir nur so taten, als ob. Auch wenn sie nicht sahen, wie Howard das Gesicht verzog, als hätte er in eine Zitrone gebissen. Sie würden es einfach irgendwie wissen, dass wir uns nur zum Schein küssten. All die Stunden hatte ich hier oben auf dem Dach durchgehalten, und dann wäre das große Finale ein Reinfall.

Ich vernahm einen Trommelwirbel. Es war an der Zeit herauszukommen, also tat ich es. Die Menschenmenge jubelte, und ich tat mein Bestes, einen auf Miss America zu machen. Ich glaube, ich winkte sogar auf die gleiche Weise. Doch die ganze Zeit über dachte ich: *Das hier wird ein Riesenreinfall.*

Als ich das Knarzen der sich öffnenden Falltür hörte, hatte ich gute Lust, das Ganze abzublasen.

Doch nicht Howard schob sich durch die Öffnung. Auch nicht der Wachmann. Oder irgendeiner von den Männern, die unten bei der Kundgebung ein Tombolalos gekauft hatten. Es war Everett Thompson. In verblichener Levi's und einem T-Shirt. So attraktiv, dass die Menge unten ganz aus dem Häuschen geriet, während ich kurzzeitig glaubte, an Halluzinationen zu leiden.

Everett deutete ein Winken an. »Hey.«

Da sagte ich: »Howard hat dich gezwungen hochzukommen?« Ohne eine Antwort abzuwarten, fuhr ich fort: »Er ist ja so ein Drückeberger!«

Doch Everett meinte: »Eigentlich habe ich mich freiwillig gemeldet.«

»Hat Howard dir gesagt, wozu du dich da gemeldet hast? Denn da du nun mal hier oben bist, wirst du mir neunundneunzig Küsse geben müssen.«

»Das sind viele Küsse.«

»Und du kannst dich nicht mehr drücken. Da sind Nachrichtenhubschrauber.« Mittlerweile waren es vier.

»Ich weiß. Ich hab dich in den Nachrichten gesehen. Sie berichten ständig darüber, was du gerade treibst. Sie nennen dich *die verrückte Denkmalschützerin*.« Er hielt kurz inne. »Wie läuft's mit dem Stricken?«

»Schrecklich«, sagte ich. »Wie sich herausgestellt hat, kann ich nicht zählen.«

Everett hakte seinen Sicherheitsgurt am Geländer fest. »Manche Kommentatoren haben die Ansicht geäußert, eine andere Art von Handarbeit wäre vielleicht besser für dich geeignet. Schmuck basteln oder Topflappen häkeln.«

»Was treibst du hier, Everett?«

»Ich stand gerade eben unten auf dem Rasen und unterhielt mich mit Howard darüber, dass das letzte Mädchen, das er geküsst hat, Martha Cimarelli im Jahre 1973 war. Da kam deine Schwester mit einem Kinderwagen voller Babys an und sagte, es gebe da etwas, worüber sie nicht sprechen dürfe.«

Mackie war hier. Ich sah nach unten – sie hielt eines der Babys und winkte. Clive hielt das andere und winkte ebenfalls. Ich gönnte mir eine Sekunde, in der ich die Babys, ihre rosigen Gesichter und aufeinander abgestimmten Sonnenhüte bewunderte. Und dann erblickte ich Dixie und meinen Dad und all die Menschen, die mir etwas bedeuteten. Alle waren dort unten, winkten und sahen zu.

»Hat sie gesagt, worüber sie nicht sprechen dürfe?«

»Nein«, sagte Everett. »Aber sie hat gesagt, es sei etwas Gutes. Und dann hat sie mir praktisch befohlen, ich solle auf der Stelle nach oben klettern und dich fragen. Howard hat mir gnädigerweise seinen Platz abgetreten.«

Ich versuchte, meine Gedanken zu ordnen. Die Leute unten auf dem Rasen riefen mittlerweile in Sprechchören: »Küss sie! Küss sie!«

»Was ist es also, worüber sie nicht sprechen darf?«, fragte Everett.

»Ist irgendwie 'ne lange Geschichte.«

»Außerdem«, fügte Everett hinzu, »habe ich eben meine Nachrichten abgehört.« Dann lächelte er leise, wobei er die Nase krauszog.

»So, so«, sagte ich. »Was hab ich dir da gleich noch mal aufs Band gesprochen?«

»Du hast gesagt, dass du dich beim Gedanken an mich gar nicht wirklich in Brand stecken willst.«

Ich nickte. »Das stimmt.«

»Okay.« Er wartete auf mehr.

»Und es tut mir alles so richtig leid«, fuhr ich fort.

Er verschränkte die Arme vor der Brust.

Aus »Küss sie! Küss sie!« war mittlerweile »Nicht reden! Küssen!« geworden.

Doch ich war noch nicht so weit.

»Es tut mir leid«, fuhr ich fort, »wegen der Highschool, dass ich dir das Herz gebrochen und deinen Magnolienbaum gekillt habe.«

Er zuckte mit den Schultern. »Und mir tut es leid, dass ich dich als alt bezeichnet habe«, sagte er. »Es war einfach die erstbeste Gemeinheit, die mir eingefallen ist.«

»Mir tut leid, dass ich dir Bier in den Schoß gekippt habe«, sagte ich.

»Und mir, dass ich mit Barni ausgegangen bin«, sagte er.

»Es tut mir leid, dass ich dich gezwungen habe, wie ein Pirat zu reden«, sagte ich.

»Und mir tut es leid, dass ich mich im Wandschrank an dich gekuschelt habe«, sagte er.

»Mir nicht.«

»Und es tut mir sehr leid, dass deine Fruchtblase geplatzt ist, bevor ich dich küssen konnte.«

»Damals warst du mit Barni zusammen!«

»Eigentlich nicht.«

»Aber sie hat dich ständig *Schnuckilein, Schnuckilein, Schnuckilein* genannt.«

»Ja«, sagte Everett. »Das war eigenartig.«

»Wieso hast du ihr nicht gesagt, dass sie damit aufhören soll?«

Everett zuckte mit den Schultern. »Ich dachte mir, vielleicht macht es dich eifersüchtig.«

»Fies!«, sagte ich.

»Yep.«

»Es tut mir leid, dass ich so getan habe, als würde ich dich nicht mögen«, fuhr ich fort.

»Selber fies«, sagte er.

»Das hatte nichts damit zu tun, dass du nicht ansprechend bist. Im Grunde hatte das damit zu tun, dass du – na, du weißt schon – zu ansprechend bist.«

»Ich war so in dich verknallt, bevor Mackie mir erzählt hat, was du gesagt hast.«

»Warst du?«

»Yep.«

»Aber jetzt nicht mehr?«

Everett schüttelte den Kopf. »Nein. Nicht mehr.« Doch aus seinem Gesichtsausdruck schloss ich, dass er es vielleicht doch noch ein bisschen war.

»Oh«, sagte ich.

Da fiel mir auf, dass die Menge mittlerweile verstummt war. Dann schrie jemand auf dem Rasen »Eins! Zwei! Drei!« Und dann rief die gesamte Menge im Einklang: »Küss sie!«

Also trat Everett einen Schritt vor, und in dem Moment setzte irgendwo weit unten noch ein Trommelwirbel ein. Er legte mir einen Arm um die Taille und zog mich direkt an sich, Bauch an Bauch, wie damals im Flugzeug, und eine köstlich-quälerische Sekunde lang küsste er mich nicht, sondern sah stattdessen nur in meine Augen, als warte er auf etwas. Der Menschenmenge stockte der Atem.

Ich sagte: »An dem Abend? Im Swimmingpool?«

Er sah mir weiter in die Augen. »Ja?«

»Ich bin dahingeschmolzen.«

Und da beugte sich Everett zu mir und presste seinen Mund auf meinen, wir beide vor dem Hintergrund des

Himmels, während die Menge unten jubelte – und es war eine zärtliche, verweilende Angelegenheit, sein Mund ein wenig geöffnet, seine Nase an meiner Wange.

Als er sich wieder aufrichtete, meinte er: »War das ein Kuss oder zwei?«

»Das war einer. Du hast noch achtundneunzig vor dir.«

Ich wandte mich um und deutete auf die Menschenmenge, und sie riefen: »Eins!« Da blätterte Howard die »1« auf dem Flipchart auf. Und dann ging es richtig los, die Menge zählte in entzückten Ausrufen für uns mit, und wir verfielen in einen großartigen Rhythmus. Ich kann die Rufe immer noch hören: »Zwei!« Und dann wandte sich Everett mir wieder mit einem weichen, sparsamen, aber kein bisschen platonischen Kuss zu. »Drei!« Und noch einer. »Vier!« Und noch einer. Die Menschen zählten, und wir küssten uns – sie, dann wir. Ich war froh, dass Everett mich festhielt, denn von der Höhe und dem Wind, von den Küssen und seinen warmen Lippen wurde mir ganz schwindelig.

Bei vierundneunzig beugte Everett sich tiefer hinab und küsste mir die Hand, was verzücktes Kreischen zur Folge hatte. Bei fünfundneunzig küsste er mir die Schulter. Sechsundneunzig war mein Ellbogen. Siebenundneunzig war die Kuhle zwischen meinen Schlüsselbeinknochen. Achtundneunzig war mein Kinn. Und dann, bei neunundneunzig, hielt er inne und sah mich an. Wir waren beide ein wenig außer Atem. Die Menge rief in Sprechchören: »Los! Los!« Doch er sah mich nur eine Sekunde lang an.

Schließlich hob ich die Hände, schlang sie ihm um den Hals und zog sein Gesicht zu meinem, und obwohl wir gerade eben achtundneunzig Küsse hinter uns gebracht hatten, hob sich dieser eine Kuss von ihnen allen ab – denn noch während die Menschenmenge völlig durchdrehte und die Western-Band eine Twostepp-Interpretation von »Love Will Keep Us Together« anstimmte und neunundneunzig herzförmige Luftballons an uns vorbei in den Himmel schwebten, schien alles von uns abzufallen, und das Bescheuerte und In-Szene-Gesetzte der ganzen Angelegenheit verschwand. Da waren nur noch wir beide und die Art von Kuss, die Berührung zu einer eigenen Sprache werden lässt, und wir sagten uns die ganzen lieben und hoffnungsvollen Dinge, die zu zart sind, als dass man sie tatsächlich in Worte fassen könnte.

Wir küssten uns so lange, dass die Zuschauer allmählich das Interesse verloren. Als wir nach unten sahen, hatten die Leute wieder angefangen, ihren Kindern vorzulesen, tanzten zu den Klängen der Band oder standen Schlange am Zuckerwattestand. Manche waren auf dem Weg zu ihren Autos, um nicht in den Stau zu geraten. Das Leben ging weiter.

Als wir jedoch im Erdgeschoss ankamen und durch die Eingangstür der Bibliothek traten, bildete sich eine Menschentraube um uns und jubelte und klatschte. Wir wurden fotografiert. Eine Fernsehjournalistin hielt mir ein Mikrofon vor die Nase und sagte: »Und? Küsst er gut?«

Ich sah Everett an. »Er könnte eine Medaille gewinnen«, sagte ich und fügte hinzu: »Er sollte an den Olympischen Spielen teilnehmen.«

Daraufhin wandte sie sich an Everett. »Was halten Sie davon?«

Er sah mich an. »Für mich muss es kein Profisport sein«, sagte er. »Ich bin einfach froh, ein Hobby zu haben.«

Und dann hatten wir unseren letzten ersten Kuss. Den ich als unseren ersten richtigen Kuss zähle. Selbst wenn es eigentlich neunundneunzig waren.

14

War es also ein perfektes Happy End? Von wegen! So was gibt es nicht.

Aber heirateten Everett und ich zwei Jahre später, barfuß bei Sonnenuntergang an einem hawaiianischen Strand? Und trug Dixie eine knallpinkfarbene Fransenjacke mit einer Strassbrosche in der Form des wunderbaren Staates Texas? Und hatte sie endlich den Trauring meiner Mom gefunden – in der Sockenschublade meines Dads –, sodass er ihn uns geben konnte? Und zogen sich Mackies schwarzhaarige Kleinkinder nackt aus und planschten während der Trauung im Ozean? Und heuerten wir einen Elvis-Imitator an, der bei der Feier auftrat? Ja, ja – alles ja.

Aber entpuppte sich Everett in jeder Hinsicht als absoluter Traummann? Selbstverständlich nicht.

Ich leugne nicht die süßen Dinge wie Pfannkuchen backen oder mit dem Auto nach Austin fahren und im Kino herumknutschen. Wir gehen in die Buchhandlung, kommen dann nach Hause und lesen nebeneinander auf dem Sofa. Wir schlafen aus. Wir essen Häagen-Dazs und kochen italienisch. Wir machen Fahrradtouren, fahren nach

Galveston und grillen am Strand. Wir reden und reden. Doch er vergisst es auch, Telefonnachrichten auszurichten oder seine verschwitzten Laufsachen vom Badezimmerboden aufzuheben. Er kapiert einfach nicht, wie man die Geschirrspülmaschine einräumt. Er spottet über Wohnzeitschriften, klappt die Klobrille nicht runter und hält Wein für *Frauenkram*. Er hat keinen Sinn für Tina Feys Humor, und einmal hat er sich partout geweigert, *Am goldenen See* mit mir anzusehen. Und reden wir am besten nicht davon, wie es ist, wenn ein erwachsener Mann stundenlang Videospiele spielt. Er ist nicht perfekt, aber er ist real. Er hört zu, wenn ich ihm Namenslisten für die Babys vorlese, die wir eines Tages vielleicht haben werden, wenn der richtige Zeitpunkt gekommen ist. Er findet mich köstlich und bringt mich zum Lachen. Je länger ich ihn kenne, desto mehr Dinge an ihm machen mich wahnsinnig – und zwar im negativen, aber auch im sehr, sehr positiven Sinn.

Und etwas an ihm erinnert mich an Mackie. Oder vielleicht sollte ich es besser so formulieren: Etwas an meinem Umgang mit ihm erinnert mich daran, wie ich immer mit ihr umgegangen bin. Dass ich ihm alles erzählen will. Dass ich mindestens einmal am Tag mit ihm reden muss. Dass die Person, die ich in seiner Gegenwart bin, mein echtestes, entspanntestes Ich ist. Mit meinen anderen Freunden bekam ich nur die Vorstellung von Nähe hin. Mit Everett ist es zum allerersten Mal echt. Wir werfen uns gern in Schale und gehen essen, aber ich mag ihn genauso in Shorts und einem T-Shirt. Oder im Schlafanzug. Oder wenn er gar nichts anhat.

Ich würde gern behaupten, dass jene neunundneunzig Küsse vor über zwei Jahren alles für mich veränderten. Doch selbst nachdem sie sich ereignet hatten, war ich immer noch derselbe Mensch. Ich googelte immer noch nach Krankheiten und schrieb mir Listen mit Symptomen auf. Ich fragte mich immer noch bei jedem Hamburger, den ich aß, ob ich davon Rinderwahnsinn kriegen würde. Ich machte immer noch Fehler, schlief bei eingeschaltetem Licht und schrie Dixies Flüche, sobald ich allein im Wagen war. Ich vermisste immer noch das eine oder andere an New York und wusste nicht so recht, ob ich mich in meiner Heimatstadt jemals völlig zu Hause fühlen würde. Ich gab mich manchmal immer noch zu tough und arbeitete häufig zu viel.

Natürlich. Küsse verändern nicht deine Persönlichkeit. Sie betäuben nicht die Schmerzen des Lebens oder bringen einem die Mutter zurück. Das Leben ist immer ein Kampf zwischen dem Menschen, der man ist, und dem, der man sein möchte. Es ist ein ständiges Verhandeln dazwischen, wie man es will und wie es tatsächlich ist. Daran lässt sich nichts ändern.

Am Montag nach der Kundgebung hielt die Stadt ihr Referendum zu der Bibliothek ab. Und von den ganzen Bewohnern der viertgrößten Stadt des Landes gingen zwölf Prozent zur Wahl. Und diese zwölf Prozent stimmten trotz all der Autoaufkleber, Plakatwände, Nachrichtenhubschrauber und den berühmten 99 Küssen gegen die Schuldverschreibung.

Wir waren sicher gewesen, dass sie genehmigt würde.

Niemand hegte auch nur den geringsten Zweifel. Als ich von dem Dach gestiegen war, umarmten sich die Mitarbeiter aus dem Büro und klatschten noch lange ab, nachdem alle anderen schon längst nach Hause gegangen waren. Wir hatten es geschafft! Die Stadt war an dem Tag völlig aus dem Häuschen. »Sie haben ja keine Ahnung, wie sehr die Medien Sie lieben«, erklärte mir Howard. »Seit Dienstag habe ich den Fernseher kein einziges Mal angeschaltet, ohne Ihr Gesicht zu sehen.«

Wir hatten unser Allerbestes getan, aber es war nicht gut genug.

Wir wussten es, sobald wir an die Wahlurnen gingen. Everett und ich gingen zusammen hin – nach Pfannkuchen und Kaffee in einem Diner ganz in der Nähe – und küssten uns für die Kameras, bevor wir in das Wahllokal gingen. Dann drückte er meine Hand, bevor wir uns trennten und zu unseren Wahlkabinen aufmachten, und ich konnte es kaum erwarten, zur Tat zu schreiten. Doch dann las ich die Frage auf dem Stimmzettel. Sie lautete folgendermaßen:

> Soll die Stadt das Recht ihrer Bürger wahren, zum Verkauf stehende Immobilien ohne Einmischung des Stadtrates, des Bürgermeisters oder anderer Interessensgruppen zu erwerben?

Kurz gesagt, das war nicht die Formulierung, die Barbara Tierney vorgeschlagen hatte. Die Bibliothek oder das Thema Denkmalschutz wurden gar nicht erwähnt. Ich halte es für möglich, dass viele Leute es für eine rein hypothetische Frage hielten oder dass sie gegen die Schuldverschreibung stimmten, ohne auch nur zu wissen, was sie da taten. Barbara schrieb am Abend nach Bekanntgabe der Ergebnisse in einer E-Mail an alle, dass die Bibliothek wahrscheinlich von Anfang an dem Untergang geweiht gewesen sei. »Es waren viele gute Leute auf unserer Seite«, schrieb sie. »Aber ein paar sogar noch listigere aufseiten des Hochhauses. Es ist eine gute Lektion für uns. Wenn man sich dieser Arbeit verschreibt, lernt man, dass Kummer zum Leben dazugehört.«

Innerhalb weniger Wochen hatten die Bauunternehmer den Verkauf unter Dach und Fach gebracht, und die Bibliothekarinnen packten die Bücher ein. Das Bauunternehmen beantragte schneller, als möglich schien, die Abrissgenehmigung – und wurde abgewiesen. Die Baufirma wartete neunzig Tage und riss die Bibliothek dann trotzdem ab. Am einundneunzigsten Tag rollten die Bulldozer auf den Rasen, und am zweiundneunzigsten Tag war das ganze Grundstück nur noch Schutt. Sogar der Gehsteig fiel ihnen zum Opfer. Auch die Bäume.

An dem Morgen befahl ich mir selbst, nicht hinzugehen, entspannt zu bleiben, loszulassen und mich auf die nächste Aufgabe zu konzentrieren. Doch so sorgsam ich auf dem Weg in die Arbeit auch versuchte, auf das Büro zuzusteuern, fuhr der Volvo doch in eine andere Richtung. Als der Abriss anfing, umklammerte ich längst den Bauzaun und flehte die Bulldozerfahrer mit einer kleinen Gruppe engagierter Demonstranten, der sich sämtliche Bibliothekarinnen angeschlossen hatten, um Erbarmen an. Vielleicht wäre ich den ganzen Tag dort geblieben, doch bald tauchte Howard auf und drängte sich auf der Suche nach mir durch die Menge. Als er mich fand, stemmte er meine Finger los, legte den Arm um meine Schulter, drehte mich sanft weg und führte mich zurück zum Wagen.

»Wir schauen nicht zu, wie sie fallen«, erklärte er mir. »Niemals.«

Ich kann noch immer nicht an dem Ort vorbeifahren, an dem früher die Bibliothek stand. Ich wende den Blick von dem Hochhaus ab, das jetzt dort siebenundvierzig Stockwerke emporragt. Ich habe es natürlich gesehen – seine asymmetrischen Aluminiumfenster, die über die Fassade verstreut sind, den billigen Backstein, die griechischen Statuen aus glasfaserverstärktem Kunststoff, die vereinzelt in der Landschaft herumstehen. Es nimmt jeden Quadratzentimeter des Grundstücks ein und überragt die Nachbarschaft wie ein hässlicher Koloss. Man kann nicht so tun, als wäre es nicht da.

Doch ich tue mein Bestes. Allein schon aus Respekt vor Emmet Frost und der sonnigen Fensternische der Geisterlady. Und davor, dass alles letztlich verschwindet. Aus Respekt vor der Liebe, dem Verlust, und weil Kummer zum Leben dazugehört.

Doch noch lange vor alldem, am Tag des Referendums, stattete ich Mackie und den Babys einen Besuch ab – wie versprochen. Vielleicht einen Tag oder so später als geplant, aber immerhin.

Sie hatte nicht übertrieben. Das Haus war das totale Chaos, die Zwillinge schrien, und überall lagen Babysachen herum. Als Mackie die Tür aufmachte, waren die

Mädchen wie Indianerbabys eingewickelt. Das eine trug sie an ihrer Schulter, während das andere in einer schaukelnden Korbwiege schrie.

Mackie versuchte nicht einmal, das Geschrei zu übertönen und etwas zu sagen – sie drehte sich nur um, führte mich zum Sofa, ließ mich hinsetzen und steckte mir die Babys unter die Arme – eines auf jede Seite. Dann bereitete sie die Fläschchen zu, während ich versuchte, die Laune der Babys durch ein paar vernünftige Worte aufzuheitern: »Wer wird denn so einen Aufstand machen? Die Fläschchen kommen doch gleich! Entspannen wir uns einfach alle ein bisschen!«

Sobald sie satt waren, nickten sie ein, und ich hatte endlich Gelegenheit, sie genauer zu betrachten. Eben vor diesem Moment hatte ich die ganze Zeit Angst gehabt – wenn ich sie zum ersten Mal hielt, ohne von irgendetwas abgelenkt zu werden. In meiner Vorstellung hätte es ohne Weiteres geschehen können, dass sie sich anfühlten, als hätte man sie meinem Leib entrissen und mir gestohlen. Ich machte mich auf den Schmerz gefasst, doch er kam nicht. Als ich sie endlich in meinen Armen spürte, fühlten sie sich einfach wie alle anderen schlafenden Babys an. Außer dass es Mackies schlafende Babys waren. Von denen eines eine frische Windel benötigte, aber ich wusste nicht, welches.

»Sie sehen beide völlig unterschiedlich aus«, sagte ich. »Und sie sind Clive wie aus dem Gesicht geschnitten.«

»Nicht wahr?«, meinte Mackie. Sie hatte den Kopf nach hinten gelehnt und die Augen geschlossen. »Winzige Mini-Clives mit rabenschwarzen Haaren.«

Mackie schlief innerhalb von Sekunden ein, und so saß ich einfach reglos da und sah ihnen allen beim Dösen zu. Mein Blick schweifte von Gesicht zu Gesicht – alle drei wirkten so vertraut, selbst die neuen.

Jetzt, nach all der Zeit, bin ich froh, dass Mackie bekam, was sie wollte, und ich bin stolz, dass ich ihr dabei helfen konnte. Es war richtig, es zu tun. Doch ich werde trotzdem das Gefühl nicht ganz los, dass ich Mackie verloren habe. Die seltsame Stimmung aus der Schwangerschaft ist verschwunden, aber die Babys haben tatsächlich alles verändert. Mackie hat zum ersten Mal in ihrem Leben etwas, was ihr wichtiger ist als ich.

Nach der Geburt der Babys hatte ich Angst, dass ich die Babys für mich haben wollen würde. Doch tatsächlich bestand das Problem darin, dass *sie* Mackie wollen. Jede einzelne Minute, Tag und Nacht. Und Mackie geht es genauso.

Ich weiß, dass ich selbstsüchtig klinge. Doch so lange Zeit waren es im Grunde nur wir beide. Selbst als Freunde oder ein Ehemann im Spiel waren, wussten wir, dass wir für die andere an erster Stelle kamen. Doch jetzt kommen für Mackie die Babys zuerst – und alle anderen kommen weit abgeschlagen an zweiter Stelle. Jetzt ist sie schon seit guten zwei Jahren eine Mutter und hat das Babyleben mittlerweile ziemlich gut im Griff. Trotzdem schaffen es diese Mädchen, sie völlig in Beschlag zu nehmen. Ich will ja nicht sagen, dass ich eifersüchtig auf die beiden bin, aber ich bin es. Bloß ein ganz kleines bisschen.

Besonders wenn ich mit der Hand vor Mackies zerstreutem Gesicht herumfuchtle und sage: »Hallo! Kannst du mir mal eben zwei Minuten zuhören?«

Dann schüttelt sie sich und sagt: »Tut mir leid! Ja.« Und sie sieht mir direkt in die Augen und konzentriert sich auf das, was ich zu sagen habe. Genau zwei Minuten lang. Wenn ich Glück habe.

Ich bin ihr dankbar, dass sie das hinbekommt. Doch zwei Minuten sind natürlich bei Weitem nicht genug.

Dafür habe ich seit meiner Heimkehr einige Freundschaften geschlossen. Ich habe mich mit einer Nachbarin angefreundet, die im Schmetterlingsmuseum arbeitet. Ich gehe zweimal die Woche mit einer Frau spazieren, die ich im Fitnessstudio kennengelernt habe. Ich fahre jeden Tag zusammen mit meiner Kollegin Mimi im Volvo zur Arbeit, und wir singen mit Willie Nelson mit, und zwar mehrstimmig. Ich bin sogar mit April auf Facebook befreundet. Sie ist wieder in Houston, arbeitet als Friseurin und geht mit einem neuen Typen aus, dessen Vorname John Wayne lautet.

Diese Freundinnen sind alle klasse. Aber sie sind nicht Mackie.

Ich sage mir immer wieder: Es ist gut, dass Mackie nicht meine Freundin ist. Wenn sie eine Freundin wäre, wäre sie mittlerweile verschwunden. Sie wäre zu einer jener Frauen mit Kindern geworden, die man nie zu Gesicht bekommt. Es würden Jahre vergehen, und eines Tages würden wir uns zufällig im Kino über den Weg laufen, einander übertrieben innig umarmen und sagen: »Wie geht es dir? Du siehst super aus!«

Doch sie ist keine Freundin. Sie ist meine Schwester, und ich werde alles versuchen, sie nicht zu verlieren.

Dixie hat mir versprochen, dass es nicht immer so sein

wird. Die Babys werden größer werden und ihre Mama weniger brauchen. Dann wird Mackie zu mir zurückkommen. »Und wenn du deine eigenen Babys hast«, sagte sie auf dem Flug nach Hawaii, »zahlst du es ihr mit gleicher Münze heim.« Und wie so oft bei Dixie ließ die Art, wie sie es sagte, das Ganze okay wirken.

Auf dem Flug erzählte Dixie mir noch etwas anderes über Mackie. Als ich im Krankenhaus nach der Geburt der Babys wie verrückt geschlafen habe, hat Mackie mich ständig besucht. Dixie sah, wie Mackie immer zwischen der Säuglingsstation und meinem Zimmer hin und her schlurfte, anderthalb Tage lang, bevor sie schließlich nach Hause fuhr und sich ein wenig Ruhe gönnte. »Du hast dauernd geschlafen«, sagte Dixie. »Und sie wollte dich nicht wecken. Aber sie zog immer einen Stuhl ans Bett, hob die Decke hoch und rieb dir die Füße mit Lotion ein.« Dixie beugte sich zu mir. »Du kannst Everett fragen, wenn du mir nicht glaubst.«

»Everett war auch da?«

»Sicher«, meinte Dixie. »Ein ganzes Zimmer voller Leute hat auf dich aufgepasst.«

»Warum habt ihr mich denn nicht geweckt?«

»Tja.« Dixie dachte nach. »Du hast Ruhe gebraucht.«

Am Abend jener neunundneunzig Küsse halfen Everett und ich bei den Aufräumarbeiten nach der Kundgebung und saßen dann mit den Kollegen vom Denkmalschutzverein auf der Veranda eines honduranischen Restaurants – wo wir einander über dem Tisch ignorierten, darunter aber Händchen hielten.

Dann kam er mit in meine Wohnung und wartete höflich, während ich duschen ging – länger, dampfender und optimistischer als jemals sonst in meinem Leben. Ich kann immer noch die Augen schließen und mich entsinnen, wie es war, an jenem besonderen Abend das Wasser zu spüren. Die Menschen sind so süß: Wenn wir richtig glücklich sind, können wir uns nicht vorstellen, je wieder unglücklich zu sein.

Ich zog mich im Badezimmer an, band mir die nassen Haare nach hinten, und ich hatte es kaum nach draußen in den Flur geschafft, da hielt Everett mich auch schon in den Armen. Wir küssten uns lange Zeit an der Wand und machten uns dann auf den Weg ins Schlafzimmer. »Es ist okay, wenn ich dich so küsse«, sagte er irgendwann auf dem Weg, »stimmt's?«

Doch ich gab ihm keine Antwort. Ich küsste ihn nur immer weiter.

Und dann kam mir ein Gedanke, den ich noch nie zuvor in meinem Leben empfunden hatte. *Das hier ist Liebe,* dachte ich. *Genau das ist es.*

Er blieb die ganze Nacht. Bei mir. In meinem Bett. In seinen Anziehsachen, unter einer Tagesdecke. Er schmiegte sich ganz dreist an mich und wachte ab und zu auf, um sicherzugehen, dass ich noch da war. Ich lag stundenlang wach, während er schlief, und dachte darüber nach, wie sehr sich alles verändert hatte und wie Kummer und Freude im Leben miteinander verwoben sind. Man muss gut mit dem einen umgehen können, um auch das andere gut erleben zu können. In New York hatte ich sorgsam darauf geachtet, möglichst sämtliche traurigen

Dinge zu meiden. Doch bei meiner Rückkehr nach Hause war ich, ohne es darauf angelegt zu haben, bis zum Hals in einem ganzen Ozean davon versunken. Letztlich hat es mir wohl gutgetan.

Ich kann nachts nie wach liegen, ohne dass meine Gedanken zu meiner Mutter wandern, zu jenem Bild, das ich nun schon so lange mit mir herumtrage: Sie ist auf einem Schiff, an die Reling gelehnt, die Haare im Wind. Doch meine Vorstellung von ihr hat sich verändert. Sie ist mir jetzt viel näher, als mir je bewusst war, und natürlich unendlich viel weiter weg. Sie wird niemals zurückkommen. Doch jetzt spüre ich sie deutlicher. Ich weiß, wie es sich anfühlt, auf alles hinabzublicken, was einem vertraut ist. Ich weiß, wie es ist, voller Angst am Geländer zu stehen und nach unten zu sehen. Ich habe genau das Gleiche auf meinem eigenen sinkenden Schiff getan.

Doch heute sage ich mir: Es ist wahnsinnig wichtig zu lernen, das Beste aus allem zu machen. Es gibt keine Zärtlichkeit ohne Mut. Wenn die Dinge nicht so schlecht gewesen wären, hätten sie auch nie so gut werden können. Und es ist immer besser zu haben, was man hat, als zu bekommen, was man sich wünscht. Mit einer Ausnahme: Ab und zu, wenn man unglaublich viel Glück hat, wächst man über sich selbst hinaus – und bekommt beides.

Eine Anmerkung zur Bibliothek

Die fiktive Dr.-Emmet-Frost-Bibliothek in dieser Geschichte basiert auf der real existierenden Dr. Eugene Clark Library in Lockhart, Texas. Die Figur des Emmet Frost ist der realen historischen Persönlichkeit von Dr. Eugene Clark nachempfunden – der auf seinem Sterbebett seiner Heimatstadt zehntausend Dollar für den Bau einer Bibliothek spendete. Er wurde von der Frau, die er liebte, Mamie Steele, zurückgewiesen, und ernannte tatsächlich sie und Mitglieder ihres Buchklubs, des Irving Clubs, zum Stiftungsrat der neuen Bibliothek. Wie im Roman planten die Damen ein Zimmer in der Bibliothek für die Treffen ihres Buchklubs. Doch im Gegensatz zur Frost Bibliothek hat man diejenige in Lockhart nicht abgerissen. Sie ist ein blühender, beliebter und wichtiger Teil der Gemeinde von Lockhart. Und der Irving Club trifft sich immer noch einmal im Monat in dem Gebäude, das er seit 1900 sein Zuhause nennt.

Danksagung

Ich möchte mich am liebsten einfach bei jedem bedanken, der mir je begegnet ist. Doch vielleicht ist das zu allgemein.

Das Problem dabei, mich ernsthaft bei jedem zu bedanken, der mir bei der Verwirklichung dieses Buches geholfen hat, ist mein schreckliches Gedächtnis. Und vielleicht ist es schlimmer zu versuchen, alle namentlich zu erwähnen, und dann ein paar wenige auszulassen – beispielsweise unseren Kinderarzt Alex Injac, den ich die ersten beiden Male übergangen habe –, als lediglich ein allgemeines Dankeschön an das gesamte Universum zu verschicken. Dann kann jeder sich angesprochen fühlen! Was Sie auch voll und ganz sind, wenn Sie diese Danksagung lesen.

Nichtsdestoweniger habe ich eine kleine Liste an Menschen, bei denen es mir ein besonderes Anliegen ist, sie namentlich zu erwähnen:

Meine Agentin, Helen Breitwieser, weil sie so klug und patent ist, sowie meine wunderbare Publizistin Jynne Martin.

Meine frühere Lektorin Laura Ford, die so viel Geniales zu diesem Roman zu sagen hatte, und meine neue Lektorin Jen Smith, mit der ich wahnsinnig gern zusammenarbeite. Außerdem ganz allgemein die tolle Belegschaft bei Ballantine, einschließlich Janet Wygal und Libby McGuire.

Meine Freundin Laura Mayes, weil sie mir die Bibliothek ihrer Kindheit gezeigt hat, und die Bibliothekarinnen von Lockhart, Texas, weil sie sich so großartig darum kümmern – und ganz besonders Rose Aleta Laurell, deren Geschichten mich zu Teilen dieses Buches inspirierten.

Die Freundin unserer Familie, Gene Graham, weil sie mir ihr schönes Landhaus als abgeschiedenen Ort zum Schreiben zur Verfügung gestellt hat.

Das Buch *The Geography of Nowhere* von James Howard Kunstler, das mich zum Nachdenken über die bebaute Landschaft anregte.

Meine Freundinnen Brené Brown, Karen Walrond, Jenny Lawson und Lucy Chambers, die meine Bücher vielen Leserinnen ans Herz gelegt haben – und weil sie wunderbar sind. Und andere Freundinnen und Freunde, die ich so sehr liebe – ihr wisst schon, wer ihr seid!

Mein phänomenaler Ehemann Gordon und meine Rockstar-Mom Deborah Detering, die ein Dreamteam in Sachen Kinderbetreuung sind und die in unterschiedlicher, aber lebenswichtiger Hinsicht alles Menschenmögliche tun, um mich zu unterstützen, zu versorgen und zu ertragen. Und andere großartige Familienmitglieder: Bill Pannill, Lizzie Pannill und Shelley, Matt und Yasmin Stein.

Und das Beste zum Schluss: meine Kinder Anna und Thomas, die zigmillionenmal besser sind als die besten Kids, die ich mir je hätte wünschen können.

Diana Verlag

JULIE COHEN

Mit den Augen meiner Schwester

Als Kind konnte Liza Haven es kaum erwarten, ihrem beschaulichen Heimatort Stoneguard zu entfliehen. Lange war sie schon nicht mehr dort – seit jenem schrecklichen Weihnachtsfest, als die Mutter Lizas Schwester Lee zu ihrer Nachfolgerin in der familieneigenen Eiscreme-Manufaktur bestimmte. Als Liza nun zurückkehrt, muss sie feststellen, dass ihre scheinbar perfekte Schwester sich aus dem Staub gemacht hat. Unbeabsichtigt schlüpft sie in Lees Rolle und erkennt, dass deren Leben nicht so leicht ist, wie sie dachte. Ihren kleinen Heimatort hingegen findet sie gar nicht mehr so übel – Lees festen Freund Will übrigens auch nicht …

Ein hinreißender Roman über Liebe und die Suche nach dem eigenen Platz im Leben – klug, humorvoll und berührend.

978-3-453-35659-7

www.diana-verlag.de